رحلة كادح

رواية

عباس آل حميد

رحلة كادح - رواية

للمؤلف / عباس علي محمود

طبعة ثانية – أبريل ٢٠٢٠

ISBN 978-1-912275-48-9

صدر للمؤلف:

- ❏ الرؤية الإسلامية للحياة
- ❏ الاستراتيجية الإسلامية – كيف تساهم في النهوض بالأمة الإسلامية
- ❏ طريقك المهني – مدخل لتطوير محفظة أعمالك
- ❏ النفس المطمئنة – خطوات عملية لتحقيق السعادة والنجاح

www.alhumaid.org

الفهرست

قالوا عن الرواية

الاعلامي العربي، الدكتور يحيى أبو زكريا:

«شئنا أم أبينا فإن الأدب العالمي و العربي جزء منه هو مرآة لحركة الإنسان وصيرورته , صحيح أنه بعيد عن مادة التاريخ بمعناه العلمي لكن الأدب هو تاريخ لمشاعر الإنسان و حكاية الإنسان لأنه يستبطن تضاريس النفس البشرية و كثيرا ما يقدم تجارب مغرقة في الحزن و البكائية و الألم .

و مع تراكم الأعمال الأدبية بكل شقوقها تحولت بعض الأعمال الروائية إلى مدرسة و منهج و مسكلية إستفاد منها الكثير من البشر , و الكاتب المبدع عباس آل حميد اللواتي في روايته رحلة كادح قدم لنا صورة مغايرة عن إنسان قرر أن ينتصر على ظروفه القاسية و الصعبة , فكثير من الناس يتصورون أن كل مواطن في الخليج العربي هو مرفه بالضرورة و بالنشأة , و أن المواطن في هذه الجغرافيا العربية لا يعرف قهر الفقر و مصاعب الحاجة .

وقد إستطاع عباس اللواتي و بلغة شيقة رقراقة و عذبة و صادقة أن يقدم لنا صورة مغايرة ...إلتقت بنيوية السرد عند الكاتب بصدق متوهج , و كثيرا ما كان الكاتب يستحضر الله تعالى الذي كان رفيقا للكاتب في رحلة البحث عن الفرج و المخرج من كل ما ألمّ به من ضيق و ألم .

قدم الكاتب في رواية مجموعة كبيرة من المفاهيم و القيم و الصور الحياتية المؤثرة , فقدان الأب , البحث عن أمل , الإخفاق في الدراسة , إدراك سر الحكمة الربانية , العائلة , الحب , الأم , الإصرار على النجاح , الغربة , النجاح في الوظيفة و العمل , التوفيقات الربانية , الزوجة المحبة و المتفهمة , تطورات الراهن العربي .

ما هزني في رواية رحلة كادح لعباس اللواتي هو إستحضاره الله في رحلته الكادحة , و يقينا كان الكاتب يريد إلصاق قارئه بالمولى عز وجل الذي يدير حركة الوجود و يملك

خزائن الأرض و الذي يرزق من يشاء بغير حساب ...وكم كان موفقا عندما أوصلته رحلة كدحه إلى إكتشاف أن النجاح في الحياة ليس بالوظائف و المناصب العليا و إلا كان الأنبياء فاشلين كما قال الروائي عباس , فالنجاح عنده هو مدى قربنا من الله و رضاه عنا ...و هنا يذكرني بأحد العرفاء بالله الذي قال : بحثت عن الله في كل مكان ثم إكتشفته في نفسي .

رواية رحلة كادح لعباس اللواتي جديرة بالقراءة , و جديرة بأن تتحول إلى منهج دراسي في سلطنة عمان و في العالم العربي خصوصا و نحن في مرحلة عربية حرجة تبحث فيها الأجيال العربية عن نماذج و قدوات ننطلق منها للبناء الجديد ...».

العالم الاسلامي العلامة السيد منير الخباز:

إن من المصاديق الجلية للكلمة الطيبة الدعوة إلى الاستقامة الفكرية والسلوكية، بالأسلوب القصصي الجذاب، وهذا ما تجلى لي بصورة رائعة خلابة، وأنا أبحر بشراع خيالي المتعطش ومجاديف قلبي المتلهف في رعاية عقلي المتأمل فصل «مواقف محرجة» من هذه القصة الهادفة «رحلة كادح»، التي برهن من خلالها الباحث الشيخ عباس آل حميد على قدرته الذهنية وموسوعيته الثقافية في تأصيل المفاهيم الاسلامية، وإظهارها بأسس متينة محكمة، وبراعته الأدبية وذوقه المرهف في صياغة المنظومة الفكرية الدينية في بيان رائق سلس، يجمع بين المتانة والوضوح بصور جميلة من واقع الحياة بمرها وحلوها، مشفوعاً بطرائف الحكم والقيم الخلقية السامية، متعطراً بنفحات القدس وسبحات الاستغراق الملكوتي في الله تعالى بين جناحي الخوف والرجاء، ليبرز بذلك منهج الإسلام في شموليته لشتى حقول المسيرة الإنسانية، وقيادته للحضارة البشرية في آفاقها المتنوعة، قاصدا حكاية قصة رسالة السماء في قصته رحلة كادح».

د. كفاح فياض، مدرب ومستشار تنمية وتطوير المهارات البشرية:

«رحلة كادح كتاب فريد من نوعه، من كاتب تجرأ على طرح أسئلة قوية وجريئة في وجود الإنسان وخالقه، وأجاب عنها من خلال سلسلة مواقف عاشها وعايشها فجاءت من الصميم لتدخل الى صميم القارئ، وتجعله يتبصر ويفكر من زوايا مختلفة. وما ميز الكتاب هو واقعية المواقف بأماكنها وبأسمائها، التي رواها بأسلوب سهل وسلس فتشعر

وكأن الكاتب يرويها لك وجها لوجه، وتعيش الموقف وتتأثر به، فيجيب عن الأسئلة التي طرحها في بداية الكتاب، ويجيب عن الأسئلة التي تدور في ذهنك في لحظتها وكأنه يعرفها مسبقاً... رحلة كادح يشكل إضافة مهمة في عصر الإنفجار المعلوماتي، فيسلخك من واقع، وينقلك الى واقع آخر عمقه كبير وأثره عظيم.. صحيح عنوان الكتاب هو «رحلة كادح « ولكن كاتبها بكدحه يصل بهذه الرحلة الى عقلك وقلبك».

إهداء

إلى شريكتي في رحلة كدحي وكفاحي، والتي لولا حبها ونبلها وأصالتها وعطاؤها غير المحدود، لما حققت حتى بعضاً مما كنت أصبو إليه.

هذا أقل ما يمكنني تقديمه إليك، تعبيراً عن عظيم حبي وامتناني لك... أهدي هذا الكتاب لزوجتي طاهرة.

شكر وامتنان

أتقدم ببالغ الشكر، وجزيل الامتنان والتقدير لكل من أسهم معي بإخراج الرواية بشكلها التي هي عليه، من خلال مراجعتها أدبياً، أو لغوياً، أو فنياً، أو من ناحية المحتوى، وتقديم ملاحظاتهم واقتراحاتهم، التي أوصلت الرواية إلى المستوى الذي يسعدني تقديمه للقراء. أخص منهم بالذكر:

- الأستاذ/ أبو لبابة حجي
- الأستاذ/ اشرف محمد محمد عطية
- الأستاذ/ محمد رضا محمد سليمان
- الدكتور/ حسن أحمد جواد اللواتي
- الفاضل/ حسين علي داود اللواتي
- زوجتي / طاهرة الخابوري
- ابنتي/ إيثار عباس
- ابني/ محمد عباس

مقدمة

مقدمة

أنا لست عالم دين، ولا متخصصاً في العقيدة الإسلامية، ولست كذلك أديباً أو روائياً. فهذه كلها مقامات لا أدعيها، وإنما إنسان من عامة الناس، يبحر في هذه الحياة مع أسرته الصغيرة، يبحث فيها عن العيش الكريم والأمان، ويبحث فيها عن الحقيقة وعن رضا الله، فتواجهه الحياة، بكل جبروتها وتعقيداتها، وكأنها تقصد تحدّيه، فلا يجزع أو يتقهقر، بل يمضي قدماً فيها، مدافعاً عن بقائه، وكرامته وقيمه، متسلحاً بالصبر والإرادة والتأمل، ومستعيناً بما أدركته من قيم ومفاهيم وتقنيات إسلامية رائعة، مبثوثة في النصوص الشرعية، متجسدة في تعاليمنا وعقيدتنا الإسلامية حسب فهمي المحدود والقاصر لها.

كنت أنتشي بفرحة الانتصار تارة، وأتجرع مرارة الهزيمة أخرى... كنت أتفوق على ذاتي مرّة، وينتابني الخور والانهيار مرّات ومرّات، لكنني في كل مّرة كنت أنهار فيها، كنت أشعر بيد الرحمة الإلهية تمتد لي لتنتشلني وتسعفني.

وفي كل هذا كنت أجد الأسئلة المحيرة وألغازًا عن الحياة والوجود والكون، كانت تلح عليّ وتؤرقني، فتتكشف الواحدة تلو الأخرى بشكل تترابط فيه الحقائق مع بعضها البعض، وتتجلى في رسمة فنية رائعة الجمال والعظمة، أبدعها الخالق بلطفه الإلهي.

معظم أحداث هذه الرواية خيالية، ولكن ما ورد فيها من تقنيات ومفاهيم وقيم هي واقعية، جربتها، ومارستها بنفسي، في حياة ربما أكثر تحديا وصعوبة وجدلا عن تلك التي تواجه بطلنا في هذه الرواية. لقد مكنتني هذه القيم والتقنيات بأن أنعم بالسعادة والطمأنينة، في حياة أشبه ما تكون ببحر عاصف يزداد هيجاناً وعنفاً، كلما ازددت أنت قوة واستقراراً.

عديدة هي الاسئلة عن الحياة والكون التي كانت تؤرقني، وأنا واثق من أنها تؤرق

كثيرين من حولي، الإ أننا نهرب منها، لأننا تربينا على الهرب والخوف. قررت منذ طفولتي أن أواجه هذه الأسئلة، وألا أؤمن بشيء لمجرد أنني يجب أن أؤمن به. لكنني عندما آمنت بالله، وعرفت جماله وعظمته، بقدر ما يسمح لي به قصوري ونقصي، أدركت أن ما يلف هذا الكون من حقائق وأسرار، لا بد وأن تكون بجماله وجلاله، لأنها نابعة منه سبحانه وتعالى.

١. هل الله موجود حقاً؟ أم أنه محض خيال؟ لماذا يجب أن يكون لنا خالق؟ ولا يكون لله خالق؟ ثم ما يدرينا أن الله كريم وصادق في وعوده لنا؟ ما يدرينا أنه متصف بجميع صفات الكمال، كما يصف هو نفسه؟ ما هو الله؟ وهل يمكننا يوما ما رؤيته؟ وهل يمكن أن يكون له شريك؟

٢. هل الله حقا يحبنا؟ وهل هو رحيم بنا؟ فلماذا إذًا خلق الأمراض والآفات؟ ولماذا يدع الناس يموتون من الجوع والمرض؟ لماذا خلق الله المجرمين والجراثيم والوحوش؟ لماذا جعل بعضنا أذكياء وأغنياء ومعافين بينما ابتلى آخرين بالفقر والمرض والغباء؟ ولماذا لم يخلقنا في الجنة مباشرةً، بدلاً من أن يخلقنا في الأرض، ويجعلنا نعاني العذابات تلو العذابات، ثم نخطأ، فيغضب علينا ويرمينا في النار؟

٣. لماذا خلقنا الله؟ وما الذي يريده منا أن نفعله في هذه الحياة؟ هل لكي نعمر الأرض! ولكن لماذا يريد الله أن يعمر الأرض؟ وهل يحتاج لنا نحن أن نعمر له الأرض؟ وهل الأرض- هذا الكوكب الأخرس الميت- أهم منا لكي يكون هدفنا تعمير الأرض؟ ولماذا أصلاً خلق الأرض؟ هل خلقنا لكي نعبده؟ ولكن لماذا؟ فالله غير محتاج لعبادتنا ولا تنقصه أو تزيده عبادتنا من عدمها شيئاً؟

٤. هل الموت نقمة وعذاب؟ وكيف لا يكون كذلك ونحن نسمع أن من يموت يعاني أشد العذاب، بدايةً عندما يذوق سكرة الموت، ثم يليه ضغطة القبر، وعذاب البرزخ تحت يدي منكر ونكير، ثم يذهب للجحيم؟ ولكن ألا يقولون أن الموت هو عروج نحو الله، فكيف يكون العروج نحو الله عذاباً وشقاءً؟

٥. ولكن لماذا يعذبنا في النار؟ ما الذي يضيره من ارتكابنا لبعض المعاصي، التي لا نقصد منها أن نتحدى إرادته، وإنما نرتكبها بسبب شهواتنا التي تتملكنا بسبب ضعفنا

وجهلنا؟ ولماذا نرتكب ذنباً بسيطاً، لفترة محدودة كأن نسمع الأغاني المحرمة مثلاً أحيانا، فيعذبنا الله بعذاب يفوق مليارات المرات - شدّةً ومدّةً - الذنب الذي ارتكبناه؟ أليس من الظلم أن نقوم بحرق من يسبنا؟ فلماذا إذاً نعتبر حرق الله للسبّابين في نار جهنم عدلاً؟ ألأنه الله؟ ألأنه أقوى؟

٦. لماذا الدعاء؟ ولماذا الإصرار عليه من قبل الله؟ إذا كان سبحانه وتعالى يعلم حاجتي، وكان قادراً على قضائها، لماذا يشترط أن ندعوه؟ هل يحتاج الله، والعياذ بالله، لدعائنا؟

٧. لماذا خلقنا الله؟ أليس لنعبده؟ إذن لماذا سمح للشيطان بغوايتنا، مستغلاً شهواتنا وأوهامنا التي خُلقنا بها، والتسبيب في إلقائنا في النار والعذاب؟ لماذا استجاب الله لدعاء الشيطان وطلبه، رغم أن في طلبه أذيتنا؟ هل لأن الشيطان استفزه سبحانه وتعالى عن ذلك علوّاً كبيراً؟ أم لأن الله عز وجل يحب الشيطان؟ أم لعله – حاشا لله – يكرهنا؟ أليس في هذا ظلم عظيم؟ أليس فيه أيضاً نقض للغرض الذي خلقنا الله من أجله، ألا وهو عبادته؟

كل هذه الأسئلة، والعديد من الأسئلة الأخرى هي ما تحاول هذه الرواية معالجتها، ولكن من منظور واقعي بسيط يناسب الذوق العام والفطرة، ويتفق مع ما ورد في النصوص الشرعية، وينسجم مع حركة الحياة من حولنا، بل ويفعِّلها ويجعلها أكثر إيجابية، وسعادة.

الفصل الأول

الضياع

الضياع

يوليو ١٩٩٦ م

مدينة مطرح، سلطنة عمان

كانت قدماي بالكاد تحملاني، من شدة ثقل الهم الذي كان يملأ قلبي، ويعتصر صدري، ويستولي على كل ذرة في كياني، كنت محبطاً كما لم أكن يوماً في حياتي. وكأنما مشاعري هذه صبغت الكون بصبغتها، فكانت السماء من حولي تزمجر بشدة وعنف، وكانت الغيوم السوداء تملأ الجو كآبة وأسى، والمطر ينهمر بغزارة، وكنت أمشي على شارع «الكورنيش» على غير هدى، ودموعي تتساقط بحرقة وغزارة، فتتخالط مع حبات المطر الباردة، وجسمي يرتعش من شدة البرودة، وقلة الحيلة.

كان شريط الذكريات يمر ببطء ومرارة، فيقتلع ما بقي في أعماقي من سكينة وطمأنينة... وكانت الأسئلة الحيرى تعصف بي، وترميني في جحيم الشك والحيرة.

«لماذا يحدث كل هذا معي؟ لماذا أنا بالذات؟ لماذا يصر القدر على محاربتي؟ أنا لا أطلب إلا القليل.. القليل الذي يملكه كل الناس، فلماذا أحرم أنا منه، وأنا أجهد نفسي أكثر من غيري؟ لماذا؟

آه... لقد عشت طوال عمري فقيراً، ولكنني لم أشتك يوماً، بل انهمكت في دراستي، واستعضت عن فقري بتفوقي في الدراسة... كان والدي يخبرني دائماً أن فقرنا هو نعمة من الله، لأنه هو الذي يدفعنا للتفوق في الحياة، ثم يكافئنا بالنجاح في الدنيا والآخرة، بينما الأغنياء محرومون من هذه الدافعية.

أين أنت يا أبي؟ كم أنا محتاج إليك، وكم أنا مشتاق إليك. لماذا تركتني؟ ولمن تركتني؟ كم أكره هذا القدر! ما أفظعه! كيف يستطيع هكذا أن يقلب لحظات السعادة

والأمان إلى كارثة في غمضة عين؟ من أين يأتي بقساوة القلب هذه؟ تعساً. لا أريد أن أكفر، لكنني لا أستطيع تحمل المزيد. لماذا يا رب؟ لماذا؟ أخبرني أبي بأنك تحبنا وأنك خلقتنا لتسعدنا، وأنك تكافئ الشاكرين لك بالخير والنعم، فلماذا إذن أشقيتني وأنت تعلم أني أحبك؟ كنت مواظباً على صلواتي، كنت أدعوك بكل كياني، وأثق بك ثقة لا حدود لها، وكنت أنت تنعم علي، وتخبرني أنك معي. أنا لا أنسى وقوفك المستمر إلى جانبي في كل الصعوبات التي مررت بها في حياتي، فلماذا إذاً تخليت عني؟ ما الذي فعلته يا رب لأستحق العقوبة؟ أنت تعلم أنني لا أعصيك عن عمد يا رب!! هل يعقل أنك غضبت مني لأنني كنت أضعف في بعض الأحايين القليلة وأتسلل لأستمع لبعض الأغاني خفية، من دون علم أسرتي؟ ولكنني - والله العظيم - لم أكن أرتكب هذا الذنب استخفافاً بك يا رب، ولكن بسبب ضعف إرادتي، وكنت أعود وأستغفرك فوراً. هل يعقل أنك تنتقم مني لأني خالفت أوامرك؟ ولكن أنت لست كذلك يا رب. أنت تحبنا، وتعلم أننا ضعفاء، هذا ما كان أبي يخبرني به.. هل كان أبي مخطئا؟! يا إلهي ماذا يحدث لي، لقد بدأت أكفر! لا.. لا أستطيع التفكير.

أبي... أين أنت يا أبي؟ لكم أحببت ابتسامتك العذبة الحنونة الدافئة.. كم أحببت نظراتك الملهمة المشجعة المطمئنة.. كم أحببت مسحتك على رأسي بكفك الحانية.. كم أحببت الحديث معك، ومشاكستك، واللعب معك.. كنت صديقي، وقدوتي، ومؤنسي... كنت أستلهم قوتي من قوتك، وأسكن إلى رباطة جأشك، وأضع رأسي على كتفك، فأشعر أني أملك الدنيا كلها.. لم أتخيل يوماً أن تتركني، لم أتخيل أن أحيا من دونك! لكنك خذلتني.. لا أنت لم تخذلني، أنت أجبرت على أن تتركني.. إنه القدر...

تخليت عني وأنا في أمس الحاجة إليك.. وأنا في السنة الأخيرة من الثانوية، هذه السنة التي تحدد مصيري ومستقبلي. لماذا يا أبي؟ لماذا؟

أتذكر يا أبي عندما دخلت البيت علينا، ومعك طاولة جديدة وأنيقة، هدية دخولي في الثانوية العامة، كانت أول قطعة أثاث جديدة دخلت علينا البيت، لذا كانت محط إعجاب الجميع.. رغم صغر حجمها، إلا أنها أخذت الكثير من حيز البيت، لكن الجميع كان فرحاً بها، لأنها ستسهل علي الدراسة في هذه السنة الأخيرة الحرجة. والهدف

كان واضحاً ومعلناً: أن أحقق المركز الأول في السلطنة.

كانت حالة الاستنفار قد أعلنت، وكان كل من في البيت متحفزاً لخدمتي والسهر على راحتي: أختاي الصغيرتان التوأمان اللتان قدمتا إلى الدنيا بعد طول انقطاع كفتا عن مشاكساتهما لي رغم صغر سنهما، وجدتي كانت لا تفتأ تدعو لي بالنجاح والتفوق، وأما أمي فكأنني كنت وحيدها، وهمها الأوحد... مر شهر على هذه الحالة، كان كل شيء فيها جميلاً ورائعاً.. شهر لم أشهد مثله في حياتي من السعادة... إلى أن جاء ذلك اليوم الأسود، ذلك اليوم الذي قرر فيه القدر أن يعلن الحرب علي، ويسلبني أغلى ما أملك.. سائق سيارة أحمق ومتهور اصطدم بأبي، فرماه على الأرض جثةً هامدة! وانتهى أبي، وانتهت معه أحلامي وحياتي، وانتهينا كلنا معه... ألمٌ لا يطاق، وحزنٌ لا يُحْتمل، وحشةٌ، وإحساسٌ بالغربة والوحدة والخوف.. ذهب أبي من دون رجعة، يا ليتني ذهبت قبله! لم أكن أريد في الحياة غيره، فلماذا ضننتَ عليَّ به؟ ليتني أستطيع أن أفهم هذه الحياة؟ ربي إني تائهٌ وحائر.

مضت أيامي بطيئة مريرة، وكأنها تستلذ بعذابي، فتزيدني حزناً وكآبة، وأنا لا قدرة لي على مقاومتها، فاستسلمت لها، وفقدت قدرتي على الحياة.. لقد أصبحت أتمنى الموت.. الموت الذي أكرهه لأنه أخذ أبي.. إنه مرعب وقاسٍ.. ليت أبي ما زال حياً معي!

لم يكن التعود على الألم هو ما مكنني من العودة للحياة مرة أخرى، وإنما بقايا قوة اجتررتها من أعماق قلبي، لخوفي على أمي أن تلحق بأبي حزناً علي، ورأفةً بأسرتي الصغيرة التي أصبحْتُ فجأةً، وفي ثوان بسيطة أنا عمادها.. كان علي أن أصمد، لكي لا تنهار أسرتي.

رجعت للدراسة بعد انقطاع طال عدة أسابيع، وبدأت أسترجع ما فاتني.. كان علي أن أجعل أبي يفتخر بي، كان ذلك أشبه بالمستحيل في البداية، ولكنني تغلبت على نفسي، وبدأت أخفف عن أسرتي مصابَ فقْدِ أبي. كانت تنتابني بين الفينة والفينة نوبات حزن عميقة، أفقد فيها السيطرة على نفسي، ولكنني سرعان ما كنت أسترجع نفسي، وأشحذ همتي، أو بالأحرى ما بقي من همتي.

وبدأت أيام الامتحانات النهائية، وكنت مستعداً لها، لكن الهدف هذه المرة كان

أن أتخرج بمجموع يدخلني جامعة السلطان قابوس (الجامعة الأفضل في البلد)، أو على الأقل إحدى الكليات التقنية الحكومية. كنت متحفزاً، وأشعر بثقة شديدة بالرغم من أن أبي لم يكن معي، لقد كنت واثقاً من الله أنه لن يتركني.. لقد أخبرني أبي مراراً، أن الله يزيد الشاكرين من فضله، وأخبرني أنه لا يخيب الملتجئين إليه، الواثقين فيه، وأنا لا شك كنت واحداً منهم.. كم دعوته، وكم ناجيته، وكم وثقت فيه، وكم أحببته، بل إني أحبه حتى أكثر من حبي لأبي، إنه ربي.. لا يمكن أن يخذلني، ولا سيما أنني بذلت جهداً جباراً، وأظهرت عزيمة فائقة، فحاشا لله أن يتخلى عني.

قدمت الامتحانات الواحدة تلو الأخرى، بشكل جيد، بل وربما رائع، إلى أن وصلت للامتحان الأخير، امتحان مادة الرياضيات.. لست أدري ماذا دهاني، لقد اعترتني يومها نوبة حزن شديدة، وأحسست شيئًا بداخلي يضطرب، ودموعي تنهمر مثل الميزاب! حاولت التركيز في الامتحان، ودعوت الله أن يهدئ من روعي ويسكن نفسي. تماسكت قليلاً، وبذلت قصارى جهدي، دقائق مرت بطيئة جداً إلى أن خرجت من قاعة الامتحان، وأنا لا أعلم حتى كيف قدمت الامتحان. ولكنني كنت واثقاً في ربي. إنه يعلم أنني عماد أسرتي، وأنني أملهم، بعد أن أخذ أبي، وهو يعلم أنه لا سبيل لي لأعول أسرتي الصغيرة ما لم أدرس في الجامعة، لذا لن يتخلى عني.. إذا لم يكن ذلك من أجلي، ربما لأنني أسمع الأغاني في بعض الأحايين القليلة، فلأجل أسرتي الصغيرة، المؤمنة المطيعة لله.

آه، ليتني ما وثقت! أستغفر الله، ولكنني لو لم أثق لما عقدت الآمال، وما أرهقت نفسي هباءً، ليتني كنت أعلم. لماذا؟ لماذا يا رب؟ أحتاج فقط لبضع علامات لدخول الكلية! فقط بضع علامات! الأمر سهل يا رب فلماذا لم تساعدني؟ أنا لا أطلب سوى القليل يا رب... لماذا تفعل ذلك بي يا الله؟ لماذا؟ لست أفهمك يا رب! لماذا تتخلى عني، وأنا في أمس الحاجة إليك، والأمر عليك سهل يسير؟ لماذا يا رب؟ ألست أنت الذي خلقتنا، وأنت المسؤول عنا؟ ألست على كل شيء قدير؟ ألست أنت يا رب من تقول: ﴿ادْعُونِي أَسْتَجِبْ لَكُمْ﴾؟ دعوتك مرارا ومراراً، فلماذا لا تستجيب لي؟ لماذا؟ كان أبي يردد دائماً أنك تحبنا؟ هل أنت حقاً تحبنا؟ هل تحبني؟ هل تسمعني يا رب؟ هل يهمك أمري، وتريد مساعدتي؟ هل أنت موجود يا رب؟ أم أن هذه مجرد أوهام؟ وحتى إذا كنت موجوداً، ما يدريني أنك على كل شيء قدير؟ وأنك صادق في وعودك لنا؟ وأنك تحبنا؟ نعم إذا كنت

كاملاً ولا ينقصك شيء فلماذا خلقتنا إذاً؟ هل لتسعدنا، كما يقولون؟ كيف أصدق ذلك، وأنت تخليت عني، ولم تساعدني حتى في الحصول على النسبة التي تدخلني الجامعة، رغم شدة حبي لك منذ طفولتي، وثقتي فيك، ودعائي المستمر لك؟ آه ثم آه.

المطر يزداد انهماراً، والسماء تزداد سواداً، وترعد وتبرق بشدة وعنف، وكأنها تزمجر غضباً من تفكيري! هل ما أقوله يا رب كفر، هل أنت غاضب مني يا رب؟ أرجوك يا رب لا تغضب مني، فأنا أحبك، وليس لي غيرك. رب إن تركتني هلكت. أرجوك يا رب أنجدني فأنا حائر وتائه ويائس.

قادتني قدماي لحديقة الريام، للمكان الذي تعودت أن ألعب فيه الكرة مع أبي... استلقيت على الأرض منهكاً ومستسلماً للقدر، أغمضت عيني، ودخلت في نومٍ عميقٍ، لم استفق منه إلا على صوت بكاء أمي وهي تحضنني بخوف. هالني ذلك، فقمت مرعوباً.

- أمي ما الذي تفعلينه هنا في هذا الجو العاصف؟ ستمرضين.

■ هيا يا حبيبي إلى البيت، حرام عليك، ستقتلني من الحزن عليك. وأجهشت بالبكاء.

احتضنت أمي، ثم اخذت بيدها، وأخذت أسرع الخطى معها إلى البيت. لم أكن أفكر حينها سوى في أمي المسكينة، التي لا حول لها ولا قوة.. رحمتها فمصيبتها أشد من مصيبتي، فهي أضعف مني، ومع ذلك فهي مضطرة للتماسك من أجلنا نحن أسرتها وفلذات كبدها.

كان طريق الرجوع من حديقة الريام إلى بيتنا في «سور اللواتية»[1] طويلاً، ومرعباً جداً في هذا الجو العاصف، ولعمري كنت أخشى أن تطير بنا الرياح، أو يسحبنا السيل إلى البحر، وقد كان منظر الأمواج العاتية يزيدنا رعباً. كانت فترة عصيبة إلى أن وصلنا إلى المنزل، وقد هالني أن أجد جدتي، وأختي واقفات على الباب ينتظرننا: جدتي تدعو الله أن يحفظنا، وأختاي تبكيان بمرارة من الخوف والجزع.

---

١ منطقة سكنية، تقع على شارع الكورنيش، في مدينة مطرح، كان يتمركز فيها أفراد قبيلة اللواتية، قبل أن ينتشروا في بقية مناطق العاصمة، في الثمانينات، من القرن الماضي، ولكن لا يزال يقطن فيها بعض منهم ، لا سيما من كبار السن (قرابة ٦٠ بيتاً من إجمالي ٢٤٠ بيت تقريبا يحتويه السور)، ولا يزال السور يمثل مركز إلتقاءات وتجمع أفراد القبيلة في المناسبات الدينية الكثيرة لديهم.

كان الجو دافئاً في البيت، وخلال دقائق قليلة كنت قد بدلت ثيابي، واطمأننت على والدتي، ثم ألقيت نفسي على فراشي القطني، وادثرت ببطانيتي، وغرقت في نوم عميق، لم أستفق منه إلا على الشعور بحمى شديدة، تسيطر على جسمي وأنفاسي.. لقد كنت مرهقاً ومريضاً للغاية جراء البرودة والجو العاصف اللذين تعرضت لهما البارحة، لكنني شكرت الله عندما علمت أن والدتي بخير، وأنها لم تصب بأذى.

لقد كان في مرضي عقوبة شديدة لي على تصرفي الأرعن البارحة، بخروجي راكضاً ومنهاراً من البيت، وكأنني أهرب من قدري، وسط ذهول أمي وأسرتي! ليس لأنني مرضت، بل لأن والدتي اضطرت لأن تأتي بالطبيب إلى المنزل لمعاينتي وعلاجي، وقد كلفنا ذلك كثيراً، إضافةً إلى الأدوية التي اضطررنا لشرائها، لذا عاهدت نفسي ألاّ أفقد السيطرة على نفسي مرة أخرى مهما حدث، لأن ذلك يعني المزيد من الشقاء لأسرتي الصغيرة، التي لا تستحق كل هذا الألم، ولم تعد قادرة على تحمل المزيد.

مضت أيام، وأنا أصارع الحمى، إلى أن أخذت صحتي تتحسن، ومزاجي يعتدل تدريجياً، وفي أحد الأيام، عندما أفقت من النوم كنت أشعر أنني تعافيت تقريباً. كانت والدتي تجلس بجانبي تخيط كمة([2]) لكي تسدد بثمنها بعض احتياجات البيت المتزايدة.

سرحت أفكر في وضعي ووضع أسرتي، وفي الخيارات المتاحة أمامي.. الراتب التقاعدي لوالدي ٢٢٩ ريالاً عمانياً]قرابة ٦٠٠ دولار أمريكي[وهو لا يكفي لمعيشتنا. صحيح أن أقساط السيارة الشهرية قد تولتها شركة التأمين بعد وفاة والدي، وصحيح أيضاً أن إيجار البيت في سور اللواتية رخيص جداً، ولكن الراتب لا يكاد يكفينا حتى للأكل، لا سيّما مع جحيم الغلاء المتزايد.

لست أدري، ألهذا السبب ربما لم يوفقني الله لتكملة دراستي الجامعية؟ ربما علي أن أعمل كي أخفف العبء عن والدتي، وأسدد احتياجات أسرتي، واحتياجات أختاي الصغيرتين التي تتزايد كلما كبرتا.

ولكن أين سأعمل؟ ومن سيوظفني بشهادة الثانوية العامة؟ وبأي راتب؟ ربما علي

---

٢ قبعة تخاط من القماش، وتعد من ضمن اللباس المحلي في سلطنة عمان. يستغرق خياطتها في العادة قرابة شهر، وتدر عائداً يبلغ مئة دولار تقريباً.

أن أبحث عن وظيفة «مندوب مبيعات» في إحدى المحلات الكبرى.

- ماما، سأخرج لأبحث عن وظيفة.

■ صباح الخير حبيبي، قالتها وهي تبتسم ابتسامة عذبة دافئة، وتمسح بيدها الحانية على رأسي. لا تفكر في هذا الموضوع الآن. سيفرجها الله بإذنه، وستكمل دراستك الجامعية، وستصبح أحسن طبيب في العالم.

لقد علت وجهي ابتسامة ساخرة، مشوبة بالحزن والألم. لقد كانت أمنيتنا جميعاً أن أصبح طبيباً مشهوراً. ولكن هذه أحلام. فالقدر – كما يبدو – يكرهني، وقد قرر معاندتي، وأنا لا قدرة لي على مجابهته. يجب أن أكون واقعياً، وأترك هذه الأحلام الرائعة لأصحابها من الأغنياء، والمقتدرين.

- أمي، هل لا زلت تثقين في الله عز وجل، بعد كل ما فعله بنا؟

■ أستغفر الله، حرام، هذا كفر، الله لم يفعل بنا إلا خيراً!

- يا ليتني يا ماما أملك إيمانك. كيف تستطيعين أن تثقي بالله بهذه الطريقة؟

■ حبيبي أبوك لم يمت. هو ينتظرنا في عالم البرزخ، ونحن سنلحقه هناك يوماً ما، في عالم لا يوجد فيه أي ألم... في عالم نكون فيه ضيوفا عند الله، ويكرمنا من فضله.

- إذا كان الله كريماً لهذه الدرجة، لماذا لا يكرمنا هنا أيضاً؟ لماذا يعذبنا في الدنيا؟

استفزّ كلامي هذا أمي بشدة، فارتفع صوتها وهي ترد علي بانفعال، وحزم:

■ الله لا يعذبنا، حاشاه حبيبي. لا تعد هذا القول مرة أخرى. أنا لا أستطيع أن أتحمل هذا الكلام على الله. اسمعني حبيبي: لقد كان الله قادراً على ألاّ يخلقني، لكنه خلقني، وهو لا يريد مني شيئاً، وأعطاني إياك وأختيك، وجدتك، وأباك. ولما ذهب أبوك إلى الجنة، أنا أعرف أنه هناك ينتظرنا، وسرعان ما سنذهب إليه كلنا، ونلتقي هناك عند الله. لكن الآن، وإلى أن نذهب عند الله، يكفيني أن أكون معكم لكي أكون سعيدة. أنا أحب الله لأنه يحبنا، وينعم علينا دائماً حتى لو لم نفهم كيف. هو بنفسه عز وجل، يقول: ﴿وَعَسَىٰٓ أَن تَكۡرَهُواْ شَيۡـٔٗا وَهُوَ خَيۡرٞ لَّكُمۡۖ وَعَسَىٰٓ أَن تُحِبُّواْ شَيۡـٔٗا وَهُوَ شَرّٞ

لَكُمْۚ وَاللَّهُ يَعْلَمُ وَأَنْتُمْ لَا تَعْلَمُونَ﴾.

كان اندفاع أمي في جوابها، ودفاعها عن الله، وثقتها فيه ملهماً. هل هذا هو يا ترى ما يسمونه «إيمان العجائز»؟ ليتني كنت أملكه! لكن والدتي ليست عجوزاً. إنها تكبرني فقط بستة عشر عاماً! فهي في أواسط الثلاثينيات من عمرها. صحيح أنها لم تكمل دراستها الجامعية، لكنها مثقفة وتحب القراءة كثيراً، وإن كانت بعد وفاة والدي اضطرت للاكتفاء بقراءة القرآن وكتب الأدعية. عموماً، لقد كانت هذه من المرات النادرة جداً التي رأيت فيها والدتي تنفعل بشدة هكذا.

- أنا آسف ماما. لم أقصد أذيتك. قلت ذلك، وأنا أقبل يدها المباركة بحنان واعتذار.

■ أنا التي آسفة حبيبي لعصبيتي تجاهك. لماذا لا تناقش خالك عيسى في هذا الموضوع، فهو مثقف جداً، وقد كان في بداية حياته طالباً في الحوزة الدينية.

- سأذهب إليه حالاً. أحتاج أن أناقشه عن العمل أيضاً.

ترددت والدتي في البداية بالسماح لي بالخروج من البيت، لأنني كنت لا أزال متوعكاً بعض الشيء، لكن خشيتها من الأفكار التي كانت تدور في رأسي، وحاجتي لأن أتحدث مع شخص ناضج ومثقف دعتها إلى الموافقة.

بدلت ثيابي، وانطلقت مباشرة إلى مكتب خالي. لم أكن متأكداً من أنه سيكون موجوداً هناك، أو أن لديه وقتاً لمقابلتي، لكن لم يكن لدي من خيار غير المحاولة، فهاتفنا تم قطعه بعد شهرين من وفاة والدي، لعدم سداد الفاتورة. عموماً لم يكن لدي من خيار آخر، وأنا مستعد حتى لو اضطررت للانتظار لساعات لمقابلته، فالموضوع لا يحتمل التأجيل.

خالي شخص رائع، ومليء بالحنان والخير. إنه يعمل مديراً للموارد البشرية في إحدى شركات النفط، وهو مثقف، وذكي، ومتحدث لبق، ومتدين جداً، وشخصيته توحي بالاطمئنان والراحة. هو أقرب أخوالي إلى قلبي، ربما لأنه أصغرهم، فهو يصغر أمي بسنتين، أو ربما بسبب أسلوبه المتميز في التعامل، واحترام الآخرين.

# # # # #

كان اليوم مشمساً وحاراً جداً على عادتنا في أشهر الصيف الملتهبة، وكأن العاصفة الهوجاء التي مرت علينا قبل عدة أيام، والتي تسببت في مرضي كانت مجرد كذبة.

وخلال ربع ساعة من الزمن، كنت أطرق الباب على خالي، لقد كان موجوداً في مكتبه، لكنه للأسف كان يهم بالخروج. كنت محرجاً منه، فاعتذرت لمجيئي لمحل عمله دون موعد، لكنه طيّب خاطري، وسلم علي بحرارة وشوق.

■ سأجلس معك لمدة ١٠ دقائق، نحتسي فيها الشاي معاً، وتخبرني عن سبب زيارتك الحلوة لي. ثم سأتركك وأرجع لك تقريباً بعد ساعة، يعني وقت «اللنج بريك» لنخرج للغداء معاً. ما رأيك؟

- موافق طبعاً.

■ دعنا نبدأ إذاً، أنا أجهز الشاي، وأنت تتكلم.

- خالي. لا أعرف كيف أبدأ، لكنني في مشكلة، وأنا أرجوك أن تسمعني، وتشير علي كيف أحل مشكلتي. لكن من دون أن تغضب مني.

■ طبعاً حبيبي. تفضل تكلم أنا أسمعك.

- أنت تعرف كل المشاكل التي مررت بها مؤخراً، من موت والدي، وصعوبة ظروفنا المادية، وفي النهاية حصولي على مجموع أقل فقط بـ ١٪ من المجموع الذي يؤهلني لدخول الكلية التقنية.

■ أعرف. قالها خالي بصوت منخفض، أو ربما منكسر، وبنظرات تشع شفقة.

- أنا الآن مضطر أن أبحث عن وظيفة، من أجل أن أخفف الحمل عن والدتي. وأنا أريدك أن تساعدني في هذا الموضوع.

■ بالتأكيد. لكن أخبرني، ألا ترغب في مواصلة دراستك الجامعية، وفي الحصول على مستقبل زاهر؟

- طبعاً أريد خالي، لكن هذه الأحلام ليست للفقراء، وأنا القدر يكرهني. قلتها بهدوء، ولكن بأسى بالغ. وانطلقت من عيني دموع حارة، بصمت ومرارة.

كنت قد قررت قبل لقاء خالي أن أتمالك نفسي، وألا أنبس بشيء يوحي بالهوة السحيقة من الكآبة والألم التي أرزح فيها، ولكنني لم أستطع أن أتماسك، تحت ثقل بركان الأسى والحيرة الذي كان يعتمل في داخلي، من جهة، وأسلوب خالي العطوف والحنون من جهة أخرى.

نهض خالي من مقعده، وجلس بالمقعد الذي بجانبي، وقد ظهر التأثر على وجهه، واحتضن يدي في يده.

- هذه مشكلتي الثانية، أنا فقدت ثقتي في الله عز وجل، أعرف أن هذا كفر، والعياذ بالله، لكن الموضوع ليس بيدي، ولا أستطيع أن أمنع نفسي عن الشك. أنا أؤمن بالله، لأنني مسلم، لكنني الآن غير مطمئن عقلياً أن الله موجود، وأنه يحبنا ولا يظلمنا، وأنه قادر على كل شيء.

■ أنت تشعر أن الله تخلى عنك، عندما توفي والدك، وعندما لم يوفقك في الحصول على النسبة التي تدخلك الجامعة، بفارق بسيط جداً، بالرغم من أنك بذلت مجهوداً جباراً في المذاكرة والدراسة، نظراً للظروف التي كنت تمر بها!

- ولم نتوقف مطلقاً عن الدعاء له، لكنه لم يمد لنا يد المساعدة، وخذلني، وخذل أسرتي كلها، بالرغم من أننا نحبه كثيراً، ومتمسكون به. لو كان موجوداً، أو لو كان في طيبة أي إنسان عادي، ما كان ليتخلى عنا بعدما كل ما رجوناه، ووثقنا فيه.

■ وإذا أثبت لك، أن الله، على عكس ما تقول تماماً، قد استجاب دعاءك، ومنعك من خطأ كبير كنت سترتكبه لو أنه وفقك في الحصول على المجموع اللازم لدخول الجامعة، بالرغم من أنه يعلم أنه لو وفقك فإنك ستشكره، ولولم يوفقك ستظن به سوءاً، وبالرغم من ذلك فضل مصلحتك، وربما يكون في هذا نفسه درس لك.

- لم أفهم.

■ أنا لم أفسر كلامي بعد. اسمعني يجب أن أذهب الآن، سأرجع لك بعد ساعة، وحينها سأشرح لك كيف أن الله في الواقع حماك، واستجاب لك دعاءك، وفتح لك طريق الدراسة الجامعية والمستقبل الباهر عندما لم يسمح لك أن تحصل على النسبة

المطلوبة للمنحة الجامعية.

- عفواً خالي، لكن هذا الكلام لا معنى له. عموماً اذهب أنت الآن، لكي لا تتأخر، وأنا في انتظارك.

■ خذ راحتك في المكتب، لا أحد سيزعجك. تستطيع أن تصلي، فقد أذّن الظهر، لكن اتصل بخالة صفية، جارة أمك، وقل لها أن تخبر أمك، أنك ستبقى معي إلى ما بعد صلاة المغرب. وعندما تفرغ من الصلاة والاتصال أرجوك ابحث في الإنترنت عن شيء اسمه «تخطيط المسار المهني» إلى أن أرجع من الاجتماع.

- إن شاء الله خالي.

خرج خالي، لكن كلامه منح روحي بصيص أمل، كنت في أمس الحاجة إليه.. هل يا ترى خالي مصيب في كلامه، وأن الله لم يخذلني، وأنني تسرعت في اتهامه عز وجل. أستغفر الله. يا رب هل أنت غاضب مني الآن؟ أنا أحبك يا رب بالرغم من كل ما أقوله، وأشعر به من يأس وإحباط.. لكنني تائه يا رب. أرجوك يا الله إن كنت تحبني يا رب ففهمني، ولا تدعني في حيرتي، وبعد ذلك افعل بي ما تشاء، ولكن ارفق بي يا رب. يا الله أنا محتاج إليك، فهل تتخلى عني وأنا أدعوك؟

مرة أخرى أخذت الدموع الحارة تنهمر من عيني، لكنني هذه المرة أطلقت لها العنان، ومددت يدي بعفوية إلى طاولة خالي لآخذ نسخة القرآن الكريم التي كانت عليه، وفتحته علّني أجد فيه ما يبرد أواري المستعرةَ، ويسكِّن روحي المضطربة. فتحته، فشعرت أن الله يخاطبني مباشرة حينما وقع ناظري أول ما وقع على قوله تعالى: ﴿وَالَّذِينَ جَاهَدُوا فِينَا لَنَهْدِيَنَّهُمْ سُبُلَنَا ۚ وَإِنَّ اللَّهَ لَمَعَ الْمُحْسِنِينَ﴾ هنا لم أتمالك نفسي، وأجهشت بالبكاء، ولكن هذه المرة عرفاناً وشكراً لله، بالرغم من أني لا زلت لم أفهم كيف!.

صليت، واتصلت بخالتي صفية، لكنني لم أكن في مزاج يسمح لي بالبحث عن أي شيء، لذا ألقيت بثقلي على مسند مقعد خالي المريح، وأغمضت عيني لأريحهما بعد ذلك البكاء الطويل، ولم أشعر إلا وخالي يوقظني.

■ يبدو أن جسمك لا يزال يعاني من تعب الحمى. أتريدني أن أرجعك إلى البيت، ونكمل

نقاشنا عندما ترجع لك صحتك؟ قالها بحنان.

- لا أرجوك خالي. أنا لم أكد اصدق أني وجدت أملاً. أنا مرتاح جداً، ولا أشعر بالحمى، كما أني مشتاق أن ألعب مع تامر (ابن خالي، ذي السنين التسع).

▪ هو أيضاً يذكرك كثيراً، ويعجبه أن يلعب معك. سنرى من منا يفوز اليوم في لعبة كرة القدم «فيفا» في «نايتندوا»]لعبة عائلية إلكترونية، كانت معروفة، قبل البلاي ستيشن[؟ بالمناسبة أنا استأذنت من العمل لبقية يومي لكي نلعب معاً، كأيامنا الخوالي.

خرجنا من المكتب، وركبنا السيارة، في صمت، أنا أنتظره أن يتكلم ويشرح لي اللغز الذي ألقاه علي قبل مغادرته للاجتماع، أما هو فربما كان يفكر في ما سيقوله لي. وأخيراً نطق خالي.

▪ قل لي: إذا كان لديك ركاب، وتريد أن تأخذهم من مدينة الخوير إلى مدينة روي، أي سيارة ستختار لتوصيلهم بطريقة أسرع، وأريح: سيارة بي أم دبليو الفارهة، أم سيارة ميني باص؟

- طبعاً سيارة بي أم دبليو.

▪ وطبعاً الجواب غلط. لأن الركاب إذا كان عددهم أكثر من أربعة، فإنك ستضطر لتوصيلهم على دفعتين، وفي هذه الحالة تكون سيارة الميني باص أفضل بكثير من سيارة بي أم دليو. أما إذا كان عدد الركاب أربعة فأقل فإن سيارة بي أم دبليو تعد خياراً أفضل. أليس كذلك؟

- هو كذلك. أنا فعلاً لم أفكر في عدد الركاب.

▪ وكنت سترتكب غلطة مشابهة، إذا كنت دخلت جامعة السلطان قابوس، أو أيا من الكليات، لذا حماك الله، وجعل مجموعك ينقص بهذه النسبة البسيطة، وربما قصد أن يكون الفارق بسيطاً، لكي يشير لك إلى عنايته بك، ولكي تتساءل عن السر وراء ما حدث لك، كما فعلت.

- عفواً خالي أنا لا أفهم كيف يكون دخولي للجامعة خيارا خاطئا، إذا كنت أنا أريد أن أدرس في الجامعة.

■ لنفترض أنك دخلت الجامعة. بعد أشهر قليلة ستدخل أختاك المدرسة، وبالتالي ستزداد المصروفات، ومن الممكن جداً أن تتعب أمك من العمل في خياطة الكميم، كما أن الأسعار مستمرة في الارتفاع. وأنت وأمك ترفضان بشكل قاطع أن نتحمل نحن مسؤوليتنا تجاهكم. قل لي إذن كيف ستستطيع مواصلة دراستك الجامعية من دون وجود دخل كاف، يسد أبسط احتياجاتك واحتياجات أسرتك اليومية؟

- أطرقت رأسي لثواني بسيطة، ثم رفعته: والحل؟

■ الميني باص.

- يعني؟

■ يعني أن تعمل وقت الصباح في وظيفة، لتكمل النقص في مصروف البيت، ومن جهة أخرى لتكتسب خبرة، تساعدك على النجاح والتميز في مستقبلك الوظيفي. وفي المساء تدرس في إحدى جامعات القطاع الخاص على حسابك، وهي لن تكلفك سوى جزءٍ من راتبك الشهري.

- معقول جداً.

■ لكنه صعب. هل تقدر أن تجمع ما بين الوظيفة والدراسة؟

- من دون أدنى شك. هذا الأمر لا يقلقني مطلقاً. أنا لا أعرف لماذا لم أفكر في هذا الحل منذ البداية، مع أنه حل سهل.

■ لأننا تعودنا أن نقلد ما يفعله الآخرون، من دون أن نخطط لحياتنا، وفقاً لظروفنا. عموماً إذا كان هذا الحل قد أعجبك، فعندي لك بعض النصائح التي ستجعل مستقبلك المهني متميزاً عن الآخرين بمراحل، لكن سنناقشها في البيت.

وصلنا إلى بيت خالي، حيث قضيت وقتاً ممتعا معهم، وتغدينا جميعنا معاً في جو مريح وناعم، ثم أكملنا نقاشنا أنا وخالي، حيث قمنا بمناقشة هدفي الوظيفي، وبناءً

عليه قمنا برسم تفاصيل مساري المهني بينما نحن نلعب النايتندوا، ومعنا تامر. كانت خطتي المهنية تقتضي أن أعمل في وظيفة مندوب علاقات عامة، وفي أثناء ذلك أدرس الشهادة المهنية الدولية في المحاسبة الإدارية (CMA)، والتي يتوقع أن تستغرق مني فترة سنة تقريباً، أبحث بعدها عن وظيفة في المحاسبة، ولكن براتب كبير نسبياً، وفي نفس الوقت أبدأ بالدراسة الجامعية في إحدى الكليات الخاصة، في الفترة المسائية.

لو سارت الأمور كما خططنا لها، فهذا يعني أنني في خلال خمس سنوات من الآن سيكون لدي شهادة جامعية، وخبرة ٥ سنوات منها ٤ في المحاسبة، بالإضافة إلى الزمالة المهنية الدولية في المحاسبة الإدارية من الولايات المتحدة الأمريكية. وهذا يعني أن وضعي المهني والمالي سيكون أفضل بمراحل من زملائي الذين تخرجوا معي من الدراسة، ثم انضمّوا للدراسة الجامعية مباشرة.

#####

في تلك الليلة كنت سعيداً جداً، كنت مستلقيا على فراشي، متلحفاً ببطانيتي الثقيلة بكامل جسمي، الذي تقوقع من شدة برودة الغرفة، بسبب التكييف، وصغر حجم الغرفة، ولأن فراشي كان في مواجهة المكيف مباشرة. كانت جدتي وأختاي الصغيرتان نائمات بهدوء، وأما أمي فكعادتها كانت قد افترشت السجادة، وقامت تصلي الليل، وتدعو الله، وكنت ألاحظها تبكي بين الفينة والأخرى في صمت من خشية الله، على عادتها في صلاة الليل.

كنت أشعر بالرضى لدرجة كبيرة. منذ وفاة والدي، وأنا حالي كحال من غرق قاربه وسط عاصفة شديدة، وتضربه أمواج البحر العاتية يمنة ويسرة، وأنا متمسك بخشبة صغيرة، وأقاوم بكل ما لدي من قوة لكي لا أغرق ومعي أسرتي الصغيرة، وبعد أن يبلغ مني الإجهاد مبلغه، وتنفد حيلتي، وأفقد الأمل، ترميني الأمواج على اليابسة، على جزيرة جميلة وخلابة، وترمي معي كنزاً لم أكن أحلم به: حل لمشاكلنا المالية، ومستقبل زاهر إن شاء الله، وثقة استعدتها في الله، بعد أن اكتويت بنار الغربة والضياع.

ولكن المشكلة لم تعالج بعد! فأنا لا أريد أن أتعرض لهزة مشابهة إذا تعرضت

لابتلاء أشد من الذي تعرضت له هذه المرة، ولذا اتفقت مع خالي أن نلتقي بعد صلاة الجمعة، ليجيب على أسئلتي عن الله سبحانه وتعالى، ليكون إيماني به عميقاً مبنياً على العقل والمنطق، وليس على مجرد أحاسيسي.

# # # # #

خرجنا معاً من صلاة يوم الجمعة، كان ذلك اليوم من أشد أيام الصيف حرارةً... مشينا عدة دقائق قبل أن نصل إلى سيارة خالي الفارهة. كنت صامتاً طوال الطريق، أرتب أسئلتي وشكوكي التي كنت متهيباً من طرحها.

جلست في السيارة.. كان مقعدها مصنوعاً من الجلد، وهذا ما جعلها بالرغم من فخامتها شديدة الامتصاص للحرارة. فوجئت بهذه الحرارة الشديدة للمقعد فصدرت مني آهة عفوية.

- خالي .. المقعد نار.

■ أنا آسف. نسيت أن أضع الغطاء الواقي من الشمس.

- لا مشكلة، أنا متعود...

■ قل لي، لقد تقبلت بسهولة كون المقعد «نارًا». لماذا؟

- طبيعي، لأن الجو حار جداً!

■ حسناً، افترض أننا في الشتاء، هل كنت ستستغرب إذا كان المقعد حاراً جداً؟

- طبعاً. لا يمكن أن يكون المقعد حاراً في الشتاء.

■ لماذا؟

- لأنه ما من سبب لأن يكون حاراً. ما الذي ترمي إليه خالي؟

■ اصبر معي قليلاً. والآن قل لي، هل تستغرب من كون النار حارةً حتى في الشتاء؟

- طبعاً لا، سأستغرب إذا صار العكس.

- إذاً ما الفرق بين المقعد والنار بالنسبة للحرارة؟ لماذا تستغرب إذا كان المقعد حاراً في الشتاء، ولا تستغرب من كون النار حارة في الشتاء؟

- النار نار، ولا يمكن مطلقاً، وبأي حال من الأحوال أن تكون غير حارة، بينما حرارة المقعد تعتمد على حرارة الجو.

- اسمح لي أن أعيد عبارتك. أنت تقول لي: أن الحرارة لا يمكن أن تنفصل وأن تنفك عن النار مطلقاً، لأنهما شيء واحد، أو بمعنى آخر إن صفة الحرارة ذاتية في النار، بينما في المقابل فإن الحرارة يمكن أن تنفصل وأن تنفك عن المقعد بسهولة حسب حرارة الجو، بعبارة أخرى فصفة الحرارة عرضية على المقعد، وغير ذاتية فيه. أليس هذا ما تعنيه؟

- نعم، يمكنك أن تقول ذلك.

كان الشارع خالياً تقريباً من السيارات، ربما هرباً من شدة القيظ، لذا لم نستغرق وقتاً طويلاً لنصل إلى مطعم «كارجين» في مدينة قابوس، المطعم الذي عزمني فيه خالي. ركن خالي سيارته بجوار المطعم، ورجع مقعد السيارة إلى الخلف، واتجه بكله ناحيتي.

- عظيم. لكن لاحظ حتى المقعد، لا بُدّ أن يكون متصفاً بالحرارة في كل حالاته، بغض النظر عن درجة الحرارة، أليس كذلك؟

- صحيح، لكن مع ذلك فصفة الحرارة، على تعبيرك، عرضية عليه. هذا واضح، لكن كيف نستطيع التمييز بين الصفة العرضية والذاتية؟

- أنت قلتها في البداية، أن تنفك وتنفصل الصفة عن الموصوف، فهذا يعني أنها عرضية، أو قل عارضة عليه، وإلا فهي ذاتية، ولكن هذا الانفكاك لا يشترط أن يكون في وجودنا الخارجي، وإنما حتى على مستوى الذهن والتصور، أو كما يعبر عنه الفلاسفة «في نفس الأمر والواقع». دعني اسألك: ما رأيك في صفة الطول للإنسان، أهي ذاتية أم عرضية؟

- المسألة واضحة، هي صفة عرضية. لكن عفواً خالي، هل لهذا النقاش علاقة بموضوعنا الأصلي؟

- نحن في الموضوع نفسه. لا تستعجل، وقل لي ما رأيك في صفة السيولة للماء؟

- صفة ذاتية.

- حسناً، والآن ألا تلاحظ أن الصفة إذا كانت عرضية، فأنت تسأل عن السبب، وعن المصدر بعفوية وتلقائية، ولكنك لا تسأل عن السبب إذا كانت الصفة ذاتية، بل تستغرب عمن يسأل عنه؟ يعني إذا كانت الورقة مبللة، فأنت ستسأل كيف تبللت، ولكنك لن تسأل مطلقاً عن سبب تبلل الماء، بل أنك تعدُّ هذا السؤال غبياً. أليس كذلك؟

- بالتأكيد.

- أخبرني إذاً هل صفة الوجود ذاتية فيك أم عرضية عليك؟ أو بعبارة أخرى: هل وجودك ناتج من ذاتك، وبالتالي، لا يمكن أن ينفك عنك بأي حال من الأحوال، أم أنه عارض عليك؟

- بالطبع عارض علي، لأنني لم أكن موجوداً في البداية، وسأموت في يومٍ ما!

- وما رأيك في كل الكائنات التي من حولك، وفي الكون كله، هل صفة الوجود ذاتية فيها (بمعنى أن الوجود نابع من ذاتها) أم أنها عرضية عليها (بمعنى أن الوجود عارض عليها)؟

- عرضية طبعاً، لأنها يمكن أن تكون موجودة، وقد لا تكون. فهي وجدت بعد أن لم تكن.

- أحسنت... والآن إذا كانت صفة الوجود عرضية عليها، أو بعبارة أخرى الوجود عارض عليها، وليس من ذاتها، فهذا يعني أنها مفتقرة للوجود، ويعني أيضاً أنه لا بد من مصدر غني للوجود، أفاض الوجود عليها، وخلقها. أليس كذلك؟

- واضح.

- هذا المصدر هو غني بالوجود، وصفة الوجود ذاتية فيه، لا تنفك أو تنفصل عنه. أو بعبارة أخرى الوجود نابع من ذاته، أو بعبارة ثالثة هو ذات الوجود. هي عبارات

مختلفة لكن المعنى واحد، وهو الله سبحانه وتعالى.

- خالي الدليل واضح جداً على وجود الله، ولكن هل أستطيع أن أتجرأ، وأتكلم بصراحة؟

■ طبعاً.

- صحيح أن هذا الدليل يثبت تماماً أن هناك ربّاً خلقنا، ولكنه لا يثبت أنه محسن، وقدير، ولطيف بنا، وأنه لا يخدعنا وأنه لا يظلمنا، وأنه غير ناقص.

■ بل يثبت ذلك. ألم تتفق معي أن صفة الوجود عرضية على كل الكائنات؟ لماذا تعتقد ذلك؟ هل تتذكر العامل الذي قمنا على أساسه بتحديد ما إذا كانت الصفة عرضية، أم ذاتية؟

- بصراحة.. نسيت.

■ دعني أنشط ذاكرتك قليلاً... هل تتذكر أننا في البداية قلنا أن الصفة إذا كانت تنفك وتنفصل عن الموصوف، فهذا يعني أنها عرضية، وأما إذا كانت لا تنفك وتنفصل عنها فهي ذاتية.

- صح.. وقلنا أيضاً أن هذا الانفكاك لا يشترط أن يكون في الواقع الخارجي، وإنما حتى على مستوى الذهن والتصور.

■ طالما تذكرت ذلك، أجبني على سؤالي: لماذا تعتقد أن صفة الوجود عرضية على الكائنات؟

- الجواب واضح: لأن جميع الكائنات قابلة للتصور والتخيل، وذلك من جهات حدودها ونقصها. أليس كذلك يا خالي؟

■ عظيم.. وهذا يعني أن مصدر الوجود، هو شيء لا يمكن أن يتم تصوره وتخيله، في نفس الأمر والواقع، لأنه إذا تم تصوره، فهذا يعني أن الوجود عارض عليه. أليس كذلك

- صحيح.

- أن يكون مصدر الوجود غير قابلٍ للتصور في ذاته، فهذا يعني أنه ليس له حدود أو قيود أو نواقص في وجوده، ويعني أيضاً أن يكون واحداً، بسيطاً، غير مركب من أجزاء أو صفات مطلقاً. لأنه لو كان مركباً، لأمكن تصوره من خلال تصور أجزائه، كما أنه لو كان محدوداً أو مقيداً أو ناقصاً في أي ناحية أو جهة، لأمكن تصوره، وتعريفه، من خلال حدوده ونقصه. أليس هكذا نتعرف على هوية كل الكائنات من حولنا؟

- فعلاً! ياه، المسألة سهلة لكنها معقدة في نفس الوقت.

- وهذا يثبت لنا كيف أن الله متصف بجميع الصفات الوجودية، وصفات الكمال، ويثبت لنا أيضاً أنه سبحانه وتعالى منزه عن جميع النواقص والعيوب والحدود.

- المسألة واضحة. قلت ذلك وأنا مطرق أتأمل بعمق في كلام خالي.

- الآن أريدك أن تتأمل أكثر قليلاً. فكر معي، ما الذي يمكن أن يكون بسيطاً، واحداً، وغير محدود مطلقاً، ويكون مصدر الوجود، وبمعنى آخر الوجود نابع من ذاته؟

- يا إلهي. قلتها بصوت مرتفع، ثم أعقبت بحماس، بنبرة مستفهم، يريد التأكد من صحة ما أكتشفه:

- هو ذات الوجود... الآن أفهم عندما قرأت عن الله مرة أنه صرف الوجود.

- نعم هو ذات الوجود.. هو الوجود، ولأنه لا يوجد هناك أي شيء آخر غير الوجود، إلا العدم - والعدم غير موجود- لذا هو وجود مطلق، لا يخالطه شيء، وهذا ما نطلق عليه صرف الوجود. ولهذا هو مطلق، لأنه لو لم يكن مطلقاً، لكان محدوداً بالعدم من بعض جهاته، والعدم غير موجود، فكيف يخالط الوجود!!

- خالي سأجن.

- سأتوقف، ولكن بقيت هناك نقطة واحدة أريد توضيحها، وهي لأنه صرف الوجود، فهو بسيط، وغير مركب من أجزاء، وإلا لأمكن تصوره كما قلنا. وهذا يعني أن صفاته عين ذاته، وذاته عين صفاته، فقدرته، هي حكمته، وهي سمعه، وبصره،

وكل صفاته، وهي ذات وجوده البسيط الواحد.

- ياه، رائع خالي.. الآن أستطيع أن أفهم معنى خطبة الإمام علي التي كثيراً ما نسمع الخطباء يرددونها: «الحمد لله... الذي لا يدركه بُعد الهمم، ولا يناله غوص الفطن، الذي ليس لصفته حد محدود، ولا نعت موجود ... أول الدين معرفته، وكمال معرفته التصديق به، وكمال التصديق به توحيده، وكمال توحيده الإخلاص له، وكمال الإخلاص له نفي الصفات عنه، لشهادة كل صفة أنها غير الموصوف، وشهادة كل موصوف أنه غير الصفة: فمن وصف الله سبحانه فقد قرنه ... ومن أشار إليه فقد حده، ومن حده فقد عده».

ابتسم خالي ابتسامة مشجعة، تنم عن نوع من الرضى، والارتياح.

لقد كنت مستمتعاً جداً لهذا الفهم. لقد أحسست بقشعريرة تسري في أوصالي، وكأنها طاقة إلهية تدب في روحي وفي جسمي كله. لم أشعر يوماً بمثل هذه الطمأنينة. لقد كان شعوراً جميلاً، بل رائعاً كأروع ما يمكن أن يكون.

نزلنا من السيارة في صمت، وأنا شارد أتحسس بهدوء ما أدركته من معان مقدسة ورائعة، لم أتخيلها يوماً في حياتي. كنت تائهاً، وها أنا الآن متيقن كما لم أكن سابقاً. لم يشأ خالي أن يقطع علي إحساسي الجميل هذا فتركني هائماً في أفكاري، حتى أنني لم أشعر بنفسي وأنا أدخل المطعم، ويستقر بي المقام في الكرسي الخشبي للطاولة المقابلة للنافورة على الجانب الأيمن منها.

- خالي لماذا لا يعلموننا هذه البراهين الرائعة في مدرسة المسجد؟ ولماذا لا يطرحها العلماء في خطبهم ومحاضراتهم؟

■ سنتحدث في هذا الموضوع لاحقاً، لكن الآن يجب أن نطلب الأكل. ماذا ستأكل؟

- لا أعرف، هذه أول مرة أذهب فيها لمطعم مثل هذا. اختر لي أنت يا خالي.

طلب خالي الأكل، وبدأنا نأكل، وأنا في تفكير عميق، لم يقطعه خالي احتراماً لي، إلى أن لمعت في رأسي فجأة فكرة جميلة.

- خالي نستطيع بهذا الفهم أن نثبت التوحيد أيضاً، وبشكل قاطع. أليس كذلك؟

■ صحيح، هو كذلك. هل تريد أن تجرب وتوضح فكرتك؟

- طبعاً، الأمر واضح. لو كان هناك إلهٌ آخر، لكان كل إله محدودا بالإله الآخر، وبالتالي نستطيع تخيله وتصوره من خلال حدوده، الأمر الذي يعني أن الوجود عارض عليه. صحيح خالي؟

■ رائع. يبدو أنك استوعبت الفكرة.

- ولكن ألسنا نحن نحد الله؟ ففي المكان الذي أكون فيه أنا، لا يمكن أن يكون فيه الله. فلا يمكن أن يوجد شيئان اثنان في مكان واحد!

■ وجودنا نحن وإن كان حقيقياً في الواقع، إلا أنه ليس وجوداً بإزاء وجود الله، وإلا لكان وجوده عز وجل محدوداً بنا نحن المخلوقات، وبالتالي أصبح الوجود عرضياً عليه، ولم يعد هو مصدر الوجود. أليس كذلك؟

قطبت ما بين حاجبي محاولاً التركيز، والبحث عن إجابة، فالأمر يبدو معضلة. كيف يكون وجودنا حقيقياً، ولكنه في الوقت نفسه ليس وجودًا إزاء وجود الله! ما معنى هذا الكلام؟ من جهة أخرى فعلاً لا يمكن بأي حال من الأحوال أن ندعّي أن وجود الله عز وجل محدود بنا نحن مخلوقاته. المسألة فعلاً محيرة.

■ دعني أسألك، هل تعرف في الكون مكاناً خالياً، لا يوجد فيه شيء ليكون فيه الله عز وجل؟

- درسنا في الفيزياء أنه لا يوجد في الكون أي مكان خالٍ (خلاء) مطلقاً! هل يعني هذا أن الله ليس في الكون كله؟ بالطبع خطأ.

■ القرآن والأحاديث الشريفة مستفيضة في التأكيد على أن الله لا يخلو منه مكان، ولا يحده مكان. هل تستحضر قوله تعالى: ﴿وَنَحْنُ أَقْرَبُ إِلَيْهِ مِنْ حَبْلِ الْوَرِيدِ﴾ كيف يمكن أن يكون الله أقرب إلى الإنسان من نفسه، حقيقةً، وليس مجازاً؟

- فعلاً. لم أفكر في ذلك من قبل.

- لأننا نحن وإن كنا موجودين بشكل حقيقي في الواقع، فإننا نبقى مجرد تجلّ للوجود الإلهي، يشبه ذلك كثيراً حقيقة أن النور والحرارة إنما هي تجليات للشمس، فهما غير الشمس، وفي الوقت نفسه وجودهما ليس بإزاء وجود الشمس.

- معقول، ويذكرني هذا بقول الإمام علي (ع) عن الله عز وجل : «مع كل شيء لا بمقارنة، وغير كل شيء لا بمزايلة»، لكنني ما زلت لا أستطيع أن أتصور بوضوح كيف أننا تجليات لله، بالرغم من أننا لسنا جزءاً من الله، وأن وجودنا الخارجي حقيقي!

- ربما لأن هذا يستدعي أن ندرك كنه وحقيقة وجود الطرفين معاً: نحن والله. ونحن اتفقنا أنه لا يمكن بأي حال إدراك ومعرفة كنه وحقيقة الله عز وجل. أليس كذلك؟

- هو كذلك خالي.

#####

في المساء، نزلت من سيارة خالي، مقابل الباب الكبير «لسور اللواتية»، على شارع الكورنيش. كنت أكاد أطير من الفرحة والسعادة، وأنا أحث الخطى نحو بيتنا في أزقة «سور اللواتية» الضيقة والمتداخلة، وكأنها مدينة البندقية، بروما. كنت أحياناً أركض من شدة لهفتي وشوقي للقاء والدتي وجدتي، والتحدث معهم، واللعب مع أختاي الشقيتين. نعم، مضت سنة منذ أن تركتهم، وانشغلت عنهم بنفسي، بالرغم من أنهم في أمس الحاجة لي، بل وأرهقتهم بمشاكلي وحزني الدائم. لقد كنت أنانياً، والآن آن الأوان لأعوضهم عن ذلك كله، ولأسدَّ بعض النقص الذي خلَّفه والدي.

دخلت البيت، فسلمت عليهم بلهفة وشوق، وداعبت أختيَّ، وكأنني رجعت من سفر طويل ومرير، وطفقت أحكي لوالدتي ما دار بيني وبين خالي من نقاش بحماس وشغف، وأنا لا أفتأ بين الفينة والأخرى عن مدح خالي، وطيبته وسعة معرفته. وكانت والدتي تسمعني باهتمام بالغ، وعلى وجهها ابتسامة ملائكية رائعة، لقد كانت سعيدة جداً لسعادتي، وتحمد الله بين الحين والآخر. وأما جدتي، فكنت ألاحظ أن وجهها يعلو ويصعد من شدة الغيظ لما تسمعه، وكانت لا تتوقف عن الاستغفار مما تعتقد أنه تجرّؤٌ على الله، والعياذ بالله.

في تلك الليلة جافاني الرقاد، فقمت أسترجع أفكاري، وكانت تدور في مخيلتي العديد من الأحاديث الشريفة والأدعية التي تدل على هذه المعاني، لكنني لم أكن أنتبه لها سابقاً. لقد كنت سعيداً ومطمئناً جداً.. سعادة من يرجع له معشوقه بعد طول هجر وغياب، سعادة من يكتشف ويتأكد أن من يعشقه يبادله نفس مشاعره، وأنه يستحق كل مشاعر العشق والحب، بل يستحق أكثر منها بكثير.

كان الجميع من حولي يغط في نوم عميق. تسللت خلسة من فراشي، وتوضأت، وقمت أصلي الليل، وأنا ألهج بحب الله بكل ذرة في كياني، وبكل خلجة من خلجات فؤادي، لم يكن هناك من شيء يستطيع أن يعبر عن مشاعري التي كانت تمتلكني تجاه الله. تناولت كتاب الأدعية. لكنني هذه المرة كنت أتصفحه بحثاً عن المعاني التي اكتشفتها اليوم. لم أشعر بنفسي، إلا والمؤذن يؤذن لصلاة الفجر، فصليت الفجر، واستلقيت في فراشي، وادثرت، وغصت في نوم عميق.

لست أدري كم مضى علي وأنا نائم، لكنني استفقت من نومي تحت إلحاح فقرة من دعاء الإمام الحسين (ع) يوم عرفة، كنت أرددها : «كيف يستدل عليك بما هو في وجوده مفتقر إليك؟ أيكون لغيرك من الظهور ما ليس لك، حتى يكون هو المظهر لك؟ متى غبت حتى تحتاج إلى دليل يدل عليك؟ ومتى بعدت حتى تكون الآثار هي التي توصل إليك؟». لقد قفزت إلى ذهني فكرة رائعة، تتحدث عنها هذه الفقرة من الدعاء. الفكرة ببساطة هي: عندما تكون هناك حرارة، فإننا تلقائياً، ومن دون أدنى تفكير نعرف يقيناً أن هناك مصدراً ذاتياً للحرارة، حتى قبل أن نكتشف أو أن نفكر في الأشياء التي تأثرت بهذه الحرارة، والتي ربما تكون أو لا تكون.

وهذا ما تقوله لنا فقرة الدعاء هذه: إن نفس الوجود - وبغض النظر عن الموجودات - يدل على أن هناك مصدرا ذاتيا للوجود «صرف الوجود»، والذي هو الله عز وجل. وعليه فنحن لا نحتاج إلى دليل لنثبت أن الله موجود! أستغفر الله.. كيف يمكن أن نكون بهذا الغباء، بحيث نحتاج لإقامة الأدلة على مصدر الوجود «الله»! فيما بعد عرفت أن هذا الدليل هو ما يعرف بـ «برهان الصدّيقين».

#####

كان الجو أقرب إلى الاعتدال تلك الليلة، وكانت السماء صافية كعادتها عندنا في سلطنة عمان، وكانت مضيئة بأشعة القمر الذي كان في تمامه. كان جميلاً! أسمعهم دائماً يتغنون بجمال القمر، لكن ربما هذه أول مرة أشعر فيها بجماله حقاً. كانت نفسي هادئة، كهدوء البحر الذي جلست على شاطئه في «سيح المالح»، وصافية كصفاء السماء، وكنت ألعب بأناملي في رمال الشاطئ الناعمة، والباردة نسبياً، وكأننا كلنا معاً أصبحنا قطعة واحدة تحكي عن جمال الخالق، ما أبدعه!

كان الجو ملهماً، وصوت البحر بأمواجه الهادئة، كأنه ترنيمة ربّانية، تتسلل إلى أعماقك، فتخرج ما استقر فيها من خلجات وهمسات، فتسمعها واضحة، وتكتشف ما كنت تجهله عن نفسك.

سنة مضت، مليئة بالحزن واليأس والإحباط.. خضت فيها معاناة شديدة، لدرجة لا توصف، وكفرت فيها بكل شيء من حولي! والآن وبعد سنة من المعاناة، انتهى كل شيء، ولم يبق منها سوى ذكريات مريرة ومؤسفة، وكأن كل ما كان، لم يكن! مات أبي، ولا زال ألم فراقه كالنصل المنغرس في قلبي، يستعر أواره في أحشائي، كلما تحركت، وكلما هدأت... ولكن بقدر المعاناة التي عشتها، وخضت مرارتها، كبرت ونضجت. أشعر أنني خلال السنة الماضية كبرت عشرات السنين. أدركت ما لم أكن لأدركه وأفهمه لولا تلك المعاناة الرهيبة.. أشعر أن قدرتي ازدادت، وثقتي في نفسي تعاظمت.. لم أعد مطلقاً ذلك الطفل الصغير، الذي كنته قبل سنة. حتى مستقبلي، لم أكن لأخطط له بهذه الطريقة الرائعة، لو كانت الأمور جرت من دون مشاكل، بل إن معاناتي هي التي دفعتني للشك في الله، ثم الوصول إلى الحقيقة، ومعرفته سبحانه وتعالى، بدرجة من اليقين، ما كانت ممكنة، لولا ما جرى علي، بل لقد أدركت في لاحق عمري أن ما حصل لي كان أشبه باللقاح «الفيروس الضعيف» الذي نأخذه، ليشكل لدينا مناعة ضد هذا الفيروس، وما كانت الآلام والمعاناة التي عشتها إلا بمثابة الأعراض التي نشعر بها عندما نأخذ اللقاح... لقد رسخت هذه التجربة ثقتي في الله لأعماق جذوري، وجعلت حبه عز وجل يشتعل جذوةً وحرارة في كل ذرة من كياني، وعودتني على مناجاته والتحدث معه بسهولة ومن دون تكلف في كل لحظات حياتي... عودتني أن أشكر ربي أول ما أشعر بالنعمة، وأن ألجأ إليه، كلما ضاقت بي الأرض، حتى وإن لم تظهر لي استجابته على دعواتي.

هل يا ترى لهذا جعلني الله أعاني ما عانيته؟ ألهذا توفى الله والدي؟ ربما، لكن ما ذنب والدي؟ وما ذنب أختيَّ الصغيرتين وأمي وجدتي؟ ...

ولكن لماذا أتكلم عن الموت، وكأنه نقمة وعذاب؟؟؟ وكيف لا يكون كذلك ونحن نسمع أن من يموت يعاني أشد العذاب، بدايةً عندما يذوق سكرة الموت، ثم يليه ضغطة القبر، وعذاب البرزخ تحت يدي منكر ونكير؟ ثم يذهب للجحيم؟ ولكن ألا يقولون أن الموت هو عروج نحو الله، فكيف يكون العروج نحو الله عذاباً وشقاءً؟

لماذا أفترض أن الله هو من سبب معاناتي، ووفاة والدي؟ هل الله الذي يحرك الحياة والأشياء من حولنا في الكون؟ أم أننا نحن من نفعل ونحرك الحياة من حولنا؟ السائق عندما قتل والدي، قتله بسبب تهوره، ولم يقتله بأمر من الله، ولهذا استحق عقابه، وإلا فلماذا إذاً يعاقب؟ ولكن إذا كان الأمر كذلك فلماذا إذاً ندعو الله؟

من نحن؟ ولماذا يهتم الله بأمرنا لهذه الدرجة؟ من أنا؟ وهل أنا بهذه الأهمية ليراقبني الله من كثب في كل لحظة من لحظات حياتي، ويتدخل ليسير الأمور في صالحي؟ هل يفعل الله ذلك مع كل الكائنات؟ فلماذا إذاً لم يخلقنا في الجنة مباشرةً، بدلاً من أن يخلقنا في الأرض، ويجعلنا نعاني العذابات تلو العذابات، ثم نخطئ، فيغضب علينا ويلقي بنا في النار؟

لماذا يعذبنا في النار؟ ما الذي يضيره من ارتكابنا لبعض المعاصي، التي لا نقصد منها أن نتحدى إرادته، وإنما نرتكبها بسبب شهواتنا التي تتملكنا بسبب ضعفنا وجهلنا؟ ولماذا نرتكب ذنباً بسيطاً، لفترة محدودة كأن نستمع الأغاني مثلاً أحيانا، فيعذبنا الله بعذاب يفوق مليارات المرات شدّةً ومدّةً الذنب الذي ارتكبناه؟ أليس من الظلم أن نقوم بحرق من يسبنا؟ فلماذا إذاً نعتبر حرق الله للسبابين في نار جهنم عدل؟ ألأنه الله؟ ألأنه الأقوى؟

لماذا خلقنا الله؟ وما الذي يريده منا أن نفعله في هذه الحياة؟ أتذكر مرة أنني سألت مدرس التربية الإسلامية في المدرسة هذا السؤال، فأجابني: لكي نعمر الأرض! ولكن لماذا يريد الله أن يعمر الأرض؟ وهل يحتاج لنا نحن أن نعمر له الأرض؟ وهل الأرض، هذا الكوكب الأخرس الميت أهم منا لكي يكون هدفنا تعمير الأرض؟ ولماذا أصلاً خلق الأرض؟

أجابني مدرس آخر: لكي نعبده. لا أستطيع أن أرفض هذا الجواب، لأن القرآن نفسه يذكر ذلك ﴿وَمَا خَلَقْتُ الْجِنَّ وَالْإِنْسَ إِلَّا لِيَعْبُدُونِ﴾ ولكنني لا أفهم معنى هذه الآية، فالله غير محتاج لعبادتنا ولا تنقصه أو تزيده عبادتنا من عدمها شيئاً!

أسئلة وأسئلة تعصف في ذهني، ولا أجد لها جواباً. كنت منذ الصغر أستهوي الألغاز، ولكنني بت أكرهها الآن. حيرة تلف بي، ولا تجعلني أعرف قراراً.. أنا واثق أن هناك إجابات واضحة، بل ورائعة لكل هذه الاسئلة، لأن الله حكيم ولطيف بنا، وهو ليس عبثياً، حاشاه... إذاً لا بد من أن هناك سراً أو أسراراً وراء هذا الكون، ووراء هذه الحياة.. لا بد أن هناك أشياء جميلة ورائعة، نحن لا نعرفها، وربما لو عرفناها لتغيرت حياتنا وأصبحت رائعة، لا مثيل لها. لا أنسى كم أصبحت حياتي جميلة عندما عرفت بعضاً من حكمة الله، فكيف تكون حياتي إذن إذا عرفت المزيد، وفهمت أسرار هذه الحياة؟

ولكن كيف السبيل لمعرفة هذه الأسرار؟ وهل علي أن أخوض الابتلاءات تلو الأخرى، لأستكشف أسرار الكون؟ هل هذا ما يسمونه «بالتعليم عن طريق الممارسة»؟ يا رب ارفق بي، وساعدني للوصول إلى الحقيقة. وهنا تبادر إلى ذهني قوله تعالى: ﴿وَالَّذِينَ جَاهَدُوا فِينَا لَنَهْدِيَنَّهُمْ سُبُلَنَا وَإِنَّ اللَّهَ لَمَعَ الْمُحْسِنِينَ﴾.

الفصل الثاني

مواقف محرجة

مواقف محرجة

واصلت حياتي، بحماس منقطع النظير، وبإرادة أحسست أنها تتأجج في داخلي، وتلهب كياني، ولكن أيضاً بخشية وقلق من المستقبل المجهول، ومن الفشل. أعرف أن الطريق ليس معبَّداً، بل وأحياناً أشك أنني قادر على تغيير واقعي... ولكن ليس لدي ما أخسره. آه آه، كم أتمنى أن أتميز، وأن أجعل أبي يفتخر بي في مثواه.

كانت المهمة الأولى هي الحصول على وظيفة مندوب علاقات عامة براتب مناسب (على الأقل 250 ريالاً عمانياً مع سيارة، بمصروفاتها) ويفضل أن تكون في شركة كبيرة، وفي الوقت نفسه أقوم بدراسة شهادة الـ CMA من الولايات المتحدة الأمريكية.

استطاع خالي - بفضل شبكة علاقاته المتشعبة - أن يرتب لي العديد من المقابلات في شركات تبحث عن مندوب علاقات عامة مناسب.

كانت مقابلتي الأولى يوم الأربعاء، في الساعة الواحدة ظهراً، مع شركة محلية تعمل في الأوراق المالية والاستثمارات، في شارع مطرح التجاري. كنت خائفاً ومترقباً جداً، وقد عقدت كل آمالي عليها. لم استطع النوم بعد صلاة الفجر في ذلك اليوم، كنت في أشد حاجتي لأن أدعو الله وأتوسل إليه، وبالرغم من ثقتي به سبحانه وتعالى، لكنني كنت خائفاً في أعماقي أن يردني خائباً وأن يخذلني، وتضيع عليَّ الفرصة التي أحلم بها لتغيير واقعي المرير.

في حقيبتي- حيث أضع ملابسي وأغراضي - لم تكن هناك سوى دشداشتين – غير التي في الغسالة – والمشكلة أن كلتيهما كانتا مبقعتين. أخذت أفضلهما، وطلبت من والدتي أن تقوم بكيها لي، ولكن جهاز الكي كان معطلاً، فأخذتها لبيت خالتي صفية وقامت بكيها هناك.

لم أكن أملك قيمة البنزين، لأستخدم سيارة والدي، ولذا توجهت إلى دوار الكورنيش لأستقل من هناك سيارة أجرة، بالطبع بالمشاركة مع ركاب آخرين، من أمثالي ممن لا يملكون رفاهية ركوب سيارة أجرة بمفردهم.

كان الجو شديد الحرارة، والعرق يتصبب من كل أنحاء جسمي، وأنا في طريقي لدوار الكورنيش. انتظرت طويلاً - قبل أن أجد سيارة أجرة، تقلني إلى «الوادي الكبير»، لتنزلني على الشارع الموازي لشارع مطرح التجاري، حيث كانت المقابلة.

الساعة الآن تقارب الواحدة، لقد تأخرت كثيراً.. أحسست بالهم والقلق يعتصر فؤادي.. يا رب أرجوك ساعدني، أنا أحتاج لهذه الوظيفة، ساعدني يا الله. كدنا نصل إلى المكان لكن الطريق كان مزدحماً عند تقاطع الشوارع في «مطرح الكبرى»، مما اضطرنا لمزيد من التأخير. كانت عقارب الساعة تدور مسرعة، وكأنها تقصد أن تلوي قلبي وتعتصره.

كانت الساعة الواحدة وتسع عشرة دقيقة، عندما وصلت أخيراً إلى الشارع الموازي لمكان المقابلة، نزلت من السيارة بسرعة، ولكن كان عليَّ أن أسأل عن موقع الشركة، وأصل إليها بأسرع ما يمكن. أخذت أركض لأسابق الزمن إلى المكان الذي كنت أفترض أن الشركة تقع فيه، وأسأل المارة بين دقيقة وأخرى للتأكد من صحة اتجاهي، وأخيراً وصلت إلى الشركة، قرابة الواحدة والنصف.

دخلت الشركة، وقد كان أحدهم يهم بالخروج منها، فسألته عن «محمد عطية» مدير الشؤون الإدارية بالشركة، فتبين أنه هو نفسه.. كنت ألهث من شدة التعب، وكان العرق يتصبب من جسمي، ورائحة العرق النتنة تفوح مني، ومع وضاعة ثيابي، والبقع التي كانت تزين دشداشتي، والتجاعيد التي تعلوها، والتي لم تنجح كواية خالتي صفية المعطلة في معالجتها كنت أبدو شحّاتا من الطراز الأول.. لقد كنت حقاً في حالة يرثى لها.

أخبرت المدير أنني المندوب الذي يفترض أن يجري معه المقابلة، لكنه طالعني باشمئزاز، ووبخني بسبب تأخري، وازدراء حالتي، وأخبرني بصراحة أنني لست مناسباً للوظيفة.

وقع كلام المدير عليَّ وقع الصاعقة... مضى المدير في حاله، لكنني جمدت في

مكاني، وكأن أحاسيس العجز والذل والحاجة وقلة الحيلة قد أفقدتني كل طاقة وقدرة لي على الحركة، أو حتى التأوه.. أحسست بالألم يضرب في صدري عميقاً، وشعرت أنني غير قادر على التنفس... وفجأة تحول هذا الألم إلى غضب عارم يلفني، فشعرت دمائي تتدفق في عروقي وهي تغلي، وكأنها تود أن تحرق كل شيء... خرجت مندفعاً من الشركة، لا ألوي على شيء... «اللعنة، اللعنة، اللعنة، كل شيء غلط في غلط، تعبت».

لقد كان الشعور باليأس والإحباط والسخط يملؤني، بينما كنت أمشي راجعاً إلى البيت مسافة ٥ كيلو مترات في هذا الهجير، لأنني لم أكن أملك أجرة سيارة الأجرة «مئتا بيسة» [نصف دولار أمريكي]! كنت أشعر بالقهر، كنت أريد أن أفعل أي شيء أنفّس به عن غضبي، كأن آخذ حجراً مثلاً وأحطم به نوافذ سيارات هؤلاء الأغنياء المترفين، التافهين، لكن ضميري وعقلي كانا يمنعاني من ذلك، فيرتد غضبي إلى داخلي ليزيدني حنقاً وتأججاً.

ساعة كاملة وأنا أمشي في هذا الجحيم، والغضب يستعر في داخلي، ليتحول رويداً رويداً إلى حزن واكتئاب.. وصلت إلى البيت وأنا أترنح على شفا الانهيار، لم استطع أن أفتح فمي، لأجيب أمي على أسئلتها الحيرى، ولأطمئنها. فتحت المكيف، وفردت فراشي القطني، واستلقيت عليه متقوقعاً على نفسي: «لقد تعبت، يكفي ما جرى، سأظل مستلقياً هكذا إلى أن ألحق بوالدي».

شرعت أمي تبكي وتتوسل إلي لأجيبها، لكن بكاءها كان يزيدني غضباً وألماً. لم استطع البقاء صامتاً، صرخت في وجهها: «يكفي»، وهددتها أنها إن لم تتركني لحالي، فإنني سأفرّ من البيت دون رجعة. كانت أول مرّة أرفع فيها صوتي على أمي، التي أصابها الجزع والذهول والخوف، فقررت أن تبتلع كل آلامها، وأن تبتعد عني، وهي تنتفض من شدة البكاء، ولكن بصمت خوفاً علي.

كان الألم يطحن قلبي طحناً، والشياطين تقفز من حولي، لكن خيطاً رفيعاً من الأمل ظل يربطني بالله. رددت اسمه بمرارة طالباً عونه، قبل أن أغوص في نوم عميق، لم أصح منه إلاّ في الليل على وجه خالي عيسى، وهو يوقظني بصوت حنون.

- أنا آسف، الغلطة غلطتي. قالها لي خالي بحنان

كانت أعصابي قد هدأت بعد هذا النوم الطويل، كما أن وجود خالي بجانبي بالرغم من أنه فاجأني، لكنه أشعرني بالطمأنينة في الوقت ذاته. كنت أحس بالحاجة إليه.

- خالي!

■ بعدما اتصلت بي أمك، اتصلت بمحمد عطية، وعرفت منه كيف جرى اللقاء بينكما. فاعتذرت منه على تأخرك، وطلبت منه أن يمنحك فرصة أخرى.

- لا، خالي. لا أستطيع أن أعمل في هذه الشركة بعدما حدث. لقد كانت الغلطة غلطتي. قلت هذا وأنا أقعد من نومتي، وأستند بظهري على جدار الغرفة، بينما كان خالي جالساً مقابلي.

■ لا بأس هناك العديد من الشركات. والخطأ لم يكن خطأك، بل خطئي أنا. كان علي أن أبقى معك إلى أن تستقر أحوالك، لكنني أهملت. أنا أعتذر!

- لا خالي، أرجوك لا تقل ذلك. أنت فعلت أكثر مما عليك.

■ اسمعني حبيبي. كما أننا لا يمكننا أن نرسل جندياً للقتال من دون سلاح، لا يمكنك أن تجري المقابلات من دون بعض الترتيبات، مثلاً تحتاج لملابس جيدة، ونعال جيدة، وساعة، وكمة جيدة. كما تحتاج أن يكون لديك مصروف شهري، لتستطيع أن تستخدم السيارة للتنقل.

كان كلام خالي محرجاً جداً! هو يعلم أن أوضاعنا المالية عسيرة جداً، وأنني لا أملك ما يطلبه مني، لكن كرامتي لم تكن تسمح لي بأن أقول له ذلك. كما أنني كنت أخشى بشدة، أن يعرض علي المساعدة، لأنني حينها كنت سأضطر أن أرده، لأنني لا أستطيع أن أمد يدي لأحد، بما فيهم خالي عيسى، حتى لو مت جوعاً.

■ لقد اقترضت مبلغاً بسيطا من المال لك من «صندوق القرض الحسنة»، باسمي، وتستطيع أن تسدده خلال الأشهر القادمة من أصل المبلغ إلى أن توفق لوظيفة مناسبة.

كان الاقتراح مناسباً جداً، أردت أن أرفض في البداية، لكن لم يكن هناك من

سبب لرفضي، لا سيّما أن هناك مجموعة لا بأس بها من قبيلتنا تستفيد من هذا الصندوق المخصص لأفراد القبيلة.

- أشكرك خالي، أنا موافق، لكن بشرط أن يكون القرض باسمي، وتكون أنت الضامن.

■ كما تريد.

#####

لا أدعي أنني كنت أملك مهارات إجراء المقابلات، لكنني تمرستها بشكل مناسب مع استمرارية المقابلات. ومع إجادتي للغة الإنجليزية، وقدرتي على كتابة الرسائل، وطبيعة شخصيتي الهادئة المنضبطة، كل ذلك كان يفعل فعل السحر في كل مقابلة كنت أخوضها، ولذا لم يدم طويلاً حتى وجدت نفسي أمام ثلاثة عروض، كان أفضلها من شركة إنجليزية، لأعمل سائقاً ومندوباً للشركة لتخليص معاملاتها، مقابل ٤٥٠ ريالاً شهرياً يشمل قسط السيارة ومصروفاتها.

كانت الوظيفة مناسبة جداً، فقد كانت تتيح لي الكثير من وقت الفراغ، الذي كنت أستفيد منه في الدراسة، سواءً في المكتب أو أثناء ساعات الانتظار الطويلة في الطوابير التي كنت أقفها لدى المؤسسات الحكومية المختلفة لإنجاز معاملات الشركة.

سنة مضت هادئة، ومريحة، تحسن فيها وضعنا المالي بحمد الله، واستطعنا أن نسدد جميع الديون المتراكمة علينا، كما انتقلنا لبيت آخر في سور اللواتية، أكبر ممّا كنا نسكن فيه.

لم يكن يكدّر هذا الهدوء والراحة سوى معاناتي مع دراسة المحاسبة الإدارية الأمريكية (CMA). لقد كان الأمر صعباً جداً، بل مستحيلاً في البداية، مما سبب لي إحباطاً شديداً، ولكنني مع تطور لغتي الإنجليزية، وشدة عزيمتي، بدأت أتغلب عليها بالتدريج.

وأخيراً بعد سنة من معاناة الدراسة، ومعاناة تقديم الامتحانات والرسوب فيها مرّة بعد أخرى، نجحت في جميع المواد الأربعة... لم يكن ذلك مجرد نجاح عادي بالنسبة لي، بل كان نجاحاً متألقاً انتزعته من رحم الأسى واليأس.

ياه يا أبي، كم تمنيت لو كنت معنا لتشاركني هذه الفرحة! أبي هل أنت سعيد في عالمك بما حققته؟ هل يا ترى تفتخر بي هناك، أم أن هذا كله لا قيمة له في العالم الذي أنت فيه؟ كم اشتقت إليك أبي.

#####

المهمة التالية كانت تحدياً من نوع آخر، لكنها كانت بمثابة جائزة على نجاحي في المهمة الأولى! كانت المهمة أن أجد وظيفة في مجال المحاسبة براتب أفضل من راتبي الحالي، وفي الوقت نفسه الانضمام لبرنامج البكالوريوس في الفترة المسائية في مجال التجارة في إحدى الكليات الخاصة.

يقال أنني كنت محظوظاً، لكنني أرى أنني كنت موفقّاً من الله عز وجل، فقد حدث أنني ذهبت في اليوم التالي لنجاحي، لمقابلة «سير أندرو» المدير الإقليمي لشركتنا، وقد كنت استطعت خلال فترة السنة الماضية أن أفرض احترامي في الشركة، كما استطعت تكوين علاقات جيدة مع جميع من تعاملت معهم من موظفي الشركة، ولاسيّما سير أندرو، حيث قمت بمساعدته عدة مرات في تخليص بعض معاملاته الشخصية.

كان سير أندرو منكبًا تحت الطاولة، يبحث كالعادة عن قلمه الذي وقع منه، ولذا اضطررت للبقاء واقفاً على الباب إلى أن ينهض. لحظات ووجدته ينهض من تحت الطاولة، ويستقر في مقعده الفاخر، وهو يتوجه برأسه نحوي، منكساً إياه إلى الأسفل، لينظر لي من طرف عينيه العلوي، فقد كان يلبس نظارة قصر النظر للقراءة. سألني وهو يبتسم لي بلطف:

- محمد! بماذا أقدر أن أساعدك؟

- سير، أنا نجحت في الـ CMA.

- حقّاً! مبروك، أنت تستحق ذلك. وما الخطوة القادمة لك؟

- أبحث عن وظيفة في المحاسبة، وأكمل شهادة البكالوريوس في إدارة الأعمال.

- واضح أنك تعرف مسارك المهني. ما رأيك أن تنتقل عندنا في قسم المحاسبة؟

كان العرض مفاجئاً لي. لم أتعود أن تكون الأمور بهذه السهولة، أجبت بالموافقة بسرعة وبصوت عال ومضطرب، وكأنني خشيت من أن يغير رأيه.

- ■ جيد، إذاً في هذه الحالة عليك أن تبحث لنا عن مندوب ممتاز يحل محلك، وبعدها تنتقل للمحاسبة. هل يكفيك مدة شهرين لتدبر أمورك؟ سألني المدير، وهو يبتسم ابتسامةً مشجعةً.
- - شهر واحد يكفي، وأنا أعدك بأن المندوب الجديد سيكون ممتازاً.
- ■ عظيم، اهتم بنفسك.
- - أشكرك سير، أشكرك.

لم تكن مسألة إيجاد مندوب بديل أمراً صعباً، فقد كانت شركتنا تدفع رواتب جيدة، كما أنني من خلال عملي تعرفت على العديد من المندوبين، من الطراز الأول.

# # # # #

كانت الوظيفة تأخذ نصيب الأسد من جهدي ووقتي، فقد كانت تتطلب مني أحيانا العمل طوال الليل، وأحياناً كنت أقضي أيام الخميس والجمعة في الشركة لأنجز عملي، لاسيّما في آخر كل شهر، حيث كان علينا إصدار تقارير الإدارة الشهرية.

لكن لم يكن ذلك ليمنعني من التسجيل في الفترة المسائية في كلية التجارة، لذا كنت أرجع كل ليلة من الكلية منهكا ومكدوداً، أجرُّ أقدامي جراً إلى البيت، لأتناول طعام العشاء اللذيذ الذي تقدمه والدتي، وأستمتع بشرب الشاي المنزلي الرائع النكهة، وأقضي وقتاً ممتعاً مع أمي وجدتي وأختيَّ الصغيرتين الشقيتين. لقد كان هذا الوقت حقاً وقتاً مستقطعاً من عالم الدنيا المليء بالكفاح والكدح.

رغم هذا الإرهاق الذي كنت أعانيه، إلا أنني كنت أشعر بالنشاط يدب في أوصالي سرعان ما كنت أرى أمي، بوجهها الملائكي البشوش، وهي جالسة كعادتها على دكة البيت تخيط لي كمة جميلة من صنع يديها الكريمتين.

مرت الأيام، وتعاظمت الأعباء والضغوط علي، فاضطررت أن أخفض عدد

ساعات نومي لأربع ساعات يومياً، لكي أستطيع أن أوفق بين مسؤولياتي العديدة التي لا تكاد تنتهي... كان الصداع رفيقي، ولا يتركني إلا بالمهدئات، وكنت أشعر بجسمي يزن أطناناً، وكنت أعاني من النعاس طوال الوقت، لاسيّما عندما كنت أقود السيارة، وأخيراً بدأ أدائي في كل من الوظيفة والدراسة يسوء، وبدأت أخطائي تكثر، وأعاني من التوتر والعصبية، ولولا دقائق الخلوة العشرين التي كنت أواظب عليها كل ليلة، لربما كنت فقدت نفسي وانهرت.

لم يكن لدي من خيار آخر.. لقد كان علي أن أواصل حتى آخر نفس لي، وكنت أؤمل نفسي أن السنين سرعان ما ستنقضي، وسأتخرج من الكلية، وعندها سأستمتع بالراحة إن شاء الله.

كنت أدعو الله بإلحاح أن يفرّج عني، وكنت أسأل والدتي يومياً أن تدعو لي بذلك، لكنني في أعماق نفسي كنت أشك أن يكون هناك مخرج للورطة التي كنت فيها، إلا أن يرزقني الله كنزاً لم أكن أحسبه.

وبينما أنا أصلي المغرب في إحدى الأيام، برقت في ذهني فكرة رائعة، وغريبة في الوقت ذاته! تذكرت أنني عندما كنت صغيراً، وكنت أخشى أن أذهب إلى المدرسة كنت أتمارض وأُشعر نفسي بالحمى، لدرجة أنني كنت أقتنع بها، وعندما كانت والدتي تفحصني كانت تلاحظ علي الحمى والتعب، ولذا كانت تسمح لي بالغياب عن المدرسة، وعندما كان وقت الذهاب للمدرسة يفوت كنت أعود وأُشعر نفسي أنني أحسن حالاً، وكنت أيضاً أقتنع بذلك، ويظهر ذلك علي، فتسمح لي أمي بالخروج واللعب في الحارة.

كانت الفكرة التي برقت في ذهني، أن أحدث نفسي وأقنعها أن ما يحتاجه جسمي من النوم يومياً هو ثلاث إلى أربع ساعات كحد أقصى، وأن النوم أكثر من ذلك يرهق جسدي، ويشعرني بالنعاس! وبالرغم من غرابة الفكرة إلا أنني استطعت فعلاً تمريرها إلى عقلي الباطن، وكانت النتيجة فورية.. لقد زالت عني جميع آثار التعب والإرهاق، وبدأت أشعر بالنشاط يسري في جسمي وعقلي طوال الوقت، فيما عدا أنني عندما كنت أقود السيارة لمسافات طويلة، كنت أشعر بنعاس شديد.

لقد كنت سعيدا جداً بهذا الإنجاز، ليس لأن أدائي الوظيفي والدراسي تحسن

وحسب، وليس لأنني أخيراً بدأت أستمتع بالراحة والهدوء، ولكن لأنني أحسست بقرب الله مني، ودعمه إياي، وأدركت عظيم مكافأته لي على جهدي وإخلاصي، فقد جعلني الله أكتشف في ذاتي قدرة عجيبة، لم أكن أعرفها من قبل. لقد مكنتني هذه القدرة «الإيحاء الذاتي» على التخلص من العديد من المشاعر السلبية، ونقاط الضعف التي كنت أعاني منها، كالوسوسة والأرق وغيرهما، كما مكنتني من اكتساب العديد من المهارات والقدرات التي تمنيتها، وفشلت سابقاً في اكتسابها. لم يكن الأمر سهلاً دائماً، وأقر أنني فشلت في التخلص من بعض نقاط الضعف لدي، وفشلت أيضاً في اكتساب بعض النقاط الإيجابية، التي كنت أسعى إليها، ولكن مما لا شك فيه أن هذه القدرة كانت بشكل عام فعّالة جداً.

# # # # #

غرفة الصلاة في الكلية غرفة صغيرة وموحشة، بسبب ندرة المصلين فيها، حيث لا يكاد يدخلها أحد، وكان يزيدها وحشة خفوت إضاءتها البيضاء. في البداية كنت أستوحش الصلاة فيها، ولكنني تعودت عليها مع مرور الوقت، بل بدأت أشعر بالارتياح فيما بعد، لأنني كنت أستطيع أن أخشع في صلاتي متى ما هفت نفسي لذلك، من دون أن أخشى أن ألفت الأنظار لي.

وفي إحدى المرّات، وبينما كنت أصلي صلاة المغرب، وأبكي بحرقة لضعف إرادتي عن الإقلاع عن سماع الأغاني المطربة، دخل علي فجأة أحد الزملاء بالكلية، فتوقفت فورا عن البكاء، وجففت دموعي بكم ثوبي بسرعة وارتباك، وأنا كلي خشية من أن يكون قد رآني، وكأنني كنت أرتكب جريمة! ربما لأنه ليس من المعتاد أن يبكي الناس في صلاتهم وربما لأنني خشيت أن أتهم بالإفراط في التدين أو التعقيد فيه، فأغدو سخرية أمام طلبة الكلية، لا سيّما وأنني كنت كذلك فعلاً لدرجة ما بسبب امتناعي عن الاختلاط بالبنات، ومصافحتهن، وبسبب رفضي لسماع الأغاني (أمام الآخرين، وإلا فإنني كنت أسمعها سراً عندما أكون بمفردي).

حدث للأسف الشديد ما كنت أخشى منه، فسرعان ما انتهيت من صلاتي وتوجهت لمقهى الكلية، تجمع علي الشباب وأخذوا يستهزئون بي، ويسخرون مني ومن

تديني، بشكل غير لائق مطلقاً. تأثرت كثيراً، وشعرت بالدماء تغلي في عروقي وتتصاعد في وجهي، ولكنني رغم ذلك بدوت هادئاً من الخارج، ربما لأنني تعودت على المشاكل، وألفتها.

أردت أن أرد عليهم بقسوة، لكنني كنت عاجزاً عن ذلك، إذ لم يحصل لي في حياتي أن تلاسنت مع أحد! ومع شدة غضبي وجدت يدي تمتد لمقعد بجانبي، وأحسست برغبة عارمة في تهشيمه على رؤوسهم، وكدت أخرج من طوري، وأفعل ما كنت سأندم عليه كثيراً، لولا أنني تذكرت في تلك اللحظة الحاسمة الرسول الأكرم (ص)، وتذكرت كيف أنه أوذي في جنب الله، ومع ذلك لم يقابل من آذوه إلا بالحسنى. تمثلت الرسول الأكرم (ص)، وقررت أن أقتدي به، عل الله يغفر لي سماعي الأغاني المحرمة.

هدأت، وقربت المقعد مني وجلست عليه، وأنا أصطنع ابتسامة هادئة على وجهي، وسرت بجسمي قشعريرة وأنا أستحضر قوله تعالى: ﴿وَلَا تَسْتَوِي الْحَسَنَةُ وَلَا السَّيِّئَةُ ۚ ادْفَعْ بِالَّتِي هِيَ أَحْسَنُ فَإِذَا الَّذِي بَيْنَكَ وَبَيْنَهُ عَدَاوَةٌ كَأَنَّهُ وَلِيٌّ حَمِيمٌ (٣٤) وَمَا يُلَقَّاهَا إِلَّا الَّذِينَ صَبَرُوا وَمَا يُلَقَّاهَا إِلَّا ذُو حَظٍّ عَظِيمٍ﴾ عندها شعرت بالسكينة تسري في صدري، وقررت أن أسمع تعليقاتهم وأتأمل فيها، في محاولة لفهمهم وفهم طريقة تفكيرهم ومشكلتهم.

لاحظت أنه رغم تعليقاتهم الساخرة فإن بعض كلماتهم كانت تستبطن نوعاً من الاحترام والتقدير لي ولتديني! أدركت أن مزاحهم الثقيل إنما كان نابعاً من رغبتهم في التسلية، وضحكهم وتعليقاتهم لم تكن لقلة احترامهم لشخصي أو لتديني، وإنما لغرابة سلوكياتي واختلافها عمّا يألفونها من سلوكيات.

كاد الموقف أن ينتهي من دون أية مشكلة، لولا أن ذلك لم يرق لعامر، صديقي المشاكس الذي دخل المصلى وشاهدني أبكي.

لم يكن عامر شريراً بطبعه، بل بالعكس من ذلك كان متديناً وطيباً جداً في بداية حياته. كنا نقضي أنا وإياه ساعات طويلة يومياً على شارع الكورنيش نتناقش فيها في مختلف القضايا والمسائل في الدين، وهموم الأمة، وكنا نبدو أكبر من عمرينا كثيراً. لكنه أصيب بصدمة شديدة بسبب انفصال والده «المتدين» عنهم، وقد كان يحبه كثيراً، ثم زاد من ألمه إصابة والدته بالسرطان، الأمر الذي جعله يفقد ثقته بالله وينحرف مئة وثمانين درجة، وساعده على ذلك تيسر حالته المادية، وذكاؤه المفرط، ووسامته، وضعف رقابة

الأهل عليه.

- قل لي محمد، بما أنك ما شاء الله تقرأ كثيراً في الدين، هل تستطيع أن تساعدني؟ أنا أواجه منذ فترة بعض الاسئلة المحيّرة في العقيدة، وأبحث لها عن إجابة، ولكنني لم أصل إلى إجابة شافية؟

شعرت بنبرة التحدي في كلام عامر. أعلم أن قصده ليس بريئاً، وأنه يقصد إحراجي، وأنا لم يكن لدي خيار آخر غير قبول التحدي، فرفعت رأسي نحوه، بابتسامة، حرصت أن تبدو بريئة، وأجبته بنبرة قوية واثقة:

- أنا مجرد متعلم، ولست أعرف إلا القليل، ولكن تفضل فإذا لم أكن أعرف الإجابة، أستطيع أن أسأل علماء الدين.

- السؤال الذي يحيرني هو أن الله إذا كان يحبنا، ورحيم بنا، فلماذا إذاً خلق الأمراض والآفات؟ ولماذا يدع الناس يموتون من الجوع والمرض؟ ولماذا خلق الله المجرمين والجراثيم والوحوش؟ لماذا جعل بعضنا أذكياء وأغنياء ومعافين بينما ابتلى آخرين بالفقر والمرض والغباء؟

أثار سؤال عامر انزعاجاً لدى الشباب، إذ إن مناقشة هذه المواضيع – لاسيّما علناً - يعد محرماً في ثقافتنا السائدة، ورغم أنني لم أكن أملك جواباً شافياً مفصلاً عن سؤال عامر، لكنني لم أستطع أن أترك سؤاله من دون جواب.

- نحن نجهل الكثير من الأمور في هذا الكون، فكما يقول الله تعالى: ﴿وَمَا أُوتِيتُمْ مِنَ الْعِلْمِ إِلَّا قَلِيلًا﴾، ولكن مما لا شك فيه هو أن الله حكيم وقوي، وأنه يحبنا، ويرحمنا، إلا أن عقولنا تقصر عن إدراك الحكمة الإلهية في بعض المسائل، ومنها هذه الاسئلة التي سألت أنت عنها، ولكن هذا لا يعني أن الله لا يحبنا ولا يرحمنا. ألا يقول الله سبحانه وتعالى: ﴿إِنَّ اللَّهَ بِالنَّاسِ لَرَءُوفٌ رَّحِيمٌ﴾.

- عفواً محمد...

حاول عامر مقاطعتي، لكن أحد الطلبة (عمر) منعه، وطلب منه أن يدعني أنهي جوابي.

- أنا انتهيت من إجابتي، لكن دعني أعطيك مثالاً: تذكر يا عامر عندما كان والدك يصحبك إلى صف التايكواندو في صباك، لتتمرن على القتال. هل تذكر كيف كنت تستشيط غضباً في داخلك على والدك، وكنت تعتقد أنه لا يحبك، لأنه لم يكن يحرك ساكناً، وهو يشاهدك مراراً وأنت تتعرض للضرب المبرح أثناء أداء تمرين «المواجهة مع الخصم» مع زملائك الذين يفوقونك قوة ومهارة؟ هل كان حقاً والدك لا يحبك، أو أنه كان يفعل ذلك لمصلحتك، ولكنك لم تكن آنذاك تستطيع أن تدرك هذه المصلحة؟

■ عفواً محمد، هذا تهرب من الإجابة...

وقبل أن يكمل كلامه، قاطعه طالب آخر، اسمه سالم.

o بصراحة يا عامر، سؤالك غير مناسب. نحن كنا نمزح، وأنت قلبت الموضوع إلى جد.. لم يكن من المناسب أبداً أن تعترض على حكمة الله بهذه الطريقة، أو أن تحاول التشكيك بحبه لنا، ورحمته علينا، ومع ذلك أجابك محمد على سؤالك، لكنك لا تريد أن تصغي إليه...

■ لا يا سالم، عفواً، أنا لم يكن قصدي التشكيك في حب الله لنا.

o بل قصدت ذلك. عموماً أرجوك لندع هذا الموضوع، وإذا كانت لديك المزيد من الشكوك والأسئلة، اذهب للشيخ، وهو سيجيبك عليها، ولكن لا تطرحها هكذا في أوساط الطلبة.

استمر الجدل والنقاش بين مجموعة من الطلبة حول هذا الموضوع. أما أنا فالموقف انتهى بالنسبة لي هنا. وشكرت الله أنه ألهمني الإجابة، وإلا فإني لم أكن مستعدا لهذا النقاش. ولكن ولأكون منصفاً، فإن كلامي وإن كان صحيحاً، ولكنه – كما قال عامر - كان تهرباً من الإجابة! لماذا خلق الله الشرور؟ ولماذا التفاوت في توزيع القدرات بين البشر؟ أسئلة محيرة، لا أعرف لها سراً.

لم يكن مثال الوالد صحيحاً، فالوالد ناقص وعاجز، ولذا لم يكن أمامه طريقة ليقوي ابنه عامر سوى أن يدربه على القتال، وأما الله فهو لا يحتاج لهذه الطرق لتحقيق

ما يريد! أليس الله ﴿إِنَّمَا أَمْرُهُ إِذَا أَرَادَ شَيْئًا أَنْ يَقُولَ لَهُ كُنْ فَيَكُونُ﴾؟!

لست أفهم لماذا لم يخلقنا الله في الجنة مباشرة، بدلاً من أن يخلقنا في الأرض، ويجعلنا نعاني العذابات تلو العذابات فيها، ونرتكب الأخطاء، فيغضب علينا ويرمينا في النار؟!

يقولون أن الله خلق النبي آدم في الجنة، ولكنه بمعصيته وأكله من الشجرة التي منعه الله أن يأكل منها، استحق أن ينزله الله في الدنيا عقوبة له!! ولكن لماذا خلق الله تلك الشجرة؟ ولماذا جعلها في متناول النبي آدم (ع)؟ ولماذا لم يمنعه، أو حتى ينبهه عندما رآه عازماً على أكلها؟ لماذا سمح للشيطان أن يخدعه، وهو نبي؟

ثم إن كان آدم (ع) استحق العقوبة بمعصيته؟ ما ذنبنا نحن أفراد البشرية كلها لنعاقب بفعل أبينا آدم (ع)؟

أسئلة تلح في رأسي، ولا أجد لها جواباً. لا شك عندي في أن الله حكيم وأنه أرحم الراحمين، ولكن لا أهتدي لحل هذه الألغاز، وقلبي يحدثني أن وراءها أسراراً عميقة.

# # # # #

في قاعة المحاضرات كان النقاش لا يزال على قدم وساق بين عامر وسالم، مع مجموعة من الشباب تحيط بهما، وكانت أصواتهم عالية، تبلغ حد الصراخ أحياناً... كان المنظر ملفتا جداً، إذ لم يكن من عادتهم النقاش بهذه الجدية وبهذا الحماس.

دخل الدكتور القاعة، فجلس الطلبة في مقاعدهم، فيما عدا مجموعتنا هذه حيث كانت مستغرقة في النقاش بشكل عجيب، وأخيراً تدخل الدكتور، وطلب منهم الجلوس.

بعد أن سمع الدكتور منا موجز ما حصل، اقترح أن يتم مناقشة هذا الموضوع على مستوى الصف كاملاً. حاول بعض الطلبة الاعتراض، باعتبار أن هذا الموضوع متخصص، ويحتاج لوجود عالم دين، لكن يبدو أن الدكتور كان قادراً على إقناعهم بفتح الموضوع، ولذا صوّت معظم الطلبة لصالح مناقشة هذا الموضوع، ولكن بعد شهر من الآن، حيث يكون كل فريق قد استعد بشكل كاف للنقاش.

كان أفراد فريقي، بل ومعظم أفراد فريق عامر «الفريق الخصم» مطمئنين من قدرتي على المحاورة، و»إظهار الحق» على حد تعبيرهم، لكنني شخصياً كنت قلقاً جداً! لم تعد المسألة مجرد أسئلة وألغاز تدور في رأسي، وإنما عقيدة عشرات الطلبة باتت على المحك، ومتوقفة على قدرتي في الإجابة على أسئلة عامر، وما يمكن أن يسوقه في المناظرة القادمة من إشكالات وبراهين.

كنت أعلم أن الله لن يتخلى عني، ولكنني لم أكن أعرف كيف ومن أين يمكنني الحصول على الإجابات على هذه الاسئلة. لو كان خالي موجوداً، لكنت لجأت إليه، ولكنه مسافر لألمانيا للعلاج، ولن يرجع قريباً.

لم يكن أمامي غير اللجوء لعلماء الدين، لكنني صدمت عندما وجدت أن من سألت منهم لا يملك غير ذاك الجواب العام الذي سبق أن أجبت به عامراً! وهو جواب ربما لا يقنع الكثيرين.

فاجأني أيضاً أنني عندما كنت أحاول أن أتعمق معهم في المسألة أكثر، كانوا يستاؤون مني، وكانوا يحذرونني من أن الولوج في هذه المسائل غير محبذ في الشرع، وأنه منهي عنه.

لم يكن هذا الكلام ليخمد أواري، ولا ليشبع نهمي لمعرفة الحقيقة، وبدلاً من أن تصدني تحذيراتهم خوفاً علي، حفزتني، وجعلتني أكثر إصراراً على البحث عن الحقيقة، لا سيّما أن هناك عشرات الطلبة من ورائي ينتظرون مني إجابةً شافية، وأن هناك خصماً لدوداً يتمنى أن أضعف، ليشمت بي، وليبرر أمام نفسه وأمام الآخرين سبب انحرافه عن الدين!

كانت الأيام تمر، والموعد يقترب، وكانت الحلقة محكمة الإغلاق، ولم يكن هناك من مخرج! لا أشعر أنه من المناسب أن أتصل بخالي في ألمانيا، وهو لم يمض على إجرائه العملية سوى عدة أيام، ولكن في المقابل، المسألة خطيرة، وتتجاوز هذه القضايا الشخصية. ترددت كثيراً، ولكن في النهاية حسمت أمري، ورفعت سماعة الهاتف، واتصلت بخالي في ألمانيا.

كان صوته لا يزال واهناً، وهذا ما زاد في ترددي في البداية. سألته عن أحواله، وعن صحته، فكان يجيبني بتعب. فكرت أن أنهي المكالمة بعد الاطمئنان عليه، ولكنني تجاوزت نفسي، وأخبرته بشكل مختصر أن عندي مناقشة في الكلية في هذا الموضوع، وأن الأمر مهم جداً، لأن عقيدة عشرات الطلبة ربما تتوقف على ما سأقوله.

أخذ خالي كلامي على محمل الجد، وصارحني أنه هو أيضاً لم يتوصل لحل لهذه المسألة، غير أنه طلب مني أن أذهب لمكتبته في بيته، وأستعير منها كتاب «العدل الإلهي» للشيخ مرتضى المطهري، لأنه يناقش هذه المسألة.

أمضيت أياماً وأنا أقرأ الكتاب، لا سيّما الفصل الثاني من الكتاب، المسمى بـ«حل العقدة». أعدت قراءته عدة مرات، ولكنني لم أكن أشعر بأنني أتقنت فهم الفكرة.

وأخيراً طلع فجر ذلك اليوم الذي ستكون في مسائه المناقشة. كنت مضطرباً جداً، الجواب أمامي في الكتاب، ولكنني لا أستطيع أن أهضمه بشكل يمكنني من طرحه. كنت خائفاً، ليس من الفضيحة، بقدر ما كنت خائفاً أن أخذل أولئك الذين وثقوا بي.

نمت بعدما صليت الفجر، ودموعي تتساقط بحرقة، وقلبي يلهج لله.. دعوته من أعماق قلبي، ألا يتخلى عني بسبب عصياني له. كنت أعلم أنه قادر على أن يلهمني الإجابة إن أراد. أقسمت له بحقه أنني مخلص له، وأنني أريد نصرة دينه.

في الصباح، وقبل أن يرن جرس المنبه، أفقت من النوم، وقد اتضحت الإجابة في ذهني! يا إلهي كم هي المسألة بسيطة! لست أدري لِمَ لم أهتدي إليها من قبل! شكرت الله وقفزت من فراشي فوراً، ومسكت كتاب «العدل الإلهي»، وشرعت أقرأ الفصل الثاني منه مرة أخرى، ولكن هذه المرة وفق الإجابة التي أدركتها في منامي، فوجدتها هي هي. يا الله! الحمد لله! الآن أستطيع أن أجيب على أسئلة عامر. شكراً لك يا رب! كم أنت عظيم!

#####

قاعة المحاضرات كانت أشبه بعرصة السوق في ذلك المساء، فقد كان الجميع متحمساً لهذا النقاش المرتقب منذ شهر. بعضهم كان يربت على كتفي، وهو في طريقه لمقعده، ملقياً بعض عبارات التشجيع، أو الإطراء. لكنني كنت في شغل عن كل ذلك..

كنت مرتبكاً جداً، وكان جبيني يتصبب عرقاً، ويداي ترتعشان.

المفروض أن النقاش بين فريقي وفريق عامر، ولكن المسألة منذ البداية أخذت شكل التحدي الشخصي بيني وبين عامر. كان أعضاء فريقي يحفّون بي من كل جهة، وكأنني البطل الذي سيقودهم للنصر.

بدأت المناقشة، فطلب الدكتور من عامر أن يعيد طرح أسئلته، ثم طلب مني أن أرد عليه. طلبت من الدكتور أن يسمح لي بوقت أطول لأن المسألة متخصصة وشائكة، والإجابة تتطلب التمهيد لها ببعض المقدمات، فوافق الدكتور، على ألاّ أزيد عن ربع ساعة.

- لا أنكر أنني في البداية شعرت أن المسألة معقدة جداً، ولكنني عندما أدركت الإجابة، وجدتها سهلة وواضحة، ولكن وقبل البدء في طرحها أود أن أسأل عامر، لو أمكن.

   o تفضل محمد اسأل. رد علي الدكتور بابتسامة مشجعة.

      ▪ خذ راحتك.

قالها عامر باطمئنان، وكأنه كان متأكدا من أنني مهما حاولت فإنني لن أصل إلى الإجابة! أليس هو أيضاً حاول الوصول إلى الإجابة، وسأل بعض علماء الدين في منطقتنا، فعجزوا عن الإجابة كما حصل معي.

- أشكرك عامر. أنت تتساءل لماذا جعلك الله بهذه الملامح التي أنت عليها. أليس كذلك؟

      ▪ قل ذلك مثلاً.

- حسناً، فإذا أخذك والدك إلى جراح تجميل، وغير ملامح وجهك، هل كان سيحق لك أن تتساءل لماذا جعلك الله بهذه الملامح الجديدة التي أنت عليها؟

      ▪ بالطبع لا. ولكن في المقابل سيحق لي أن أسأل والدي والجراح لماذا جعلاني بهذه الملامح الجديدة.

- بالضبط، هو كذلك، أنا أتفق معك.

يبدو أن موافقتي على إجابة عامر فاجأته، فرد علي:

- محمد دعني أوضح لك نقطة لو سمحت. إذا كانت محاولتك على الإجابة مبنية على حقيقة أننا نحن البشر من يوجد هذه الشرور والآفات، وليس الله، سأرد عليك: لماذا جعل الله من الأصل إمكانية وجود الشرور والأمراض؟

- لا تستعجل. دعني أكمل إجابتي، وبعدها رد علي كما تشاء.

قلتها بثقة شديدة تظاهرتها، ولكني كنت خائفاً ومرتبكاً في داخلي.

- المقدمتان اللتان أحتاج لتوضيحهما قبل الإجابة هما كما يلي:

أولاً: إن ما نملكه من قابليات، وما نتصف به من صفات مثل الذكاء والقوة والطول ولون البشرة هي نفس وجودنا، وليست شيئاً خارجاً عن وجودنا، كما أن وجودنا ليس في الواقع سوى ما نملكه من استعدادات وقابليات، وما نتصف به من صفات!

وكذلك الأمر بالنسبة لجميع الكائنات والموجودات كالحجر، والماء والشمس وقنديل البحر وجميع المخلوقات الأخرى، فوجودها في الواقع ليس سوى مجموع ما تملكه من استعدادات وقابليات، وما تتصف به من صفات.

فمثلاً ملامح وجهك، كيفما كانت هي وجهك نفسه، وما الملامح سوى حدود وصفات لوجهك، لا شيئاً مختلفاً عنه. كما أن الجسم – كائنا ما كان هذا الجسم – هو نفس امتداده وحجمه وكتلته، وليسا شيئين مختلفين في الواقع. هل هناك من لا يتفق معي على ذلك؟

كان الجميع منصتاً، ويبدو أن ما طرحته كان أقرب للبداهة، ولذا لم يعترض أحد من الطلبة عليه، فطلب مني الدكتور أن أكمل.

- الصفات والقابليات الخاصة بكل موجود في هذا الكون، بحكم طبيعتها تتفاعل مع الصفات والقابليات الخاصة بالموجودات الأخرى التي تحيط بهذا الموجود، وتشكل بالتالي حركة الكون.

فمثلاً تتفاعل الطبيعة الورقية مع الطبيعة السائلة للماء، فتبتل الورقة إذا وقعت في الماء، بسبب طبيعتها وما تمتلكه من صفات، وبسبب ذلك أيضاً، تتمزق، ومثال

آخر هو طبيعتنا الجسمية البشرية، التي تتفاعل مع طبيعة الكرة الأرضية، بما تملكه من صفات كالكتلة والجاذبية وغيرها، فتجعلنا قادرين على المشي، والركض والقفز، ولكننا غير قادرين على الطيران أو التنفس تحت الماء، أو الزحف على بطوننا بخلاف الطيور والأسماك والزواحف، وذلك لاختلاف طبيعة أجسامها والقابليات التي تمتلكها، والصفات التي تتصف بها.

o عفواً محمد، قبل أن تسترسل، أخشى أن تكون الفكرة غير واضحة تماما، لدى بعض الطلبة. هل تستطيع توضيحها أكثر؟ قاطعني الدكتور.

- بالطبع دكتور. ما أقوله هو: أن جميع المخلوقات والكائنات بتنوعها واختلافها - كالكواكب، والحيوانات والأشجار والأنهار والبحار والكائنات الحية، ونحن البشر، بل وحتى الملائكة، والشياطين – إنما تتفاعل مع بعضها البعض، وفق ما تملكه من صفات واستعدادات وقابليات.

إن تفاعل هذه الصفات والقابليات لدى الموجودات المختلفة يشكل القوانين والأنظمة التي تحكم الكون مثل الجاذبية، ومثل المد والجزر، ومثل قانون العلة والمعلول، والقوانين الأخرى التي تحكم الكون.

من هنا نستنتج أن هذه القوانين كلها، بالرغم من أنها تحكم وتحدد حركة هذا الوجود إلا أنها ليست شيئاً خارجيا مستقلاً عن وجودات الأشياء، وإنما هي نفس وجودها.

فمثلاً إذا سقط حجر على بيضة من الطبيعي جداً أن يكسرها، فإن لم يكسرها، فلا بد أن يكون هناك من سبب حمى البيضة من الكسر، وإلا لما كان الحجر حجراً، أو لم تكن البيضة بيضة!

وعلى هذا تقوم كل العلوم وعليه يقوم نظام الوجود كله. فلا أحد مثلاً يمكن أن يصدق أن يسبب سكب الماء على الأرض انفجارا نووياً! ولو أن أمريكا ادعت مثلاً أنها لم ترم أي قنبلة على هيروشيما، وأنها ما قامت إلا برمي بعض الورد عليها فحصل الانفجار، سنموت من الضحك على استخفافها بعقولنا، أليس كذلك؟

هذه القوانين والأنظمة يسميها القرآن بالسنة، ويؤكد أنها لا يمكن أن تتخلف، فيقول سبحانه وتعالى: ﴿فَلَنْ تَجِدَ لِسُنَّةِ اللَّهِ تَبْدِيلًا وَلَنْ تَجِدَ لِسُنَّةِ اللَّهِ تَحْوِيلًا﴾.

o نقطة ممتازة. استمر. قال الدكتور.

- المقدمة الثانية هي أن الله لم يخلق كل موجود بإرادة مستقلة عن الموجودات الأخرى، فهو لم يخلق والدي بإرادة مستقلة، وخلقني بإرادة أخرى وخلق كل كائن بإرادة مستقلة، وإنما تم خلق الكون كله، بكل مكوناته وموجوداته بإرادة إلهية واحدة بسيطة، وهي «إفاضة الوجود» إفاضة مستمرة، كما يصف الله سبحانه وتعالى ذلك : ﴿إِنَّا كُلَّ شَيْءٍ خَلَقْنَاهُ بِقَدَرٍ (٤٩) وَمَا أَمْرُنَا إِلاَّ وَاحِدَةٌ كَلَمْحٍ بِالْبَصَرِ﴾. وأما المخلوقات فقد تكونت وتشكّلت وفق القوانين التي تحكم الكون، ووفق قانون العلة والمعلول.

هذه المقدمة هي نتيجة طبيعية للمقدمة الأولى، فوفق قانون العلة والمعلول، وجودي بجميع صفاتي وقابلياتي هو معلول ونتيجة طبيعية، بل وحتمية لاندماج حيوان منوي معين من بين مليارات الحيوانات المنوية من والدي، بالبويضة التي أفرزها رحم والدتي، بما يحملانهما من جينات وصفات وراثية محددة.

ولو كان حيوان منوي آخر هو الذي اندمج بالبويضة، أو أن المبيض أفرز بويضة أخر، لما كنت أنا الذي وجدت، بل كان إنسان آخر بصفات أخرى.

وهذا الكلام نفسه يصح بالنسبة لجميع الموجودات والمخلوقات، فكل مخلوق، وكل موجود، لا بد أن هناك من علة أوجدته، وهذه العلة هي التي حددت صفاته وقابلياته، بنفس عملية إيجاده.

■ عفواً، هل تعني أن الله خلق الكون، والآن الكون يتصرف وفق القوانين الطبيعية، من دون تدخل من الله؟ سألني عامر باهتمام.

- لا طبعاً، الكون بكل ما يحتويه فقير - دائماً وفي ذاته - في وجوده لله عز وجل. فإفاضة الله للوجود على الكون هي إفاضة مستمرة غير منقطعة، أشبه ما تكون بإفاضة الشمس للنور على الأرض، لإظهار الموجودات وجعلها مرئية. ولهذا يصف

الله نفسه بالنور في قوله تعالى : ﴿اللَّهُ نُورُ السَّمَاوَاتِ وَالْأَرْضِ﴾.

■ وفي النتيجة، هل الله أوجدني، بما أملكه من صفات وملكات، أم أبي وأمي هما اللذان أوجداني؟

- كلتا المقولتين صحيح، فالله هو الذي أوجدك، وأيضاً أبوك وأمك أوجداك. قل لي يا عامر، شجرة المانجو في حديقة بيتكم من الذي زرعها؟

■ والدي!

- لكن الله سبحانه وتعالى يقول: ﴿أَفَرَأَيْتُم مَّا تَحْرُثُونَ (٦٣) أَأَنتُمْ تَزْرَعُونَهُ أَمْ نَحْنُ الزَّارِعُونَ﴾. فهو عز وجل ينسب لنفسه الزراعة!! لكي أوضح الفكرة، دعني اسألك: عندما نشعل النار تتولد بسبب هذا النار حرارة شديدة، أليس كذلك؟ وعندما نقرب بيضة من هذه الحرارة فأنها تسبب قلي البيض، أليس كذلك؟

■ إلى هنا لا مشكلة.

- قل ما الذي قلى البيض الحرارة أم النار؟

أحسست براحة شديدة، عندما سمعت إجابة عفوية من عدد لا بأس به من الطلبة «النار والحرارة»، «كلاهما».

- والآن بعد هذه المقدمات، نأتي للإشكال الذي طرحه عامر، لماذا خُلق إنسان أسْودَ، وآخر أبيضَ؟ لماذا كان إنسان جميلاً وذكيا وقوياً وغنياً، وآخر قبيحاً وغبياً وضعيفاً وفقيراً؟ لماذا خلق الله الجراثيم والوحوش؟

والجواب هو أن الله أفاض الوجود فيضاً واحداً بسيطا مستمراً على كل ما يمكن أن يوجد، ولم يمنع الوجود عن أي شيء يمكن أن يكون بحجة أنه ناقص، لأن الله كريم وجواد، والوجود في ذاته خير، والكل يأخذ من هذا الخير حسب استعداداته وقابلياته، التي كسبها وفق تفاعل الموجودات مع بعضها البعض، وفق نظام العلل والمعلولات والأسباب والمسببات.

يشبّه الله هذا الأمر بقوله تعالى: ﴿قُلِ اللَّهُ خَالِقُ كُلِّ شَيْءٍ وَهُوَ الْوَاحِدُ الْقَهَّارُ (١٦)

أَنزَلَ مِنَ السَّمَاءِ مَاءً فَسَالَتْ أَوْدِيَةٌ بِقَدَرِهَا﴾. فكما أن ماء المطر يكون متسعاً، لكن الأودية تأخذ من ماء المطر بقدر ما تستوعبه هي، لا بسعة المطر، فكذلك إفاضة الله للوجود والخلق واسعة، ولا حدود لها، ولكن المخلوقات تأخذ من هذه الإفاضة بحسب ما تسمح لها عللها التي كانت السبب المباشر في إيجادها.

يا عامر، هي بالضبط نفس الحالة في المثال الذي ذكرناه في بداية الطرح عندما سألتك أنه إذا أخذك والدك لجراح تجميل وغير من ملامح وجهك، وقلت لي أنك لا تلوم الله، لأن الجراح ووالدك هما سبب تغيير ملامحك وليس الله. وكذلك صفاتك التي وجدت بها هي نتيجة طبيعية للجينات الوراثية لوالدك ووالدتك، وهكذا كل ما يحدث في الكون، هو نتيجة طبيعية لحركة الموجودات، وممارستها لقدراتها وقابلياتها وصفاتها التي تملكها، سعياً وراء حاجاتها.

سكت للحظات، ثم توجهت نحو الطلبة، وسألتهم:

- اسمحوا لي أن أسألكم. نحن جميعنا نشعر بالنقص من جهة أو أخرى. هل يا ترى تتمنون أن تنعدموا؟ هل تتمنون لو أن الله لم يخلقكم؟ أم تشعرون بالسعادة أنكم موجودون، وأن الله لم يمنع عنا الوجود بسبب النقص الذي نعاني منه؟

كنت متأثراً جداً وأنا أطرح فكرتي بجميع أحاسيس الامتنان تجاه الله. ولذا فوجئت بالدكتور وهو يصفق بحرارة، ثم يليه الطلبة جميعهم بما فيهم عامر.

▪ لقد سألت الكثيرين عن هذه المعضلة، ولكنني لم يبلغ مسامعي مثل هذا الجواب من قبل، لكن لدي سؤالان اثنان. قال عامر

o ممتاز، تفضل اطرحهما. أعقب الدكتور.

▪ السؤال الأول، هو أنه حسبما تقول يا محمد، فإن الله أفاض الوجود فيضاً واحداً بسيطا مستمراً، وأن كل موجود يأخذ من هذا الفيض بحسب علته، التي أوجدته. حسناً، لكن لا بد أن يكون هناك من موجود استمد وجوده من الله مباشرة، ولم يكن له علة سابقة عليه، غير الله سبحانه وتعالى. أليس كذلك؟

- صحيح، وهذا المعلول (أو سمه الموجود الأول، أو كما يُسمّى الصادر الأول) يتصف

بجميع صفات الكمال والقوة والشدة في الوجود التي كان من الممكن للموجود عند خلقه أن يتحلى بها، بما فيها الإرادة والإدراك. ومن هذا الموجود صدرت الموجودات الأخرى، بتراتبها وفق نظام العلل والمعلولات، حسبما شرحته سابقاً.

■ أصارحك أن الفكرة جديدة عليّ، وإنني أحتاج إلى وقت لأستوعبها. عموماً لننتقل إلى السؤال الثاني. أرجوك صحح لي إذا كنت مخطئاً فيما سأقوله: إن خلاصة الفكرة التي تطرحها، هي أن الكون يسير وفق أنظمة وقوانين، تتحدد بناءً على تفاعل الموجودات فيما بينها، وفق صفاتها وقابلياتها، التي هي نفس وجودها لا شيء خارجي عنها. أليس كذلك؟

- بالضبط. أشكرك على هذا التلخيص الرائع.

■ هذه القوانين التي تحكم الكون، هي كما ذكرت سنة، ولا يمكن أن تتخلف مهما حصل، لأن البيضة - كما تفضلت - لن تكون بيضةً إذا سقط حجر عليها، ولم تنكسر، والماء لن يكون ماءً إذا تسبب في انفجار نووي. أليس كذلك؟

- هو كذلك.

■ سؤالي، ما فائدة الدعاء إذاً؟ لماذا ندعو الله؟ إذا كان كل شيء يجري في هذا الكون وفق حركة الكون، وتفاعل الموجودات مع بعضها البعض، حسب صفاتها وقابلياتها، فلماذا ندعو الله؟

سكت لوهلة، وبلعت ريقي.. وفي لحظة مرت على ذاكرتي كيف أن الله كان معي دائماً. وكيف أنه كان يرعاني في كل لحظة من لحظات حياتي، بالرغم من عدم إدراكي لذلك، وتصوري لفترة طويلة أنه تخلى عني.. أحسست برعشة تسري في جسمي.

- قل لي عامر إذا وجدت ناراً تشتعل بجانب سرير أخيك الصغير وهو نائم، ماذا ستفعل؟

■ سأوقظه من النوم، وأحاول أن أطفئ النار.

- كيف ستطفئها؟

- باستخدام طفاية الحريق طبعاً.

- أليس ذلك خلاف القوانين الطبيعية؟

- طبعاً لا!

- حسناً، لنفترض أنك كنت تستطيع أن تطفئ النار بنفخة واحدة من فمك، هل كنت ستوقظ أخاك، أم تكتفي بإطفاء النار؟

- هذا هو خلاف القوانين الطبيعية؟ قالها عامر بابتسامة. ما الذي ترمي إليه؟

- ستعرف بعد قليل، قل لي أولاً. لوكنت في قوة سوبرمان، هل كان سيكون إطفاؤك للنار بنفخة من فمك، خلاف القوانين الطبيعية؟

- لا، سيكون وفق القوانين الطبيعية.

- إذاً كون الشيء خلاف القوانين الطبيعية، أم وفق القوانين الطبيعية، يعتمد على الموجود، وما له من صفات وقدرات وقابليات. أليس كذلك؟

- صحيح.

- أنت تطفئ النار، بطفاية الحريق، أما أخوك الصغير فلا يستطيع أن يطفئها لأنه صغير، ولا يستطيع أن يحمل الطفاية أو أن يتحكم فيها، أما سوبرمان فهو لا يحتاج لطفاية الحريق، لأنه يستطيع أن يطفئها بنفخة واحدة من فمه، لأنه قوي جداً، ولديه قدرات فائقة. قل لي: ألا يستطيع الله - وهو الذي قوته لا حدود لها - أن يطفئ النار؟

- سكت عامر، ولم يحر جواباً. تقدمت خطوتين نحوه، وأكملت كلامي.

- بل هو قادر على كل شيء، ولا يحتاج لا للطفاية، ولا للنفخة، و﴿إِنَّمَا أَمْرُهُ إِذَا أَرَادَ شَيْئًا أَنْ يَقُولَ لَهُ كُنْ فَيَكُونُ﴾، وليس في تدخله سبحانه وتعالى أي إخلال بالسنن الطبيعية.. نحن ندعوه لأنه القوي القادر الرحيم بنا، ولأننا وكل ما في الكون ملكه، وبيده، ولأنه أمرنا بدعائه، وضمن الإجابة بشكل أو بآخر، فقال: ﴿ادْعُونِي أَسْتَجِبْ لَكُمْ﴾.

- رائع. قالها عامر وهو يصفق، وتعلو وجهه ابتسامة رضا.

لقد فاجأني رد فعله الإيجابي. كنت أتصور أنه سيجادل، وأنه لن يعدم الحيلة ليرد علي، فهو ماهر في الرد. كنت أتصور أنه سيغلق قلبه وعقله أمام الحقيقة، وأنّ كبرياءه سيمنعه من الإقرار بها. لكنني فعلاً أسأت الظن به.

- أشكرك عامر، والآن أرجوكم اسمحوا لي أن آخذ من وقتكم بضع دقائق لأشارككم تجربتي الشخصية في هذا الموضوع.

صمت للحظات، أطرقت فيها رأسي إلى الأرض، وأغمضت عينيَّ، وتذكرت بسرعة خاطفة جميع ما مر علي من مرارات وعذابات، وكيف أن الله كان معي، ثم رفعت رأسي، وأنا أشعر بمشاعر مضطربة يسودها العرفان نحو الله. قلت بتأثر واضح، ولكن بهدوء عميق:

- جميعنا نمر بظروف سيئة من وقت لآخر، لكنني ربما أكون الأسوأ من بينكم. عشت طوال عمري فقيراً، ثم عندما كنت في الثانوية العامة مات والدي، وقد كنت متعلقاً به لأقصى درجة، الأمر الذي أدّى إلى عدم قدرتي على الانتساب للجامعة، والآن أنا مشتت بين مسؤولياتي الكثيرة بين البيت والوظيفة والدراسة، ولا أجد وقتا كافياً حتى للراحة والنوم.

حسب الظاهر فأنا ربما أكون أشدكم بؤساً، ولكنني في الحقيقة ربما أكون أسعدكم!

لقد اكتشفت أن كل ما مرَّ بي من مصائب إلى الآن كان لخيري! صحيح أن موت والدي أصابني بالاكتئاب، لسنة كاملة، لكنه في المقابل فتح قلبي وروحي للحب الحقيقي، ألا وهو حب الله، ولولا صدمة وفاة والدي، وعمق تأثيرها في روحي، لكنت لا أزال ذلك الشاب المدلل الناعم، كما أن عدم قدرتي للانتساب للجامعة فتحت لي آفاقاً جديدة رائعة في حياتي، وأما الضغوط التي أعانيها بين مسؤولياتي المختلفة فقد قوّت من عزيمتي وإرادتي، وأوقدت ذهنيتي، وجعلتني أكتشف الكثير عن نفسي، وما تملكه من جمال وروعة وقوة، لم أكن لأستطيع أن أدركها لولا هذه الضغوط.

خلاصة ما أريد أن أقوله هو أن هذه المصائب والبلايا والآفات، وأن ظننّا أنها شر،

لهي في الواقع خير لنا، وهي بعين الله، ولذا فإن الله من رحمته بنا، ومن حبه لنا يتعهدنا بين فترة وأخرى بأنواع البلاء المختلفة. يقول سبحانه وتعالى: ﴿وَلَنَبْلُوَنَّكُمْ بِشَيْءٍ مِّنَ الْخَوْفْ وَالْجُوعِ وَنَقْصٍ مِّنَ الأَمْوَالِ وَالأنفُسِ وَالثَّمَرَاتِ وَبَشِّرِ الصَّابِرِينَ (١٥٥) الَّذِينَ إِذَا أَصَابَتْهُم مُّصِيبَةٌ قَالُواْ إِنَّا لِلّهِ وَإِنَّا إِلَيْهِ رَاجِعُونَ (١٥٦) أُوْلَئِكَ عَلَيْهِمْ صَلَوَاتٌ مِّن رَّبِّهِمْ وَرَحْمَةٌ وَأُولَئِكَ هُمُ الْمُهْتَدُونَ﴾.

لا يوجد هناك شر في الكون. ومن أين يمكن أن يكون هناك شر، ولا مصدر للوجود غير الله، وهو خير وكمال وجمال مطلق، لا شر، ولا نقص فيه؟ المشكلة هي أننا ننظر للأمور دائماً من زاوية ضيقة ومحدودة، وهي زاوية أناتنا ومدى ما تحقق الأشياء لنا من سعادة أو آلام ملموسة حتى وإن كانت مؤقتةً ولحظية! ولذا فإن المدرسة من وجهة نظر كثير من الأطفال شر، وكذلك أيضاً كان بالنسبة لك صف التايكواندو يا عامر... أليس الموت في وجهة نظر الثقافة الإنسانية عموماً شراً مطلقاً! ولكنه في الواقع خير ما مثله خير، لأنه ارتقاء للإنسان إلى مرحلة أعظم وأفضل بملايين المرات، مثله في ذلك مثل يوم ولادته إلى عالم الدنيا. نعم، هو خير جسيم ورائع لأنه عروج نحو الله ونحو السعادة للإنسان الطبيعي... مات أبي، ونحن بكينا عليه لألم فراقه من جهة، ولكن أيضاً رحمةً به وظنّاً مِنّا أنه أصابته مصيبة، لكنه في الواقع أفضل وأروع شيء حصل لوالدي في حياته لأنه انتقل إلى دار السعادة والرضوان.

سكت، فخيم الصمت على القاعة، وساد السكون للحظات طويلة. الجميع كان متأثراً، ربما هي هيبة الموت الذي أتيت على ذكره، والذي نخشى أن نذكره في مجالسنا، وكأنه جني، وربما أيضاً لأنني مرّة أخرى كنت متأثراً ومتحمساً جداً، وأنا أطرح فكرتي.

قطع هذا الصمت تصفيق الدكتور، ثم تبعه تصفيق الطلبة.

o ممتاز يا محمد، أداء رائع، وطرح جميل، ونظرة إيجابية ومليئة بالتفاؤل للحياة، نحتاج أن نتعلمها منك.

ثم التفت إلى الطلبة، وسألهم إذا كان هناك من أحد يريد أن يسأل أو يعقب، لكن الجميع فضل السكوت. وهكذا انتهت المناقشة على خير والحمد لله.

#####

كنت أشعر بإعياء شديد، ربما بسبب حالة القلق والتحفز التي عانيت منها طوال شهر مضى.. والآن أشعر أن ثقلاً قد انزاح من فوق صدري. كان من المفروض أن أكون منتشياً بالنصر، أطير من السعادة، لكن شيئاً ما في أعماقي كان ينغص علي فرحتي، ويسلبني الإحساس بالرضا! لم أستطع أن أدرك ماهيته، لكن تأثيره كان قوياً، فقد جعلني أغفل عن كل عبارات الإطراء والمديح من حولي، وأغوص في أعماقي لأستكشف ماهيته.

استأذنت من الدكتور، وركبت سيارتي، وتوجهت إلى شاطئ القرم. كان الشاطئ كعادته شبه خالٍ، ما عدا بعض الأفراد والأسر الذين كانوا يتسكعون أو يمارسون الرياضة.

استلقيت على ظهري على ترابه الناعم. كانت برودته تمتص كل إحساس التعب من جسدي، وكان هواه العليل يملأ رئتي وصدري بنشاط وانتعاش. أزحت يدي من تحت رأسي، وأفردتهما، بينما وضعت رأسي فوق التراب، وأنا في حالة استرخاء شديدة.. «نعم لم يُروَ ظمئي بعد» كنت أفكر في نفسي «صحيح أنني أدركت حل العقدة في مسألة العدل الإلهي، وصحيح أن ذلك أزاح همّاً كبيراً عن صدري، وخفف بعضاً من الطنين الذي يصدح في رأسي، لكنه زادني ولهاً لمعرفة الحقيقة كاملة! إذ لا تزال الصورة الكلية مبهمة، ولا زال الكثير من حقائقها مجهولاً لدي!».

«لماذا خلقنا الله؟ أليس لنعبده؟ إذاً فلماذا سمح للشيطان بغوايتنا، والتسبيب في إلقائنا في النار والعذاب؟ لماذا استجاب للشيطان دعاءه وطلبه، بالرغم من أن في طلبه أذيتنا؟ هل لأن الشيطان استفز الله سبحانه وتعالى عما يصفون؟ أم لأن الله عز وجل يحب الشيطان؟ أم لعله – حاشا لله – يكرهنا؟ كلها احتمالات لاشك في فسادها وبطلانها! ولكن هل هناك احتمال آخر؟ ما هو؟

لو كنت أملك حصاناً جميلاً ورائعاً، واشتريته لأدخل به في سباق عالمي ألا يكون من الجهل المطبق أن أسمح لعدوي أن يدخل حظيرتي بإذن مني، ليغوي حصاني، ويعطيه أكلاً، يسمه ويقعده عن السباق؟ أليس في هذا نقض الغرض الذي من أجله اشتريت هذا الحصان؟

بل ألا يكون من الظلم حينها أن أعاقب الحصان، لأنه أكل من يد غيري، وقد كنت

عودته ألا يأكل إلا من يدي؟

فلماذا إذاً يخلقنا الله لعبادته وخلافته؟ ويعلم أننا مليؤون بالشهوات والرغبات والأوهام بسبب العلة التي أوجدتنا، لدرجة أن الملائكة تصفنا عنده سبحانه وتعالى بأننا ﴿مَن يُفْسِدُ فِيهَا وَيَسْفِكُ الدِّمَاءَ﴾، ثم يسمح للشيطان بإغوائنا، مستغلاً شهواتنا وأوهامنا التي خُلقنا بها، فنرتكب الخطيئة تلو الأخرى؟ ويفسد معظم الناس، ويكون ما قالته الملائكة؟ فلا يكون منه سبحانه وتعالى، عالم الغيب والشهادة، إلا أن يرمينا في نار جهنم، التي شررها أشد اشتعالا وحرارة من الشمس، لمدد لا تكاد تنقضي؟ لماذا؟ أليس هذا هو الشر بعينه، من دون أن يكون لنظام الكون بعلله ومعلولاته يد فيه، وإنما بإرادة منه سبحانه وتعالى، إذ حمّلنا مسؤولية لا نتحملها، وفوق ذلك سمح للشيطان بأن يغوينا؟؟؟»

كانت دموعي تجري غزيرة، والإحساس بالقهر والحيرة يملؤني. «رب اغفر لي لتجرُّئي عليك، ولكن كيف لي أن أخمد صوت عقلي؟ وهل تريدني يا رب أن أخمده؟ ألست أنت يا رب من تدعوننا إلى العقل، لنصل به إليك؟ أنا واثق أن هناك الكثير مما يجب أن أعرفه. أنا واثق أن هناك قصة رائعة وراء هذا الكون، رسمها وخلقها من جلت صفاته. أحبك يا رب من أعماق قلبي، فأنا أعلم أنك أرحم الراحمين، وأنك تحبنا»... وغصت في نوم عميق...

الفصل الثالث

قصة الحياة

قصة الحياة

الجمعة، ٢٢ يونيو ٢٠٠١

السابعة صباح الجمعة. كنت كالعادة، متدثراً ببطانيتي، متقوقعاً على نفسي، من شدة برودة الغرفة بسبب المكيف الذي كان يضربني بهوائه البارد، الموجه مباشرة إلي. كنت غارقاً في نوم عميق، لم تخرجني منه كل محاولات أختيَّ المشاغبتين خديجة وخولة لإيقاظي، إلى أن قررتا أن تقفزا بالتناوب على بطني.

كدت أنفجر غضباً عليهما فأنا لم أخلد إلى النوم إلا بعد صلاة الفجر، فقد قضيت الليل كله ساهراً مع أصدقائي، على شاطئ القرم، نتسلى ونتسامر ونضحك، ونسبح في البحر، لكنني عندما رأيت ضحكاتهما البريئة، وفرحتهما بوجودي معهما، رحمتهما، وأحسست أنني أعوضهما، ولو بنحو ما عن حنان أبيهما الذي يفتقدانه.

اليوم هو موعد اللقاء الشهري لعائلتي من طرف والدتي، حيث يجتمع كل أخوالي وخالاتي وأسرهم في مزرعة خالي عيسى طوال يوم الجمعة، لنقضي فيه وقتاً ممتعاً ورائعاً معاً.

كنت أستمتع جداً بهذا اللقاء العائلي، وأترقبه من شهر لآخر، لكنني هذه المرّة كنت متعباً جداً، بسبب سهري ليلة البارحة، إلا أنني كنت وعدت أختيَّ منذ الأسبوع الماضي أن ننطلق إلى المزرعة من الصباح الباكر، ولذا كان الجميع جاهزاً، في انتظاري. وثبت من فراشي فوراً، وغسلت وجهي بماء بارد، لأزيل عنه آثار النوم، وبدلت ثيابي، وانطلقنا جميعاً إلى المزرعة.

من شدة سرعتي، لبست نعلين مختلفتين ولم أنتبه لذلك إلاّ حينما وصلنا إلى

السيارة. عندما قامت أختي خولة بالضحك علي، وهي تشير إلى أقدامي، وما هي إلا ثوانٍ، حتى انفجر الجميع بالضحك، وهم يركبون السيارة. بالطبع غني عن القول أنني أصبحت مثار ضحكهم وتعليقاتهم لقرابة ربع ساعة تالية. ولم ينجني من تعليقاتهم على تصرفاتي التي يرونها غريبة ومضحكة سوى اقتراحي أن نلعب لعبة «شخصية مضمرة»، ولكن أختي خديجة أصرّت أولاً أن تطرح علينا لغزاً، سمعته من صديقتها، التي أخبرتها أنه لم يهتد أحد لحله... مجرد كلام أطفال!

كان اللغز عن بابين، أحدهما يوصل إلى الجنة، والآخر إلى الجحيم، وعلى كل باب حارس، أحدهما كاذب والآخر صادق، لا تعلم أي البابين هو للجنة، كما لا تعلم أي الحارسين صادق، فقد يكون حارس باب الجحيم هو الصادق! وأنت بإمكانك أن تسأل أحد الحارسين سؤالاً واحداً فقط، بحيث تكون إجابته «نعم» أو «لا»، وتمكنك من معرفة باب الجنة بشكل قطعي. واللغز هو معرفة هذا السؤال.

استغرقنا جميعا في التفكير في الحل، أو هذا ما بدا لي لوهلة، لكني سرعان ما لاحظت من المنظرة الأمامية أن جدتي أسندت رأسها على باب السيارة، واستغرقت في نوم عميق، وأما أختاي، فبدأتا تتشاكسان مع بعضهما، كل واحدة تريد أن تجلس بجانب النافذة، وأما أمي فأخرجت مصحفها الصغير من شنطة يدها وشرعت تقرأ القرآن.

كنا جميعاً في غاية السعادة، لبدء الإجازة الصيفية، وانقضاء سنة دراسية طويلة ومتعبة. وكان يزيدنا سعادة وفرحة، أننا كنا قد عزمنا السفر إلى تركيا للسياحة، ومن بعدها إلى العمرة، وزيارة الرسول الأكرم (ص)، فقد كانت أوضاعنا المالية قد تحسنت كثيراً، منذ أن تمت ترقيتي لرئاسة قسم المحاسبة السنة الماضية، براتب ١٢٠٠ ريال عماني.

كان إحساسي بالسعادة لا يوصف، فهذه أول مرة سأركب فيها الطائرة، وأسيح مثل بقية الناس! لقد كان ذلك يرضي غروري وكرامتي التي طالما شعرت أنها أهدرت بسبب فقري. نعم إن سفري يثبت للجميع أننا لم نعد فقراء.

كما أن مجرد التفكير في زيارة الرسول الأكرم (ص) كان يشعرني بالقشعريرة، شوقاً ولهفاً إليه، ولشدة حاجتي لبثه ما يضج في صدري من مشاعر، لم أعد قادراً على

كتمانها. كم أنا محتاج لأن أخبره أنني مرة أخرى تفوقت على نفسي، وحصلت على شهادة البكالوريوس بتقدير جيد جداً، رغم كل ظروفي الصعبة، علّه يرضى عني، ويرحمني فيدعو الله لي بالتوبة والمغفرة.

سنوات مضت، منذ بداية مساري المهني، بذلت فيها جهوداً كبيرة، بل جبّارة... حرثت فيها الأرض بأناملي، وسقيت فيها الزرع بعرقي ودموعي، لكنني في المقابل حصدت، ما لم أكن حتى أحلم به.. إحساساً بالقوة والعزيمة والسعادة يغمرني، ويتأجج من بين جوانبي.

حتى تلك الأسئلة عن الكون والحياة هدأ طنينها في دماغي، وأصبحت لا أذكرها إلاّ بين فينة وأخرى، من دون أن أحظى بفرصة التفكير فيها، فضلاً عن الاستغراق فيها، والبحث لها عن أجوبة.

الشيء الوحيد الذي كان ينغص علي، ويسبب لي الانكسار والإحباط، وأحياناً اليأس من نفسي هو فشلي في جميع محاولاتي المستمرة للإقلاع عن إدماني على الاستماع إلى الأغاني المحرمة! كنت أنجح أحياناً ولفترات قد تصل إلى عدة أسابيع، حتى أني كنت أظن نفسي، تحررت من سيطرتها نهائياً، وأني لن أعود إليها أبداً. لكن سرعان ما كانت نفسي تضعف، ويوسوس لي الشيطان، ولا أرى نفسي إلا وأنا أستمع إلى الأغاني بكل نشوة وطرب.

ربما يعد هذا الذنب في عرف الناس هيّناً، بل ربما لا يعد ذنباً، مثله في ذلك مثل العديد من كبائر الذنوب كالغيبة والنميمة والكذب، مما تعود الناس عليه، ولكنني لست كذلك، فقد تربيت في جو متدين ومحافظ.

كنت أكره نفسي عندما أرجع لصوابي، وأحتقرها لفعلها، وأستحي من الله سبحانه وتعالى، وكم بكيت لله وكلي مرارة وأسى، خجلاً منه، وأسفاً على ما أقترفه، ولكني مع كل ذلك لم أنجح في الإقلاع عنها.

كنت مستغرباً جداً من نفسي! ما الذي يجعلني مولعاً لهذه الدرجة بسماع الأغاني؟ وما عساها تكون اللذة التي تمنحني إياها؟! لم تكن بالشيء العظيم، فلماذا أعجز عن

الإقلاع عنها، بل وحتى عن إبدالها بالأناشيد، أو الموسيقى الهادئة؟ كيف تتقهقر إرادتي - التي قهرت بها أعتى الصعاب - أمام مجرد لذة الأغاني؟! وأين هي قوة الإيحاء الذاتي، التي قهرت بها أعقد المشاكل النفسية، كالأرق، والقلق والوسوسة، وغيرها؟ لماذا لا أفلح في استخدامها، لمساعدتي على ترك الأغاني؟!

أنا لا أبرر لنفسي، فأنا أعلم أنني أسمع الأغاني بمحض إرادتي، ولكنني عاجز عن فهم تركيبة نفسي المعقدة هذه! خطر لي أنه ربما بسبب مرور الوقت على تقلبي بين الاستماع والامتناع، تكوَّن عندي احتقان داخلي من شدة ما حاولت به الإقلاع عن الأغاني، وشدة تأنيب ضميري وخجلي من الله، وفي المقابل شهوتي المحمومة لسماع الأغاني! ربما يكون هذا الاحتقان هو جدار المناعة الذي شكلته نفسي الأمارة بالسوء لمنعي من معالجة نفسي من داء الأغاني! ولهذا قررت أن أترك مشكلة الأغاني لفترة طويلة من الزمن، وأن أتناساها كلياً، لأركز على بقية الصفات التي أرغب في معالجتها في نفسي، وتطويرها في ذاتي، إلى أن يزول الاحتقان وجدار المناعة تدريجيّاً، فأعود إلى مشكلة سماع الأغاني وأقتلعها من جذورها هذه المرّة.

- خديجة، الحل هو أن نسأل أحد الحارسين: «إذا سألت الحارس الآخر عن أن الباب الذي يحرسه، هل هو باب الجنة، هل ستكون إجابته نعم؟»، فإذا أجابنا الحارس «نعم» كان الباب الذي يحرسه هو باب الجنة، وإذا أجابنا «لا» فإن الباب الذي يحرسه هو باب الجحيم.

▪ مستحيل، أنت تمزح معي. الجواب طبعاً غلط!

- بل هو صحيح، أقسم بالله على ذلك.

كان من المستحيل على أختي أن تفهم حل اللغز، لكنني كنت أعلم أنني لن أنجو من إلحاحها، إن لم أحاول أن أشرح لها، ولذا قمت بتوضيح الحل لها مراراً، لكن دون جدوى، إلى أن وصلنا إلى المزرعة، فنجوت منها ومن إزعاجها.

#####

باتت أسرة خالي عيسى ليلتها في المزرعة، وكنا نحن أول الواصلين، وقد كان ذلك

يناسبني جداً فقد كنت محتاجاً لمناقشة خالي عن الخطوات التالية في مساري المهني!

كان خالي يتمرجح على حبل كان قد ربط طرفيه بجذع شجرة البيذام الضخمة، التي كانت تقع في الفناء المطل على مدخل المزرعة. قفز خالي من الأرجوحة وتقدم إلينا يستقبلنا ويسلم علينا بحرارة، ثم أخذني بالأحضان ليبارك لي نجاحي الباهر وحصولي على شهادة البكالوريوس، ويذكرني كيف أن الله أراد بي خيراً، عندما فشلت في تحقيق النسبة التي تؤهلني للحصول على المنحة الجامعية.

سرعان ما أتى ابن خالي تامر ليسلم علينا، ونحن نتجه إلى الفناء. جلسنا أنا وخالي وتامر فوق العشب المزروع تحت شجرة البيذام، وقد وضع خالي هناك مجموعة من المبردات المائية لتلطف الجو، بينما ذهبت أمي إلى المطبخ لتساعد زوجة خالي في خبز الرخال وإعداد الإفطار لنا. وقريبا منا، تحت شجرة البيذام، كانت أختاي تلعبان مع ابنة خالي الصغيرة «ريم»، وأما جدتي فقد ذهبت إلى غرفة النوم لتستلقي على السرير لتريح جسدها المنهك من جراء الرحلة.

- خالي، ما الخطوة القادمة؟

■ أن ترتاح يا حبيبي. قالها خالي بضحك.

- فعلاً، أنا في أمس الحاجة للراحة! لكني لكي أرتاح يجب أن أعرف ما علي فعله تالياً لتطوير وضعي المهني.

■ أصبحت الآن تملك شهادة البكالوريوس، وتملك شهادة الاحتراف في المحاسبة (CMA)، كما تملك ٥ سنوات خبرة، بناءً على هذه المعطيات أنصحك أن تدرس ماجستير إدارة الأعمال (MBA) في إحدى الجامعات المرموقة.

- أنا لي وجهة نظر أخرى، وأريد رأيك فيها.. لقد قرأت مرّة في إحدى المجلات المهنية، أن القدرة على التكيف مع البيئات المؤسسية المختلفة هو واحد من المهارات المهمة جداً.

■ صحيح، هو كذلك.

- بقائي موظفاً في نفس المؤسسة لسنوات طويلة، ولا سيما في بداية مساري المهني، سيفقدني قدرة التكيف هذه، كما أنني في هذه الفترة أعاني ضغوطا شديدة من مديري الوافد، الذي يخشى من منافستي له على منصبه، ومديرنا الإقليمي الجديد يميل إليه، فإذا بدأت بدراسة الـ MBA، سيقلب حياتي إلى جحيم، ولا أستبعد أن يتخلص مني، بمساعدة المدير الإقليمي.

من جهة أخرى، فأنا أشعر أنني في حاجة لمزيد من القوة والاحتراف في المحاسبة والتدقيق، وتحليل المخاطر المالية والتشغيلية، وأنظمة الرقابة.

■ ما الذي تفكر فيه؟

- أفكر أن أنتقل للعمل إلى واحدة من الشركات الأربعة الكبار العالمية في التدقيق، وأبقى فيها قرابة سنتين إلى أن أتعلم أسرار المهنة، وأحترف التدقيق والمحاسبة، وفي هذا الأثناء أنتهي من دراسة شهادة المحاسبة القانونية الأمريكية (CPA).

■ ممتاز، لكنني أتوقع أنه سيكون عليك قبول راتب أقل من راتبك الحالي، لأنني لا أتوقع أن يعرضوا عليك راتبك الحالي نفسه.

- لا مشكلة لدي في ذلك.

■ والـMBA، متى تنوي أن تدرسها؟

- بالرغم من أنني أملك الآن خبرة سنة في الإدارة، كرئيس قسم المحاسبة، لكنني أعتقد أنني لا زلت بحاجة إلى مزيد من الخبرة في الإدارة لأستطيع الاستفادة القصوى من شهادة الـ MBA، ولذا أفضل ألا أبدأ بها قبل أن أكتسب الخبرة الكافية في شركة التدقيق العالمية.

■ معقول جداً. هل تحتاج مساعدتي في الحصول على الوظيفة؟

- أشكرك خالي، لكن ليس هذه المرة. سأطلب غداً مقابلة «الشريك» في الشركة التي تقوم بتدقيق حساباتنا، وهي واحدة من الأربعة الكبار في العالم.

■ على بركة الله حبيبي، وبالتوفيق إن شاء الله.

#####

كنا لا نزال تحت الشجرة، الأخوال والخالات يتوافدون واحداً بعد الآخر، لكن من مجموع خمس خالات، وثمانية أخوال، أكد تسعة منهم على الحضور، ووصل منهم إلى الآن خالتان وأربعة أخوال.

كنت لدقائق طويلة محور حديثهم وإطرائهم، فقد كانوا سعداء بنجاحي وإنجازاتي. ربما كان خالي حسن الأكثر تأثراً من بين أخوالي وخالاتي – بعد خالي عيسى طبعاً – فلقد كانت تربطه بوالدي صداقة متينة منذ طفولتهما.

خالي حسن: رحم الله والدك، كان سيفرح كثيراً لنجاحاتك لو كان حيّاً.

ردت عليه خالتي زينب: الله يرحمه، لكنه الآن حي في عالم البرزخ، ويعلم ويفرح بكل النجاحات التي يحققها محمد.

خالي سلمان: فعلاً، هذا صحيح، لكن المؤسف جداً هو أننا تعودنا في ثقافتنا عموماً على أن نعتبر الموت وكأنه نهاية الحياة.

ردت عليه خالتي نجلاء: بصراحة، أنا أفضل أن يكون الموت نهاية الحياة، بدلاً من أن نحيى في حفرة ضيقة تحت التراب، ويقوم القبر بعصرنا، ويقوم منكر ونكير بتعذيبنا على أخطائنا التي نرتكبها في هذه الدنيا، وبعد كل هذا العذاب، يحشرنا الله يوم القيامة ليلقي بنا في الجحيم، ويحرقنا بنار جهنم، لمدد يعلم الله أمدها، وذلك عقابا لنا لما اجترحنا من سيئات في هذه الدنيا...

فيقاطعها خالي سلمان: لا يعقل أن يكون الأمر كذلك! أليس الله بأرحم الراحمين؟

فترد عليه خالتي نجلاء: بلى هو أرحم الراحمين، ولكن للمؤمنين المطيعين فقط، أما أمثالنا من البشر، الذين نرتكب السيئات فهو شديد العقاب.

خالتي زينب: بصراحة أنا لا أعرف كثيراً في الدين، لكني أعرف أن هذا مستحيل، لأنه ظلم شديد، والله يستحيل أن يكون ظالماً! هو لا يحتاج أن يظلم أحداً، فلماذا إذاً سيظلمنا!؟

فترد عليها خالتي نجلاء: ﴿وَمَا ظَلَمَهُمُ اللَّهُ وَلَكِن كَانُوٓاْ أَنفُسَهُمْ يَظْلِمُونَ﴾.

خالي حسن: شباب، لنرى ما رأي الشيخ عيسى في الموضوع. قالها خالي وهو يغمز مشاكسة لخالي عيسى.

خالتي نجلاء: أليس صحيحاً ما أقوله، عيسى؟

خالي عيسى: أنا لدي وجهة نظر أخرى تماماً...

وقبل أن يكمل حديثه، رأينا بقية الأخوال يدخلون دفعة واحدة إلى المزرعة، فنهض الجميع ليرحب بهم، ولك أن تتصور الهرج والمرج الذي كان من لقاء ما يزيد عن ٥٠ فردا من العائلة.

وكالعادة اتجهت النسوة والبنات إلى صالة النساء، بينما ظل بعض أخوالي تحت الشجرة يتحادثون ويتفاكهون، بينما قام معظمنا إلى الملعب لنلعب كرة القدم.

لعبنا لفترة طويلة، ولم نتوقف إلا عندما جاء خالي حسن ليخبرنا أنه حان وقت الصلاة.

# # # # #

كالعادة، صلينا تحت الشجرة، وأمَّ بنا الصلاة خالي عيسى، لأنه كان أكثر أخوالي تدينا ومعرفة بالدين، إضافةً إلى أنه قضى عدة سنوات في الدراسة الدينية.

بعد أن فرغنا من الصلاة جلسنا جميعاً تحت الشجرة، بعضنا يلعب الكيرم، ومجموعة تلعب الأونو، وأخرى تتحادث وتتسامر، وبعضنا أخذ يمشي في المزرعة بينما جلست مجموعة كبيرة من خالاتي وزوجات أخوالي تتناقش في الموت، وما بعد الموت، وفي النهاية اتفقن فيما بينهن أن يسألن خالي عيسى.

كان خالي عيسى يلعب معنا الأونو، عندما طلبت منه خالاتي أن يكمل إجابته التي لم يستطع إكمالها فيما سبق بسبب مجيء أخوالي.

خالي حسن: فعلاً أنا أيضاً أريد أن أعرف الإجابة.

خالي سلمان (للجميع): شباب، عيسى سيشرح ماذا يحدث بعد الموت. من يريد أن يسمع فليحضر هنا.

ارتبك خالي عيسى، فهو لم يكن مستعداً لهذا، لكنه تماسك، وهو يبتسم ابتسامة ساهمة. يبدو أن عقله كان يفكر بسرعة في كيفية عرض الموضوع بطريقة سهلة للحاضرين.

كان الجميع منصتاً، في انتظار ما سيقوله خالي، ربما لأن موضوع الموت يشكل هاجساً للجميع. الموت مرعب فعلاً. أنا أيضاً كنت تواقاً لمعرفة المزيد عنه.

خالي عيسى : ﴿وَلَقَدْ خَلَقْنَا الْإِنسَانَ مِن سُلَالَةٍ مِّن طِينٍ (١٢) ثُمَّ جَعَلْنَاهُ نُطْفَةً فِي قَرَارٍ مَّكِينٍ (١٣) ثُمَّ خَلَقْنَا النُّطْفَةَ عَلَقَةً فَخَلَقْنَا الْعَلَقَةَ مُضْغَةً فَخَلَقْنَا الْمُضْغَةَ عِظَامًا فَكَسَوْنَا الْعِظَامَ لَحْمًا ثُمَّ أَنشَأْنَاهُ خَلْقًا آخَرَ فَتَبَارَكَ اللَّهُ أَحْسَنُ الْخَالِقِينَ (١٤) ثُمَّ إِنَّكُم بَعْدَ ذَٰلِكَ لَمَيِّتُونَ (١٥) ثُمَّ إِنَّكُمْ يَوْمَ الْقِيَامَةِ تُبْعَثُونَ﴾ صدق الله العظيم.

بهذه الآية الشريفة بدأ خالي كلامه. كانت تقاسيم وجهه جادة، كما لم أتعود أن أشاهده، وكأنه كان يهم بإخبارنا شيئاً على قدر عال من الخطورة والأهمية، أو علّه كان يجمع شتات فكره، ليبدع في طرحه كما تعودنا منه دائماً.

خالي عيسى: في البداية أرجوكم أخرجوا فكرة الموت، والنهاية، والفناء، والعدم، وكل مرادفاتها من رؤوسكم، واستمعوا لهذه القصة الجميلة التي سأحكيها لكم. طبعاً هي ذات علاقة وثيقة بموضوعنا.

لكل واحد منا، بل لكل إنسان على هذه الأرض قصة جميلة لوجوده، تتكون من أربع مراحل. تبدو هذه القصص في ظاهرها متشابهة جداً، لكنها في الواقع مختلفة كاختلاف ملامحنا وبصماتنا.. نعم لكل منا قصة وجود متميزة، لها بداية، ولكن ليس لها نهاية!

بدأت المرحلة الأولى من قصة وجود كل واحد فينا عندما تشكلت نطفته، ولقح الحيوان المنوي المحظوظ «البطل» القادم من أبيه، من بين مليارات الحيوانات المنوية الأخرى، البويضة المحظوظة التي اختارها الرحم من بين مليارات البويضات، فأنضجها ثم أفرزها للرحم في انتظار أن تتم عملية التلقيح المقدسة!

ومع كل عملية تلقيح، بدأت قصة واحد منا... قصة إنسان جديد، تم اختياره من بين تريليونات المخلوقات الحية التي تنافست حتى آخر رمق بها، للفوز بالجائزة العظمى، وهي

أن تصبح إنساناً! لكن من بينها جميعا تم اصطفاؤك أنت، واصطفائي أنا، واصطفاؤنا نحن، واحداً واحداً.

خالي جعفر: مذهل.

قالها بإعجاب، وقد كان مستلقياً على ظهره تحت شجرة البيذام، فنهض وقعد ليستمع لخالي عيسى بانتباه.

لم يلتفت إليه خالي عيسى، بل واصل حديثه:

لم تكن تلك المخلوقات الحية تستطيع فهم معنى أن تصبح إنساناً، فهذا يفوق قدراتها، ولو أن أحداً ما أخبر الحيوان المنوي المصطفى والمختار أن العالم الواسع الذي يسبح فيه هو مجرد نقطة، بل وأصغر من نقطة في عالم واسع مهول، وأنه في غضون عدة أشهر سيصبح إنساناً تاماً، والذي يعني أنه سيصبح أضخم، وأفضل وأكثر قدرة وقوة، وأكثر استشعاراً لكل من اللذة والألم بتريليونات المرات، عما هو عليه الآن، لضحك حتى الثمالة، وقال إن هذا إلا أساطير الأولين... وهو معذور طبعا، فهو لا إدراك ولا عقل له!

تمت عملية التلقيح، وتشكلت النطفة، لكن هذه مجرد بداية، فالطريق لا يزال شاقاً وطويلاً ومحفوفاً بالمخاطر، وما زالت هناك العديد من المراحل التي يجب على هذه الخلية الواحدة، والتي نسميها النطفة، أن تمر بها لتصبح إنساناً تاما سويّاً.

تبدأ هذه الرحلة الطويلة والخطرة في عالم الرحم، هذا العالم الذي هو أكبر وأعقد بكثير من العالم الذي كان يسبح فيه الحيوان المنوي. تمضي الأيام، وتمر الشهور، وهذه الخلية الواحدة تنقسم وتتكاثر بسرعة جنونية تفوق التصور، فتزداد حجماً بتريليونات المرات، ويزداد وجودها تعقيداً بما يفوق التصور أيضاً!

وهكذا تتحول وتتطور تدريجياً في غضون أشهر بسيطة من خلية واحدة بسيطة إلى إنسان تام يملك قلباً وعقلاً، ويملك الحواس الخمسة ويملك الروح... نعم يملك الروح الإنسانية التي تستطيع أن تستخدم جميع قدرات وأدوات الجسد، لتسمع وتبصر، وتحب وتفكر وتفعل العديد جداً من الأشياء الجميلة الأخرى.

- «مهلاً، هناك خطأ جسيم»... يصرخ الجنين في شهره التاسع، مستنكراً كلامنا! «هل

تقول أنني أستطيع أن أبصر، وأن أسمع وأن أفكر؟»

- نرد عليه: نعم أنت تستطيع الإبصار، وتستطيع السمع والشم، وتستطيع أن تفكر وأن تحب، وتستطيع أن تفعل أشياء كثيرة لا يسع المجال لذكرها.

- يجيبنا: هذا جنون، أنا لا أفهم ما تقولون! ماذا يعني البصر، وماذا يعني السمع، وماذا يعني الحب، وماذا تعني كل هذه الترهات التي تذكرونها؟

- ننتبه، فنقول له: أنت معذور، فإن عالم الرحم الذي تعيش فيه، عالم ناقص محدود وضيق جداً، ولا يمكنك من استخدام قدراتك التي تمتلكها، إلا القليل منها، وفي أضيق الحدود، ولذا أنت عاجز عن أن تدرك ما نقول.

- يضحك علينا الجنين بسخرية: تعساً لكم، إن هذا إلا أساطير الأولين. إن هذا العالم الذي أنا فيه هو أعقد وأفضل بملايين المرات من عالم السائل المنوي الذي أتى منه أصلي، وأنت تقول لي أنه يكاد يكون صفراً بالنسبة لعالم الدنيا! عفواً، ولكن ما تدّعيه هو ضرب من الخيال!

لا بأس إن لم يصدقنا الجنين، فهو لا عقل له، وهو على كل حال لا إرادة له ليغير مصيره، لا سلباً ولا إيجاباً، وعليه فسواءً صدقنا أم كذّبنا، فالأمر غير ذي أهمية.

خالتي زينب: هل تقصد الإشارة إلى أولئك الذين يكذِّبون أنهم سيبعثون إلى عالم الآخرة بعد حياة الدنيا؟

يجيبها خالي عيسى: بالضبط. لنرجع إلى أحداث القصة. تمضي الأيام، وسرعان ما يموت الجنين في عالم الرحم! عفواً أقصد أنه ينتقل للدار الأخرى، لعالم الدنيا... طريق الانتقال لعالم الدنيا، أو كما يسمونها الولادة، ليست سهلة، بل هي مؤلمة جداً، فالجنين يضطر للخروج من عالم الرحم من ثقب ضيق جداً، يعصره عصراً، وهو يخرج منه... يبكي الجنين من شدة الألم، لكننا نحن - أحبته والمشتاقون لوجوده بيننا – نضحك ونفرح ونحتفل به، ليس استهتاراً بألمه، ولكن فرحةً بقدومه، ولأن هذا الألم لا يكاد يذكر مقابل السعادة التي تنتظره في عالم الدنيا.

وها نحن الآن في عالم الدنيا، نعرف ما جرى علينا من أحداث في العوالم السابقة، لكننا

لا نذكر أي شيء منها مطلقاً، وكأنها لم تكن! كل ما نشعر به هو أننا في هذه الدنيا، مستمتعون بما وهبنا الله من قدرات وإمكانيات...

خالي جعفر: هذه هي المرحلة الثانية من قصة وجودنا، أليس كذلك يا عيسى.

خالي عيسى: صحيح يا جعفر... مرحلة عالم الدنيا، التي تستمر في العادة ما لا يزيد عن مئة عام، تليها المرحلة الثالثة، والتي تبدأ من لحظة موتنا في عالم الدنيا، أو قل لحظة ولادتنا في عالم البرزخ، وتستمر ربما آلاف السنين إلى أن يحين أوان المرحلة الرابعة والأخيرة من قصة وجودنا (عالم الآخرة)، والتي تستمر إلى ما لا نهاية.. ليس مئة ألف، وليس مليونًا، وليس بليونًا، وليس ترليون سنة، بل أكثر من ذلك بكثير جداً.. بما لا نهاية له. رياضياً مدة المراحل الثلاثة جميعاً تساوي صفراً بالمقارنة مع المرحلة الأخيرة التي لا نهاية لها.

ولكن كيف هي هذه العوالم الآتية؟ لست أدري ولا اعتقد أن هناك من البشر غير من علمه الله يدري. تصوروا لو أن حيواناً سأل حيوانا منوياً آخر وهما يسبحان في السائل المنوي متجهين لهدفهم الأسمى، وهو تلقيح البويضة، فقال له:

- يقولون أن هناك عالماً كبيراً جداً وراء هذا العالم الذي نحن فيه، اسمه عالم الدنيا. هل تصدق ذلك؟

- يجيبه رفيقه: نعم إنه عالم كبير ومعقد ورائع جداً جداً جداً، لدرجة أنك لا تستطيع أن تتصورها.

- حقاً؟ لقد شوقتني إليه. أرجوك هل تستطيع أن تصفه لي؟

- بالطبع. لقد قرأت أن عالم الدنيا أكبر بتريليونات المرات من عالمنا، وأن الناس يعيشون فيه على كرة كبيرة، تشبه رؤوسنا، كما أن لهم شمساً جميلة جداً تشبه أيضاً رؤوسنا، وعندهم البحار الجميلة، وهي تشبه جداً السائل الذي نعيش فيه نحن.

- ياه ما أروعه من عالم. ليتني أذهب إليه!

قولوا لي بالله عليكم، هل تتصورون أن الحيوان المنوي أدرك شيئاً ولو مقدار ذرة عن عالم الدنيا؟ هل يستطيع أن يدرك شيئاً عن الكون الجميل الرائع بكل مجراته ونجومه؟ هل يستطيع أن يفهم ما هو الحب، وما هو العلم وما هو الخير وما هو الجمال؟ هل يستطيع أن يدرك ماذا تعني السعادة، وماذا يعني الشقاء، وماذا تعني مشاعر الأمومة، وما هي الصبابة والعشق والشوق؟

وكذلك نحن، نستطيع أن نصف عالم البرزخ، أو عالم الآخرة، كما وصف الحيوان المنوي عالم الدنيا، ولكننا لا نستطيع أن ندرك شيئاً عن حقيقتهما. بل حتى أهل عالم البرزخ، لا يستطيعون إدراك حقيقة عالم الآخرة.

ولكن لنستطيع أن نتخيل الفرق بين تلك العوالم الآتية، وعالم الدنيا. يكفيك أن تقارن بين وجودك كنطفة، ووجودك كإنسان مكتمل في هذه الدنيا، ثم تتصور أنك ستتطور في عالم البرزخ بالنسبة نفسها، بل أكثر من ذلك بكثير. قارن بين عالم السائل المنوي، أو حتى عالم الرحم، وبين عالم الدنيا، هذا الكون الواسع الممتد والمكون من ملايين المجرات، والتي يعد من أصغرها مجرة درب التبانة، التي تقع المجموعة الشمسية بكل كواكبها وأقمارها، في طرف جانبي من ذيلها، ثم تخيل أن عالم البرزخ، هو عالم أكبر وأوسع وأكثر تطوراً من عالم الدنيا بالنسبة نفسها التي بها عالم الدنيا أطور من عالم الرحم، وبنفس النسبة أيضاً عالم الآخرة أطور عن عالم البرزخ.

ولكن مهلاً، هذا كان مجرد لتقريب المعنى، وإلا فإن الحقيقة أعظم من ذلك بكثير. دعونا لا ننسى أن عالم الدنيا رغم كل تطوره مقارنة بعالم الرحم والحيوان المنوي، إلا أننا لا نزال نتكون من نفس المادة الجسمانية، والتي هي أسيرة الزمان والمكان، بينما نحن وعوالمنا في تطورنا الآتي لا نتكون من هذه المادة الجسمانية، ولسنا فيه أسرى الزمان والمكان!

والآن هل لكم أن تتخيلوا كيف سنكون وستكون عوالمنا فيما يأتي من مراحل قصة وجودنا؟

أجابت خالتي نجلاء: يبدو لي أننا نستطيع ...

فقاطعها خالي عيسى بتلقائية: بالطبع، لا. لأن ذلك مستحيل. يقول الله تعالى في سورة الواقعة : ﴿وَنُنشِئَكُمْ فِي مَا لا تَعْلَمُونَ﴾.

ثم أكمل كلامه: بالنسبة نفسها التي نتطور بها ويتطور بها عالم البرزخ بالمقارنة مع عالم الدنيا، يتطور أيضاً إحساسنا باللذة والسعادة، وإحساسنا بالألم والعذاب في عالم البرزخ! بل يصبح جزءًا من حقيقة وجودنا، فنتحول نحن إلى السعادة والجنة والرضوان، أو بالعكس من ذلك نتحول إلى الشقاء والجحيم، تماماً مثلما يتحول الفحم إلى جمر!

ثم مرة أخرى، بالنسبة نفسها التي نتطور بها، ويتطور بها عالم الآخرة بالمقارنة مع عالم البرزخ، يتطور أيضاً كل من إحساسنا باللذة والسعادة، وإحساسنا بالألم والعذاب في عالم الآخرة، بالمقارنة مع عالم البرزخ.

إن وجودنا هنا في هذه الدنيا، بما نملكه من صفات وقابليات، لا دخل لنا فيه، لأنه محكوم ومحدد بالحيوان المنوي، والبويضة اللذين شكّلا كل واحد فينا، ومحدد أيضاً بوجودنا في عالم الرحم، حيث لم نكن نملك فيه لا المعرفة، ولا القدرة ولا الإرادة، لتحديد شكلنا وهويتنا التي أتينا بها إلى هذه الدنيا.

لكن وجودنا في عالم البرزخ، وبعد ذلك في عالم الآخرة، بما نملكه من صفات وقابليات هناك، وبما سنحظى به من السعادة واللذة، أو بالعكس من ذلك، بما سنعانيه ونتجرعه من الألم والعذاب إنما يتحدد بحركتنا وإراداتنا وقراراتنا التي نتخذها في عالم الدنيا! نعم نحن من نشكّل حقيقة وجودنا وهويتنا فيما يأتي من قصة وجودنا!

خالي سلمان: اشرح هذه الفقرة الأخيرة لو سمحت يا عيسى.

أحضرت الخادمة في تلك اللحظة صينيةً مملوءة بأكواب من شراب الليمون، فتناول خالي عيسى أحدها، وارتشف منه عدة رشفات، ثم وضع الكوب بجانبه، واستأنف حديثه.

خالي عيسى: هل تقصد أن أشرح كيف أننا نحن من نشكّل حقيقة وجودنا وهويتنا في العوالم الآتية؟

خالي سلمان: نعم.

كنت غارقاً بعمق في كلام خالي عيسى الأخير، فلم أنتبه لسؤال خالي سلمان.. نعم كلام خالي عيسى يجيب على واحدة من أعتى الاسئلة التي كانت تحيرني. قلت بحماس وفرحة من وجد ما يرويه بعد طول ظمأ:

أنا: أحسنت خالي. كلامك هذا يجيبني على سؤال كان يحيرني منذ عدة سنوات.

خالي عيسى: ألا وهو؟

أنا: أنه لماذا يعذبنا الله في النار؟ ما الذي يضيره من ارتكابنا لبعض المعاصي، التي لا نقصد منها أن نتحدى إرادته، وإنما نرتكبها بسبب شهواتنا التي تتملكنا بسبب ضعفنا وجهلنا؟ ولماذا نرتكب ذنباً بسيطاً، لفترة محدودة كأن نسمع الأغاني مثلاً أحياناً، فيعذبنا الله بعذاب يفوق تريليونات المرات شدّةً ومدّةً الذنب الذي ارتكبناه؟

خالي عيسى: صحيح، فالله لا يعذبنا ولا يعاقبنا، وإنما نحن من نعذب أنفسنا، بما نشكله من وجود لنا في عالم البرزخ والآخرة. بينما الله هو الناصح المرشد لنا لنتجنب هذا العذاب. إنه سبحانه وتعالى يلطف بنا، ويرسل الرسل لكيلا نظلم أنفسنا ونشوه وجودنا، فنتعذب جراء ذلك، بالضبط كما تنصح الأم الشفوق ابنها وتحذره من تعاطي المخدرات مثلاً، بالرغم من أن تعاطيه لها لا يستغرق غير ثوان معدودة، ولكنها تسبب دماراً لحياة الإنسان، قد يستمر لأشهر طويلة، وقد تؤدي إلى موته. وهذا يقودنا لسؤال سلمان: «كيف نشكّل نحن حقيقة وجودنا وهويتنا في العوالم الآتية (البرزخ والآخرة)؟»

تفصيل جواب هذا السؤال يكمن في حكايتنا في المرحلة الثانية من قصة وجودنا (عالم الدنيا)، والتي تختلف تفاصيلها من فرد لآخر، بالضبط كما تختلف ملامحنا عن بعضها البعض، لكن يبقى المحور والأساس هو نفسه في جميع حكايات وجودنا.

يقول سبحانه وتعالى: ﴿إِذْ قَالَ رَبُّكَ لِلْمَلَائِكَةِ إِنِّي خَالِقٌ بَشَرًا مِن طِينٍ (٧١) فَإِذَا سَوَّيْتُهُ وَنَفَخْتُ فِيهِ مِن رُّوحِي فَقَعُوا لَهُ سَاجِدِينَ﴾.

نأتي إلى الدنيا ونحن نملك بعدين اثنين، بعدًا حيوانيًا جسمانيًا، وبعدًا روحيًا نفسيًا. لون البشرة، والشعر والطول، والصفات الجسمية الأخرى، ودرجة الذكاء، ومستوى المرح،

والشجاعة، وجميع الصفات النفسية الأخرى، والاستعدادات الكامنة لكلا البعدين فينا موروثة ومحددة بطقم الجينات الوراثية للحيوان المنوي المختار والبويضة المختارة، اللذين منهما تشكّل كل واحد منا. ولكن ليست الصفات والاستعدادات الكامنة فقط هي التي نأتي بها إلى هذه الدنيا، وإنما نأتي إليها أيضاً بطقم من المعايير والقيم الموحدة المغروسة فينا جميعاً، والتي تشمل فيما تشمل معرفة الله والتعلق به وحبه وعبوديته. هذا الطقم نسميه «الفطرة».

ربما تكون الصفات الجسدية صعبة وأحيانا مستحيلة التغير، أما الصفات النفسية، والتي تشكل أساس حركتنا في عالم الدنيا، والاستعدادات الكامنة فينا، والقيم والمعايير «الفطرة» المغروسة فينا فهي ليست ثابتة أبداً، بل تظل تتغير، وتنمو أو تضمحل بحسب حركتنا وإراداتنا والمعرفة التي نكتسبها، والعقائد التي نؤمن بها.. تتغير بنظرتنا للحياة وبسلوكياتنا اليومية البسيطة، ونحن ندرس، ونحن نعمل، ونحن نلعب وننام ونتعامل مع الأصدقاء، ونتعامل مع أفراد الأسرة، ونتعامل مع المجتمعات المحيطة بنا، ونتعامل مع جميع مفردات الكون التي ندركها، ونحن نفكر، ونحن نشعر، وباختصار ونحن نعيش الحياة بكل تفاصيلها، وكأنها الأحرف التي تكتب وترسم صفاتنا النفسية من علم وإرادة وعزيمة وحكمة وحب وتقوى وجمال وخير وشجاعة ويقين، إلى آخر القائمة، التي ربما نعجز عن تحديدها، لأن عالم الدنيا بطبيعته المادية أقل من أن تظهر وتبرز فيه جميع صفاتنا النفسية، إلا أن أهم هذه الصفات، وأولها وآخرها، هو إدراكنا لعبوديتنا لله عز وجل.

خالي جعفر: عيسى...

فقاطعه خالي سلمان: دعه يكمل، أرجوك.

خالي عيسى: نأتي إلى الدنيا، بحاجاتنا، الناشئة من كلا البعدين فينا الروح والجسد، فنحتاج أن نأكل وان نشرب وأن نلبس، وأن نمرح وأن نحب وأن نفكر وأن نتعلم، وأن نتفاخر، وهلم جراً. نتفاعل مع الدنيا بمكوناتها، وموجوداتها، سعيّاً وراء سد هذه الحاجات، فندرس، ونتعلم، ونبحث، ونعمل ونصنع ونكدح فيها، فنسد حاجاتنا، وفي المقابل تنشأ لدينا حاجات وحاجات أخرى، ونظل في سعي دائم منذ طفولتنا وحتى مماتنا

لسد هذه الحاجات التي لا تنتهي.

لكي تكسب لقمة عيشك بكرامة، وأمان، ولتستطيع أن تمارس حياتك باطمئنان، من دون ذل الحاجة، عليك أن تدرس وتتعلم لسنوات طويلة، ثم عليك بعدها أن تعمل وتكدح، وفي جميع هذه المراحل الدراسية، والعملية أنت تواجه الكثير من المواقف اليومية، ويكون عليك اتخاذ العديد من القرارات والمواقف، وهذه هي التي تحدد صفاتك أو قل ملكاتك، ثم تشكل وتكون ذاتك بها.

لديك رصيد من مستوى الشجاعة ورثته من والديك، والآن في هذه الدنيا أنت تبني عليه، فإذا تعودت أن تأخذ مواقف متخاذلة خائفة، فأنت تشكّل وتكوّن في ذاتك الخوف والجبن إلى أن يصبح الخوف والجبن جزءاً من كيانك النفسي، بينما لو اتخذت مواقف شجاعة، فانت تشكّل وتكوّن في ذاتك الشجاعة، إلى أن تصبح الشجاعة جزءاً من كيانك النفسي، وإن تضاربت مواقفك وسلوكياتك، فتارة جبانة خائفة، وأخرى جريئة شجاعة، فأنت تزيد وتنقص من رصيد الشجاعة لديك وفق قراراتك ومواقفك. عن الرسول الأكرم (ص): «إن الصدق يهدى إلى البر، وإن البر يهدى إلى الجنة، وإن الرجل ليصدق حتى يكتب عند الله صديقًا. وإن الكذب يهدى إلى الفجور، وإن الفجور يهدى إلى النار، وإن الرجل ليكذب حتى يكتب عند الله كذابًا» والأمر ذاته يحدث مع جميع الصفات النفسية الأخرى، كالعلم والإرادة، والتقوى، واليقين والحكمة والحلم، وغيرها.

وفي نهاية المرحلة الثانية من قصة وجودنا، أو بتعبير آخر عندما يعطب الجسد، ولا يستطيع البعد النفسي فينا «الروح» على الاستمرار معه في هذه الدنيا، يتركه، ويرحل إلى عالم آخر أوسع وأجمل وأفضل من هذا العالم الذي نحن فيه من دون أدنى مقارنة، ليبدأ المرحلة الثالثة من قصة وجوده، في عالم البرزخ... يرحل إلى عالم هو من حدد مصيره فيه... يرحل إلى عالمٍ يتحدد فيه شدة وجوده وقوته وكماله بجميع ما حصّله من ملكات وصفات ومواهب وقدرات، وتشكل بها في هذه الدنيا... يرحل إلى عالم أساس السعادة والرضا فيه هو العبودية لله عز وجل والقرب منه، ورضوانه.

صمت خالي للحظات، ثم أطرق برأسه إلى الأرض، ثم رفعه، ووجهه يشع ابتسامة دافئة، وسأل خالي جعفر.

خالي عيسى: والآن جعفر، هل كنت تريد أن تقول شيئاً؟

خالي جعفر: كان عندي سؤال، لكنني نسيته الآن.

خالي عيسى: أنا أعتذر من عدم إتاحتي المجال لك لتسأل حينها، لكنني خشيت أن تطير الأفكار من رأسي.

خالي جعفر: لا أبداً، لم يكن السؤال مهماً.

خالي عيسى: خلاصة القصة هي أننا منذ أن خلقنا الله ونحن في حركة مستمرة دؤوبة لا تهدأ نحو التطور والكمال. يقول سبحانه وتعالى: ﴿يَا أَيُّهَا الْإِنسَانُ إِنَّكَ كَادِحٌ إِلَىٰ رَبِّكَ كَدْحًا فَمُلَاقِيهِ﴾.. ننتقل من عالم إلى آخر، بعد ان نكمل رسالتنا وهدفنا في العالم الذي نحن فيه، أو قل يكتمل فيه تطورنا بحيث نصبح قادرين ومؤهلين للانتقال الى العالم الذي يليه.

فقط عندما لقح الحيوان المنوي البويضة، وأصبح نطفة، قدر أن ينتقل إلى عالم الرحم، من خلال ما نسميه بعملية «الحمل» فقط عندما تطورت النطفة، واكتمل نموها، وأصبحت إنساناً انتقلت لعالم الدنيا، عبر ما نسميه بعملية «الولادة» وبمجرد مقدمنا لعالم الدنيا، تبدأ عملية تطورنا، التي تشتد وتتسارع بعد بلوغنا إلى أن ننتقل إلى عالم البرزخ، عبر ما نسميه بعملية «الموت» حيث نظل نتكامل هناك، مع بقية الأرواح الأخرى إلى أن يأتي اليوم الذي تصبح فيه الأرواح جاهزة ومهيأة للانتقال إلى عالم الآخرة، وهو العالم الأخير، والمقر الدائم، فتنتقل إليه، عبر عملية «البعث»، حيث نظل نتكامل ونسمو، ونقترب من الله سبحانه وتعالى.

توقف خالي عيسى عن الكلام، لكننا بقينا جميعاً صامتين لوهلة، وكأننا كنا قد خرجنا لتونا من مشاهدة فلم سينمائي مؤثر. وأخيراً قطع خالي حسن هذا الصمت.

خالي حسن: كلامك يا عيسى - بكل صدق - ممتع ورائع جداً. ليتني كنت سمعته في بدايات حياتي. عموماً ما زال الوقت لم يفت، ولكن قل لي ماذا تعني بأننا نقترب من الله سبحانه وتعالى. أليس الله قريبًا منا جميعاً، بل أقرب إلينا من أنفسنا، كما يقول سبحانه وتعالى : ﴿وَنَحْنُ أَقْرَبُ إِلَيْهِ مِنْ حَبْلِ الْوَرِيدِ﴾؟

خالي عيسى: القرب المذكور في هذه الآية هو قرب إفاضته للوجود علينا، وقرب إحاطته بنا، وكوننا في قبضة قدرته، فلا شيء يخفى عليه، لا الأفعال ولا الأقوال ولا الأفكار والنيات، ولا تخفى عليه حتى الوساوس التي تخطر في القلوب. بينما القرب الذي نتكلم عنه هو تكاملنا وتطورنا الوجودي، وقرب عبوديتنا منه سبحانه وتعالى.

خالي حسن: لم أفهم. ما علاقة تكاملنا وتطورنا من عالم لآخر، واكتسابنا للمزيد والمزيد من القدرات والملكات، ورسوخها فينا وشدتها، ما علاقة كل ذلك بقربنا منه سبحانه وتعالى. أعني ما هو هذا القرب الذي تقصده؟

خالي عيسى: إن قربنا من الله سبحانه وتعالى بالمعنى الثاني، بمعنى قرب العبودية هو يعني مدى إدراكنا وتفاعلنا سلوكياً ومعرفياً ونفسياً وشعورياً ولا شعورياً بعبوديتنا لله عز وجل، إلى أن نصل إلى مرحلة من العبودية والفناء في حب الله وعبوديته لا نرى معها شيئاً غير الله، وهو ما يعبر عنها الإمام علي (ع): «ما رأيت شيئاً إلا ورأيت الله: قبله، وبعده، ومعه، وفيه».

خالي حسن: ولكن ما علاقة عبوديتنا لله، وإدراكنا لها، بتكاملنا وتطورنا. هما أمران مختلفان، أليس كذلك؟

خالي عيسى: بل هما مرتبطان جداً. لأن قربنا من الله، وإدراكنا لعبوديتنا لله عز وجل، إنما هو محصلة عنصرين، أولهما هو مقدار شدة عبوديتنا لله عز وجل، وثانيهما هو مدى إدراكنا التام معرفيا وعاطفياً وعملياً لهذه العبودية. هل تتفق معي في ذلك حسن؟

أجابه خالي جعفر: بصراحة، أنا فقدت تركيزي. عموماً يكفيني ما تعلمته اليوم.

ردت عليه خالتي زينب: بالعكس أنا أريد أن أفهم. أرجوك واصل عيسى. نعم أنا أتفق معك إلى هنا.

خالي حسن: واصل عيسى، أنا أعي ما تقول، وأتفق معك فيه أيضاً.

خالتي نجلاء: لكنني لم أفهم.

خالي سلمان: نجلاء، لكي تتضح لديك الصورة، يمكنك التفكير بهذه الطريقة.. إذا كان

مقدار عبوديتك الحقيقية لله هو ألف، ومقدار استشعارك بها وإدراكك لها هو ٦٠٪ فإن محصلة إدراكك للعبودية ستكون ستمائة! أليس كذلك عيسى؟

خالي جعفر: واضح جداً أن مدى إدركنا للعبودية لله يختلف من شخص لآخر حسب درجة وعيه وتقواه، ولكن كيف يمكننا أن نحسب مقدار عبودية كل واحد فينا؟ أليس مقدار عبوديتنا لله مطلقاً، وليس له حد؟

خالي عيسى: صحيح أن مقدار وحقيقة عبوديتنا لله عز وجل مطلقة، ومساوية لتمام وجودنا بأكمله بكل ذرة فيه، ومن كل حيثية من حيثياته، بل إن عبوديتنا لله ما هي إلا نفس وجودنا المفاض من الله سبحانه وتعالى علينا، وما وجودنا بكل ذرة فيه، وبكل حيثية من حيثياته سوى مطلق العبودية لله عز وجل، فما هما – أي العبودية والوجود - سوى وجهين لعملة واحدة، هل تتفقون معي في ذلك؟

خالتي زينب: معقول. استمر

خالي عيسى: وعليه، فكلما ازداد وجودنا شدة وقوة، ازدادت حقيقة عبوديتنا لله بالمقدار نفسه، حتى وإن لم ندرك أننا عبيد لله، بل حتى لو أنكرنا العبودية، وتجرأنا على تحدي الباري، كما فعل الشيطان، لعنه الله.

ولهذا عبوديتنا نحن البشر لله أشد وأعظم من عبودية قنديل البحر لله عز وجل. صحيح أن عبودية كل مخلوق تشمل كل وجوده، لكن شدة هذا الوجود وقوته تختلف من مخلوق لآخر، أليس كذلك؟

خالي سلمان: كلامك جميل ومعقول. أين تعلمت كل هذا؟

ابتسم خالي عيسى، وأكمل كلامه: والآن لنرجع إلى المعادلة التي ذكرناها في البداية : قربنا من الله عز وجل هو محصلة كل من أولا: قوة وشدة عبوديتنا الحقيقية لله عز وجل، وثانيًا: مدى إدراكنا لهذه العبودية واستشعارنا بها وترسخها في وجداننا وسلوكياتنا وأفكارنا.

من جهة أخرى، شدة وقوة حقيقة عبوديتنا لله عز وجل، إنما هي رهينة بشدة وجودنا وقوته، أو قل بمدى تكاملنا وتطورنا. وعليه، إذا عمل الإنسان على تطوير ملكاته وقدراته

ومواهبه واكتساب المزيد من الصفات النبيلة مثل الكرم والشجاعة والحكمة وصفاء النفس والعزيمة وغيرها، فإن عبوديته لله وقربه منه سبحانه يزداد بالمقدار نفسه، أما إذا خسر ملكاته وقدراته، فخسر معرفته، وفطرته، وشجاعته، وصفاء نفسه، فإنه يزداد بعداً عن الله عز وجل.

خالي حسن: لكن عيسى ألا تلاحظ أن هذين العنصرين مترابطان جداً، فكلما ازداد تطورنا وتكاملنا ازداد إدراكنا لعبوديتنا لله عز وجل، وفي المقابل كلما ازداد إدراكنا لعبوديتنا لله عز وجل ازداد تطورنا وتكاملنا ومعرفتنا وصفاء نفوسنا.

خالي عيسى: صحيح ما تقول. هما عنصران مختلفان، لكنهما مترابطان جداً في العادة، ولكن ليسا متلازمين دائماً، كما حدث مع الشيطان. والآن هل معنى القرب من الله أصبح واضحاً؟

خالتي نجلاء: نعم، لكن لدي سؤال آخر.

خالي جعفر: أنا اتصور أنه يكفي النقاش في هذا الموضوع. لقد سمعت اليوم كلاماً مختلفاً عن كل ما سمعته في حياتي، وبصدق أحتاج إلى وقت للتأمل والتفكير فيه؟

خالتي نجلاء: السؤال يلح علي. أرجوكم اسمحوا لي أن أطرحه؟

خالي عيسى: أنا شخصياً أرحب بأي سؤال، إذا كان البقية موافقين. وإلا فيمكننا أن نفضّ هذه الجلسة، ونكمل أنا وإياك النقاش.

خالي سلمان: أنا أريد أن أسمع. تفضلي نجلاء.

خالي جعفر: أمري إلى الله. تفضلي نجلاء.

خالتي نجلاء: ماذا عن عذاب القبر وشدة الموت التي نسمع عنهما دائماً؟

خالي عيسى: لا شك أن الموت (شأنه في ذلك شأن الولادة) صعب على الإنسان، لأنه ينتقل إلى عالم مجهول بالنسبة له، وهو لم يستعد له نفسياً، لكنه سرعان ما يندمج ويتأقلم في حياته البرزخية الجديدة الرائعة، ولكن هذا لا يعني أن الموت في ذاته عذاب وشقاء.

إننا عندما نموت إنما نولد في عالم البرزخ بالشكل والهوية والحقيقة التي شكلناها، وبالملكات والقدرات التي اكتسبناها، وعليه، فإن سعادتنا أو شقاءنا في عالم البرزخ إنما هو رهن بنتيجة تفاعل وجودنا الذي شكلناه وكونّاه نحن مع قوانين عالم البرزخ وسننه.

لكي يتضح الأمر، تصوري أن أمّا حاملاً في شهرها الرابع، تصاب بمرض الإيدز]مرض فقدان المناعة[، فتعدي طفلها الجنين بهذا المرض. طالما أن الجنين في عالم الرحم فإنه لا يتأذى من مرض الإيدز، لأنه لا يحتاج لهذه القدرة (المناعة) في عالم الرحم، ولكنه سيبدأ المعاناة والعذاب الشديد عندما يأتي إلى عالم الدنيا ويتفاعل معها وفق قوانينها وموجوداتها، والتي منها الجراثيم والفيروسات.

الأمر نفسه تقريبا يحصل عندما ننتقل إلى عالم البرزخ، فيما عدا أن فقدان ذلك الجنين لصفة المناعة إنما كان بسبب والدته، بينما فقداننا لمناعاتنا ولوجوداتنا في عالم البرزخ إنما هو بسبب سلوكياتنا نحن في عالم الدنيا، رغم التنبيهات الإلهية لنا.

لاحظوا أن القرآن عندما يصف قبض أرواح المؤمنين، يقول: ﴿الَّذِينَ تَتَوَفَّاهُمُ الْمَلَائِكَةُ طَيِّبِينَ ۙ يَقُولُونَ سَلَامٌ عَلَيْكُمُ ادْخُلُوا الْجَنَّةَ بِمَا كُنتُمْ تَعْمَلُونَ﴾، بينما يقول عن قبض أرواح الكافرين: ﴿وَلَوْ تَرَىٰ إِذْ يَتَوَفَّى الَّذِينَ كَفَرُوا الْمَلَائِكَةُ يَضْرِبُونَ وُجُوهَهُمْ وَأَدْبَارَهُمْ وَذُوقُوا عَذَابَ الْحَرِيقِ﴾.

#####

في طريق العودة، كنت ساهماً طوال الوقت أفكر في كلام خالي عيسى، لم يحدث لي أن سمعت أو قرأت مثل هذا الكلام من قبل، ليس بهذا الوضوح على الأقل.

لقد قلب هذا الكلام تفكيري رأساً على عقب! صحيح أنني منذ أن تخرجت في الثانوية لم أُضِع وقتي سدى، بل استفدت منه بأحسن ما يكون، تعلمت، وتوظفت، وطورت ذاتي وقدراتي، واهتممت بأسرتي، واقتربت من الله أكثر وأكثر. كل هذا جميل، ولكن نظرتي في كل ذلك كانت محصورة على عالم الدنيا! لم يحدث لي أن نظرت لحياتي بمراحلها المختلفة ابتداء من النطفة، وحتى عالم الآخر كشريط واحد، وإنما كان تفكيري وكل طموحي منصباً لأن أصبح يوماً مديراً تنفيذياً لشركة كبيرة، بل عملاقة، ليفخر بي

والدي.

أحببت الله دائماً، ولا أزال، أسأله وأدعوه دائماً، فيجيبني ويعطيني، ولكن لم أفكر يوما في عبوديتي له، لم أفكر يوماً كيف علي أن أرضيه! كان كل تفكيري منصباً على ذاتي، متمحوراً على ما أريد، وما أشعر، وما أرغب فيه، لكنني لم أفكر أبداً في الذي يريد الله مني!

حتى وإن حققت جميع أحلامي في هذه الدنيا، وأصبحت أغنى الناس وأقواهم، ما الذي سأكسبه وأنا مفارق عما قريب جداً هذا العالم ومتجه إلى مصيري!

واخجلتاه من ربي! كيف سأقابله يوم أموت؟ ماذا سأقول له في تقصيري في حقه؟ ماذا قدمت لله؟ ما الذي أسهمت به لكي يعرف الناس الله كما أعرفه أنا؟ ما الذي فعلته لكي أجعلهم يعبدونه حق عبادته؟ ثم هل أنا أعبده حق عبادته؟

الأنبياء والرسل والأئمة والصالحون على مر التاريخ لم يتقوقعوا على ذواتهم، وإنما انطلقوا في الأرض يملؤونها صلاحاً، ويدعون الناس ويعلمونهم عبودية الله، وأرخصوا في سبيل ذلك كل غال ونفيس، حتى دماء أطفالهم وأسرهم، وعذاباتهم! فماذا فعلت أنا؟

أعيش في رغد من عيشي، قرير العين، أطلب وأدعو الله متى شئت، وكأنه لا واجب علي تجاه ربي الذي أكرمني!

لكن ماذا أفعل؟ أنا أحب ربي بجنون، ويسرني ويلذ لي أن أضحي في سبيله، ولكن ماذا علي أن أفعل؟

فكرت أن أعيش العبودية لله في كل لحظة من لحظات حياتي، وأن أسافر طلباً للدراسة الدينية، لكي أرجع عالماً، وأدعو الناس لله عز وجل، ولكن كيف سأنفق على نفسي وعلى أسرتي؟ يا إلهي أنا مستعد لكل ما يرضيك، ولكن قل لي ما الذي يرضيك؟؟

كانت دموعي تتساقط بحرارة وحرقة وغزارة، لكن بصمت، لذا لم يلاحظ أحد من أفراد أسرتي بكائي، إلى أن اضطررت للوقوف بجانب الطريق، ووضعت رأسي على المقود، وأجهشت بالبكاء بكل مرارة.

الفصل الرابع

فشل مستمر

فشل مستمر

المدينة المنورة، ١٣ يوليو 2001

أفكار كثيرة كانت تدور في رأسي، وأنا جالس في حرم الرسول الأكرم (ص)، متوجهاً إلى القبر الشريف، متأملاً فيه وفي فضل الرسول (ص) علينا.

لقد ضحى الرسول الأكرم (ص) بكل شيء، وأوذي كما لم يؤذ نبي من قبل، فقط لنؤمن برسالة الإسلام الحقة، ونكون متقين. والآن بعد ألف وأربعمئة عام، لا يزال الرسول حيّاً عند الله، يراقب أعمالنا، ويتأذّى من حالة الذل والهوان التي وصلنا إليها، ويتأذّى من ارتكابنا للمعاصي، وابتعادنا عن تعاليم الله، التي قضى عمره الشريف (ص)، وضحى من بعده حتى بأهله ليغرسها ويؤصلها فينا.

شعرت بالخجل الشديد وأنا في حضرته (ص)، فأنا واحد من أولئك الذين يؤذونه (ص) بمعاصيّ، وسماعي للأغاني. استحييت من نفسي، وعاهدته (ص) ألا أكون ممن يؤذونه مرّة أخرى.

رن هاتفي.. لقد كانت والدتي تتصل بي، فلقد أنهت زيارتها للرسول (ص)، وآن أوان الرجوع للفندق بعد ساعات من الدعاء والزيارة.

وضعت كمتي فوق رأسي، ولبست ساعتي، ونهضت واقفاً، وأنا أشعر بخدر في ساقاي من طول جلوسي، ومضيت أمشي إلى مكان الملتقى الذي اتفقنا أن نجتمع فيه.

كنت أشعر بالحيرة، فمنذ كلام خالي الأخير في المزرعة، وأنا تتملكني رغبة جامحة للتفرغ للعبادة وخدمة الله. لقد قرأت كثيراً في كتب السير نحو الله، وكلها تتمحور حول الإكثار من العبادة، لكن المشكلة أن الحياة اليومية، بكل تحدياتها التي لا تنتهي، تمنعنا من أداء العبادة غير الواجبة، فضلاً عن التركيز فيها.

هل أقلل من اهتمامي بأسرتي؟ لا شك أن ذلك لا يرضي الله. إذن هل أترك مواصلة تطوري المهني؟ ربما، لاسيّما أن انشغالي بالدراسة، والعمل، وما يتطلبه نجاحي المهني ليس فقط يسلبني معظم وقتي، وإنما يشغلني نفسياً وذهنياً، ولا يبقي لي من تركيزي إلا القليل!

هناك أمر آخر أيضاً يستهلك الكثير من وقتي، ألا وهو مخالطة الناس، لا سيّما بعد الصلاة، ولقد قرأت في بعض كتب السير والسلوك أن مخالطة العامة من الناس، وهم أهل غفلة، يبعد المرء عن الله، ويشغله عن السير في سبيله عز وجل.

«محمد» صرخت أختي باسمي في أذني مباشرة، ففزعت بشدة، وأخذ الجميع يضحك علي. كنت مستغرقاً في تفكيري، فلم أنتبه لهم وهم يصلون، فوجدتها أختي فرصة سانحة لإزعاجي، كعادتها.

- أشهد أنك مقرفة، لن يتقبل الله زيارتك، لا بل، سيهب لي ثواب جميع أعمالك اليوم لأنك آذيتيني. قلتها وأنا مغتاظ جداً منها، لكن هذا لم يزدها سوى ضحك علي.

▪ ألن تخبرنا من هي سعيدة الحظ هذه؟ سألتني أمي بمزاح ونحن نمشي في طريقنا إلى الفندق.

- من؟

▪ تلك التي تشغل تفكيرك.

أجبتها، وأنا مذهول وخجل في الآن ذاته، إذ لم يحدث أن تكلمنا في هذا الموضوع من قبل، بل لم يحدث أن فكرت فيه من قبل:

- أمي عيب، نحن في حضرة الرسول الأكرم (ص)، ثم أنتِ تعرفين جيداً أنني لست من هذا النوع من الشباب.

▪ وماذا به هذا النوع من الشباب؟ الزواج أمر مستحب وليس حراماً!

- نعم، لكن أنت تعرفين أنني أفكر في أشياء أهم.

▪ وستظل كذلك طوال عمرك، فهل يعني هذا أنك لن تتزوج طوال عمرك؟! ثم أليس الرسول (ص) هو القائل: «من تزوج فقد أحرز نصف دينه“، فهل يوجد ما هو أهم

من نصف دينك؟

- لكن من سترضى بي؟ أنت تعلمين يا أمي، أنني قررت أن أسافر طلباً للدراسة الدينية، فور أن أكوّن مصدر دخل لي، فمن سترضى أن تتزوج بعالم دين؟ ومن سترضى أن تسافر معي؟

- ■ لا تقلق يا حبيبي، أنت اعزم، وتوكل على الله، ونحن سنجد لك العروس المناسبة.. إن في مجتمعنا الكثير من الفتيات المتدينات.

لن أخدع نفسي، فقد راقت لي الفكرة كثيراً. يبدو أن استغراقي في تطويري لذاتي، واهتمامي بدراستي وعملي، وسعيي وراء طموحاتي شغلني عن هذا الموضوع تماماً.

أمسكت أمي من ذراعها برفق، وانزويت بها، وقلت لها وأنا مرتبك من شدة الخجل:

- ماما، ولكن ابحثي لي عن فتاة جميلة ورشيقة جداً، فهذا شرط ضروري، كما أنني أريدها كريمة النفس، صافية القلب، بريئة، ومثقفة... أو لماذا لا أسلمك غداً قائمة بالمواصفات التي أبحث عنها في شريكة حياتي.

- ■ أخذت أمي تضحك: كل هذا وأنت لا تفكر في الموضوع! ساعد الله قلبك.

#####

مضت الأيام سريعاً، ورجعنا إلى البلد. لم أقض في حياتي أياما أسعد وأجمل منها. مشاعر لم أجربها من قبل من السعادة والطمأنينة والشوق للقاء الله عز وجل، ولقاء الرسول الأكرم (ص)، لاسيّما عندما كنت أجلس طوال الليل للدعاء والتأمل والصلاة مقابل ميزاب الرحمة، وأنا على بعد أمتار من أطهر وأقدس مكان في الأرض "الكعبة». كنت أشعر بحبي لله يتفجر من بين جوانبي. كانت كل خلية في جسمي وكل ذرة في كياني تدعو وتبتهل لله معي. دعوت الله أن يفرغني لخدمته، وأن يجنبني معصيته، وإلا فتعساً لي ولوجودي كله إن لم يكن لله.

وها نحن الآن نرجع مرة أخرى للحياة الدنيا، لمشاغلها ومشاكلها، التي لا تفتأ تعصر فؤادك بالألم، والتي لا تهدأ تحديّاتها، فتطحنك برحاها، وتمر سنوات عمرك، وأنت منشغل فيها.. دوامة لا تنتهي، حتى تنهيك معها، وحتى ينهال عليك التراب في قبرك.

يا إلهي كم أكره هذا العالم! وكم أنا في شوق للرحيل إلى الله في العالم الآخر، حيث لا مسؤوليات أقلق بشأنها، وحيث يمكنني أن أعبد الله، وأن أعيش الحب والطهارة والبراءة والصفاء بصحبة الأنبياء والرسل (ع)، وأهل البيت (ع) والمؤمنين الصالحين.

إلهي خذني إليك. أستغفر الله، ولكن من لأمي وأختيّ وجدتي إن ذهبت أنا؟ نعم أنا لا أتحمل أن يمدوا أيديهم، حتى لأخوالي، فلا أذلهم الله. رب مُدّ لي في عمري حتى أطمئن على أسرتي، وتكبر أختاي، فتعتني إحداهما بأمي وجدتي ثم خذني إليك.

لكن ماذا سأقدم بين يدي الله عندما أرحل للعالم الآخر؟ ماذا قدمت لربي؟ ماذا قدمت لديني؟ ماذا قدمت لعيال الله وخلقه الذين يحبهم، وخلقهم لأنه يحبهم؟ ماذا قدمت للبشرية؟ بماذا أسهمت في سعادتها؟

ربي مكني أن أكوِّن مصدر دخل لي، يفرغني لعبادتك وخدمتك سيدي، ثم عندما ترضى عني خذني إليك، وأنت عني راض، يا الله.

لكن لأكوِّن مصدر دخل لي، علي أن أسعى لتطوير ذاتي، حتى يزيد راتبي، بدرجة تمكنني من استثمار جزء منه في بناية تجارية، أنفق منها على نفسي، وأسرتي.

لكن هذا يعني أن أنشغل بالدنيا مرة أخرى عن العبادة والذكر وقيام الليل! لا، هذا هو الشيطان يوسوس لي، ويخدعني. نعم سأتوكل على الله، ولن أشغل نفسي بالرزق أكثر من اللازم، وسأتفرغ في بقية وقتي لذكر الله وللعبادة، وأنا واثق من أن الله إذا علم إخلاصي فإنه سيدبر لي مصدر دخل بمنه، إنه جواد كريم، ولا يخيب مريديه.

قررت أن أبحث عن وظيفة حكومية لأن ساعات العمل فيها أقل، ولأنها تتطلب مجهوداً أقل، وبذلك سيمكنني أن أحقق بعض التفرغ الذي أنشده لعبادة الله، لاسيّما أن مسؤولياتي ستزداد بزواجي، وستزداد أكثر بمجيء الأطفال.

بالرغم من أنني كنت مطمئناً من قراري، لكنني كنت أرغب في استشارة خالي عيسى، إلاّ أنه كان مسافراً لعدة أشهر في مهمة في هولندا، ولذا توكلت على الله، وبدأت في البحث عن وظيفة حكومية، أما مسألة البحث عن عروس فتركتها لأمي، فهذا من اختصاصها.

#####

- هل تفضلها بيضاء، أم سمراء؟ سألتني أمي وأنا جالس على سفرة العشاء، مع بقية أفراد الأسرة.

شعرت بالحرج الشديد، واحمر وجهي خجلاً:

- ماما عيب هذا الكلام، وخاصة بهذا الشكل المفتوح. بيضاء طبعاً.

ضحك الجميع علي، واقترحت أختي خديجة بصوت عال وبحماسة:

- ما رأيك في مروة بنت خالة صفية؟

- الموضوع لا يعنيك أنت. ولأنك أنت من اقترحها فأنا لا أريدها. أجبتها بمزاح، ولكن بجفاء قليلاً.

لقد تعودت أن أتحدث مع أختيّ بفظاظةٍ أحيانا، فهما مشاكستان، وتستمتعان جداً بإغاظتي، لكنني يبدو هذه المرة قسوت عليها أكثر من العادة، لأنها تأثرت وتغيرت ملامح وجهها، فرق قلبي لها، وقمت إليها وقبلتها على رأسها وأنا أعتذر منها.

- أسامحك، ولكن بشرط أن توافق على مروة. قالت أختي خديجة.

- صحيح أنه لا تعامل بيننا مطلقاً، لكنني أشعر أنها مثل أختي، بحكم كونها بنت خالة صفية. أجبتها.

- لا تقلق حبيبي جهزت لك مجموعة من الأسماء، مع المعلومات اللازمة عنهن، قالت أمي.

- رائع، لكن سنناقش الموضوع على انفراد، أنا وأنت فقط.

تغيرت ملاح أختاي، وبان عليهما الحزن والانكسار، ورفعت أختي خولة صوتها وهي تحتج، وعينها تدمع:

- نحن من حقنا أن نشارك في هذا القرار، فهذه القادمة الجديدة ستكون زوجة أخينا، وستأخذك منا.

رق قلبي لهما، وأمام إصرارهما لم أجد بداً من الاستجابة لهما، ولكن بشرط ألا

يعلقا أو يضحكا علي. قفزتا وضحكتا من شدة الفرح، وبدأنا النقاش في الأسماء المقترحة، واحداً بعد الآخر، لوقت متأخر جداً من الليل، وأخيراً تم الاتفاق على التي مالت نفسي منذ البداية إليها، وشعرت نحوها بعاطفة، وحدثتني نفسي أنها ستكون زوجتي إن شاء الله.

طبعاً لاتخاذ القرار النهائي، كان لا بد من مقابلة الفتاة، والجلوس معها، لنختبر كلانا مدى انسجامنا مع بعضنا البعض، وبالطبع هذا يقتضي موافقتها المبدئية علي، ولذا طلبنا من زوجة خالي عيسى أن تفاتح أمها بالأمر، حتى نكمل بقية الإجراءات، بما فيها المقابلة في حال موافقتهم المبدئية.

مرّ أكثر من أسبوعين إلى أن أُخْبِرنا بالموافقة المبدئية. لقد كنت سعيداً جداً، فأن أرتبط بزوجة صالحة ومؤمنة وجميلة لتشاركني حياتي وأحلامي وطموحاتي، هي أعظم نعمة يمكن لي أن أفكر فيها.

تم تحديد موعد المقابلة الساعة الخامسة والنصف، مساء يوم الخميس. كنت أنتظر هذا الموعد بفارغ الصبر، وعلى أحر من الجمر، كنت أحسب الدقائق والثواني، وأظل أردد اسمها على خاطري مراراً وتكراراً فأشعر بالسعادة والراحة. لقد كنت موقناً أنها مكافأة رب العالمين لي على العمرة.

وأخيراً آن أوان المقابلة. حرصت أن أصل في الموعد تماماً. كنت مرتبكاً جداً في المقابلة، ورغم أن جهاز التكييف كان مفتوحاً، كنت أشعر بالحرارة تنبض من جسمي، وبالعرق يتصبب من جبيني.

كان المجلس أنيقاً، وينم عن ذوق راق. كنا خمسة أنا ووالدتي، وفي مقابلنا جلست "ندى"، وبجانبها على اليمين جلس أبوها قاسم، وعلى جانبها الأيسر أمها بتول.

أحسست قلبي يتطاير من شدة السعادة، عندما رأيت ندى لأول مرة، فقد كانت أجمل مما تخيلتها، لكن أقلقني موقف الأب، فقد كان صعباً نوعاً ما في أسئلته، وكأنه كان ينظر إلي كمن جاء يسلب وحيدته من بين يديه، لكنني تماسكت، وحافظت على ابتسامتي، ورباطة جأشي.

نصف ساعة من السؤال والجواب مع الأب، لم يتح لي خلالها مطلقاً التحدث مع عروستي المرتقبة، ولكن يبدو أنني كسبت الجولة، ولحظت ارتياح الأم نحوي، وليونة أكثر في الحديث من جانب الأب.

همست أمي في أذن الحاجية بتول، برغبتي في الجلوس مع ندى على انفراد، فنهضت الأم وهي تبتسم راضية واستأذنت مني نيابة عن زوجها بأنه مضطر الآن للانصراف لأن لديه اجتماعاً في المكتب، استأذن الأب بدوره، وصافحني بحرارة، وانصرف، بينما اتجهت أمي وأم الفتاة للجلوس في الصالة المقابلة للمجلس، مع إبقاء الباب مفتوحاً بيننا.

جرت المقابلة على أروع ما يكون، فقد كانت ندى تشاركني الكثير من القيم التي أحملها. كانت على درجة عالية من الرقة والعذوبة، الممزوجة بالحياء والعفة. لقد أحسست بميل شديد نحوها، ربما هو ما يسمونه الحب. وكنت واثقاً من أنها ستبادلني المشاعر نفسها، رغم الارتباك وملامح الخجل التي كانت تعلو وجهها، وتطغى عليها.

كنت سعيداً جداً بالمقابلة، وتمنيت لو أنها لا تنتهي أبداً، لكن كان الوقت يمضي بسرعة، وكان علي أن أصارحها برغبتي في السفر للدراسة الدينية، إلا أنني كنت شبه مطمئن من أنها لن تمانع، فقد كانت معجبة بما أحمله من قيم ورسالة في الحياة.

أخبرتها، لكنني فوجئت بنوع من الإحباط يعلو وجهها لوهلة، وظلت صامتة للحظات، وكأنها تستوعب الصدمة، ثم صارحتني بأنها مؤمنة بهذا الخط الرسالي، وتُقدّر كثيراً علماء الدين، ولكنها ليست متأكدة من مدى قدرتها على الصمود في هذا الخط، وتحمل تبعات السفر للدراسة الدينية، وتحمل تبعات أن تكون زوجة عالم دين.

انتهت المقابلة. كنت متأثراً وحزيناً جداً! لقد أحببتها فعلاً، ربما لأنني لم أحادث فتاة قبلها في حياتي، وربما لما كان بيننا من انسجام كبير أثناء المقابلة.. لست أدري لماذا، ولكنها سلبت كياني، إلاّ أن ثمن الارتباط بها لا يمكنني سداده: أن أتخلى عن فكرة الدراسة الدينية، وما تمثله لي من طموح يقربني من الله ومن خدمته، وهذا ما كان مستحيلاً في عقيدتي، بل كان شركاً بالله، وقمت أردد في أعماقي قوله تعالى: ﴿أَرَأَيْتَ مَنِ اتَّخَذَ إِلَٰهَهُ هَوَاهُ﴾.

لم يطل انتظاري للرد كثيراً، فما هما إلا يومان ووصلني الرد بالرفض. ورغم أنني كنت أعرف الرد مسبقاً، إلا أنني أصبت بإحباط شديد. ربما لأنني كنت لا أزال آمل أن يكون الرد بالموافقة رغم كل شيء، وأنها أحبتني كما أحببتها أنا.

نعم كنت أشعر بالإحباط، لكن مشاعر الخشوع لله، والسعادة للتضحية في سبيله كانت أقوى وأشد بكثير، أحسست دموعي تجري ساخنة، وأحسست قلبي ينبض بشدة خشوعاً وانكساراً لله، وشعرت نفسي أخاطب الله بكلي، أن يا رب اقبل مني هذه التضحية على حبك، والسير في دربك. أنا أعلم أنه قليل. لكنني مستعد للتضحية بكل شيء في سبيلك، فقط اقبلني يا رب، واقبل مني خدمتي لك.

تعلمت درساً قاسياً من التجربة الماضية، وطلبت من زوجة خالي عيسى، ومن أمي أن يصارحا أي فتاة نتقدم لخطبتها منذ البداية برغبتي في الدراسة الدينية، وهذا ما كان.

مضت أشهر، وأنا أتقدم لفتاة بعد اخرى، حتى لم تبق فتاة متدينة، لم أتقدم لخطبتها، بالطبع اضطررت مع مرور الوقت للتنازل عن كثير من شروطي كالجمال والعمر، ومع ذلك فقد رُفِضْت من قبلهن جميعاً!

كنت أتألم كل مرّة كان يتم رفضي فيها، شفقة على نفسي وكرامتي، وكبريائي، ولأن كل مرة يتم رفضي فيها كانت تتقلص فرصتي في تكوين أسرة خاصة بي، مع زوجة أشاركها همومي وطموحاتي، وما يعتمل في صدري، ويجول في ذهني.

صحيح أنني في البداية لم أكن أفكر في الزواج، ولكن منذ أن فاتحتني أمي بهذا الموضوع بدأت فكرة الزواج تسيطر علي، حتى أنني كنت أشعر أن حياتي أصبحت متوقفة عليه.

كنت أتألم لأمي، التي كنت أراها تكبت ألمها كلما كان يتم رفضي.. رفض وحيدها، وكأنني والعياذ بالله مصاب بالجرب أو الجذام!

كنت أتألم شفقة على ما أصبح عليه حال مجتمعنا، حتى أصبح الذهاب للدراسة الدينية ذنباً، أو ربما وصمة عار لدى بعضهم، يأبون بسببه مصاهرة من هم على شاكلتي! نعم إنهم جميعا يمجدون طلبة العلم وعلماء الدين، طالما كانوا بعيدين عن أسرهم

وبناتهم، وطالما أن هؤلاء الطلبة لم يكونوا أولادهم.

طلبت مني زوجة خالي أن أخفي أمر رغبتي في الدراسة الدينية في الفترة الحالية، وعندما أتزوج لن يكون بإمكان زوجتي الرفض، لكنني رفضت هذا الأمر بشكل قاطع، واعتبرت أن هذا خيانة وتدليس.

نعم كنت أتألم، وأشفق على نفسي لكنني بالرغم من هذا الألم، الذي كان يحز في نفسي بقيت صلباً، وأحسست بحبي لله يزداد، وتمسكي وتعلقي به يشتد، ولطالما أحسست بقربه مني، وكم سهرت الليالي أناجيه وأدعوه أن يقربني منه.

# # # # #

مرت الأيام، واستطعت خلالها أن أقتلع من قلبي حرصي على مستقبلي المهني، والركض وراء الترقية، لكن مع التزامي بأن أؤدي مسؤولياتي الوظيفية على أكمل وجه، كما أمرنا الله.

ابتعدت عن مخالطة الناس، ولذت بالصمت أستعين به على ذكر الله في كل مكان وفي كل وقت، حتى أن الله لم يكد يغيب عن بالي سوى في نومي، بل حتى في نومي، كنت أحلم بأنني في الجنة، وأنني مع الصالحين.

ولقد كافأني الله على ذلك، فما عدت أسمع الأغاني، منذ أن عاهدت الرسول الأكرم (ص) على تركها، بل ولم تعد لي رغبة في سماعها! أكاد لا أصدق أنني تخلصت منها ومن شرورها للأبد.

تغيرت طبيعتي، بالمرة، فأصبحت أكثر هدوءًا وطمأنينةً، وارتباطًا بالله، وحتى المكروهات أصبحت أشعر أنها ذنوب تبعدنا عن الله عزو وجل، فنفرت منها.

هكذا مضت أيامي منذ أن رجعت من العمرة، ولكن ما هي إلا أشهر قليلة، وبدأ يتسلل إلى قلبي شعور غريب لم أعرفه من قبل! شعور مريع ومخيف ومزعج.

بدأت أشعر في قرارة نفسي أنني أفضل من الناس - الذين كنت أسميهم في قرارة نفسي بالعامة جرياً على ثقافتنا الدينية المنتشرة -فبينما أنا والحمد لله أضحي بكل شيء

لله، ولا أنام أو أصحو أو أتحرك أو أسكن إلا بذكره، وطلباً لرضـاه، فإن الناس غافلون ساهون في دنياهم، يركضون وراء المادة، ولا يذكرون الله إلا قليلاً، بل وحتى الصلاة لا يأتون بها إلا كسالى وهم يفكرون في كل شيء إلا في الله عز وجل. نعم أنا أقرب إلى الله سبحانه وتعالى منهم.

لاحظت أن دمعي بدأ يجف في الصلاة والدعاء، وأن خشـوعي بدأ يقل. فقدت تدريجيا تلك الحرارة التي كانت تتسـم بها علاقتي مع الله. فقدت ذلك اللذع الذي كنت أشـعره، كلما كنت أذكر ذنوبي!

بدأت أفقد تدريجياً ارتباطي بالله، ولم أعد أبكي، لا شـوقاً لـه، ولا خوفاً من من عقابه سبحانه وتعالى! ولم سـيعاقبني الله وأنا لا أرتكب حتى المكروهات فضلاً عن المعاصي، والله ليس بظلام للعبيد!

يا إلهي، كم أنا مشتاق لأن أرجع لحالتي الماضية، كم أنا مشتاق لتلك العلاقة الرائعة التي كانت تربطني بالله، علاقة الخوف منه سبحانه وتعالى، وحبه واللهف إليه، والخشـوع لـه، والرغبة في عفوه ورضاه، وأظل أتقلب بينها من حال إلى حال.

لم تستغرق هذه المشاعر والأفكار الغريبة والمريعة طويلاً لتسيطر على جوارحي، وتتملكني، ولم يفلت من إسارها سـوى عقلي، الذي أدرك بوضـوح، أن هذه الأفكار والمشـاعر ما هي إلا آفة بل لعنة "العجب"!

لقد قرأت عن هذا المرض. إنه داء خطير عضال، يصيب النفس، وبالتحديد نفوس المتدينين، لينزل بهم إلى الدرك الأسفل، وأنه في خطورته مثل اليأس من روح الله، والتكبر. وربما أسـوء من الوسوسة. أليس هـو ما أنزل الشـيطان اللعين من أعلى قمة المقربين إلى أسـفل سـافلين ودرك الجحيم؟!

لقد كنت خائفاً، بل مرعوباً على نفسي على المستوى العقلي، لكن ذلك لم يكن ليدغدغ مشـاعري، وكأنها في عالم آخر، في عالم يسيطر عليه العجب كليّا!

دعوت الله أن ينجيني من هذه اللعنة، وسألت العلماء عن كيفية التخلص منها، لكن من دون جدوى! كان الوقت يمر سـريعاً، في غير صالحي، ففي كل لحظة كانت هذه

اللعنة تستشري في كل أرجاء نفسي وتتأصل فيها، بل وأصبحت تهاجم حتى عقلي، فبدأ الشيطان يوسوس لي أنني مخطئ، وأنني لست مصاباً بالعجب، وأن شعوري بأنني مصاب بالعجب هو من وسوسة الشيطان ليبعدني عن الله عز وجل.

أيقنت - بما بقي من إدراكي - أنني إذا ظللت على هذه الحالة فإنني سألحق بالشيطان، لا محالة! كنت مستعداً لفعل أي شيء لأرجع علاقتي القديمة مع الله! لم يبق أمامي سوى حل واحد، لم أتجرأ أن أستشير فيه أحداً، لكنني توكلت على الله، ودعوته أن أكون مصيباً فيما سأفعله، ونفذته على الفور من دون أي إبطاء!

رجعت لسماع الأغاني، وتركت ذكر الله في غير الصلاة الواجبة! نعم تركت النوافل، ولم ألتزم بغير الواجبات والفرائض، بالحد الأدنى منها، وتركت الصمت، ورجعت لمخالطة الناس، بشكل طبيعي كما كنت سابقاً، ورجعت إلى سابق عهدي مع شلتي نقيم الرحلات، ونسهر ونمرح ونلهو، بما لا معصية فيه لله عز وجل، كما قمت بالانضمام لبرنامج دراسة المحاسبة القانونية الأمريكية (CPA)، قاصداً تقديم الامتحانات في شهر مايو الآتي.

ما هي إلاّ أيام من انضمامي لبرنامج الـ CPA، وإذا به يحصل ما كنت أخشاه، فقد استطاع المدير المالي إقناع المدير الإقليمي الجديد بأنني أرتكب الأخطاء في عملي، وأنني غير كفء، وأنه من الأفضل التخلص مني.

وهذا ما كان فعلاً، فقد اجتمع بي المدير المالي والمدير الإقليمي الجديد، لإخباري بأنني غير مرغوب فيه في المؤسسة، وطلبا مني تقديم استقالتي، مع منحي راتب ثلاثة أشهر كتعويض.

وقع الخبر علي كالصاعقة، فقدمت استقالتي مستسلماً لقدري الذي لا أفهمه! شعرت بالدنيا تلف بي.

لست أفهم لماذا أنا بالذات لا تجري أموري بالشكل الصحيح؟ ما الذي يحدث لي؟ هل هو عقاب من الله؟ ولكن لماذا يغضب الله علي؟ ألأنني أصبت بالعجب؟ وهل كان ذنبي أنني أصبت بالعجب! لقد داهمني بالرغم مني. إنه مرض أصابني، ولم أختره بإرادتي، فهل يلام المريض على مرضه! أم لعله عز وجل غضب مني لأنني حاولت التخلص من العجب

بأسلوب خاطئ؟ ولكن هل كان هناك من طريق آخر لم أتبعه؟! نعم أنا لم أسلك هذا الطريق إلا للرجوع إليه! يا إلهي أنا تائه.

أيحتمل أن يكون كل هذا مجرد بلاء واختبار؟ ولكن أي اختبار هذا أن أصاب بالعجب، وأخسر وظيفتي، ومصدر رزقي ورزق أسرتي، ولا أجد من ترضى بي زوجاً؟!

لكن لماذا أصور الأمور بهذه الطريقة، ربما هي سنة الحياة الطبيعية تجري وفق قوانينها بتلقائية، وما أنا سوى شخص سئ الحظ!

مهلاً... يجب ألا أشتت نفسي، وإلا سأظل أدور في حلقة مفرغة. فمهما كان السبب في ما حصل، فهو من الماضي، بينما المستقبل على كل حال بيد الله، وأما ما بيدي فهو أن أتصرف كما يريد الله مني!

علي أن أكون إيجابياً، وألا أخضع للوساوس واليأس والوهم.. علي أن أسعى أكثر بحثاً عن وظيفة، حتى وإن كانت في القطاع الخاص، وألا أستسلم أبداً. بل ومرحباً بكل فشل أواجهه، فأتجاهله، وكأنه لم يحدث وأمضي في طريقي بعزيمة وإصرار.. هذا ما سيرضي الله عني، إن كان غاضباً مني حقاً.

كما أن علي أن أبذل مجهوداً أكبر في دراسة الـ CPA، لأن ذلك سيعزز من فرصي في الحصول على وضع وظيفي أفضل، وأكثر أماناً واستقراراً.

هكذا مضت أيامي التالية. لست أدري كم شهراً مضى علي وأنا على هذه الحالة، لكنني كنت مثابراً فيها، وذا همة عالية، لا تتعب سواء على مستوى الدراسة، أو البحث عن وظيفة.

لم أترك مشاعر اليأس والملل تتسلل إلى نفسي مطلقاً، بالرغم من كل إجابات الرفض التي كنت أقابل بها، والفشل الذي كنت أعاني منه سواءً في موضوع الخطبة، أو البحث عن وظيفة، رغم كل الجهود الجبارة، التي كنت أبذلها!

من جهة أخرى بدأت أستعيد نوعاً ما علاقتي القديمة مع الله، ولكنني هذه المرة كنت خائفاً من أن أمضي قدماً أكثر في علاقتي معه سبحانه وتعالى، خشية أن أفقده كليةً، كما حصل معي في المرة الماضية!

كنت أشعر بالفشل الذريع يلف بي ويحيطني، ويكتم علي أنفاسي، فمنذ أن رجعت من العمرة، وأنا أفشل في كل شيء! طردت من وظيفتي، وفشلت في الحصول على وظيفة أخرى، وفشلت في أن أجد فتاة تقبل بي، حتى ملَّت أمي وزوجة خالي من البحث عن عروس لي.. والأسوأ من ذلك كله فشلت في أهم وأعظم شيء في حياتي. فشلت في القرب منه سبحانه، وتعالى!

يا رب أنا لست راغباً في هذه الحياة، فإذا لم تمن علي بالقرب منك، فخذني إليك، ولكن لا تدعني في هذه الدنيا، وأنا أعصيك!

#####

الخميس، السابع من فبراير ٢٠٠٢، عصراً

كنت أتمرجح بسعادة في الأرجوحة، وأنا مندمج بقراءة الأناشيد، وفجأة طل علي خالي عيسى من الباب،

صرخت بلهفة وشوق: خالي! وقفزت أحضنه في شوق وحرارة.

- متى رجعت؟ لماذا لم تخبرنا خالتي أم تامر لنأتي للمطار لاستقبال؟

■ أنا طلبت منها ألاّ تخبركم، فقد أحببت أن أفاجئكم.

- يا لها من مفاجأة سارة.

■ أرى البيت خالياً! أين البقية؟

- كالعادة، أمي وجدتي ذهبتا للقيام ببعض الزيارات، أما خديجة وخولة، فقد ذهبتا لدرس المسجد.

■ وأنت تستغل غيابهم لتقرأ الأناشيد بأعلى صوتك، كنت أسمعك تصدح بصوتك من بداية الطريق.

- حقاً خالي! هل تسببت بالإزعاج للجيران؟

■ لا، أنا أمزح معك فقط. كنت أسمع صوتك، لكنه كان ضعيفاً، وليس بشكل يزعج

الجيران.

- هل عرفت أخباري خالي؟

■ كنت أتابعها من خلال خالتك أم تامر، لكن أخبارك بدت لي مضطربة، ومختلفة جداً عما كنت اتخذته من قرارات لدى نقاشنا في المزرعة! فما الذي جرى؟

- خالي أنا في أمس الحاجة أن أخبرك ماذا جرى، وأسمع نصيحتك. ما رأيك أن نتمشى على الكورنيش، ونتحدث إلى أن يأتي وقت صلاة المغرب؟

■ على الرحب والسعة.

هناك على الكورنيش، كان الهواء باردًا، ومنسوب البحر مرتفعًا جداً على غير العادة، مما جعل المشي على الكورنيش ممتعاً حقاً.

أخبرت خالي ونحن نتمشى كل ما جرى منذ أن رجعنا من العمرة، فيما عدا أنني أخفيت عنه أنني أسمع الأغاني، وبدلاً من ذلك قلت له «خطأ أرتكبه». كان أمراً في غاية الإحراج أن أخبر خالي أنني أرتكب خطأً ما، ولكنني كنت في أمس الحاجة لنصيحته، فقد كنت تائهاً، لدرجة أنني كنت خائفاً على نفسي من الامتناع عن ترك الأغاني، لكي لا أصاب بالعجب، مرة أخرى!

ظل خالي ساكتا لبرهة ليست بالقصيرة، وكأنه كان يجمع أفكاره، وربما كان محبطاً مني، ويحتقرني بسبب الخطأ الذي أخبرته أنني أرتكبه.

■ محمد، هل تسمح لي أن أكون صريحاً معك؟

- بلعت ريقي: طبعاً خالي، لهذا أخبرتك بكل ما عندي، لتنصحني وتساعدني على تجاوز أزمتي. قلت ذلك وأنا أشعر بحرج شديد.

■ بالرغم من الخطأ الذي تقول أنك ترتكبه، لكن لا شك أنك إنسان مؤمن، وتحب الله كثيراً، وقد حباك الله بيقين عجيب، ولكن ما حدث لك منذ وصولك من العمرة إنما هو بسببك.

- بسببي أنا! كيف؟! سألت خالي، وأنا في غاية الاستغراب.

- لقد حاولت بيديك وإرادتك أن تمنع نفسك من ثلاثة من أهم الطرق الموصلة لله.

- أنا؟! مستحيل!

- أولاً تركك لمواصلة تطورك المهني، وثانياً تركك للتواصل الاجتماعي مع الناس، وثالثاً تجنبك الكلام، وميلك للصمت.

- لكنني فعلت ذلك، ليتسنى لي وقت أطول للعبادة، ولأبتعد عن المحرمات التي تنشأ من الاحتكاك بالناس والتعامل معهم.. لكن كيف تقربنا هذه الاشياء من الله؟ سألت خالي باستغراب شديد.

- هل تذكر عندما كنا نتناقش في المزرعة، أن حقيقة عبوديتنا ما هي إلا مقدار ما نملكه من الوجود، والذي بدوره يتكون من قدراتنا وملكاتنا مثل الحكمة والمعرفة والإرادة واللطف وغيرها، وأن وجودنا يزداد قوة وشدة كلما ترسخت فينا هذه الصفات والملكات إلى أن تتحد مع نفوسنا فتصير شيئاً واحداً.

- نعم أذكر ذلك.

- حسناً وما هو الطريق برأيك لاكتساب هذه الملكات وترسيخها فينا غير ممارسة الحياة بتجاربها وتحدياتها المختلفة، واستخدام قدراتنا فيها؟

كلما زادت التحديات التي تواجهنا وزدنا نحن إصراراً على التغلب عليها، والتصرف بإيجابية نحوها، ازداد نصيبنا من الملكات والقدرات، وازدادت رسوخا فينا، وبالتالي ازدادت عبوديتنا لله عز وجل، وازداد قربنا منه.

- فعلاً كلامك صحيح يا خالي. لست أدري لماذا لم أنتبه لذلك!

- قل لي أليس التطور المهني، يكمن في أن يطور الإنسان قدرته على الأداء والإنجاز، من خلال تطوير قدراته، وذاته؟

- هو كذلك، خالي.

- إذاً فتطورك المهني يقودك لدرجة كبيرة نحو الله، فضلاً أنه يحقق لك السعادة وتحقيق الذات في الدنيا. أليس كذلك؟

- بلى، أتفق معك. لست أعلم ماذا دهاني عندما فكرت بتلك الطريقة!

■ ونفس الكلام يصدق بالنسبة للتواصل الاجتماعي مع الناس، ويصدق أيضاً بالنسبة للكلام الذي هو من أهم أدوات التواصل الاجتماعي والتطور المهني وممارسة الحياة عموماً.

- ولكن خالي، أليس حب الدنيا رأس كل خطيئة؟

■ هذا صحيح، لكن المنهي عنه هو أن ننحصر في الدنيا، ونشتغل بهما عما بعدها، وإلاّ فكما ورد عن الرسول الأعظم (ص): «الدنيا مزرعة الاخرة»، نزرع فيها ما سنحصده في الآخرة.

اسمعني حبيبي: إن معادلة التوازن بين الدنيا والاخرة، هي ما ذكرها الإمام علي (ع): «اعمل لدنياك كأنك تعيش أبداً واعمل لآخرتك كأنك تموت غداً».

سرت في جسمي قشعريرة، فقد بدأ الجو يبرد قليلاً.

■ هل تشعر بالبرودة؟ دعنا ندخل المسجد.

- لا، دعنا هنا، إن منظر البحر رائع، لا سيما عندما يكون مضطرباً بهذه الطريقة.

■ كما تشاء. قالها خالي، وهو يبتسم لي ابتسامة حنونة.

- ماذا عن تلك المعصية.. أعني الخطأ الذي لا أستطيع أن أمتنع عنه؟ هل ما زلت أستطيع أن أسلك نحو الله وأنا أرتكب ذلك الخطأ؟

■ أقدر لك جداً أنك رغم حاجتك للبوح عما في صدرك، ورغم علاقتنا القوية، لكنك سترت نفسك، ولم تبح عن معصيتك! وأنا حقيقةً لا أعلم ما إذا كنت فعلاً ترتكب معصيةً، أم أنك تهول الأمر كعادة المؤمنين في النظر لأخطائهم!

ثم سكت خالي للحظات، وأخذ حصاةً صغيرة كانت هناك على الحاجز الصخري الذي يفصلنا عن البحر، ورماها في البحر بعيداً، ثم توجه نحوي وأعقب:

■ المعصية معصية، ولا يجب أن نستهين بها، ويجب علينا أن نظل نستغفر منها ونحاول بأقصى قدرتنا أن نمتنع عنها، ولكن في الوقت نفسه يجب علينا ألا نتوقف عندها،

ولا ندعها تحول بيننا وبين الله حتى وإن لم نستطع الإقلاع عنها.

إننا يمكننا أن نتدرج في مدارج الكمال ونقترب منه سبحانه وتعالى لمراتب عالية حتى مع الضعف والخور الذي يسيطر علينا تجاه أمور معينة، وضعف عبادتنا، فقد ورد عن الرسول (ص): «إن العبد ليبلغ بحسن خلقه عظيم درجات الآخرة، وشرف المنازل، وإنه لضعيف العبادة». كما ورد عنه (ص): «لولا أنكم تذنبون، فتستغفرون الله لخلق الله خلقاً حتى يذنبوا ثم يستغفروا الله، فيغفر لهم. إن المؤمن مفتتن تواب. أما سمعت قول الله عز وجل: ﴿إن الله يحب التوابين ويحب المتطهرين﴾، وقال : ﴿ استغفروا ربكم ثم توبوا إليه﴾.

هل تعرف يا محمد، كثيرة هي النصوص الواردة عن أهل البيت (ع) أن المؤمن في حال المعاناة، وحرارة الاندفاع، والحرقة في التوجه أفضل حتى مع الذنب، منه وهو في حال الاستقامة والعجب بذاته! ورد عن الإمام الصادق (ع): «إن الله علم أن الذنب خير للمؤمن من العجب، ولولا ذلك ما ابْتُلي المؤمن بذنب أبداً».

- أنا أكثر من يفهم معنى هذا الحديث الشريف. قلتها بابتسامة.

ضحك خالي، وجلس على المقعد الصخري، مقابل البحر، فجلست بجانبه، وأردفت:

- أحتاج أن أفهم المزيد عن كيفية السلوك نحو الله.

■ المشكلة أن الكثير من كتب السير والسلوك إما تتحدث عن ممارسات تمج منها فطرة الانسان وتخالف التعاليم الإسلامية، وإما تتمحور حول ذكر الله والصلاة، وعبادة الله بالمعنى الخاص وهو أمر بالرغم من عظمته ولكن لا يمكن اختصار السلوك والسير نحو الله فيه.

- وهل هناك عبادة بالمعنى الخاص، وعبادة بالمعنى العام؟

■ بالطبع.. العبادة بالمعنى العام هو أن تأتي بكل حركة من حركاتك وبكل سكنة من سكناتك وبكل تصور تتصوره أو شعور تشعره وفق رضا الله عز وجل، وفي خدمته.

- هذا الأمر صعب جداً خالي.

- ■ الصعب حقاً هو أن تصل إلى درجة قريبة من القمة في سلوكك نحو الله، لكنك من الممكن جداً أن تصل إلى مراتب عالية جداً. أليس الإمام زين العابدين يقول في دعاء أبي حمزة الثمالي: «وَأَنَّ الراحِلَ اِلَيْكَ قَريبُ الْمَسافَةِ، وَأَنَّكَ لا تَحْتَجِبُ عَنْ خَلْقِكَ إلاّ أَنْ تَحْجُبَهُمُ الأعمالُ دُونَكَ».

لا تنس أن الله خلقنا لنتجه إليه، وأنه سبحانه وتعالى أحرص منا لأن نصل إليه، وأنه يتولانا بأمره.

- وهذا المعنى أيضاً أدركته جيداً، فقد خبرته مراراً في حياتي. أرجوك أخبرني المزيد عن السير نحو الله.

- ■ المشكلة حبيبي أنني لست مؤهلا لهذا الأمر، فأنا لست عالم دين، وهذا الأمر يتطلب درجة عالية من المعرفة والممارسة في جهاد النفس والسير نحو الله.

- خالي، أنا ليس لدي غيرك، وأنا فعلا محتاج أن أفهم أكثر عن هذا الأمر. ما رأيك أن تلم لي في جلسة واحدة أطراف ما سبق أن أخبرتني به.

- ■ لا بأس، ولكن ليس الآن، لأن وقت صلاة المغرب قد قرب، وبعدها علي أن أذهب للبيت. ما رأيك أن تأتي أنت وأهلك غداً إلى المزرعة، ونتحدث هناك؟

- يسرني ذلك، لكن يجب أخذ موافقة أمي أولاً. دعني اسألها، وسأتصل بك للتأكيد.

#####

كان الهواء منعشاً في المزرعة، والجو يميل للبرودة، وكنّا أنا وخالي نمشي معاً بين الأشجار. كان خالي مقطّباً حاجبيه، وصامتاً كعادته، عندما يجمع أفكاره. وأخيراً، بعد لحظات صمت طويلة، هم خالي بالبدء بالكلام، فبادرته قائلاً:

- خالي، هل تمانع أن أسجل هذا الحديث، لأنني أريد أن أسمعه مرّة أخرى وأتأمل فيه.

- ■ لا مطلقاً. تفضل حبيبي.

أخرجت المسجلة، وبدأت التسجيل:

- حسناً خالي، تستطيع أن تبدأ بالكلام الآن.

■ كنت أقرأ كتاب «العادات السبع للناس الأكثر فعالية» لـ ستيفن ر. كوفي [والذي يعد واحداً من أكثر الكتب مبيعاً ورواجاً في العالم] فاستوقفتني فيه هذه العبارة : «إننا نستطيع قضاء أسابيع، أو شهور، بل وسنين كادحين مع الصفات الأخلاقية الذاتية محاولين تغيير توجهاتنا وسلوكياتنا، ولا نحاول حتى مجرد البدء للاقتراب من ظاهرة التغير الذي يحدث تلقائياً عندما نرى الأشياء في صورة مختلفة. وهكذا يبدو بجلاء أنه إذا رغبنا في إجراء تغييرات طفيفة نسبياً في حياتنا، فلربما استطعنا التركيز بطريقة ملائمة على توجهاتنا وسلوكياتنا. أما إذا رغبنا في إجراء تغيير جوهري وكمي، فإنه يتعين أن تنصب جهودنا على تصوراتنا الذهنية الأساسية. »

وهذا ما يؤكد عليه القرآن الكريم: ﴿إِلَيْهِ يَصْعَدُ الْكَلِمُ الطَّيِّبُ وَالْعَمَلُ الصَّالِحُ يَرْفَعُهُ﴾.

- «نية المؤمن خير من عمله»

■ عندما نتكلم عن السير نحو الله يجب أولاً أن ندرك أن التغيير المستهدف فينا لا يكون على مستوى سلوكياتنا وأفعالنا فحسب، وإنما على مستوى مشاعرنا وإدراكاتنا وتصوراتنا الذهنية الأساسية أيضاً.

كما أن أهم عامل يمكّننا من تغيير أنفسنا، وتطويرها، والسير نحو الله هو ما غرسه الإسلام ورسخه فينا من مفاهيم وتصورات وخرائط ذهنية في غاية الروعة والجمال والانسجام مع الفطرة، والتي من أهمها العقائد الإسلامية.

- مثل عقيدة التوحيد والعدل الإلهي.

■ ومن ذلك أن سبب خلق الله لنا هو لأنه سبحانه وتعالى محض الفيض والجود والكرم، فهو عز وجل بإرادته يفيض الوجود على كل ما يمكن أن يكون، لأن وجود أي مخلوق تعني سعادته في الأصل.

هل تذكر محمد عندما ذكرت لكم في المزرعة أن وجودنا وحقيقة عبوديتنا لله إنما هما وجهان لعملة واحدة؟

- نعم، وقد أثرت فيّ كثيراً هذه الحقيقة.

■ حسناً، في الواقع هما ليسا وجهين، وإنما هي ثلاثة أوجه لعملة واحدة، الوجود، والعبودية، ومقدار الإحساس بالسعادة أو الشقاء! فكلما ازداد الموجود قوة وشدة في وجوده، ازداد عبودية لله، وازداد في الوقت نفسه مقدار إحساسه بالسعادة أو الشقاء.

- ولماذا الإحساس بالشقاء؟ ألا يفترض أن الوجود يمنحنا السعادة؟

■ ربما في عالم الدنيا، ولكن ما بعد الدنيا فإن قوة وشدة جودنا يحدد مقدار إحساسنا بالسعادة أو الشقاء، أما ما يحدد إذا ما كنا سنحس بالسعادة أو الشقاء، فهو مقدار إدراكنا لعبوديتنا لله، ومدى ترسخه في أعماقنا وسلوكياتنا ووجداننا، وانصياعنا للحق، فكلما كان إيجابياً ازدادت سعادتنا شدة، إلى أن نصل إلى درجة نصبح فيها نحن بذواتنا «سعادة»، وكلما كان سلبياً بأن كنا مستكبرين على الله وعلى الحق ازداد شقاؤنا شدة، إلى أن نصل إلى درجة نصبح فيها نحن بذواتنا «شقاءً».

- ممتاز خالي.

■ لاحظ كم هي عظيمة رحمة الله بنا وحبه لنا، فقد جعل هدفنا في الحياة هي عبودية الله، وحبه والذوبان فيه، والقرب منه سبحانه وتعالى، لا طلباً للسعادة، وإنما عبوديةً له سبحانه.

- ونحن كلما تدرجنا وصعدنا في سير العبودية نحو الله، ازدادت سعادتنا وازداد وجودنا شدة وقوة.. لكن ماذا تعني العبودية؟

■ العبودية لله تعني أن تتحرر من كل الأغلال التي تحيط بك، ومن كل الظلمات والطواغيت، والمشاعر السلبية، كالإحباط والخوف والقلق، ومن الضعف والخور، بل ومن عبوديتك لنفسك، فلا يعد لشيء في الدنيا مهما عظم أو صغر أثر عليك، وإنما تكون خاضعاً منصاعاً بكلك لله ومتفانياً فيه.

- هذا المعنى مذكور في آية الكرسي، في قوله تعالى: ﴿اللّهُ وَلِيُّ الَّذِينَ آمَنُواْ يُخْرِجُهُم مِّنَ الظُّلُمَاتِ إِلَى النُّوُرِ وَالَّذِينَ كَفَرُواْ أَوْلِيَآؤُهُمُ الطَّاغُوتُ يُخْرِجُونَهُم مِّنَ النُّورِ إِلَى

الظُّلُمَاتِ﴾، والله هو نور السماوات والأرض، أليس كذلك؟

- أحسنت حبيبي. هذا الإنسان الذي يبلغ هذه الدرجة من العبودية هو ما نسميه بالإنسان الكامل، لأن الوسيلة لبلوغ هذه الدرجة هي عبر تكاملنا.

- عفواً يا خالي، ما رأيك في أن نتجنب استخدام المصطلحات، فإنها تجعل المعنى غامضاً أحياناً! ماذا تقصد بـ «تكاملنا»؟

- هو نفس المعنى الإنساني العام للتكامل، ولكن بشكل أشمل، وأفضل منهجية.

نعني بالتكامل هنا تنمية وتطوير ذواتنا، بجميع قيمنا وملكاتنا الإنسانية معاً بانسجام وتناسب، لا تتخلف واحدة عن أخرى في النضج والنمو، حتى تبلغ أعلى مستوياتها، وبحيث تتأصل وتستشري في عقلنا الواعي واللاواعي، وفي كل حركاتنا وسكناتنا، إلى أن تصير هي ونفسنا وحدة واحدة يستحيل تفككها. وبالطبع أهم هذه القيم وأعظمها هو إدراكنا لعبوديتنا لله.

- ولكن، كيف يمكننا تطوير أنفسنا إلى هذا المستوى من العبودية؟

- لقد حدد الله هذه المنهجية التي تمكنك من تحقيق هذا الهدف: في أن تمارس حياتك اليومية الطبيعية، وفق التعاليم الإسلامية بالتوازن الذي أمر به الإسلام، بحيث تنمو لديك جميع القيم الإنسانية ومكارم الأخلاق بشمولية واتزان، واضعا الله ورضاه وحبه نصب عينيك في كل لحظة من لحظاتك وفي كل حركة منك وسكون.

في الواقع، فإن الشريعة الإسلامية هي برنامج تدريبي، ارتضاه الله واعتمده، لتطوير كل من الفرد والمجتمع والرقي بهما نحو الله في حركة طبيعية وسلسة، توائم الفطرة الإنسانية وتنسجم مع الطبيعة البشرية، وتلتقي مع المعطيات والقوانين الكونية.

هذا من حيث المنهج العام، وأما تطبيقاته، أو كما يعبرون عنها الطرق الموصلة لله فهي بعدد أنفاس الخلائق، كما تذكر الروايات، فكل إنسان له تركيبته الخاصة من الاستعدادات والصفات التي ورثها، كما أن كل إنسان تختلف بيئته المحيطة به وتختلف التحديات والأحداث التي يواجهها عن أي إنسان آخر.

- خالي، أنا حاولت أن أنفذ التعاليم الإسلامية حسب فهمي، لكنني كدت أن أنزلق في الهاوية!

■ صحيح ما تقوله تماماً، فقد تكون مخلصاً، وتستخدم إرادتك، لكنك مع ذلك تخطئ الطريق، وذلك إما بسبب الجهل بالتعاليم الإسلامية، أو بسبب الغفلة، وكلا الأمرين لهما علاج.

- وما هذا العلاج؟

■ بالنسبة للجهل بالتعاليم والإرشادات الإسلامية، عليك أن تتفقه في الدين، وتكثر من قراءة القرآن والأحاديث الشريفة، والأدعية، وتتدبر فيها، وتنمي قدراتك العقلية، وفهمك للدين.

أما علاج الغفلة، فهو الخلوة مع النفس ومحاسبتها كل ليلة إن أمكن ولو لنصف ساعة، إضافةً إلى مصاحبتك لأصدقاء صدوقين ناصحين.

هيجت لدي هذه النقطة الأخيرة ذكرى صداقة الطفولة بعامر، فقد كان هو الوحيد من بين أصدقائي ممن يمكن وصفه بالصدوق والناصح.. لكنه للأسف الشديد انقلب بعد الأحداث المريرة التي عاشها وهو في الثانوية، فانقلب على جميع القيم، وانجرف نحو شهواته بشكل مريع، بالرغم من كل محاولاتي للوقوف بجانبه ونصحه.

■ أراك سرحت؟!

- لا أبداً يا خالي، لكنني تذكرت أحد أصدقائي الأعزاء.. قل لي كيف نسير نحو الله سبحانه وتعالى؟

■ تبدو وكأنك استرجعت حماسك؟ سألني خالي وهو يبتسم.

- جداً.

■ حسناً، تتمحور الفكرة في أن قدرتك على اكتساب القيم والملكات الإنسانية يعتمد على مدى وجود ثلاثة عناصر لديك: الأول هو الرغبة، والثاني هو الممارسة، والثالث هو طبيعة البيئة النفسية التي تمتلكها، ومدى كونها صحية وإيجابية.

- هل تقصد بالبيئة النفسية ما تمتلكه النفس من القدرات والملكات والمهارات والتصورات والخرائط الذهنية التي تحدثنا عنها؟

▪ صحيح. هذه البيئة النفسية بطبيعتها متحركة ومتغيرة باستمرار. إنها في الواقع محصلة جميع استجاباتك، لكل المنبهات والمثيرات التي تتعرض لها في حياتك، مهما بلغت من الصغر، سواءً علمت بها أو لم تعلم.

- إذا كانت نفوسنا هي محصلة استجاباتنا للمنبهات والمثيرات التي نواجهها طوال حياتنا، فلماذا إذن حكم الله بالعذاب على أبي لهب، وعلى الشيطان مثلاً قبل أن ينهيا حياتهما في الدنيا؟ ألا يحتمل أن يتغيرا إلى الأفضل، ويتوبا إلى الله؟

▪ إن نفس حكم الله عليهما بالعذاب قبل أن ينهيا حياتهما لهو دليل على أن الله علم أنه ليس هناك من احتمال أن يتغيرا إلى الأفضل.

إن إمكانية تغير أي صفة أو عادة أو تصور ذهني لديك يعتمد على العناصر الثلاثة، التي تحدثنا عنها، وهي أولاً: مدى رسوخ هذا التصور أو هذه الصفة فيك، وثانياً: مدى رغبتك في تغييره، وثالثاً: على سلوكياتك، وممارساتك.

قد يصل القبح في إنسان ما غايته، بسبب ممارساته ورغباته، بحيث يتحد هذا القبح مع نفسه، ويصيرا شيئًا واحدًا يستحيل انفكاكهما، كما حدث مع الشيطان، ومع من يشير القرآن الكريم إليهم بقوله: ﴿خَتَمَ اللَّهُ عَلَى قُلُوبِهِمْ﴾.

وفي المقابل قد يصل الجمال والجلال في إنسان ما غايته، بسبب ممارساته ورغباته أيضاً، بحيث يتحد هذا الجمال مع نفسه، ويصيرا شيئًا واحدًا يستحيل انفكاكهما، كما هو حاصل مع المعصومين (ع).

- هذا يفسر قوله سبحانه وتعالى: ﴿قُلْ هَلْ نُنَبِّئُكُمْ بِالْأَخْسَرِينَ أَعْمَالا (١٠٣) الَّذِينَ ضَلَّ سَعْيُهُمْ فِي الْحَيَاةِ الدُّنْيَا وَهُمْ يَحْسَبُونَ أَنَّهُمْ يُحْسِنُونَ صُنْعًا﴾. فالآية إنما تقصد أولئك الذين يصبح القبح جزءاً منهم بسبب سوء أفعالهم، فيحسبون المنكر معروفاً والمعروف منكراً، أليس كذلك؟

▪ صحيح. إن البيئة النفسية لأي إنسان هي العدسة التي من خلالها ينظر للعالم،

ويتفاعل معه على مستوى الحياة اليومية..

قد ترى البحر فترى فيه الجمال والخير، وتسمع في أمواجه موسيقى رائعة تسكن لها نفسك وتطلق العنان لمخيلتك.

وربما على العكس من ذلك، ترى فيه عملاقاً مرعباً غامضاً، وتملؤك منه الرهبة والخوف، وتسمع في أصواته نشيج الحزن والنعي على كل من غرقوا في خضمه، وكتم أنفاسهم بجبروته.

وربما ترى فيه شيئاً آخر.. هذا يعتمد على طبيعة بيئتك النفسية، وتصوراتك وخرائطك الذهنية.

قد يعني لك غروب الشمس مصدر ضيق وألم، فينقبض صدرك كلما رأيته، وربما يعني لك الهدوء والسكينة والراحة والجمال!

قد تكون في مكان ما فتسمع جوّال أحدهم يرن برنة كانت رنة هاتفك فيما مضى، فتشعر بالحزن الشديد إذا كانت هي رنة هاتفك عندما تلقيت نبأ وفاة شخص عزيز عليك، أثر فيك فقده. وقد تشعر بالراحة والسعادة إذا كانت هذه رنة هاتفك في فترة تلقيت فيها الكثير من الأخبار السارة. كل هذا مرتبط بتصوراتك وخرائطك الذهنية.

- ولهذا كان كل هذا الاهتمام في القرآن الكريم، وكتب الأدعية، ومختلف العبادات التي نمارسها على تغيير تصوراتنا وخرائطنا الذهنية، وجعلها إيجابية صحية، تتسم بوحدانية العبودية لله عز وجل، ونبذ جميع أنواع المشاعر السلبية، ومصادر الخوف والضعف، والقلق!

■ ليس ذلك فحسب، بل إن بيئتنا النفسية هي التي تحدد بتلقائية طبيعة استجاباتنا في مختلف قضايا الحياة اليومية.

سكت خالي للحظات، ثم أعقب، ببطء، وكأنه يشدد على أهمية ما سيقوله:

■ بالطبع، نستطيع بإرادتنا القيام بممارسات مغايرة لما تمليه علينا بيئتنا النفسية،

سواءً سلباً أو إيجاباً.

- خالي، أنا ضيعت الفكرة!

■ الخلاصة يا حبيبي هي أنه: إذا كانت بيئتك النفسية من الصفاء وقوة الإرادة وحب الخير بدرجة عالية، ومنسجمة مع الفطرة، مع عدم وجود معوقات وعقد نفسية لديك يمكنك اكتساب القيم والملكات الإنسانية - والتي قلنا أنها الطريق لله – بمجرد وجود الشوق لديك لقيمة أو صفة ما، والالتفات اليها، وإرادتك بتملكها، غير أنها تشتد رسوخاً كلما مارستها عملياً.

كما تسبب ممارستك المستمرة لقيمة أو صفة ما (إيجابية كانت أو سلبية) اكتسابك لها، حتى وإن لم ترغب فيها، ولكن بالطبع تزداد هذه الصفة رسوخاً فيك، بل وقد تصير جزءاً منك، وتتحد مع نفسك بحيث يستحيل انفكاكهما عملياً، إذا رغبت في هذه الصفة، وكانت بيئتك النفسية مساعدة.

- لنتناول مثالاً. كيف يمكن – مثلاً - لهذا الشخص الذي يشعر بالضيق لرؤية الغروب، أن يتخلص من هذه المشاعر السلبية.

■ حسناً. تخيل أنك تعاني من الضيق كلما رأيت الغروب. عليك في البداية أن تفهم سبب مشاعرك السلبية هذه. حاول أن تغوص في ذاكرتك لتبحث عن التصورات الذهنية المغروسة فيك، المسببة لهذه المشاعر السلبية تجاه الغروب.

ركز ذهنك، واعصر دماغك، وعندما تتعب، انس الأمر واشغل نفسك بأمور أخرى، لكن ارجع للتفكير في هذا الموضوع بصفة دورية، ثلاث مرات في اليوم مثلاً، وهذا سيحفز عقلك اللاواعي على التفكير في الموضوع بينما أنت مشغول في أمورك الأخرى، بل حتى وأنت نائم.

قد تتوصل إلى السبب بمجرد التفكير في الموضوع، وقد يتطلب منك يوماً كاملاً، أو عدة أيام، أو حتى عدة أسابيع، لكنك على الأرجح ستتوصل إلى السبب في نهاية المطاف.

والآن قد يكون السبب الذي توصلت إليه – مثلاً - أن رئيسك في العمل «الذي

يرتدي دائماً معطفاً برتقالي اللون»، يوبخك بشدة كلما رآك، مما يسبب لك إحباطاً، وإحراجاً شديداً أمام زملائك. ونتيجة ذلك ارتبط إحساسك بالضيق مع اللون البرتقالي الذي تشاهده كلما رأيت رئيسك.

ويحدث لدى مشاهدتك لغروب الشمس، أن اللون البرتقالي للشمس أثناء الغروب يحفز لديك مشاعر الضيق الذي تشعر به كلما رأيت رئيسك.

- دعنا نفترض سبباً يرجع لأيام الطفولة!

■ حسناً، لنفترض أن سبب مشاعرك السلبية تجاه الغروب قابع في الماضي البعيد، عندما كنت طفلاً. وكنت تشعر بالخوف الشديد من الليل والوحوش التي تظهر فيه، ولذا كنت تظل مرعوباً منه ومتكدراً إلى أن يطلع النهار.

من الطبيعي أن تنغرس هذه المشاعر السلبية لديك تجاه الليل في أعماقك، إن لم تعمل على معالجتها، حتى وإن كنت قد تخلصت من خوفك من الليل عندما كبرت. ولذا فإن مشاهدتك لغروب الشمس تكون محفزة لهذه المشاعر السلبية.

إن مجرد معرفتك لسبب الرابطة بين غروب الشمس، وإحساسك بالضيق، وكونه غير منطقي يساعدك على معالجة نفسيتك وربما يؤدي مباشرة إلى قطع هذه الرابطة.

أنت الآن تمتلك عنصرين لمعالجة نفسيتك، وهما الرغبة والاستعداد النفسي، لكنك ما زلت تحتاج إلى العنصر الثالث «الممارسة» لتضمن عدم وجود أي رواسب سلبية في أعماقك.

لتحقق الممارسة والسلوك الإيجابي تجاه غروب الشمس لإزالة المشاعر السلبية التي لديك منه، تعوَّد أن تمارس عملاً يسبب لك السعادة والراحة أثناء مشاهدتك لغروب الشمس، مرتين أو ثلاث مرات في الأسبوع على الأقل، ولكن بصفة مستمرة لعدة أشهر، كأن تمشي مع صديق ترتاح له على شاطئ البحر.

إن هذه الممارسة ستغير الرابطة القديمة السلبية، وستبدلها برابطة أخرى إيجابية بين غروب الشمس، وإحساسك بالراحة.

- هل تعرف خالي. أنا أمارس هذا الأسلوب منذ أن تجاوزت تلك الأزمة بعد الثانوية العامة، وهو يعمل بشكل جيد.

■ إن تعودك على ممارسة هذا الأسلوب في حياتك، يجعلك قريباً من عقلك اللاواعي، ويعزز من ثقتك الذاتية في نفسك وفي قدراتك، فيجعلك أقدر على معالجة نفسك وتطويرها، وقد تتمكن من تغيير بعض خرائطك الذهنية، وتكوين خرائط أخرى بمجرد رغبتك وإرادتك، حتى من دون ممارسة.

- فعلاً.. هذا يحصل معي أحياناً، فقد استطعت – مثلاً – منذ عدة سنين إقناع نفسي بأن ما يحتاجه جسمي من النوم يومياً هو ثلاث إلى أربع ساعات، وأن النوم أكثر من ذلك يرهقني.

■ أنت محظوظ، أنا ما زلت غير قادر على ذلك. على كل حال، فإن هذه العناصر الثلاثة إنما تتأتى للإنسان من ممارسة الحياة اليومية بإيجابية من خلال الكدح فيها والسعي لزينتها من أموال وبنين وبيوت مريحة وراحة مادية ومعنوية، لكن بما ينسجم مع الفطرة، ووفق إرشادات الشريعة الإسلامية.

إننا بممارسة الحياة بإيجابية ننضج ونتعلم ونكتسب الحكمة فنسمو وتسمو أخلاقنا وأرواحنا، فنحب الله، ونحب صفاته وجلاله وجماله، ونشعر بعبوديتنا تجاهه بسبب الفطرة المغروسة فينا، فنغدو أكثر إيجابية في الحياة، وممارسةً للعبودية تجاه الله على مستوى التفاصيل اليومية، فنقابل مسؤولياتنا تجاه أسرنا ومحال عملنا ومجتمعاتنا وأنفسنا والإنسانية كلها بإيجابية وارتياح، ويزداد حبنا لكل البشر، بل ولكل مفردات الكون، فنزداد سمواً وصفاءً واستعداداً لقبول الجمال والجلال والأخلاق الفاضلة، وتزول بشكل تلقائي الأدران من نفوسنا، وتزداد معرفتنا بالله، ويزداد عشقنا له ولجماله، ولحبه لنا، فنخشع ونفنى فيه، فلا نرى في الكون غيره، ونرى كل شيء من خلاله سبحانه وتعالى، لا سيّما عندما ندرك أننا تجلياته وخلقه، وأنه يحبنا ويعتني بنا فرداً فرداً.

كما أننا بتعودنا – في حياتنا اليومية – على استخدام إراداتنا وعزائمنا تشتد قدرتنا على مجاهدة أنفسنا وتشكيلها كما نحب، أو قل كما يحب الله.

- كم هي رائعة هذه الحياة التي تصفها يا خالي!

- هي فعلاً رائعة. إن الإسلام لا يرى الدنيا دار شر، بل هي كما وصفها الأمام علي (ع): «الدنيا دار صدق لمن صدقها، ودار غنىً لمن تزود منها، ودار نجاة لمن فهم عنها، فهي مهبط وحي الله ومصلى أنبياء الله ومتجر أولياء الله ربحوا فيها الرحمة واكتسبوا فيها الجنة».

وكيف يكون شراً ما خلقه الله؟! وإنما الشر أن نتقوقع عليها، ونغفل عما وراءها، والخير كل الخير إنما يكمن فيما وراءها، فإذا شغلتنا عنها أصبحت شراً بالنسبة لنا.

- إذاً فزهدنا في الدنيا، وعزوفنا عنها، وتفرغنا الكامل للصلاة والصوم إنما يحرمنا من فرصة السمو بأنفسنا وتزكيتها، وبالتالي القرب من الله سبحانه؟

- نعم، فالاختبار ليس هو ألا تبتل بالماء، بينما أنت تمشي على ضفاف النهر، وإنما أن تسبح في النهر وتغطس فيه، بل وتظل فيه طوال عمرك، ولكن من دون أن تبتل بالماء! وهذا لا يتأتى من دون طول ممارسة ومران، ولهذا خلق الله الأرض والدنيا، لتكونا ميدان التدريب لنا.

الاختبار هو أن تكدح في الدنيا بما أوتيت من قدرات لطلب الرزق الحلال لتستمتع به، وتوسع على أهلك، وتسجل أولادك في أحسن المدارس، وتسكن في بيت واسع ومريح، وتقود سيارة من الطراز الاول – من دون ترف-، ثم لا تقع أسيراً لهذه المتع واللذائذ، بل تزهد فيها، فلا يؤثر فيك نفسياً إذا فقدتها، واضطررت أن تعيش الفقر، ولكن بشرط ألا يؤدي عدم تأثرك لفقد هذه المتع واللذائذ إلى النيل من سعيك الحثيث والإيجابي لتحسين ظروفك المالية؟

إذا استطعت ذلك فأنت زاهد فعلاً، وإلاّ فلا. ولكن حتى وإن نجحت في هذا الاختبار، يجب عليك المداومة عليه إلى أن يصبح الزهد ملكة راسخة فيك، بل ويتحد مع نفسك، فتكون كقوله سبحانه: ﴿لِكَيْلا تَأْسَوْا عَلَى مَا فَاتَكُمْ وَلا تَفْرَحُوا بِمَا آتَاكُمْ﴾.

- «ليس الزهد ألاّ تملك شيئاً، وإنما ألا يملكك شيء».

- تذكر أن الهدف ليس هو أن تعيش حالة كمال الانقطاع إليه سبحانه وتعالى، وأنت

في خلوة، وتتعبد في محرابك!

وإنما الهدف أن تعيش حالة كمال الانقطاع إليه سبحانه، وأنت تعيش وسط الناس والحياة بكل مفرداتها وتناقضاتها وتحدياتها، فتتفاعل معها، فتدفعها وتدفعك، لكنك بالرغم من كل ذلك لا ترى غير ربك، وغير عبوديتك له! في الوقت الذي لا تشغلك حالة الانقطاع هذه عن الحياة، بكل ما فيها، وإنما تدفعك إليها دفعاً بغاية الإيجابية، وبطاقة إلهية تفوق كل تصور!

الهدف أن تعيش حالة الانقطاع وأنت تأكل وتشرب وتنام وأنت تدرس وتعمل، وتلعب مع أطفالك، وتمزح مع أصدقائك، وأنت تمارس حياتك اليومية بكل تفاصيلها، فلا يشغلك الانقطاع عن الحياة، ولا تشغلك الحياة عن الانقطاع، لأنه ليس هناك من تعارض بينهما، فهما ليسا في عرض واحد، وإنما في طول واحد! وممارستك للحياة وفق ما أمر الله هي عبوديتك لله.

- «فهما ليسا في عرض واحد، وإنما في طول واحد». عبارة صعبة يا خالي.

■ هل شاهدت زيدان وهو يلعب في نهائيات كأس العالم؟ هل رأيت حماسه، واستغراقه في المباراة، وانقطاعه عن العالم كله؟

- ليس هو فحسب، وإنما جميع اللاعبين كذلك يا خالي.

■ جميل! قل لي ألا تتفق معي في أنهم يكونون بأقصى قدراتهم، وأفضل تركيزهم؟

- هم كذلك خالي، لأنهم يكونون مستميتين للفوز بكاس العالم.

■ هم يلعبون ويركضون، ويحاولون تسجيل الأهداف، وهم غارقون في حلمهم بالفوز بكأس العالم.. ولأنهم غارقون فيه، ولأنه مسيطر على جميع مشاعرهم وأفكارهم، فإن هذا يلهمهم، ويمدهم بالنشاط والقوة والتركيز، ويرفع من مستوى أدائهم؟

- صحيح يا خالي.

■ إذن فليس هناك من تعارض بين استغراقهم وتركيزهم في اللعب، وبين سعيهم للفوز بكأس العالم، وكونه المحرك الأساسي لهم، والسبب في اشتداد عزيمتهم ونشاطهم.

- بالطبع لا يا خالي! في الواقع هما شيء واحد، ولو فتر حماسهم – فرضاً – عن الفوز بكأس العالم، فإن أداءهم لن يكون بالمستوى المطلوب.

■ وهذا ما عنيته أنا بقولي «ليسا في عرض واحد، وإنما في طول واحد». إن حركتنا في هذه الدنيا، وسعينا نحو الله إنما هو شيء واحد، كما أن لعب زيدان في المباراة، وسعيه نحو كأس العالم إنما هو شيء واحد.

سادت لحظات صمت طويلة.. أطرقت برأسي إلى الأرض، ونحن نمشي ببطء، متأملاً في كلام خالي، الذي ظل هو أيضاً ساكتاً ليمنحني الفرصة لأقلب المسألة من جوانبها المختلفة.

- ولكن كيف يمكن للمرء أن يضمن أن تواجهه الدنيا بالتحديات اللازمة والكافية لتطوير جميع جوانب شخصيته؟

■ إن مسؤولية ضمان قيامك بتطوير جميع جوانب شخصيتك تقع عليك، من خلال برنامجي الخلوة مع النفس، والمحاسبة، ومن خلال التأمل والتفكر، ثم بعد ذلك استخدام الإرادة للقيام بالممارسات الإيجابية المطلوبة، كما ناقشناه سابقاً.

لكن إذا سعيت مخلصاً نحو الله، فإنه يتولاك بأمره، ويشدك إليه، ويهديك سبله، وفق طاقتك، وقدراتك، وخصائصك بل إنه سبحانه وتعالى يفعل ذلك مع كل إنسان، ما دام يستجيب ولو بنحو ما ﴿وَالَّذِينَ جَاهَدُوا فِينَا لَنَهْدِيَنَّهُمْ سُبُلَنَا ۚ وَإِنَّ اللَّهَ لَمَعَ الْمُحْسِنِينَ﴾.

المطلوب منك هو أن تمارس حياتك اليومية بشكل إيجابي، ومتوازن، ما استطعت، محاولاً تطوير ذاتك ما استطعت، مخلصاً نيتك لله ما استطعت، وتوكل على الله، فهو سيتولاك بأمره.

- إذاً فالله يريدنا أن نستمتع بلذائذ الدنيا ومتعها المباحة، بل وأن نسعى لها، ولكن بإيجابية وتوازن، لأن في سعينا نحوها يكمن تطورنا وتكاملنا وقربنا من الله، والتحدي هو ألا تقيدنا وتأسرنا أهواؤنا ومتع هذه الدنيا. أليس كذلك خالي؟

■ ولكن ليست الدنيا فحسب هي التي يريدنا الله أن نستمتع بها من دون أن تأسرنا

وتتحكم بنا، وإنما حتى أنفسنا، فرغم أن الله عز وجل يريدنا أن نحبها ونفهمها ونرعاها، ولكنه لا يريدها أن تتحكم فينا ولو بمقدار ذرة!

وبتعبير آخر إن الله يريدنا أن نفنى فيه سبحانه وتعالى، فلا تكون لنا كينونة غير إدراكنا التام لعبوديتنا له عز وجل!

- كيف نستطيع يا خالي أن نتخلص من سيطرة ذواتنا علينا!

■ إن سعينا وراء إشباع حاجاتنا الحيوانية الغرائزية مثل الأكل والشهوة، وسعينا لتطوير ذواتنا وأرواحنا بطلب العلم، وتقويتها وتزكيتها، إنما يعزز حبنا لذواتنا وأنفسنا، وتمحورنا حولها، وتحكمها بنا!

ولكن الله يريدنا أن نفلت من ذلك، لكي لا تكون ذواتنا من حيث لا نشعر حاجباً يحجبنا عن الله، كما حصل مع الشيطان اللعين، ولذا يأمرنا الله بالإيثار والعطاء، وأن نحب لغيرنا ما نحب لأنفسنا، ويؤكد أن قضاء حاجة مؤمن هي أعظم عند الله من سبعين حجة!

نعم، إننا عندما نحج نمارس عبادة عظيمة جداً لأيام عديدة، ونقترب من الله، ولكن عندما نقضي حاجة مؤمن فإن ذلك قد لا يستغرق منا أكثر من دقائق معدودة، ورغم أننا نُحْرم بذلك من ممارسة العبادة، ولكن الأهم من ذلك أننا نتخلص من تمحورنا حول ذواتنا ونفعل شيئاً، ربما لا يفيدنا بشكل مباشر، ولكننا نفعله لأن الله يطلب منا أن نفعله، ثم بمرور الوقت نفعله لأن حبنا لغيرنا يصبح أعظم من حبنا لأنفسنا، لأنه نابع من حبنا لله عز وجل وفنائنا فيه.

- عندها تصبح كل حاجة مؤمن نقضيها أشبه بالهدف الذي يسجله زيدان، في سعيه للفوز بكأس العالم! قلتها وأنا أبتسم.

علت ابتسامة عريضة وجه خالي، فقد راقه أنني استوعبت بعمق المثل الذي طرحه لي قبل قليل، ثم أعقب:

■ لقد حدد الإسلام لحركتنا التكاملية نحو الله أربعة محاور متداخلة، بسلوكنا إياها بجدية واتزان وفق الفطرة وتعاليم الإسلام وإرشادات العقل فنظل نقترب من الله

إلى أن نصل إلى مرحلة العبودية المطلقة له سبحانه.

هذه المحاور الأربعة هي: السعي لإشباع الحاجات والغرائز الإنسانية بتوازن واعتدال، والمحور الثاني هو تطوير الذات، والمحور الثالث العطاء، وحمل رسالة الخير والصلاح والسعادة للآخرين من حولنا وللبشرية جمعاء، والمحور الرابع هو ديمومة ذكر الله تعالى وعبادته.

#####

مضت قرابة أسبوعين على جلستي الأخيرة مع خالي، لكن صداها لا يزال يصدح في داخلي! لقد كانت هذه الجلسة مصيرية بالنسبة لي، فقد تغيرت نظرتي كلياً للحياة، ولكل مفرداتها، وحركتها. أصبحت تلقائياً أنظر للأمور ولكل ما يجري من حولي بشكل إيجابي. أحيانا كثيرة، لم أكن أرى في أحداثها بخيرها وشرها سوى حقيقة واحدة، وهو سيري نحو الله وقربي منه سبحانه وتعالى.

كنت فيما مضى أستخدم إرادتي لأبقى إيجابياً ومثابراً، لئلا أدع مشاعر القلق والألم تنال مني، لكنني الآن أصبحت أشعر بالسعادة والطمأنينة تنبع من أعماقي وذاتي، وأمّا ما يجري من حولي من اختبارات وتحديات فكلها فرص تمنحني المزيد والمزيد من القرب منه سبحانه وتعالى، ولكن بمقدار جهدي وسعيي في الحياة.

أقبل عيد الأضحى، لكنني هذه المرة كنت سعيداً ومطمئناً، بخلاف ما كان عليه حالي في عيد الفطر، الذي مر علينا بأسوأ حال. قضينا في العيد أياما في غاية المتعة والراحة في مزرعة خالي عيسى برفقه بقية أفراد العائلة.

وفور انتهاء إجازة العيد استلمت عرض عمل! كان العرض من شركة التدقيق العالمية التي تدقق حسابات الشركة التي كنت أعمل بها سابقاً، وقد كنت قابلت شريكها قبيل سفري في الإجازة الصيفية، ثم عاودت الاتصال به بعدما تم تسريحي من وظيفتي.

ورغم أنها الوظيفة التي كنت أتمنّاها حقّاً وأسعى إليها، إلاّ أن الراتب المعروض كان ألف ريال عماني فقط (أقل من راتبي السابق بمئتي ريال) لكن مع وعد من الشريك أن يتم زيادة راتبي إلى ١٥٠٠ ريال عماني فور نجاحي من امتحانات الـ CPA.

لم يكن لي بد من القبول. فقد كان العرض الوحيد الذي استلمته! وعموماً فنحن الآن في بداية شهر مارس، ولم يتبق على موعد امتحانات الـ CPA سوى شهرين تقريباً، وهذا يعني أنني سيتم تعديل راتبي إن شاء الله في غضون ستة أشهر بالكثير، وهي ليست بالفترة الطويلة.

التحقت بالوظيفة الجديدة فوراً. وكأن هذه الوظيفة كانت فأل خير علي. فعندما رجعت إلى البيت في أول يوم داومت فيه، وجدت في انتظاري خبراً كان رائعاً بالنسبة لي!

كان الخبر عن فسخ خطوبة إحدى الفتيات المتدينات في المجتمع بعد أن دامت خطوبتها أكثر من سنتين. الفتاة جميلة جداً، وبها كل المواصفات التي أبحث عنها، بدرجة لا تصدق، كما أنها في السنة الأخيرة في دراستها الجامعية.

فرحت لوهلة، وطلبت من والدتي وزوجة خالي التقدم لها فوراً، لا سيّما أن أختها الكبيرة هي صديقة زوجة خالي المقربة، ولكن سرعان ما التفت لواقعي المرير، وعرفت أن جوابها لن يكون أفضل من جواب غيرها بالرفض.

شكرت الله على جميل بلائه، وأخرجت الموضوع من دماغي، لكي لا أتألم عندما يأتيني الرد بالرفض كالعادة.

وبعد بضعة أيام استلمنا الرد، وقد فاجأني أنه لم يكن بالرفض، ولكنه لم يكن بالقبول أيضاً! لقد طلبت الفتاة تأجيل النظر والتفكير في الموضوع لمدة شهرين على الأقل، فقد خرجت لتوها من تجربة دامت سنتين، وهي تحتاج لبعض الوقت، حتى تهدأ مشاعرها ويستقر تفكيرها، لتستطيع اتخاذ قرارها بحكمة ومن دون انفعال!

أعجبني جوابها، وزاد من مكانتها عندي. لكن المشكلة أن ذلك يعني أن علي أن أنتظر ردها لأكثر من شهرين. وفي النهاية قد يكون رفضاً. وحتى إذا كان جوابها المبدئي إيجابياً، فإنه سيكون علي اجتياز المقابلة. قبلت مكرهاً، فلم يكن لدي من خيار آخر، ومن طلب الحسناء لم يغله المهر.

الفصل الخامس

الحب يصنع المعجزات

الحب يصنع المعجزات

مرت الأيام بطيئة، كنت أحسبها يوماً بيوم وساعة بعد أخرى، مترقباً، منتظراً على أحر من الجمر، رد «سارة» الفتاة التي تقدمت لخطبتها، فطلبت مدة أكثر من شهرين للتفكير واتخاذ القرارا.

كنت أحدث نفسي أنها سترفض مثل سواها، وكنت أخشى أن تكون خيبتي هذه المرة الأسوأ، بسبب طول الانتظار، ولكنني كنت آمل أن يتلطف الله بي، وهو القادر على كل شيء.

أحمد الله أنني لم أكن أملك وقت فراغ، حتى لا أظل أعيش القلق طوال فترة الانتظار. لقد كانت أيامي كلها مشغولة ما بين الوظيفة الجديدة، ودراسة الـ CPA، حتى أنني أضطررت لأن أنقطع عن المسجد، وعن الحياة الإجتماعية، وأن أقلل ساعات نومي لأقل من أربع ساعات يومياً، لكي أستطيع المحافظة على برنامجي.

لكنني رغم ذلك، لم أستطع منع نفسي بين لحظة وأخرى من التفكير في خطيبتي المنتظرة، وفي سماتها وأخلاقها الرائعة، وكنت مراراً أغوص في خيالاتي وأحلامي، راسماً صورة وردية جميلة لحياتي مع زوجتي المرتقبة.

وأخيراً انقضت مهلة الشهرين التي طلبتها «خطيبتي»، وأصبحتُ هذه المرة أحسب الوقت بالدقائق واللحظات، وليس بالساعات.. كنت في أمس الحاجة لكامل تركيزي واستقراري، لأنني كنت على وشك تقديم الامتحانات، لكن القلق والترقب كانا ينهشاني من داخلي.

جاء موعد السفر لتقديم الامتحانات في الولايات المتحدة الأمريكية. سافرت، لكنني كنت مشتتاً نفسياً وذهنياً ما بين الاستعداد للامتحانات وما بين التفكير في زوجة

المستقبل إن شاء الله.

قدمت امتحانات الـ CPA الأربعة، في يومين اثنين، امتحانين كل يوم، وكل امتحان كان يستمر لمدة ٤ ساعات تقريباً. كان الأمر مرهقاً جداً، لكنه كان مثيراً، ومهيباً، لا سيّما وأن هناك مئات آخرين معك في القاعة نفسها، من مختلف دول العالم.

أهم ما في الموضوع أنني وجدت الامتحانات سهلة، وذلك بخلاف ما كنت أسمعه من تعليقات ممن حولي عن صعوبتها. حمدت الله على لطفه بي.

في اليوم التالي للامتحانات كنت في طريق الرجعة للبلد. هذه المرّة أرخيت لنفسي المجال للتفكير في كل الأحلام الجميلة البريئة التي كنت أرسمها لي مع زوجتي في المستقبل، بل حتى عندما كان يغلبني النوم، كنت لا أحلم إلا بها.

وصلت البلد، وأنا منتعش تملؤني الآمال والأحلام الحلوة، وأترقب الأخبار السعيدة من كل جهة.. الوظيفة الجديدة، وقد أبليت فيها إلى الآن بشكل جيد، رغم أنني لم أكن متفرغاً بسبب دراستي، ونتائج الـ CPA، والأهم من كل ذلك أنتظر النتيجة الأهم في حياتي خلال الأيام القليلة القادمة.

#####

وأخيراً أتى الرد، لم أكد أصدقه في بادئ الأمر، كان حلماً لم أظن أنه سيتحقق يوماً.. لقد وافقت «سارة»! سيكون يوم ٢٧ مايو ٢٠٠٢ يوم عيد لي فيما بقي من حياتي..

نعم.. لقد أحببت سارة منذ أول مرة سمعت فيها باسمها، حتى قبل أن اسأل عنها، أو أرى صورتها! شعرت تجاهها، كما لم أشعر تجاه أي فتاة أخرى.. أحسست أنني أعرفها منذ زمن بعيد، وأنها متأصلة مستقرة في أعماقي، لكنني لم أصارح نفسي بهذه المشاعر غير المنطقية، خشية أن يكون مآلي الخيبة والحسرة عندما ترفضني.

سارة يتيمة الأبوين منذ طفولتها، فقد توفي والداها في حادث اصطدام، بينما كانا في طريقهما من مسقط إلى دبي، ومن حينها تولت أختها الكبيرة، وزوجها رعايتها.

الأسرة معروفة بتدينها الشديد، وبأخلاقها المتميزة، وذكائها الفائق. وقد لفت

انتباهي ما سمعته من أن حجاب سارة يكون متيناً، حتى أمام زوج أختها، رغم أنه هو الذي ربّاها، ورعاها منذ طفولتها!

تمت المقابلة في بيت أخت سارة. كان البيت فخماً جداً، في منطقة شاطئ القرم «الفارهة». لوهلة هالني الأمر، إذ إنني عشت طوال عمري فقيراً، ورغم أن ظروفي المالية ليست سيئة الآن، لكنني حتماً لن أستطيع أن أوفر لها مستوى المعيشة التي تعودتها.

دخلنا المنزل. كان معي أمي وخالي وزوجة خالي. كانت المقابلة أكثر من رائعة، وفي جو حميمي، حيث تجلّت فيها بوضوح أواصر العلاقة القوية التي تربط بين أسرتي وأسرة سارة.

وأخيراً، جاء وقت حديثنا أنا وسارة مباشرة، وبمفردنا. انسحب الأهل – كالعادة – إلى جلسة قريبة من المجلس، بحيث يرياننا ولكن لا يسمعاننا.

رغم كل المشاعر التي تضطرم داخلي تجاه سارة، كنت متماسكاً جداً، وحريصاً أن تعلو وجهي ابتسامة بسيطة. في الواقع فإنني لم أبذل جهداً في أن أحافظ على ابتسامتي، لأن فرط الحب والسعادة التي كنت أشعر بهما جعلا ابتسامة عذبة بريئة تعلو وجهي بشكل عفوي طوال المقابلة... هذا ما أخبرني به خالي في وقت لاحق.

أما سارة فقد كانت شيئاً مختلفاً. كانت هادئة ومتماسكة، ورغم براءتها الظاهرة في تقاسيم وجهها ونبرة صوتها، كانت تحاول أن تتسم بالعقلانية والموضوعية في النقاش. كان من الواضح أنني كنت أمام فتاة نضجّتها التجربة، فبدت في نقاشها وكلامها أكبر من عمرها، بل بدا لي أنها أنضج مني، وأكثر استقراراً وهدوءًا، ومعرفة بنفسها.

وبعد نقاش ومحادثة طويلة بيننا، تعرفنا فيها على بعض من كثب، وازداد فيها تعلقي بها، وثقتي من أنها أفضل بكثير مما كنت أحلم به، فاجأتني بسؤال لم أكن أتوقعه:

- هل تعرف لماذا فسخت خطوبتي السابقة؟

- لا... سألت، لكني لم أتوصل إلى الجواب.

- لأن خطيبي السابق كان يريدنا أن نسكن في بيت واحد مع أسرته، فهو وحيدها

أيضاً... مثلك.

- عفواً، وماذا في ذلك؟

■ لا أستطيع. عشت طوال عمري أحلم ببيتي الخاص بي، وإذا سكنت مع من ستكون عمتي (حماتي)، فإنني سأكون تحت أنظارها ورقابتها، ولن يكون لدي حرية الحركة والقرار في بيتي، أو بالأحرى لن يكون بيتي، وإنما سأكون ضيفةً فيه.

- بل سيكون بيتك.

■ لا لن يكون، وأنا لن أسمح لنفسي بأن أنازع من ستكون عمتي بيتها. هذا شرطي إذا أردتني، علينا أن نسكن في بيت مستقل، حتى تكون لي حريتي وقراري في بيتي، وأسرتي.

شعرت بانزعاج وإحباط شديدين، فلقد قالتها بلهجة حازمة، رغم حرصها على أن تبدو هادئة ومنكسرة، كما أنني لا أستطيع التخلي عن أسرتي، حتى لو بقيت أعزب طوال عمري. سألتها، ونبرتي تقطر ألماً:

- وماذا لو قلت لك أنني لا أستطيع أن أتخلى عن أسرتي.. فكري معي، لو أنني الآن تخليت عن أسرتي، كيف تضمنين غداً ألاّ أتخلى عنك وعن أسرتنا نحن؟!

يبدو أن كلامي أثّر في سارة، وأنها لمست حجم ما أعانيه من مرارة وأسى، فرقت لحالي، وأطرقت برأسها إلى الأرض، محرجة ومنزعجة، ثم ردت علي بعد لحظات صمت شعرتُ أنها دامت طويلاً:

■ معاذ الله أن أطلب منك أن تتخلى عن أسرتك. اقض معهم الوقت الذي تريده، كل يوم. بل لا أمانع أن نتعشى معاً في بيت والدتك كل ليلة، ولكن ليكن بيتنا مستقلاً. اسمح لي أن أنبهك لنقطة، ربما لم تكن فكرت فيها سابقاً.. إنك الآن في صدد تكوين أسرة أخرى جديدة غير أسرتك الحالية. ستكون لديك أسرتان، وليس أسرة واحدة، ولذا يجب أن تفصل بينهما، لكي نستطيع أن ننعم بالهدوء والخصوصية والراحة.

فاجأني منطقها الواضح، فأنا فعلاً لم أفكر في الموضوع بهذه الطريقة. أدركت أنها

على صواب. لكنني لم أكن أجرؤ حتى على مفاتحة أمي في هذا الموضوع. كنت أخشى عليها من خيبة الأمل والشعور بالخذلان، لو أنني فاتحتها في الأمر.

- حسنا، امنحيني عدة أيام لأفكر في الأمر، وأناقش الموضوع مع والدتي، وخالي، ثم أرد عليك. قلتها وأنا ما زال الشعور بالألم والأسى يكسو نبرتي.

■ أنا آسفة أنني وضعتك في هذا الموقف الصعب، لكنني أريدك أن تعرف، إنني أرتاح لأمك كثيراً، وأرى فيها دائماً أمي التي فقدتها منذ طفولتي. لكن ثق أنه سيكون موقفي نفسه، حتى مع أمي – رحمها الله - لو أنها كانت على قيد الحياة.

- أنا أفهمك جيداً. سأرد عليك خلال الأيام القليلة القادمة. قلتها وابتسامة باهتة تعلو وجهي.

في طريق العودة للبيت، أخبرت أمي وخالي وزوجة خالي بما دار من نقاش بيني وبين سارة، وأنا في غاية الحرج والانزعاج، لكن أذهلني أنهم جميعاً اتفقوا مع سارة في رأيها، بل رأوه أمراً طبيعياً، بل وأكثر من ذلك اعتبروها عاقلة وطيبة! يبدو أنني لا أفهم في المسائل الاجتماعية.

#####

مضت أمور الخطوبة كأفضل ما تكون، وتم الاتفاق على أن تستمر فترة الخطوبة ٣ أشهر نتزوج بعدها مباشرة في شهر أغسطس الآتي، أي قبل بضعة أسابيع تقريباً من بدء عملها في إحدى مدارس البنات الحكومية بمسقط.

لم تكن مدخراتي من العمل خلال السنين الفائتة تكفي لتغطية مصروفات الزواج، وتأثيث البيت الجديد، لا سيّما أنني كنت أنفقت جزءاً منها لسداد مصاريف دراسة المحاسبة القانونية الأمريكية (CPA) والسفر لأمريكا لتقديم الامتحانات، ولذا اضطررت أن استقرض مبلغاً من المال لتكملة النقص.

لكن من جهة أخرى، فإن قسط السيارة الجديدة التي كنت اشتريتها قبل عدة أشهر، وقسط القرض الذي استلفته من البنك، وإيجار البيت الجديد، إضافةً إلى الراتب الشهري الذي أعطيه لوالدتي كان يقضي على تمام راتبي، ولم يكن يتبقى منه

شيء للبيت الآخر!

لكن هذا الأمر لم يكن يزعجني، فلقد وعدتني الشركة عند تعييني بزيادة راتبي إلى ١٥٠٠ ريالاً عمانياً فور اجتيازي لامتحانات الـ CPA، وها أنذا، على وشك استلام نتائجي.

وأخيراً بعد انتظار طويل، وصلتني النتائج في البريد المسجل، قبيل عدة أيام من زواجي. كنت سعيداً جداً واتجهت من فوري لمكتب البريد لاستلامها. لكن ما أشد ما كانت صدمتي عندما اطلعت على ورقة النتائج..

لقد نجحت في مادتين بنسبة عالية، لكنني رسبت في الأخريتين على الحافة، حيث كانت نتائجي في مادة التدقيق ٧٣٪ و ٧١٪ في مادة القانون التجاري، بينما كانت نسبة النجاح المطلوبة ٧٥٪.

لم يكن الأمر محبطاً وحسب، وإنما صعباً جداً، فقد كنت في أمسِّ الحاجة إلى زيادة راتبي لأسد النقص في المصروف الشهري. وعلى كل حال فالوقت لم يكن ملائماً للأخبار السيئة، إذ لم يبق على موعد زواجي سوى ثلاثة أيام.. شعرت بانقباض شديد في صدري.

كنت في أمس الحاجة لأن أمتص الصدمة، وأفكر فيما سأفعله. كالعادة اتجهت إلى شاطئ القرم، حيث جلست لساعات طويلة في المقهى المطل على البحر، أقلب أموري رأساً على عقب، وأفكر في الخيارات المطروحة أمامي.

وأخيراً تغلبت على نفسي، واتخذت عدة قرارات أظنها، أفضل ما يمكنني فعله: قررت تقديم الامتحانين مرة أخرى في شهر نوفمبر، من هذا العام، أي بعد قرابة ٣ أشهر من الآن، بالطبع مع مزيد من الاستعداد لهما، كما قررت أن أزيد من سلفتي بمقدار ٢٠٠٠ ريال عماني لسداد النقص في مصروف البيت خلال الفترة من زواجي، وحتى استلامي النتائج في فبراير، ٢٠٠٣.

# # # # #

اليوم السبت، أول أيام دوامي بعد رحلة شهر العسل الرائعة في تركيا. لكنني بقدر ما كان يؤسفني انتهاء شهر العسل، كنت مشتاقاً ومتحمساً للرجوع لحياة الكفاح والعمل.

أعددت الشاي والإفطار لي ولزوجتي، التي كانت لا تزال نائمة. أيقظتها لكي نتناول طعام الإفطار معاً، ثم غادرنا، كل في سيارته، فاتجهت زوجتي لمدرسة الوادي الكبير الحكومية للبنات، بينما اتجهت أنا لمقر عملي في روي، نفس المنطقة التي نسكن فيها.

كنت متأخراً، فقد كانت الساعة تدق الثامنة والنصف عندما خرجت من البيت، ولذا اتصلت بي السكرتيرة من الشركة، فأكدت لها أنني في طريقي للعمل.

لدى وصولي للمكتب، كانت هناك مفاجأة سارة في انتظاري، فقد حفَّ الموظفون بي في حفل صغير أعدّوه خصيصاً لاستقبالي، ومباركتي على الزواج، حيث أهدوني فيه ساعةً جميلة.

كنت سعيداً جداً، وشعرت بالحميمية. لقد حفزت هذه الحفلة الصغيرة الدافئة حماسي للعمل، فقد كان في انتظاري المشاركة في تدقيق ابتدائي لواحد من أهم عملائنا من البنوك.

مرت الأيام، وبدأنا تدقيق البنك.. كان المفترض ألاّ تزيد مدة التدقيق عن شهر واحد، ولكن بسبب فساد الأنظمة الرقابية في البنك، وتخبطها اضطررت أن أستغرق في المهمة ما يزيد قليلاً عن شهرين.

في نهاية المهمة كان تقريري ممتازاً من الناحة المهنية، فقد قمت بتحديد العشرات من نقاط الضعف الرئيسية في أنظمة البنك الرقابية، والتي تجعلنا كمدققين غير قادرين على الاعتماد عليها في القيام بإجراءاتنا التدقيقية، مع التوصية بالإجراءات التصحيحية.

إن حيثية «عدم القدرة على الاعتماد على أنظمة البنك الرقابية»، التي تضمنها تقريري كانت تعني ببساطة مشكلة كبيرة، لكل من شركة التدقيق، والبنك، وكنت أعلم ذلك جيداً، لكن لم أكن أملك غير أن أكون صادقاً في تقريري.

بعد تقديمي التقرير بأيام قليلة، وبالتحديد في اليوم السابق لسفري لأمريكا لتقديم الامتحانات في شهر نوفمبر، استدعاني الشريك في مكتبه..

بارك لي زواجي، ومدح مواهبي وقدراتي الفذة في مجال التدقيق، والتي تجلت في التقرير الذي قدمته عن البنك، وشكرني جداً عليه، لأنه ذو قيمة حقيقة عالية.. على

حد قوله. كنت متفاجئًا جداً، فقد ظننت أنها ستكون جلسة تقريع، وليس إطراء!

سألته، إذا كان يريد مني أن أغير تقريري، لكنه دُهش من سؤالي واستنكره. حمدت الله، في أعماقي، وعرفت أنني أسأت الظن بالشركة، وبالغت في تقييم نتائج تقريري.

في نهاية الجلسة، وبينما أنا واقف أصافحه للمغادرة هنأني على النتائج الباهرة التي حققتها في امتحانات الـCPA، وأكد لي أنه سيقوم برفع راتبي فور اجتيازي للامتحانين الآخرين في الأسبوع القادم، ولكنه طلب مني، بهدف مساعدة العميل، وعدم تشويه سمعته، أن أضيف في خلاصة تقريري فقرة واحدة، وهي: «توجد في البنك مجموعة من الإجراءات الرقابية البديلة، التي تجعل من أنظمة الرقابة بالبنك فعالة، وكفاية، وبالتالي فكل ما نحتاج إليه لإنهاء تدقيق البنك هو إجراءات التدقيق السريع في نهاية السنة، وليس المفصل».

لم يكن أمامي خيار آخر.. ابتسمت بلطف في وجه الشريك، وقلت له برقة، ولكن بحزم : «لا أستطيع»، لأقطع أي أمل له في أن أغيّر من تقريري. توقعت منه أن يستشيط غضباً، لكنه فاجأني مرة أخرى بابتسامة هادئة، وردَّ علي: «لا عليك. انس الموضوع».

عصر ذلك اليوم أخبرني رئيسي المباشر بأن الشريك طلب منه إضافة تلك الفقرة بجانب توقيعه على التقرير ففعل.. كالعادة، فهي ليست المرّة الأولى، ولن تكون الأخيرة التي يُطلب فيها من رئيسي ذلك! كان منزعجاً من الوضع، لكنه – كما قال لي - لم يكن أمامه خيار آخر!!!

# # # # #

استغرقت رحلتي لتقديم الامتحانات أسبوعاً واحداً، استأنفت بعدها العمل لأجد أن الجنة قد انقلبت إلى جحيم، لا يطاق.

كل ما كان يريده الشريك مني هو أن أستقيل من العمل، وهذا ما لم أكن أستطيعه، قبل أن أنهي فترة السنتين المطلوبة لأحصل على لقب زمالة المحاسبة القانونية (CPA).

لم يكن الشريك قادراً على طردي من الوظيفة، لأنني مواطن، وطردي سيجرّه لمشاكل لا قبل له بها مع الحكومة، لا سيّما وأنه سيكون طرداً تعسفيّاً! ولذا لجأ إلى

أسلوب «تكسير العظم»..

لم يترك الشريك وسيلة إلا واتبعها لإذلالي، وإظهاري بمظهر الفاشل أمام جميع الموظفين، ولإرهاقي في العمل نفسياً وجسدياً.. لقد قام بخفض رتبتي الوظيفية بعدة درجات نكايةً بي، بحجة أنني غير كفؤ، وأنني بطيء في إنجاز مهامي! وكان يقوم بإرسالي بشكل مستمر لمناطق بعيدة لإنجاز بعض مهام التدقيق بها، كما مورست مختلف الضغوط علي لأتجاوز مبادئي في التدقيق، وهلم جراً.

في البداية كنت أشعر بالانزعاج الشديد كلما كنت أجد نفسي في موقف محرج.. لم أكن أصدق أن ما يجري معي هو عن سبق إصرار وترصد، وأنها تصدر عن عقلية ونفسية تمرست على لعبة المؤامرات وتكسير العظم..

ثم تفاقم الأمر بي، فصرت أكره الذهاب للعمل، وكأنني أساق إلى حتفي، وصرت أشعر بالحاجة للنوم باستمرار، ربما للهرب من الألم الذي لم يكن يفتأ يعتصر صدري.. أصبحت أنتظر أيام الإجازات والعطل بفارغ الصبر، وكأنني غريق يبحث عن يابسة.

وجدت نفسي أنهار وأتآكل تدريجيّاً من داخلي، وتنعكس آثار ذلك على أسرتي، حيث أصبح الجو مشوباً بالتوتر والقلق.. كما وجدتني غير قادر على التركيز في العمل، والأداء فيه..

ظلت علاقتي بالله قوية، لكنني في ليلة الجمعة تلك في أواخر شهر يناير، شعرت بقلبي يخفق بشدة من أعماقي لجئًا إلى الله، بعد أن يئست من أمري، وتملكتني أحاسيس الألم والهزيمة.. دعوته «رب إني مظلوم، فانتصر».

وفي أثناء سماعي لدعاء كميل تلك الليلة]دعاء مروي عن الإمام علي (ع)، يقرأ كل ليلة جمعة[، وأنا ساجد لله، بعد صلاة العشاء، قررت ألاّ أستسلم.. وكيف أستسلم وأنا أعلم أن هذه فرصتي لأكون كما يريدني الله أن أكون، فأقترب منه وأستحق رضاه.. يجب أن أكون قوياً ومتماسكاً وإيجابياً.. هذا ما يريده الله مني، وبعد ذلك فليكن ما يكون.

لم يكن أمامي سوى أن أرجع لذاتي، وألملم أطراف نفسي المشتتة.. وبعد منتصف تلك الليلة، حيث أرخى الليل سدوله، وهدأت الأصوات، وسكنت الكائنات، نهضت من

فراشي، وتسللت على أطراف أصابعي لشرفة غرفة النوم..

كان الجو بارداً، وكان نسيم البحر منعشاً.. ملأت صدري من نسيمه البارد، وكأنني أغسل جميع ما تراكم على صدري من ألم وكرب، وسجدت لله، وشكرته من أعماقي لإتاحته هذه الفرصة لي، لأثبت لنفسي أنني في درب الله.. غصت في أعماقي، وأنا ساجد، وأزلت كل ما ترسب فيها من ألم وقهر، ومشاعر سلبية.

ثم رجعت لعقلي، وفكرت في كل ما جرى علي بموضوعية وعقلانية، فأدركت أنني أواجه رئيساً، لن يتركني إلا بتحطيمي أو تقديم استقالتي، وكلا الأمرين كانا مستحيلين بالنسبة لي.

كان علي أن أحافظ على أعصابي وتركيزي إلى أن أنتقل إلى شركة أخرى، بعد أن أكمل فترة سنتين من العمل في هذه الشركة.. فترة الخبرة المطلوبة لنيل زمالة المحاسبة القانونية، والتي بقي منها سنة واحدة تقريباً!

قررت اتباع سياسة «عدم الاكتراث» لكل محاولات الشريك لاستفزازي، والاحتفاظ بهدوئي الداخلي، في كل الأحوال. أما على الصعيد العملي، فقد قررت أن اكتسب أقصى ما يمكنني من خبرة التدقيق والمحاسبة، ولذا كنت أضطر للبقاء في العمل لفترات طويلة يومياً، لا شك أنها لا تقل في المتوسط عن ١١ ساعة يومياً.

قررت أيضاً أن أترك كل ما يحدث لي في العمل عند عتبة الشركة، عندما أعود للبيت، لكيلا يؤثر ذلك في بيتي وزواجي، وأن أعمل بجدية في الفترة المسائية على إسعاد زوجتي، وهي لا تطلب مني غير أن أكون سعيداً وحيوياً ونشطاً عندما أكون معها!

وهذا ما كان فعلاً، فتحسنت نفسيتي، وبدأت تصلح أحوالي، رغم استمرار الشريك في محاولاته لتحطيمي!

وفي غمرة فرحة الانتصار على نفسي، وصلتني مفاجأة جميلة، كنت في أمس الحاجة لها، بل كنت أترقبها بفارغ الصبر، وكأنها ورقة الجوكر التي ستقلب حظي! لقد نجحت في الامتحانين الأخيرين.

يا الله.. كنت في أمس الحاجة لهذه النتائج، ليس للمطالبة بزيادة راتبي، فحسب،

وإنما لتعزيز موقفي في الشركة، وتغيير نظرة الموظفين لي، فحتى في شركة تدقيق عالمية كالتي كنت فيها، معدودون هم أولئك الذين يملكون هذه الشهادة! الكل يتهيب منها، فهي لا تتطلب مذاكرة كثيفة، فحسب، وإنما تفوقاً ذهنياً.. هذا على الأقل ما كان يردده المدققون المحترفون في شركتنا!

تعتبر هذه الشهادة في عالم التدقيق معياراً حقيقياً، لا ريب فيه، للمدققين المحترفين، وأنا الآن، وفق المعايير الدولية أصبحت واحداً منهم.. ما أجمله من شعور بالتفوق والانتصار! والأهم من ذلك.. استرداد الكرامة!

في صباح اليوم التالي كنت أول الواصلين للشركة، في انتظار قدوم الشريك، لأثبت له أنني عصي على الإنكسار، وللمطالبة بزيادة راتبي، وربما لفتح صفحة جديدة، ننسى فيها الماضي.

يبدو أنني لا أفهم الناس، فقد كنت أتوقع أن يزعجه الخبر، لكنه على العكس من ذلك، سعد لسماعه، أو هكذا بدا، وهنأني بحرارة على هذا الإنجاز الرائع!

طالبته بتنفيذ وعده لي بزيادة الراتب، لكنه رفض رفضاً قاطعاً بحجة أنني لا أستحق الزيادة، لأنني مهمل في عملي، وأدائي فيه أقل من المستوى المطلوب، واستدل على كلامه هذا بأنه قد تم تخفيض رتبتي الوظيفية لأقل من درجة خريج!

أحسست بالقهر والمرارة.. لم أستطع النطق من شدة الغيظ فانسحبت من مكتب الشريك دون أن أنبس ببنت شفة، وانطلقت نحو الشاطئ.. حيث قفزت في البحر بكامل ثيابي، علّ برودة مائه تطفئ لهيب صدري.

#####

كان الأمر محبطاً جداً، فأنا لم أكن أملك ما أسد به النقص في مصروف البيت. طلبت من زوجتي أن ننتقل إلى بيت والدتي، لكي نوفر الإيجار، لكنها رفضت رفضاً تاماً، وأنا لم أرغب في أن أضغط عليها، فقد كان ذلك شرطها منذ البداية!

كنت مستاءً جداً. لم يكن أمامي حل سوى الانتقال لوظيفة أخرى، ذات راتب أكبر، لاسيّما وأنني قد اجتزت امتحانات مؤهل المحاسبة القانونية (CPA).

نعم كنت مستاءً جداً، لأنني لكي أجيد التدقيق، ولكي أحصل على زمالة المحاسبة القانونية (CPA) المهنية، أحتاج ما لا يقل عن خبرة سنتين في هذه الشركة، وأنا لم أكمل سوى سنة واحدة منها!

إن انتقالي من الشركة قبل الأوان، يعني أن أضحي بجميع أهدافي المرحلية التي كنت رسمتها مع خالي في المزرعة، والبدء من جديد.. ربما هذه المرّة بإطار وأهداف أخرى!

كنت حانقاً جداً على الشريك.. ما كنت لأحنق عليه رغم كل ما كان يفعله بي، لو كانت أوضاعي المادية مستورة، أمّا وأنا أعاني الأمرين من ضيق ذات اليد، بسببه، فقد أحسست بي ألعنه من أعماقي وأدعو عليه.

كنت وزوجتي في السيارة، متجهين لبيت والدتي للعشاء، وقد كانت تحكي لي بضحك وبراءة ما جرى عليها اليوم من مواقف طريفة في العمل. كانت تعرف أني كنت منشغلاً عنها في همومي، لكنها كانت تحاول تسليتي، وإخراجي من دائرة الهم، بأحاديثها، وضحكاتها البريئة، والتي كانت دائماً تفعل فعل السحر معي.

لكنني هذه المرّة كنت عصيّاً على الاستجابة، شارد الذهن كلياً في بلوتي. تنهدت تنهيدة مليئة بالحسرة والألم، وأعقبت:

- لعنة الله عليه. رب انتقم منه.

ذهلت زوجتي عندما سمعتني أدعو وألعن، وفغرت فاها دهشة.. كانت مصدومة مني، ومتألمة لحالي في الوقت لذاته.

■ محمد! لا يا حبيبي.. لست أنت الذي تدعو على الناس وتلعنهم، مهما فعلوا بك.

- أنت لا تفهمين الورطة التي نحن فيها...

يبدو أن ردّي صدمها، فقاطعتني، ودموعها تنزل على خديها:

■ منذ أن تزوجنا، وأنا أعيش معك هذه المعاناة.. كل يوم، وكل ليلة، ثم تأتي وتقول لي أنني لا أفهم الورطة التي نحن فيها!

آلمني بكاؤها. فأنا لا أطيق أن تتألم زوجتي. لاسيّما إذا كنت أنا السبب، ولاشك

أنني كنت مخطئًا في ردي عليها. أخذت يدها في يدي، ومسحت عليها بلطف. وقلت لها برقة وعذوبة بالغتين:

- أنا آسف.. أنا مخطئ.. أرجوك سامحيني.

- لا بأس، لكن أرجوك لا تُعِدْ هذا القول مرة أخرى. قالت وهي تكفكف دموعها. «ولكن لدي شرط واحد لأسامحك». استدركت كلامها.

- لك الأمر. اشرطي ما تريدين.

- سلمت لي. شرطي أن تبتسم، وترتاح، وتكل أمرك إلى الله.

- حسناً. سأبتسم، وأضحك، وأتناسى كل المشاكل، لكن التوكل على الله يعني أن أفكر في المشاكل والتحديات التي تواجهني، وأضع لها الحلول، لا أن أتناساها. أليس كذلك؟

- صحيح، ولكن ألم تقل لي قبل عدة أيام، أن الله يريد منا أن نواجه مشاكلنا بإيجابية؟

- صح...

- إذاً فشرودك وتجهمك، وهذا الألم الذي يعتصر صدرك، ويجعلك غير قادر على الاستقرار هو ليس من الإيجابية! هل أنا مخطئة؟

- لا أبداً.. أنت على صواب.

- إذا لا تدع المشاعر السلبية تؤثر فيك. وعندما سنخرج من بيت «ماما» سنذهب للشاطئ – المكان المحبب لديك - لنفكر كيف نعالج المشكلة. اتفقنا؟

- اتفقنا. قلتها وأنا أشعر براحة كبيرة تغمرني.

- أنا يهمني ألاّ تعلم «ماما» أو أي شخص آخر المشاكل التي نمر بها. لا أريد إيذاء الآخرين بمشاكلي، كما لا أريد أن ينظر إلينا أحد بعين الشفقة، والمسكنة.

- أنا أتفق معك. لا تخشي، لن أخبر أحداً بما نواجهه من مشاكل. والآن هيا ندخل إلى البيت.

كنا قد وصلنا إلى بيت والدتي، وقد هممت أن أدخل إلى البيت، فمسكتني زوجتي

من يدي بلطف، واستوقفتني وهي تؤكد علي:

■ أرجوك تظاهر بالسعادة، إنهم يحتاجون أن يروك سعيداً، فأنت بطلهم، كما لا أريدهم أن يظنوا أني أسبب لك المشاكل. أرجوك.

التفت إليها، ومسكتها من ذراعيها بلطف، وابتسمت لها ابتسامة مليئة بالحب والحنان، وقلت لها:

- أنا فعلاً سعيد حبيبتي.. لأنك موجودة معي. ثم دخلنا البيت معاً، وأنا أشعر بالسعادة، وقلبي يخفق بالحب.

هناك على شاطئ البحر، حيث كانت ظلمة الليل تسترنا، أخذت يدها بيدي.. ضممتها بحنان، وكأنني أستمد منها وأمدها بالدفء، فقد كان الجو بارداً، كعادته في شهر فبراير.. أخذنا نمشي حفاةً على ترابه الناعم، ونستنشق نسيمه العليل، ونهيم في صوت أمواجه العميق.

مشينا بصمت لعدة دقائق، نستشعر جمال البحر، وروعته، وكأننا نفرغ مشاعرنا السلبية، وما تراكم على صدورنا من الألم، ونبثه للبحر الواسع.. وأخيراً نطقت أنا بهدوء، ممزوج بألم مكبوت:

- لماذا يحدث هذا؟ لماذا يقوم الناس بالغش، والتدليس، والكذب؟ لماذا يقومون بالأعمال الشريرة؟

■ سامحه.. الشيطان هو السبب.. هو الذي يغوي الناس. قالتها بابتسامة رقيقة عذبة. إن طيبتها غير المحدودة هذه، تجعلني أزداد حباً لها، وتعلقاً بها.

- صدقيني.. لقد سامحته من كل قلبي، لعل الله يرضى عني.

■ أصدقك، وأعرفك جيداً، ولذا أهيم فيك.

- لكن الشيطان ليس هو السبب.. الإنسان هو سبب تصرفاته، أما الشيطان فلا يعدو أن يكون دوره دور المشجع ليس إلاّ.. تصوري عندما يفوز فريق كرة قدم مثلاً،

هل تفوقه هو سبب انتصاره، أم الجمهور الذي يشاهده ويشجعه؟

- بالطبع تفوقه وأداؤه هو السبب الأساسي في فوزه، وأما المتفرجون، فهم مشجعون ليس إلاّ.

- صح.. وهكذا هو الأمر مع الشيطان.

- ولكن لماذا يسمح الله للشيطان بغوايتنا وتشجيعنا على الحرام؟! أستغفر الله.. هل يريدنا سبحانه وتعالى أن نعصيه وبالعياذ بالله؟

- أنا أيضاً لا أفهم لماذا! يتردد هذا السؤال في ذهني منذ عدة سنوات، ولكنني لم أتوصل للجواب.. دعينا من هذا الأمر، ولنناقش مشكلتنا.

- حسناً، دعني أفهم أولاً: ما هو أسوأ ما تتوقعه، وتخشاه؟

- أسوأ ما كنت أخشاه حصل فعلاً، عندما رفض الشريك زيادة راتبي! وعليه فأنا مضطر الآن للبحث عن وظيفة أخرى، والتضحية بخبرة السنتين، بكل ما تعنيهما لي هاتان السنتان.

- وكم الراتب الذي تتوقعه في الوظيفة الجديدة؟

- مع شهادة الـ CMA و شهادة الـ CPA والخبرة التي أملكها أتوقع أن أجد وظيفة إدارية في الحسابات أو في المالية، براتب لا يقل عن ٢٠٠٠ ريال تقريباً.

- ونحن كما حسبنا ليلة البارحة، نحتاج إلى ١٣٠٠ ريال شهرياً لنكون في راحة. صح؟

- صحيح. أنا لا يقلقني أمر الراتب، ولكن يؤسفني أن أضطر لترك الشركة، فأضيع أهدافي التي كنت وضعتها لنفسي لهذه المرحلة، وهي إجادة عملية التدقيق...

- وحصولك على لقب زمالة المحاسبة القانونية. صح؟ أكملت زوجتي.

- صح.

- خطأ! لأنك تستطيع الانتقال إلى شركة تدقيق عالمية أخرى، لتكمل خبرة السنتين اللتين تحتاجهما. وأنا متأكدة أنك بالخبرة التي لديك، ومؤهلاتك، وكونك مواطناً، ستسعى خلفك جميع شركات التدقيق. أليس كذلك؟

- حسناً، ولكنني لا أحب أن أقفز من وظيفة لأخرى، لا سيّما وأنني أخطط للانتقال من مجال التدقيق إلى مجال الخدمات فور تكملتي للخبرة اللازمة.

■ حبيبي (قالتها بعتاب عذب، هزني حلاوته من أعماقي). لمجرد أنك لا تريد الانتقال لشركة أخرى، تصورت المسألة، وكأن كارثة حلت بك!

سكت للحظات أفكر في كلام زوجتي.. يبدو لي مرة أخرى أنها محقة. يخجلني أن تكون دائماً على صواب، وأنا على خطأ.. أخشى أن أفقد تدريجياً احترامها لي!

أعقبت زوجتي كلامها:

■ أنت لا زلت في الرابعة والعشرين من عمرك، وهو العمر الذي يبدأ فيه الكثيرون مسارهم الوظيفي. بينما أنت في مرحلة وظيفية متقدمة، وتملك مؤهلات لا يملكها غير أفراد معدودين فقط في البلد، وتتوقع راتباً لا يحلم به أي من أقرانك، ورغم ذلك، فأنت تتجاهل كل هذه الأمور الرائعة، ولا ترى سوى أنك مجبر على الانتقال لوظيفة أخرى، وهو ما لا تريده!!!

ألا تتفق معي أنك، لست تنظر إلى النصف الفارغ من الكوب فقط، وإنما تنظر إلى الجزء البسيط جداً من الكوب الفارغ، وتتجاهل معظمه المليء؟

- حسناً أنت محقة، كالعادة.

■ أنا آسفة.. أخشى أن أكون آذيتك بكلامي!

- لا أبداً.. تعجبني صراحتك.. أحتاج إليها، لأرى ما تجعلني عواطفي وانفعالاتي أغفل عنه.

■ إحم إحم.. حسناً، قل لي: هل الممارسات المقرفة التي يقوم الشريك بها تجاهك لها دخل في اتخاذك لقرار الانتقال من الشركة؟

- لا أبداً. لقد تغلبت على الأمر منذ تلك الليلة التي تكلمنا فيها.. بالعكس أنا أعتبر الأمر تحدياً، وفرصة رائعة لأروّض نفسي، لتتحمل الأذى من الآخرين، من دون أن يؤثر ذلك فيّ وفي أدائي واستقراري.

- حسناً إذاً في النهاية اتفقنا أنه لا توجد لدينا مشكلة حقيقية تستحق أن نهتم لها. أليس كذلك؟

- هو كذلك.

- إذن هناك، أمر آخر أريد أن أناقشك فيه، وأنا أخشى أن تردني، أو تزعل مني.

- من.. أنا!

- نعم أنت.. أقسم لي بالله أنك لن تأخذ في خاطرك علي.

- أعطيك كلمتي. هيّا هات ما عندك.

- قل لي، كيف ترى علاقتنا معاً؟ أعني هل ترانا وكأننا صاحبان يتشاركان بيتاً واحداً، أم ترانا شريكين في الحياة.. أنت أنا، وأنا أنت، حياتنا واحدة؟

- بالطبع، شريكان في الحياة! هذا ما اتفقنا عليه منذ البداية.

- إذن، فعلينا كلينا أن ندافع عن حياتنا معاً، لأنها حياتنا معاً، لا أن تدافع أنت عنها، بينما أقف أنا مكتوفة الأيدي، أليس كذلك؟ قالتها بهدوء، مشوب بانفعالٍ حاولت أن تخفيه.

- طبعاً.. وهذا ما يحدث فعلاً. نحن...

- لا! ليس هذا ما يحدث.. أنا آسفة على صراحتي.. الشراكة ليس مجرد شعار نرفعه، وإنما مشاركة وممارسة في الحياة...

يبدو أن زوجتي لم تستطع البقاء على هدوئها أكثر من ذلك، فقد أخذت نبرة صوتها تصبح أكثر حدّةً، ووجهها ينفعل. ولذا قاطعتها، وأنا ألتفت بكلي نحوها، وأمسك بكلتا يديها بحب وحنان:

- اهدئي يا حبيبتي.. أنا آسف. يبدو أنني آذيتك من دون قصد مني. أرجوك اهدئي وأخبريني بوضوح ما الذي حدث، وأنا أعدك أنني سأصحح الوضع. اتفقنا؟

- أنا آسفة.. لقد انفعلت.

- لا بأس. والآن أخبريني ماذا هناك؟

■ أنت تتكلم بأن الراتب لا يكفينا، وتنسى تماماً أنني أستلم راتباً أيضاً، وهو يغطي العجز، بل ويزيد!

- ولكن...

■ ولكن ماذا؟ أليس البيت بيتي أنا أيضاً؟ أليست هذه حياتنا معاً، أم أنها حياتك أنت لوحدك فقط؟ قالتها بانفعال شديد.

- حسناً. أرجوك اهدئي.. هي حياتنا معاً، لكنني أنا المسؤول عن مصروف البيت، ولست أنت...

جرى بيننا نقاش طويل، ومنفعل للغاية. ومن دون الدخول في تفاصيل النقاش، فقد استطاعت زوجتي كالعادة إقناعي بوجهة نظرها. لست أفهم كيف تستطيع دائماً إقناعي بوجهات نظرها، لكن هذا ما يحدث فعلاً!

عموماً، فقد اتفقنا في النهاية أن أبقى في وظيفتي الحالية، إلى أن أكمل فترة السنتين، وأما العجز المالي، فيتم تغطيته من راتب زوجتي.

#####

١٩ مايو ٢٠٠٣

■ سأتقيأ. ناولني الكيس بسرعة.

ناولتها الكيس، وركنت سيارتي على جانب الطريق. بينما أخذت زوجتي تتقيأ في الكيس البلاستيكي الذي ناولته إياها.

منذ البارحة، وهي تشعر بلوعة وغثيان شديدين، لا يكادان يهدآن. لم يكد الصباح يطلع حتى أخذتها للطبيبة.

فحصتها الطبيبة، وبعد عدة أسئلة لزوجتي، ابتسمت في وجهها، وطلبت منها أن تجري فحص الحمل!

غير ممكن! لقد خططنا أن نمضي أول ثلاث سنوات من زواجنا دون أطفال، لكن النتيجة كانت قاطعة، لا تقبل الشك.. لقد كانت زوجتي حاملاً في شهرها الثاني!!

لقد كان أفضل خبر سمعته في حياتي.. هل سأصبح أباً؟ هل يعقل ذلك؟! كنت فرحًا، لكنني كنت خائفاً متوجساً في الوقت نفسه.. إنها مسؤولية ثقيلة. هل سأستطيع احتمالها؟ هل سأكون مثل والدي؟

مرت الأيام التالية بطيئة، ومؤلمة ومرهقة جداً. فقد عانت زوجتي - وأنا معها – أسوأ أعراض الحمل، فقد تملكتها اللوعة والغثيان والتوعك، حتى لم تبقِ لها طاقةً تتحرك بها، فسقطت طريحة الفراش، منهكة، لا تقدر على شيء من أمور الدنيا والآخرة، غير أن تتقيأ، حتى كان يزيد عدد المرات التي تتقيأ فيها عن ١٢ مرة يومياً.

فإذا جنّ عليها الليل، جافاها النوم، وزاد على ما كانت تشعر به من لوعة وتوعك وغثيان، شعورٌ بالتنمل في قدميها، حتى كانت تشعر أن الدبابيس تطعنها فيهما.

انتقلنا لبيت والدتي، إلى أن تنتهي هذه الفترة العصيبة. وقدمت زوجتي استقالتها من المدرسة، لأنها لم تكن قادرةً على العمل، وأيضاً لتتفرغ لهذا القادم الجديد.

أما أنا فأحمد الله أنني لم أنتقل لوظيفة أخرى، إذ إن أدائي وصل لأدنى مستوياته! فلم أعد أعمل أكثر من ٨ ساعات يومياً – كما ينص القانون - بالرغم من انزعاج الشركة من ذلك، وتهديدهم إياي بالطرد، وكأنهم لا يفهمون أنّه ما لجرح بميت إيلام!

ليس ذلك فحسب، بل توقفت عن العمل في وقت الغداء، فقد كنت أذهب للسيارة، وأغط في نوم عميق، يعيد لي بعض نشاطي، ويجعلني قادراً على مواصلة بقية يومي مستيقظاً، حتى أرجع إلى البيت، لأنام ساعتين أخريين، قبل أن أبدأ دوامي في العناية بزوجتي المسكينة.

بانقطاع راتب زوجتي، كنت سأواجه مشكلة مالية شديدة، ولكن زوجتي رغم حالتها هذه، لم تغفل عن هذا الأمر، ولذا استحلفتني بالله في إحدى المرات القليلة التي كانت تستطيع التكلم فيها، في بدايات حملها أن أسد النقص في مصروف البيت من حسابها المصرفي، الذي تجمع فيه رصيد معقول من هدايا الزواج، ومما تبقى من رواتبها

الشهرية. لقد جعلني موقفها هذا أكبرها كثيراً.

مضت ثلاثة أشهر إلاّ نيفًا وزوجتي على هذا الحال، إلى أن بدأت أحاسيس اللوعة والغثيان والتوعك والتنمل تهدأ قليلاً، وأصبحت تستطيع ممارسة حياتها بشكل بسيط تدريجياً، كأن تشاهد التلفاز مثلاً، وأن تأكل إلى حد ما، وأن تجلس معنا أحياناً لتشاركنا في الحديث، وأن تنام أحياناً بشكل متصل في الليل.

لقد كانت هذه الفترة أشبه بنعيم لما سبقتها، لا سيّما أننا كنّا معاً في بيت واحد ملؤه الدفء والحب والعطاء، وكنا ننتظر مولوداً رائعاً بفارغ الصبر.

في الشهر السابع من حملها، كانت زوجتي قد تحسنت كثيراً، ولذا رجعنا إلى البيت، رغم إلحاح والدتي بالبقاء عندها، إلى ما بعد الولادة. كانت أخت زوجتي تمر علينا يومياً لتقضي نصف يومها للعناية بها، والإشراف على الشغّالة.

#####

في إحدى الليالي المقمرة، رفعت ستائر غرفة النوم، بعد أن أطفأت الأنوار، وفتحت النوافذ، بعد أن أنزلت الشباك، لأسمح للهواء العليل، ولضوء القمر بالدخول للغرفة. كان الجو أكثر من رائع، ويبعث على الهدوء والسكون والاسترخاء.

كانت زوجتي نائمة، بينما كنت جالساً على الأرض، بجانبها، وأنا مستمتع بكل ذرة في كياني بهذا الجو المذهل.. أطلقت لأفكاري وروحي العنان، فهامت على وجهها تنتقل من مكان لآخر، ومن فكرة لأخرى، من دون متابعة مني أو تقييد، فقد كنت في حالة استرخاء وخدر شبه تامة.

وفجأة برقت في خاطري فكرة استثارت كل حواسي وتركيزي.. «أنا لم أعد أسمع الأغاني منذ أن تزوجت»! بل إنني نسيتها أصلاً، ولم أنتبه لها سوى الآن! هذه الأغاني التي قهرتني طوال عمري، وجعلتني أسيرها، ولم أستطع الإفلات منها رغم كل ما بذلته من جهد وإرادة!!!

كيف حدث ذلك؟ كنت في غاية السعادة بتحرري من الأغاني، لكنني كنت أريد أن أفهم ما الذي جرى! قلبي كان يحدثني أنني على وشك أن أفهم سراً جديداً من أسرار

هذا الكون. لكن ماهو؟

أدركت أنني لن أصل إلى شيء، وأنا باضطرابي هذا، لذا هدّأت نفسي، وبدأت أغوص في أعماقي، وأرجع إلى ذاكرتي ومشاعري، وأسبر أغوارها بلطف منذ أن تزوجت..

وجدتها.. إنه «الحب».. الحب الذي ملأت زوجتي قلبي به، وجعلت كل ذرة في كياني يخفق به، حتى أني كنت أرى في بسمتها جمال الدنيا كله، وأرى في عبوسها شقاء الدنيا كله.

لقد جعلني حبها أنفر من الأغاني، وأتقزز منها، لأنها هي تنفر من الأغاني، وتتقزز منها، كما تنفر وتتقزز من جميع المحرمات الأخرى..

لكن لماذا إذن لم يجعلني حبي لله أكره الأغاني، رغم أن حبي لله أعظم من حبي لزوجتي، ومن أي شيء آخر في العالم!

هل يا ترى لأن الله مجرد، ومطلق، فأدرك عظمته وحبه بعقلي وروحي، ولكن جسمي المادي لا يشعر إلا بالمحدود والمادي، بينما زوجتي كائن بشري مادي أتعامل معه مباشرةً يومياً بكل حواسي وجوارحي، بالإضافة إلى عقلي وروحي، فألمسها وأسمعها وأتحادث معها، وأمسك يدها، ولذا كان لها تأثير مباشر علي؟ ربما.. لست متأكداً من الإجابة.. من يدري ربما أجد يوماً اختصاصيًا نفسياً يستطيع توضيح هذه المسألة لي..

كل ما أعلمه الآن، هو أن حبي لزوجتي، لم يجعلني أبتعد عن الأغاني فحسب، وإنما منذ أن تزوجنا وانا أشعر أنني أصبحت أكثر طيبة وبراءة، وكأنني تقمصت لا شعورياً ما كانت هي تحب من صفات، ونفرت لا شعورياً مما كانت هي تكرهه – كسماع الأغاني-من دون أن أبذل جهداً لذلك، أو حتى أقصده!

عجباً.. ألهذا السبب يدفعنا الله لحب النبي وأهل البيت، خصوصاً، وحب الصالحين والعلماء عموماً، لدرجة أنه يأمر الرسول (ص) بمطالبة الناس بحب أهل البيت (ع) كأجر له على تبليغ الرسالة ﴿قُل لّا أَسْأَلُكُمْ عَلَيْهِ أَجْرًا إِلاَّ الْمَوَدَّةَ فِي الْقُرْبَى﴾؟!

نهضت على أطراف أصابعي، وتسللت إلى المكتبة، وأخرجت منه «المعجم المفهرس لألفاظ القرآن الكريم»، ورجعت عائداً أدراجي، حيث جلست بجانب السرير، وشرعت

أبحث بهدوء، على ضوء مصباح قراءة صغير، كنت أحتفظ به بجانب السرير، عن الآيات القرآنية التي تتحدث عن مطالبة الرسول الناس بأجر، فأذهلتني النتيجة..

تنص الآيات القرآنية على أن الرسول لا يطالب بأي أجر مقابل تبليغه الرسالة، كقوله تعالى: ﴿وَمَا أَسْأَلُكُمْ عَلَيْهِ مِنْ أَجْرٍ إِنْ أَجْرِيَ إِلاَّ عَلَى رَبِّ الْعَالَمِينَ﴾. آية واحدة فقط تخالف هذا المعنى، وهي الآية التي تطالب الناس بحب أهل البيت (ع)!!

ولكن لماذا حب أهل البيت (ع)؟ تأتي سورة سبأ لتجيب أن الأجر الذي طلبه الرسول بحب أهل البيت إنما هو لفائدة الناس أنفسهم، فالمسألة ليست خاصة بالرسول (ص)! فيقول سبحانه وتعالى: ﴿قُلْ مَا سَأَلْتُكُم مِّنْ أَجْرٍ فَهُوَ لَكُمْ إِنْ أَجْرِيَ إِلاَّ عَلَى اللَّهِ﴾!!

ولكن كيف يكون حب أهل البيت (ع)، إنما هو لفائدة الناس أنفسهم؟ لم يترك الله سبحانه الأمر غامضاً، بل وضح، فقال: ﴿قُلْ مَا أَسْأَلُكُمْ عَلَيْهِ مِنْ أَجْرٍ إِلاَّ مَن شَاءَ أَن يَتَّخِذَ إِلَى رَبِّهِ سَبِيلا﴾! إذن حبهم ما هو إلا سبيل الله، يرتقي بنا نحوه سبحانه وتعالى، لأجل سعادتنا نحن.

شعرت بقشعريرة تسري في جسمي.. وأحسست بدموعي تنزل على وجهي خشوعاً وشكراً لله.. يا الله ما ألطفك بنا علا شأنك!

ولكن كيف؟ رجعت بذاكرتي لنقاشي الأخير مع خالي عيسى، واسترجعت ما ذكره لي آنذاك من أن قدرتنا على اكتساب القيم الإنسانية، يتطلب وجود ثلاثة عناصر لدينا الأول هو الرغبة والشوق، والثاني هو الطبيعة النفسية التي يمتلكها الواحد منا، ومدى كونها صحية وإيجابية، والعنصر الثالث هو الممارسة والسلوك.

قررت أن أتناسى جميع ما أحمله في داخلي من مرتكزات غيبية تحملني على حب أهل البيت، وتقديسهم، وأن أنظر إليهم وإلى دورهم في الرقي بالبشرية نحو الله، بموضوعية وحياد، من خلال العناصر الثلاثة السابقة...

كثيراً ما كان يهزني ذلك الحديث عن أهل البيت (ع)، الذي ورد في كتب جميع المذاهب الإسلامية، بشكل مستفيض «إني تارك فيكم، ما إن تمسكتم به، لن تضلوا بعدي، أحدهما أعظم من الآخر، كتاب الله، حبل ممدود من السماء إلى الأرض، وعترتي

أهل بيتي، ولن يتفرقا، حتى يردا علي الحوض، فانظروا كيف تخلفوني فيهما»!

أدرك عظمة القرآن، فهو كتاب الله، وبين دفتيه سُطّر الإسلام كله، وبه يستهدي المسلمون، ومنه يأخذون أحكام دينهم، فما هو يا ترى دور أهل البيت (ع) ليصبحوا عدلاً للقرآن؟ بحيث يوجب الله علينا محبتهم والتمسك بهم؟؟؟

لست أدري كم مضى علي، وأنا أبحث في الموضوع، وأقرأ وأفكر فيه، لكنني لم أشعر إلا وصوت المؤذن يخترق الغرفة بقوة.. هرعت مذعوراً أقفل باب النافذة، لكي لا تستيقظ زوجتي، لكن الوقت كان قد فات، فقد استيقظت زوجتي، ورأتني أقفل النافذة، وبيدي كتاب.

■ لا زلت مستيقظاً!؟ سألتني والنوم مطبق على جفونها.

- سأصلي، وأنام.

■ حسناً، أيقظني إذاً لأصلي بعدما تفرغ من الصلاة.

- إن شاء الله. هل تعرفين.. لقد اكتشفت البارحة أمراً رائعاً.

لكن زوجتي لم ترد علي، فقد غرقت مرة أخرى في نوم عميق.

# # # # #

في الصباح، كنت في غاية الشوق لإخبار زوجتي عما توصلت إليه من حقائق ليلة البارحة، لكننا كنا في عجلة من أمرنا، فقد تأخرت في الرقاد، وكان ينبغي أن نصل إلى مزرعة خالي قبل الغداء، لاسيما أن الجميع بما فيهم أمي وأختاي، قد وصلوا إلى المزرعة.

بمجرد أن صرنا في الطريق، سألتني زوجتي:

■ قل لي، ما الذي تحاول إخباري به منذ الصباح؟

- لقد توصلت البارحة لبعض الأفكار الرائعة عن الإسلام، وعن لطف الله بنا.

■ شوقتني.

- بداية أخبريني، لماذا خلقنا الله؟

- ناقشنا هذا الموضوع سابقاً، وقد شرحت لي كيف أن الله خلقنا لنقترب منه سبحانه وتعالى، بعبوديتنا له، وتكاملنا.

- حسناً، وما هو دور الشريعة الإسلامية في تحقيقنا لهذا الهدف؟

- حبيبي، أدخل في الموضوع مباشرةً. لقد ناقشتني في كل هذه الأمور سابقاً.

- أرجوك، جاريني، وأجيبي على أسئلتي.

- كما ترغب. الشريعة الإسلامية هي المنهج والطريقة التي تبين لنا كيف نتحرك في هذه الحياة لنقترب منه سبحانه وتعالى.

- ومن أين نعرف الشريعة الإسلامية؟

- من القرآن والأحاديث الشريفة.

- حسناً، وكيف أطبق هذه التعليمات الإسلامية الواردة في القرآن والسنة؟

- بالممارسة.

- وماذا لو كانت التعليمات الإسلامية صعبة التنفيذ.

- يجب أن تستخدم إرادتك.

- وإذا كانت إرادتي ضعيفة، أو فلنقل ليست قوية بما فيه الكفاية؟

- إذن، أنت في مشكلة كبيرة.

- حسناً أخبريني، ماذا لو كانت هذه القيم والتعليمات الإسلامية المكتوبة في القرآن والأحاديث، تم تحويلها من حبر على ورق، إلى مسرحية، أو فيلم سينمائي يتم فيها تجسيد هذه القيم والتعليمات بجميع أبعادها وحيثياتها المختلفة. أخبريني بأي درجة سيعزز هذا الأمر فهمك وإدراكك لهذه القيم والتعليمات، وسيعزز من قدرتك على تطبيقها؟

- لا مقارنة. لا شك أنه سيعزز ذلك بدرجة كبيرة جداً.

- حسنا، هذا هو واحد من أهم أدوار رسولنا الأكرم (ص)، وأهل البيت (ع)، ألا وهو

تجسيد الرسالة الإسلامية بقيمها وتعليماتها في واقع الحياة اليومي، في مختلف الظروف والحيثيات، ثم نقلها من حبر على ورق إلى قيم وتعليمات واضحة ومجسدة ومتحركة، من خلال قصصهم وسير حيواتهم.

■ رائع..

- ولهذا استحق أهل البيت (ع) أن يكونوا عدلاً للقرآن.

■ فكرة رائعة.

- لا.. ليس ذلك فحسب. سألتك قبل قليل، ماذا لو لم تكن إرادتي قوية بدرجة تكفي أن أنفذ التعليمات والقيم الإسلامية...

■ وأجبتك أنك ستكون في مشكلة كبيرة.

- حسناً، ماذا لوكانت هناك آلية، تدعم إرادتي، وتسهل الأمر عليها، وتعمل معها في غرس القيم والمفاهيم الإسلامية في وجداني، من دون جهد أبذله.

■ هذا مستحيل.. لا بد من الجهد والكفاح.

- بالطبع، أنا لا أعني عدم بذل أي جهد! وإنما أعني، وجود آلية تمكننا غرس القيم الإسلامية في أعماقنا ووجداننا، بمجهود أقل نبذله نسبياً!

■ هذا سحر!

- لا.. هذا واقع. هل لا زلت تذكرين نقاشنا الأسبوع الماضي عن العناصر الثلاثة، التي تمكِّن الإنسان من اكتساب الصفات التي يرغب بها؟

■ بالطبع.. لقد راقت لي الفكرة كثيراً.

- حسناً.. أنت مولعة بكتب تطوير الذات. هل قرأت كتاب «العادات السبع للناس الأكثر فعالية»، لمؤلفه ستيفن كوفي؟

■ مرتين.

- أنا لم أقرأه، لكن خالي نقل لي عبارة من الكتاب، أعجبتني كثيراً، فحفظتها عن ظهر

قلب.

■ وما هي هذه العبارة الرائعة، التي جعلت حبيبي يحفظها عن ظهر قلب؟

- «إذا رغبنا في إجراء تغييرات طفيفة نسبياً في حياتنا، فلربما استطعنا التركيز بطريقة ملائمة على توجهاتنا وسلوكياتنا. أما إذا رغبنا في إجراء تغيير جوهري وكمي، فإنه يتعين أن تنصب جهودنا على تصوراتنا الذهنية الأساسية.»

■ لا أذكر هذه العبارة بالنص، لكنه بالفعل يذكر هذا المعنى.

- فإذاً لو وُجِدت هناك آلية تغير من تصوراتنا الذهنية الأساسية، وتجعلها مليئة ومغروسة بالقيم والمفاهيم الإسلامية، بكل ما فيها من جمال ونبل وإيجابية، فإننا في هذه الحالة سنحتاج لبذل جهد أقل، في تصحيح مساراتنا وسلوكياتنا، أليس كذلك؟

■ صحيح.. هو كذلك. أنا أتفق معك في هذا. ولكن ما هذه الآلية السحرية؟

- الحب.

■ الحب ؟!!

- نعم .. الحب.

■ يبدو أنك تكثر من مشاهدة الأفلام الهندية، من دون علمي. قالتها وهي تضحك

- لا أنا جاد فيما أقوله. إليك النظرية ...

■ هاتها، وأمري إلى الله.

- ألم نتفق أن الأئمة إنما هم تجسيد واقعي خارجي في الحياة اليومية للقيم والصفات الإلهية التي يدعونا الإسلام إليها؟

■ لا شك في ذلك. يكفي أن الله أكّد على هذا الأمر في القرآن بقوله تعالى: ﴿إِنَّمَا يُرِيدُ اللَّهُ لِيُذْهِبَ عَنكُمُ الرِّجْسَ أَهْلَ الْبَيْتِ وَيُطَهِّرَكُمْ تَطْهِيرًا﴾.

- وهذا الأمر يجعل الناس يحبونهم ويعشقونهم (ع) فطريّاً، ويتعلقون بهم تلقائياً، لما

يجسدونه من جمال تعشقه الأرواح والعقول. أليس كذلك؟

■ هو كذلك.

– حسناً.. كل ما فعله الإسلام هو أنه أكد على هذا الحب، والمودة، والولاء لهم، ورسّخه في أعماقنا، فجعل مودتهم أجراً يأمرنا الله به، ويستحق به الإنسان ثواباً عظيماً، وحِطَّةً من ذنوبه، بل وينال به الدرجات العلى، فقد ورد، مثلاً، في صحيح الترمذي: «أن رسول الله (ص) أخذ بيد الحسن والحسين عليهما السلام، فقال: من أحبني، وأحب هذين، وأباهما وأمهما، كان معي في درجتي يوم القيامة»...

■ لاشك في ذلك، ولا أعتقد أن هناك مسلمين يختلفان فيه.. ولكن أليس الحب من دون أن نقتدي بهم، ونتصف بالقيم التي يدعون إليها هو حب لا فائدة فيه، وغير ذي نفع؟

– هنا السر.. إن حبهم والتعلق بهم، يجعلنا تلقائياً، نتعلق ونرغب بشدة في الصفات والقيم التي يجسدونها، ويدافعون عنها بأرواحهم، وبكل ما يملكونه. ألا تتفقين معي في هذا؟

■ بالطبع أتفق معك.. وهذا هو العنصر الأول؟

– وهذا هو العنصر الأول. ولكنه ليس كل شيء.. لأن تفاعلنا وتعاطفنا مع أهل البيت (ع)، في مواقفهم، ودفاعهم المستميت عن هذه القيم والمفاهيم الإسلامية، والذود عنها، وتجسيدها في حياتهم، رغم كل الآلام والعذابات والقتل والسبي والتشريد الذي يواجهونه في سبيل ذلك، يغرس هذه القيم، وهذه المفاهيم لا شعورياً في وجداننا وأعماقنا مباشرةً، ويجعل نظرتنا للحياة والكون تصطبغ بها، وتنطلق منها. وهذا هو العنصر الثاني.

■ رائع، رائع.. هل تعلم، لقد اقشعر جسمي كله لهذه الفكرة.

– هذا يعني أنك اقتنعت بهذه الطريقة «السحرية». قلت لها ذلك، وانا أغمز لها بعيني.

■ إذاً، فنحن بقدر حبنا لأهل البيت (ع)، وتفاعلنا معهم، وبما مر عليهم من أحداث

ومصائب، وواجهوه في حياتهم من تحديات في سبيل الذود عن القيم الإلهية، نرتقي نحو الله، ونسمو بأنفسنا، وذلك لأن هذا التفاعل معهم، وهذا الحب لهم، يغرس فينا الصفات الإلهية، ويرسخها في أعماقنا لا شعورياً..

- نعم.. هو كذلك. ولذا ورد عن الرسول الأكرم (ص) قوله : «من أحب قوماً حشر معهم، ومن أحب عمل قوم أشرك في عملهم"..

ولكن مهلاً.. لا أريدك أن تفهمي من كلامي أن حب أهل البيت ليس مطلوباً لنفسه، وإنما هو مجرد طريق لغرس القيم الإلهية فينا! لا الأمر ليس كذلك.

■ بصراحة.. هذا ما فهمته من كلامك.

- لا أبداً.. إن حب أهل البيت مطلوب لذاته، لأن الحب عموماً، وبالذات حب الله، وحب من ينتسب إليه من الأنبياء والرسل والأوصياء وأهل البيت هو واحد من أهم الصفات التي تقربنا منه سبحانه وتعالى، وتحقق لنا السعادة والرضوان.

مثل الصلاة، هي تنهانا عن الفحشاء والمنكر، ولكنها مطلوبة لذاتها لأنها تجسد العبودية لله عز وجل.

■ وماذا عن العنصر الثالث «الممارسة والسلوك»؟

- وهو أيضاً لم يغفله الله في الشريعة الإسلامية، فالإنسان بطبيعته وفطرته ميّال لمحاكاة من يحبهم، ويعتقد بهم مثلاً أعلى له، غير أن الإسلام أكّد على هذا الأمر من خلال العديد من الآيات والروايات، فأوجب علينا التمسك بالرسول الأعظم (ص) وأهل البيت (ع). كقوله سبحانه وتعالى: ﴿لَقَدْ كَانَ لَكُمْ فِي رَسُولِ اللَّهِ أُسْوَةٌ حَسَنَةٌ لِمَنْ كَانَ يَرْجُو اللَّهَ وَالْيَوْمَ الْآخِرَ وَذَكَرَ اللَّهَ كَثِيرًا﴾.

■ وعليه، فكلما ازداد المرء اقتداءً بهم، ازدادات القيم والصفات الإلهية، والمفاهيم الإسلامية رسوخاً فيه. أليس كذلك؟

- صحيح.. ولكن في المقابل لو أن شخصاً ما سيطرت عليه أهواؤه وشهواته، وقواه الغضبية، وغلبت على مشاعره تجاه أهل البيت (ع)، فخضع لأهوائه في سلوكياته

وممارساته، وأصبح بمرور الوقت أسيراً ومنقاداً لها، وليس لحبه لأهل البيت (ع)، فإن ممارساته السلبية هذه ستعيق اكتسابه للصفات والقيم الإلهية، بل ربما تؤدي به إلى تقمص الصفات السلبية، وتشكله بها.

وبمرور الوقت، وكلما تمادى واستمر في ممارساته السلبية، ازدادت الصفات السلبية رسوخاً، وشدة فيه، فيقلل هذا الأمر تلقائياً من حبه لأهل البيت، بل وربما يقضي عليه تماماً، ولا يبقى من حبه لأهل البيت سوى المظاهر، وسوى اسم «الحب» فقط، خالياً من أي محتوى.

■ ما أعظمه سبحانه وتعالى، وما ألطفه بنا!

- هل تعلمين أن «حب عترة أهل البيت» ليست الآلية الوحيدة، التي جعلها الله لغرس القيم الإلهية في وجداننا، وإنما هناك آلية أخرى تؤدي هذا الغرض أيضاً، ولكن بنحو تكاملي مع حب أهل البيت (ع)، بحيث لا يغني كل واحد منهما عن الآخر!

■ حقاً؟! لماذا يبدو لي وكأنني أكتشف الإسلام من جديد!

- لقد وصلنا إلى المزرعة، ما رأيك أن نكمل حديثنا في طريق العودة؟

■ لا.. أرجوك دعنا نكمله الآن.. ما رأيك أن نقف هنا على ناصية المدخل، إلى أن ننتهي من الموضوع؟

- كما ترغبين.

ركنت سيارتي على الجانب عند ناصية المدخل الفرعي المؤدي إلى المزرعة، وواصلت حديثي.

- الآلية الثانية هي العبادة، بما تشمله من صلاة، وقراءة القرآن، والدعاء، وحج وغيرها من الشعائر العبادية. لقد كرّس الإسلام بشدة أهمية العبادة بين المسلمين، وشدد عليها أيما تشديد، ورغّب فيها أيّما ترغيب!

■ لا شك في أهمية العبادة في الإسلام، لكن كيف تقوم العبادة بغرس القيم الإلهية فينا لا شعورياً؟

- من خلال حيثيتين: الأولى، من حيث كونها ترسخ في أعماقنا حالة الإحساس بالعبودية لله جل شأنه، وبرسوخ حالة العبودية فينا، فإن نفوسنا تلقائياً تصبح راغبة ومشتاقة في الصفات التي يدعونا إليها الله عز وجل، كما أننا برسوخ حالة العبودية فينا تصبح نفسياتنا أكثر صفاء وقوة وجمالاً، وأقل تأثراً بالشهوات والقوى الغضبية، وأكثر انجذاباً لصفات الجمال والكمال.

■ هذا ما تعبر عنه الآية الكريمة : ﴿أَقِمِ الصَّلاةَ إِنَّ الصَّلاةَ تَنْهَى عَنِ الْفَحْشَاء وَالْمُنكَرِ﴾.

- نعم، كما ورد في صحيح مسلم أن الرسول الأكرم (ص) قال: «مثل الصلوات الخمس كمثل نهر جار غمر، على باب أحدكم، يغتسل منه كل يوم خمس مرات».

■ وما هي الحيثية الثانية؟

- الحيثية الثانية هي أن العبادات بمختلف أنواعها من صلاة، وصوم، وحج، وقراءة القرآن، والدعاء، وغيرها، تغطي معظم أوقاتنا خلال السنة، وخلال اليوم، وتمر بنا بأنواع متعددة من الأنشطة البصرية، والسمعية، والجسدية، والروحية والعقلية، ومن خلال مختلف المشاعر، كالحب والخوف والرجاء والعبودية لله، والرحمة والتضامن مع المؤمنين، وغيرها.. هذه العبادات تشتمل على جميع القيم والصفات الإلهية، والمفاهيم الإسلامية، فعند تفاعلنا مع هذه العبادات، وممارساتنا لها تتسرب هذا القيم وهذه المفاهيم إلى وجداننا وكل جنبة فينا، وتصبح جزءاً من كياننا الداخلي..

■ بالطبع، هذا يعتمد على مدى تفاعلنا مع هذه العبادات، وانسجامنا وخشوعنا فيها، سواء في الصلاة، أو القرآن أو الدعاء أو غيرها من العبادات.

- بالتأكيد.. لكن يبقى العنصر الثالث «الممارسة والسلوك» له أهميته أيضاً، في ترسيخ هذه القيم والصفات والمفاهيم.

■ ويصدق هنا في العبادة أيضاً ما ذكرته قبل قليل بخصوص حب أهل البيت (ع)، من أنه كلما تمادى الإنسان في ممارساته السلبية، ازدادت الصفات السلبية رسوخاً، وشدة فيه، فيقلل هذا الأمر تلقائياً من شعوره بالعبودية تجاه الله، بل وربما

يقضي عليه تماماً، ولا يبقى منه سوى المظاهر.

- بالضبط، ولذا أكد القرآن على هذا المعنى مثلاً لدى تناوله منسك الأضحية في فريضة الحج، فقال سبحانه وتعالى: ﴿لَن يَنَالَ اللَّهَ لُحُومُهَا وَلَا دِمَاؤُهَا وَلَٰكِن يَنَالُهُ التَّقْوَىٰ مِنكُمْ﴾.

■ إذاً، فقد خلق الله آليتين أساسيتين تقومان بشكل تلقائي، ومن دون أن يشعر الإنسان بغرس القيم والصفات الإلهية، والمفاهيم الإسلامية في وجدانه ولا شعوره، بحيث تتكون بيئته النفسية الداخلية من هذه القيم والصفات، والمفاهيم. أليس كذلك؟

- صحيح، لكن إضافةً إلى هاتين الآليتين اللتين شرعهما الله، هناك ثلاثة عناصر خلقها الله في الإنسان، لتهديه نحو الله...

■ أعرفها.. إنها العقل، والإرادة، والـ..

- والفطرة.

■ صح.. أعرفها، لكنك سبقتني إليها.

- أعرف أنك تعرفينها، فقد ناقشنا هذا الموضوع الأسبوع الماضي.

■ ما يؤلمني هو أننا رغم كل هذه الهدايات التي وضعها الله فينا، لا نزال نرتكب المعاصي، ونتجرأ عليه سبحانه وتعالى بدلاً من أن نشكره.

- ليس هذه الهدايات فحسب، بل إن الله سخر لنا ما في السموات والأرض جميعاً لخدمتنا، ولإعدادنا للمقام السامي الذي خلقه الله لنا.. هذا المقام الذي تمنّته الملائكة، ولكنها لم تنله.. هذا المقام الذي يمكّن الإنسان، وهو لا يزال في عالم الدنيا المحدود من أن يصل إلى العرش، ويقترب منه سبحانه تعالى إلى درجة لم يصل إليها حتى جبرائيل نفسه، وهو أعظم ملائكة الله.

■ ﴿وَسَخَّرَ لَكُم مَّا فِي السَّمَاوَاتِ وَمَا فِي الْأَرْضِ جَمِيعًا مِّنْهُ إِنَّ فِي ذَٰلِكَ لَآيَاتٍ لِّقَوْمٍ يَتَفَكَّرُونَ﴾.

- تصوري حتى الملائكة، برغم كل عظمتهم، ومقامهم، جعلهم الله في خدمة البشر، لإيصالهم لهذا المقام السامي «مقام العبودية لله»، وما سجود الملائكة لآدم (ع)، إلا كنايةً على كونهم مسخرين لخدمتنا! ﴿إِذْ قَالَ رَبُّكَ لِلْمَلَائِكَةِ إِنِّي خَالِقٌ بَشَرًا مِن طِينٍ (٧١) فَإِذَا سَوَّيْتُهُ وَنَفَخْتُ فِيهِ مِن رُّوحِي فَقَعُوا لَهُ سَاجِدِينَ (٧٢) فَسَجَدَ الْمَلَائِكَةُ كُلُّهُمْ أَجْمَعُونَ (٧٣) إِلَّا إِبْلِيسَ اسْتَكْبَرَ وَكَانَ مِنَ الْكَافِرِينَ﴾.

■ لكن كيف يعقل أذاً، أن يستطيع الشيطان بعد كل هذه الهدايات، من السيطرة على الغالبية العظمى من البشرية، ويفسد بذلك على الله غرضه من خلق البشر؟

- ومن قال أن الشيطان يسيطر على الغالبية العظمى من البشرية؟! قلتها باستنكار

■ القرآن نفسه يحكي ذلك عندما يقول: ﴿قَالَ رَبِّ بِمَا أَغْوَيْتَنِي لَأُزَيِّنَنَّ لَهُمْ فِي الْأَرْضِ وَلَأُغْوِيَنَّهُمْ أَجْمَعِينَ (٣٩) إِلَّا عِبَادَكَ مِنْهُمُ الْمُخْلَصِينَ﴾.

- نعم، هذا ما كان يتمناه الشيطان، ويصوره له عقله المريض، لكن الجبّار عزّ وجل كذّبه، ورد عليه، بقوله سبحانه وتعالى: ﴿قَالَ هَذَا صِرَاطٌ عَلَيَّ مُسْتَقِيمٌ (٤١) إِنَّ عِبَادِي لَيْسَ لَكَ عَلَيْهِمْ سُلْطَانٌ إِلَّا مَنِ اتَّبَعَكَ مِنَ الْغَاوِينَ﴾.

فالله سبحانه وتعالى يقول للشيطان بإن عبادي، أي البشر، لا سلطان لك عليهم، وهذه هي القاعدة، وهذا هو الأصل..

وأمّا سلطانك فإنما يتحقق بشكل استثنائي فقط، على أولئك الذين يتبعونك من الغاوين، وهم أولئك الذين تتمكن منهم ممارساتهم السلبية في حياتهم، إلى درجة أنهم يصح أن يطلق عليهم «غاوين»!

■ من أين تأتي بكل هذه الأفكار الجميلة يا حبيبي؟

- إنها ليست أفكاري، فهي مذكورة في كتب علمائنا، وما أنا سوى ناقل لها.. والآن هل ندخل إلى المزرعة، فقد تأخرنا.

■ نعم، أنا أيضاً تعبت.. فلنذهب.

وفجأة لمعت في ذهني فكرة.. ما أروعها من فكرة. أوقفت السيارة فجأة، وتوجهت

بكلي نحو زوجتي، وأنا في غاية الانفعال والسرور من هذا الاكتشاف الرائع.

- هل تعرفين، ليس فقط إن الشيطان لم يفسد على الله غرضه من خلق الكون، وإنما بالعكس من ذلك إنه يلعب دوراً مساعداً في إيصال البشر إلى الهدف الذي خلقوا من أجله.. نعم هذا منطقي جداً!

■ لم أفهم !!

- بعبارة أخرى، إن وجود الشيطان، ومحاولاته الشريرة لإغواء البشر، والتزيين لهم، تجعل أعداداً أكبر من البشر أفضل مما كان يمكن أن يكونوا عليه من دون وجود الشيطان، لأن محاولاته المستمرة هذه لإفساد حياة الناس، إنما تحفِّزهم، وتحرك فيهم العقل والإرادة، وقوى النفس الكامنة فيهم للدفاع عن أنفسهم وحياتهم في هذه الدنيا قبل الآخرة.

والنتيجة، هو أن أعداداً أكبر من البشر تستحق دخول الجنة، وأعداداً أكبر تستحق مقامات لم تكن لتصل إليها لولا التحديات والاستفزازات التي كان الشيطان يمارسها لإغواء البشر.

الأمر أشبه بالتطعيم «اللقاح» الذي نعطيه لأطفالنا، لكي نحصنهم ضد الأمراض التي نتوقع أن يواجهوها.. لا تنسي أن التطعيم في أصله ليس سوى «ميكروب» ضعيف، نحقن به جسم الإنسان، ليفرز أنواع المقاومة المختلفة تجاهه، وهذا ما يؤدي إلى تقوية جهازه المناعي. أليس كذلك؟

■ لكننا نجد أن كثيراً من البشر يخطئون، ويمارسون المعاصي!

- صحيح، كما نجد أن من نحقنهم باللقاح يصابون بالأعراض المختلفة، مثل ارتفاع الحرارة وغيرها، ولكن ذلك إنما يحدث لأن أجسامهم تقاوم اللقاح، وهكذا هو الأمر معنا عندما تفرز نفوسنا أنواع المقاومة تجاه إغواءات الشيطان.

إننا نحكم على الناس من منظور ضيق محدود، فإذا كان أحدهم مثلاً يمارس محرماً أو أكثر، كأن يكذب مثلاً والعياذ بالله، أو أن يسمع الأغاني، أو ما شابه، فإننا نعده فاسقاً منحرفاً قد استولى الشيطان عليه، وتحكم به!

ولكننا لا ننظر إلى جميع الأمور الحسنة الأخرى التي يقوم بها، ولم يستطع الشيطان أن يصرفه عنها، وهي أكثر بكثير من أخطائه.. نحن لا ننظر مثلاً إلى الجهد الذي يبذله في الدراسة، أو في الكد على عياله، أو في خدمة أهله ومجتمعه، أو إلى لطفه وبشاشته مع الناس، أو إلى الكثير الكثير جداً من الممارسات والسلوكيات الإيجابية، والمستحبة والمرضية لله، والتي يتمنى الشيطان أن لو استطاع أن يصرفه عنها، لكنه لم يستطع.

لا يصح عندما نجد عملاً فنياً رائعاً جميلاً جداً، لكن به نقطة خطأ، أن نحكم على هذا العمل الجميل الرائع، بأنه قبيح وشنيع... «الحسنة بعشرة أمثالها»، وليست السيئة بعشر أمثالها، أليس هذا ما يقوله لنا الإسلام؟

- أريد أن أفهم أكثر هذه النقطة، لكنني الآن متعبة. هل نذهب إلى المزرعة، ثم نكمل نقاشنا في وقت آخر.

- آهه.. نعم حبيبتي. حالاً.

#####

كنت جالساً في غرفة «مدير موارد البشرية»، ورغم الهدوء الذي كان يبدو على ظاهري، إلاّ أن قلبي كان يخفق بشدة، وداخلي لا يكاد يستقر، ويداي لا تتوقف عن الحركة من شدة الاضطراب والتوتر الذي كنت أعاني منه..

كنت أنتظر مجيء المدير للتوقيع على عقد الوظيفة الجديد في مؤسسة شبه حكومية، تم افتتاحها قريباً.. وظيفة «مدير الشؤون المالية» براتب ٣١٦٠ ريالاً شهرياً، على أن يتم تدريبي خلال سنتين تقريباً لأترقى لوظيفة «رئيس قطاع المالية» (CFO) بالمؤسسة، وعلى أن أبدأ بالعمل بعد فترة إنذار ثلاثة أشهر أمنحها لشركة التدقيق التي أعمل بها، أي بعد أن أكمل فترة السنتين التي جاهدت من أجلها طويلاً.. وظيفة لم أكن حتى أحلم بها في خيالي.

في الواقع لم يكن هذا الأمر ليربكني، ولكنني كنت قد تركت زوجتي في جناح الولادة، بالمستشفى، في انتظار المولود الذي عذبنا بما فيه الكفاية، حتى قبل ولادته..

لقد شعرت سارة بآلام الوضع البارحة، بعد منتصف الليل، فأخذتها مباشرة للمستشفى، وظللت ساهراً بجانبها، إلى أن أصبح الصباح، فاتصلت بأمي وأختها لإخبارهم.

كنت قلقاً على زوجتي، وعلى مولودي المرتقب الذي أخذ بشغاف قلبي حتى من قبل أن أراه، ربما لأنه أحيا في قلبي علاقة الأبوة من جديد، بكل ما تعنيه هذه العلقة من دفء وحنان وحب وذكريات جميلة، نُسِجَت بها خلاياي، ولكن هذه المرة أنا هو الأب.. ما أروعه من شعور!

رن الهاتف بجانبي، فاندهشت، وأردت أن أرفع السماعة لأرد، ولكنني انتبهت أن المكالمة ليست لي، وأنني مجرد ضيف في المكان.. تركت الهاتف يرن، ونهضت من مقعدي، أذرع الغرفة ذهاباً وإياباً..

وأخيراً أتى المدير.. سلم عليّ ببرود على خلاف عادته! جلس في مقعده، وارتشف من كوب الشاي الذي برد على طاولته رشفة طويلة، ثم توجه نحوي، يخبرني بأن مجلس الإدارة قرر تعيين شخص آخر لهذه الوظيفة...!

وقع الخبر عليّ وقع الصاعقة، فجمدت مكاني لوهلة، ولكنني وقبل أن أنبس بشيء، رنَّ هاتفي النقال.. لقد كانت والدتي.. رفعت السماعة بسرعة.. لكن صوت والدتي كان مخنوقاً، ومليئاً بالجزع والبكاء، بالرغم من محاولة تماسكها.. لقد مات الطفل، وزوجتي في حالة خطرة...

لم أعرف ماذا أقول.. شعرت بالعالم يدور من حولي، ورويداً رويداً شعرت بالخدر يسري في جسمي، سقط الهاتف من يدي، ووقعت مغشياً عليّ في غرفة المدير، الذي أصيب بالذهول والخوف..

وفجأة أفقت من النوم.. يا إلهي لقد كان كابوساً مريعاً. كانت زوجتي نائمة على يساري، في طمأنينة وهدوء، بينما كان ابني «نبيل» في مهده على جانبي اليمين، وكان أيضاً يغط في نوم عميق مثل والدته.. الحمد لله كل شيء على ما يرام.

نهضت من السرير، وتوجهت للحمام، حيث توضأت، وقمت أصلي الليل، فقد مرّ زمن طويل لم أقم فيه الليل. ثم جلست في الشرفة، أفكر في أمري..

اليوم أكمل فترة السنتين في الشركة، وها قد مضى علي أكثر من ثلاثة أشهر وأنا أبحث عن وظيفة، حتى بلغ عدد الوظائف التي تقدمت لها أكثر من مائتي وظيفة ، ولكن من دون جدوى!

لست أفهم! يُفْتَرض أن أكون - بما أملك من خبرات ومؤهلات - هدفاً مغرياً، وفرصة ثمينه لأصحاب الوظائف، ولكن الأمر على العكس تماماً! يتم توظيف المتردية والنطيحة، ولكن ليس أنا!؟ لست أفهم ما الذي يحدث معي.

قيل لي: إنني محسود، وقال بعض أصدقائي أنها عين أصابتني، وقال آخر، ربما هو من عمل الجن، وقال رابع بأن المدير المالي الوافد في الشركة الأولى التي كنت أعمل بها هو من يسعى ورائي ليخرب علي كل وظيفة أتقدم لها!!!

في تقديري ليس هو أيٌّ من ذاك، وإنما هي سمعتي التي تسبقني أو تلحقني في كل مكان أتقدم إليه! لقد عملت في وظيفتين، وفي كلتيهما واجهت مشاكل شديدة من الإدارة، وطلب مني أن أستقيل، وفي كلتا الوظيفتين أظهرت قوة وصلابة فائقة... شخصياً ما كنت أرغب في توظيف شخص صاحب مشاكل وقوي؟!

والآن، ما العمل؟ لم تبق وظيفة لم أتقدم لها.. يا إلهي أدركني، فقد أعجزتني الحيلة!

الفصل السادس

مرارة الغربة

مرارة الغربة

١٧ أبريل ٢٠٠٤ م

بعد كل تلك المحاولات المضنية، على مدى أشهر، في العثور على وظيفة مناسبة، لم أظفر سوى بوظيفة مدقق رئيسي في إحدى شركات التدقيق العالمية، براتب ١٥٠٠ ريال عماني فقط!

كانت الشركة صغيرة الحجم نسبياً بالمقارنة مع بقية شركات التدقيق العالمية الكبرى، وكان المدير التنفيذي يسعى لزيادة إيرادات المكتب وربحيته، طمعاً في أن تتم ترقيته شريكا للمكتب! كما أن الشركة كانت مضطرة لتعيين عماني، بسبب انخفاض نسبة التعمين فيها، ولذا كان المدير التنفيذي سعيداً بأن يجد عمانيا حاصلاً على زمالة المحاسبة القانونية، يتقدم بطلب وظيفة، لكي يرفع من نسبة التعمين لديه، ويستعين به - كونه عمانيًا - في رفع إيرادات الشركة. ولأن راتبي في وظيفتي الحالية كان ١٠٠٠ ريال فقط، فقد كان موقفي التفاوضي ضعيفا، فعرض علي وظيفة بزيادة ٥٠٠ ريال فقط عن راتبي الحالي!

وأخيراً، رجع مسار حياتي للوضع الطبيعي، وبدأت أنعم بالاستقرار والهدوء، اللذين حرمت منهما طويلاً! صحيح أنه كان يزعجني في بادئ الأمر أن الشركة لم تكن محترفة في إجراءاتها ومعاييرها بمستوى الشركة السابقة التي عملت بها، لكنني سرعان ما تأقلمت على الوضع، وألفت هذه البيئة الجديدة.

مرت الأيام على خير ما يرام، قدمت خلالها الكثير من المساعدة للمدير التنفيذي في مقابلة العديد من متخذي القرارات في البلد، كما أن وجودي معه باعتباري عمانياً محترفاً، وحاصلاً على زمالة الـ CPA، ولبقاً في الكلام، أعانته كثيراً على تطوير الأعمال وزيادة الإيرادات.

لم تكن فترة الاستقرار والنجاح هذه لتغرني، فقد خبرت الأيام، وعرفت أنها لن تفتأ حتى تواجهني بتحد جديد، وكان علي أن أستعد له، بتقوية مركزي المهني والوظيفي.. هذا أقصى ما كان يمكنني القيام به!

قررت أن أستغل فرصة استقرار أوضاعي، وأبدأ بدراسة الـ MBA ولكن من أي جامعة؟ الأمر معقد ويتطلب بحثاً مفصلاً عن البرنامج المناسب ذي السمعة الجيدة، والذي يتناسب مع ظروفي.

بعد بحث طويل وجدت البرنامج المناسب من جامعة هريوت وات البريطانية، فهي واحدة من الجامعات المعروفة. والبرنامج الخاص بها يتكون من تسع مواد يمكن دراستها في الحرم الجامعي، أو في أي مكان آخر، ويمكن تقديم الامتحانات في العديد من المراكز الموجودة في مختلف دول العالم، ومنها عمان.

لكنني رغم ذلك، كنت أطمح أن أدرسها في الحرم الجامعي، هناك في مدينة «أدنبره» في المملكة المتحدة.

كان الأمر يبدو مستحيلاً للوهلة الأولى، فمن أين لي بتكاليف الدراسة والمعيشة هناك؟ هذا إذا وافق المدير التنفيذي على أن يمنحني إجازة سنة كاملة من دون راتب! ولكن كيف يوافق وهو في أمس الحاجة لي لجلب مزيد ومزيد من العملاء للشركة؟!

صفتان كان معروفاً بهما مديرنا التنفيذي، جعلتاه كريها لدى كل الموظفين بالشركة، البخل الشديد، وكره الخير للآخرين! مما جعل من المستحيل حصولي على أي دعم من الشركة لقيامي بدراسة الـ MBA.

لكن رغم ذلك كان شئ ما في أعماقي جعلني أوقن أنه سيوافق، ليس على إجازة من دون راتب، بل على إجازة براتب كامل!

جهزت طلب إجازة براتب كامل لمدة سنة لقيامي بدراسة الـ MBA، واحتفظت به عندي لحين ما تسنح الفرصة المناسبة. لم يكن الوضع بالشركة يشجعني على تقديم طلبي للمدير، فقد كنت أخشى أن يهزأ بي بقسوة.

وأخيراً، سنحت الفرصة التي كنت أنتظرها بفارغ الصبر، فقد ساعدت المدير

في مقابلة الرئيس التنفيذي لأحد العملاء الكبار الذين كان يسعى مديرنا للاجتماع بهم. وفي أثناء الاجتماع، قام الرئيس التنفيذي (العماني) بمدحي كثيراً أمام مديرنا التنفيذي، وتوصيته على العمانيين عموماً وبي شخصياً، ووعده في نهاية الاجتماع بإسناد بعض الأعمال للشركة.

كان مديرنا سعيداً جداً بنتائج الاجتماع، وشاعراً بالامتنان تجاهي، ولذا لم أضيع الفرصة، فدعوت الله، وتوسلت بالنبي (ص)، ودخلت عليه مكتبه، فور رجوعنا للشركة، وقدمت له طلبي، موضحاً له أن هذا سيسهم في حصول الشركة على المزيد من الأعمال، وأنه سيخلق انطباعاً إيجابياً عن الشركة في البلد، بأنها تقوم بتدريب العمانيين.

لم يتردد كثيراً، فقد كان غارقاً في نشوة الشعور بالانتصار والفرح، فأخذ قلمه، ووقع بالموافقة على النسختين من الرسالة، نسخة للحسابات، وأخرى لي أنا.

كنت سعيداً جداً، وأشعر بأن الأرض لا تسعني من الفرحة، فقد كنا كلانا أنا وزوجتي في أمس الحاجة للسفر للتغيير، بعد كل ما عانيناه من تحديات ومصاعب، كما أنني كنت تواقاً جداً لدراسة الـ MBA، وفهم أسرار الإدارة والاستراتيجيات.

# # # # #

عدة أشهر مضت منذ أن انضممت للشركة، والأمور على أحسن ما يرام، وأنا أشهد مزيداً ومزيداً من التقدير والاحترام في الشركة.. ربما كانت هذه الفترة كافية لأن تشعر الإنسان بالأمان، ولكن ليس أنا، بعد كل الذي لقيته وواجهته في حياتي!

كان هناك صوت في أعماقي يدعوني لأن أستعد لما يلي من الأيام، وأنها لن تستمر هكذا! هل كان هذا يا ترى صوت عقلي مستنداً على ما خبرته من تجارب مريرة ومتقلبة. أم أنه مجرد قلق ووسوسة شيطان تحاول أن تجهدني نفسياً وتعطل تفكيري؟ لست أدري، ولكن لم يكن هناك من ضير لأن أستعد. وأن أطور قدراتي طالما إنني ماضٍ على أسلوبي في الحياة نفسه: أبذل جهوداً كبيرة، بعزيمة عالية، وتركيز شديد، ولكنني مطمئن، وسعيد في الوقت ذاته، كما أنني عندما أكون مع الأسرة، أو في المناسبات الإجتماعية أترك كل هذا العالم ورائي، وأصفو لهم بذهني وقلبي.

منذ بداية شهر ديسمبر، لاحظت أن المدير التنفيذي قد تغيرت معاملته لي، وأنه أصبح يترصد لي، ولأخطائي التي أرتكبها أحيانا، فيعظمها ويوبخني عليها بشدة ويحاول تشويه سمعتي في المكتب!

كنت مذهولاً مما يحدث، ولا أفهم له سبباً! لا أذكر أنه قد صدر مني ما يسيئه، بل على العكس من ذلك، دعمته وساندته كثيراً في تحقيق أهدافه التسويقية.

لم أجد بداً من جلسة مصارحة مع مديرنا التنفيذي، بالرغم من أنني كنت أكره جلسات المصارحة، وأشعر بالحرج الشديد فيها.

طرقت باب مكتبه، ثم فتحته فوجدته على وشك أن ينهي مكالمته مع أحدهم، وقد كان يضحك في غاية السعادة. أومأ إلي بيده أن أقعد، فقعدت على الكرسي على الطرف اليمين من مكتبه وأنا متوتر.

أنهى مكالمته فتوجه لي وقد ارتسمت الجدية على وجهه

- ▪ نعم، ماذا تريد؟
- لاحظت مؤخراً أن معاملتك لي ساءت! هل صدر مني ما آذاك؟
- ▪ لقد كثرت أخطاؤك في العمل، وأداؤك عموماً لا يرتقي إلى المستوى المهني المطلوب.
- لكن.. هذا غير منطقي، فقد كنت مرتاحاً مني ومن أدائي طوال ثمانية أشهر.. كيف حصل أنك فجأة اكتشفت أن أدائي ليس بالمستوى المطلوب!
- ▪ المشكلة أنك متحدث جيد، وكلامك يخدع الناس فيك، ولذا لم يسبق أنني راجعت ملفات عملك في الفترة الماضية ثقة بك، ولكن عندما قام «أنوك» (مدير التدقيق بالمكتب) بمراجعة بعض ملفاتك الشهر الماضي لاستكمال عمليات التدقيق النهائية، وجدنا فيها أخطاءً فادحة كثيرة.
- عفواً، لكن هذا غير صحيح! لقد جلس أنوك معي فعلاً الأسبوع الماضي، ليناقش معي ملف أحد العملاء، كانت كل الأخطاء التي ذكرها سطحية وشكلية، ما عدا نقصًا في إجراء واحد، وطلب مني القيام به، وقد قمت به..

سكت للحظة، ثم استأنفت حديثي وأنا أشعر بإحباط شديد:

- أنت تعلم أن هذه أمور اعتيادية، تحصل دائماً في التدقيق، خاصة في ظل عدم وجود برنامج مسبق للتدقيق يتم الاتفاق عليه لكل عميل! ولذا يتم دائما مراجعة كل ملف من قبل مدير التدقيق فور انتهاء كل مرحلة في التدقيق، للتأكد من الاكتمال الصحيح للمهمة.

- أخطاؤك كثيرة، بدرجة غير معقولة. عموما من الجيد أنك فاتحتني في الموضوع، لأنني كنت عازماً على مفاتحتك فيه خلال الأيام القليلة القادمة.

سكت المدير للحظات، ثم أخرج علبة السجائر من درج مكتبه، وأخرج منها سيجارة وأشعلها وأخذ ينفخ فيها ببطء، وكأنه على وشك قول أمر في غاية الأهمية أو الصعوبة.

أدركت ما يريد قوله، فقد تعودت على هذا النوع من المحادثات، لكن عقلي كان يعمل بسرعة، ويقلب الوجوه المختلفة للموضوع، ليحدد كيف ستكون ردة فعلي. بادرته قبل أن يقول لي شيئاً

أعدك أنني سأجلس مع أنوك، لمراجعة جميع ملفاتي لمعرفة أخطائي، ثم سأقوم بتصحيحها من وقتي الخاص، كما أعدك أنني سأكون أكثر حذراً ودقة في المرات القادمة.

- لقد اقترحت هذا الأمر على أنوك، لكن كان له رأي آخر.

- وهو؟ سألته متحفزاً.

- هو يرى أنك غير مناسب في مهنة التدقيق، وأن عقليتك - بالرغم من ذكائك الشديد- لا تناسب مهنة التدقيق، وأنك لن تتطور في هذه المهنة. وعليه اتفقنا أن نسألك أن تبحث لك عن وظيفة أخرى أكثر مناسبة لك.

كان ذهني يعمل مثل التوربين، بقوة وسرعة، لأستطيع تحديد ردة الفعل المناسبة.

- أنا أعرف نفسي وقدراتي جيداً، وبالرغم من احترامي لرأيكما في، لكنني أختلف معكما تماماً، وأرى أنني بارع جداً في التدقيق.

قلتها بحزم وقوة، ثم خفضت نبرة صوتي مع إصراري على ألا يبدو عليّ أيّ انكسار أو ضعف، واستأنفت:

- عموماً، ليس هذا هو نقاشنا، وإنما من الواضح أنك تطلب مني مغادرة الشركة، لسبب لست أفهمه...

■ لا، المسألة ليست كذلك...

- أرجوك دعني أنهي كلامي، وبعدها صححني، إذا كنت مخطئاً.

قاطعته بحزم، ولكن بهدوء. استندت بظهري على الكرسي، ورسمت ابتسامة هادئة على شفتي، محافظاً على برودة نظراتي ورفعت رأسي نحوه ثم استأنفت.

- أنت تريدني أن أغادر، وأنا لا أمانع إذا وجدت وظيفة مناسبة، براتب جيد. إذاً ساعدني على إيجاد هذه الوظيفة، وأنا سأغادر فوراً من دون مشاكل. البديل الآخر هو أن تحاول طردي، فهذا ما تعلم جيداً أنك لا تستطيعه.. أما إذا حاولت إيذائي، وتشويه سمعتي في المكتب أو خارجه، فإنني سأقوم بهجوم مضاد عليك وعلى المكتب، وأنت تعلم جيداً ما يمكنني فعله... هل نحن متفقان؟

كنت حازماً وهادئاً وقوياً، بدرجة أذهلتني أنا نفسي! وفي المقابل، تملك الرعب مديرنا التنفيذي، فغير نبرته كلياً، وعلت وجهه ابتسامة رقيقة بريئة.

■ لا يا محمد، ليس الأمر كذلك، أنا لا أنسى أفضالك على المكتب.. ثم يا أخي أنت بمثابة صديقي، ونحن لا نريد أن يكون بيننا زعل. خذ راحتك في البحث عن الوظيفة المناسبة، وأنا أيضاً سأساعدك من جهتي.

- عفواً، أنا أعتذر على انفعالي. لقد أسأت فهمك. قلتها، وقد رجعت لطبيعتي الرقيقة في الكلام.

■ لا بأس، نحن أخوة وأصدقاء، وسوء الفهم يحصل دائماً بين الأحباب.

- حسناً، لكنني في هذه الحالة سأحتاج للتفرغ للبحث عن الوظيفة، وإجراء المقابلات. هل يمكنك أن تعفيني من المهام خلال الفترة القادمة.. ولكن مهلاً.. لقد نسيت.

- ما الذي نسيته؟ قالها بقلق.

- ألا تذكر أنني مسافر في شهر يناير إلى بريطانيا لمدة سنة لدراسة الـ MBA، ولذا لا أستطيع أن أنتقل قبل أن أرجع من السفر ... ولكن أتعلم، حصولي على الـ MBA، سيساعدني كثيراً للعثور على الوظيفة المناسبة.

- لا يمكن. يجب أن تترك المكتب الآن، خلال الشهرين القادمين على الأكثر.. ثم من قال لك أنني أوافق أن تتغيب عن العمل مدة سنة كاملة؟ قالها بعصبية.

- لقد وافقت فعلاً ووقعت على طلبي، وقد سجلت أنا في الجامعة وسددت رسوم التسجيل.

- نعم أذكر ذلك! لست أدري ما الذي دهاني ذلك اليوم؟ ليس من عادتي أن أوافق على أمورٍ كهذه. لم يحدث ذلك معي في كل حياتي. قالها بهدوء وبصوت منخفض وكأنه يخاطب نفسه.

- ربما، لكنك وافقت، وهذا دليل آخر على أنك كنت بغاية السعادة من أدائي، فما الذي حصل ليجعلك تنقلب علي؟

- قلت لك أن أداءك سيء، وأنك لا تنفع أن تكون مدققاً.

قالها بعصبية وهو يخرج سيجارة أخرى من علبة السجائر.

- حسناً هذا رأيك. وأنا أعدك أنني سأبدأ في البحث عن الوظيفة، حتى قبل أن أرجع من السفر، بحيث أقدم استقالتي، إن شاء الله، سرعان ما اصل إلى البلد.

قلت ذلك وأنا أنهض واقفاً ماداً يدي إليه لأصافحه، فصافحني وهوشبه مذهول.

بعد يومين من اجتماعي بالمدير التنفيذي. وصلنا تعميم إداري من المركز الرئيسي بترقية المدير التنفيذي إلى درجة «شريك».

عندها فقط أدركت السر وراء رغبة المدير في التخلص مني، فقد حقق هدفه المنشود بأن يصبح شريكاً، كما أن صيت الشركة أصبح في كل مكان، ولم يعد المدير، عفواً أعني «الشريك» في حاجة لي لأغراض التسويق، بل على العكس من ذلك ربما كان

يحسبني تهديداً له على مركزه في المدى المتوسط، بسبب كوني مواطناً ومؤهلاً، وبسبب تشعب علاقاتي.

#####

١٧ يناير، ٢٠٠٥

في الطائرة، كانت زوجتي نائمة في المقعد بجانبي، مسندة رأسها على كتفي، بينما كنت أنا أفكر في أمرنا، وأراجع للمرة العشرين صحة القرار الذي أخذته بالسفر للدراسة. لقد كنت متوجسًا وقلقًا مما سيواجهنا هناك، أنا وأسرتي الصغيرة، لا سيما أن ما يتبقى من راتبي الشهري بالكاد يكفينا أن نعيش!

لقد استقرضت قيمة رسوم الجامعة من البنك، وبعت سيارتي وتخلصت من الشغّالة والبيت لأقلص مصروفاتي الشهرية، وسددت بالثمن البخس الذي قبضته من بيع أثاثي جزءاً من تكلفة تذاكر السفر.

أحمد الله أن صديقي ماهر كان يعمل في مدينة قريبة من أدنبرة (جلاسجو)، ولذا قررنا أن نسكن هناك، وقد ساعدني كثيرًا، فقد حجز لي شقة صغيرة بإيجار رخيص نسبياً، كما أنه وعدني أن يساعدني فور وصولي في البحث عن سيارة صغيرة ورخيصة.

ركبنا من لندن القطار المتجه لجلاسجو، حيث وصلنا مساء .. كان الجو بارداً جداً، وكانت السماء تمطر بشدة كعادتها هناك.

مشينا أنا وزوجتي جنباً إلى جنب ونحن نغادر محطة القطارات، أنا أدفع عربة الشنط، وزوجتي تدفع عربة طفلنا الصغير (نبيل)، الذي أصبح عمره سنة. كنا نمشي بصمت وحزن وكأننا نمشي في موكب عزاء!

من المفروض أن نكون سعداء جذلين، لكن كل واحد منا كان أسيراً لمشاعر مضطربة تعتمل في داخله.

كنت أنا متحفزاً للغاية، فقد كانت قدماي تطأ لأول مرة أرضاً أوروبية «جنة الله على الأرض» – كما يقال - بكل ما كان يثيره ذلك في نفسي من الشعور بالإعجاب والهيبة،

مما سمعت عن جمال طبيعتها، وتحضر مدنيتها وسكانها ورقي تفكيرهم! هل هو صحيح ما سمعت يا ترى، أم أنه الإعلام الذي عوّدنا أن يقلب الحقائق رأساً على عقب؟ لست أدري، لكن الشعور بالانبهار والإعجاب كان يسيطر علي، لا سيّما أنني كنت متشوقاً جداً للبدء في الدراسة وتعلم الإدارة.

لكن في المقابل كنت أشعر بانقباض في صدري خوفاً من المجهول، وخشية على زوجتي من المعاناة والغربة. ورغم أنه لم يمض على ابتعادنا عن البلد سوى ليلة واحدة، فقد كنت أشعر بالحنين للبلد، والوحشة للابتعاد عنها... أن تسافر لمدة أسبوعين أو حتى أربعة فهو سياحة وهو أمر ممتع ويجدد نشاط الروح، ولكن أن تسافر لعدة أشهر فهذا أمر مختلف تماماً.

أما زوجتي فقد كان يسيطر عليها شعور واحد فقط جعلها في شغل شاغل عن كل ما حولنا وعن أي شيء آخر «الإحساس بالغربة والحنين للبلد».. كان الاكتئاب والحزن يجثم على صدرها ويملأ قلبها. كانت تشعر وكأنها تحمل جبلاً فوق قلبها!

سرعان ما التقينا صديقي ماهرًا الذي كان ينتظرنا عند بوابة الخروج، فأخذته في الأحضان بحرارة حباً له، ولأخفف بعضاً من لهيب الشوق للبلد الذي كان يلذعني.

كان سعيداً برؤيتنا، وكان وجهه الملائكي يطفح بالبشر كعادته، لكنني لاحظت وجوماً خفيفاً في سحنته على غير عادته! سرعان ما أدركنا السر وراء وجومه، فقد بدأت المشاكل تترى من جديد، أو هذا – على الأقل - ما شعرنا به أنا وزوجتي!

كان المفروض أن يستلم ماهر مفتاح شقتنا من السمسار يوم أمس، ولكن بسبب خطأ في الأوراق والإجراءات فقد تم تأجير الشقة لمستأجر آخر سكن فيها فعلاً منذ يوم أمس!

والآن علينا الانتقال إلى فندق إلى حين حصولنا على شقة أخرى مناسبة! لم نكن نملك ما ندفعه للسكن في الفندق، كما أن زوجتي رفضت بإصرار قبول عرض ماهر - حرجاً منه - بالسكن في شقته مؤقتاً، ولذا لم يبق أمامنا سوى السكن في «نزل» بسيط متواضع، وبحمام مشترك مع بقية الغرف في كل طابق.

لم يكن بإمكان ماهر مساعدتنا في البحث، فقد كان مضطراً للسفر لمدة أسبوعين في مهمة عمل طارئة، ولذا كان علينا الاعتماد على أنفسنا في البحث عن الشقة وعن السيارة!

اضطررت في صباح اليوم التالي للمغادرة إلى الجامعة في مدينة أدنبرة، تاركاً زوجتي ووحيدي بمفردهما في الغرفة.. كانت زوجتي تشعر بالخوف الشديد وباستيحاش مرير، كما أنها لم تكن تستطيع أن تستخدم الحمام طوال فترة غيابي خوفاً من مغادرة الغرفة، ورعباً من ترك نبيل وحيداً ولو للحظات.

عندما رجعت من الجامعة، كان ابني نائماً، لكن زوجتي كانت شبه منهارة من البكاء والحزن! جلست بجانبها، وأخذت أفرك يدها بحنان، فأخذت تنشج من شدة البكاء والمرارة والحرقة.. طمأنتها بأن الأمور ستفرج إن شاء الله، وأنها مجرد سنة واحدة ستنقضي، وسرعان ما سنرجع لأهلنا وبلدنا، وأخبرتها عما أعدّه الله من الفضل للصابرين إلى أن بدأت تهدأ رويداً رويداً.

كنت أشعر بألم شديد في قلبي، وكانت دموعي تنزل بحرقة، ألماً ورحمةً لما كانت تشعر به زوجتي من مرارة وتعب.. وعدتها ألاّ أتركها مرة أخرى إلى أن نعثر على شقة مناسبة، وننتقل إليها حتى وإن أثر ذلك في دراستي.

لحظت زوجتي دموعي الساخنة، فرفعت رأسها نحوي بحنان ومسحت دموعي بأناملها الرقيقة.. جففت هي دموعها، واعتذرت مني ووعدتني ألاّ تتعب هكذا مرة أخرى، ونهضت بعذوبة عفوية وهي تشدني من يدي، وتطلب مني بابتسامة دافئة مرافقتها لباب الحمام، فلم تعد قادرة على الصمود أكثر.

كان المفروض أن نخرج للبحث عن سكن، لكن زوجتي كانت متعبة نفسيّاً، فاقترحت أن نذهب إلى مركز المدينة لنستكشفها، حتى نفهم المدينة التي نحن فيها ونستطيع أن نبحث عن سكن مناسب.

أعجبها مركز المدينة كثيراً، ووجدت نفسها أحسن حالاً وأقل استيحاشاً عما كانت عليه في النزل الذي كان يقع خارج مركز المدينة..

بدأنا في اليوم الثالث رحلة البحث عن السكن. كانت متعبة وأليمة نفسيّاً، لاسيّما أنها كانت تحرك في أحشاء زوجتي نصل الغربة المغروس في قلبها فتزيدها لوعة وألما.

في صباح اليوم الرابع، وبينما كنا نتناول إفطارنا «المجاني» في صالة الطعام فوجئنا بصاحب النزل يقبل علينا، كان يبدو في نهاية الأربعين من عمره، وبالرغم من ملامحه الجادة وتقاسيم وجهه القاسية كانت تبدو عليه الطيبة.

كان صريحاً معنا، فقد كان يراقبنا طوال الأيام الماضية بدافع الفضول، فقد شده إلينا حجاب زوجتي المحكم وطريقتنا الطيبة في التعامل وطفلنا الصغير بالرغم من صغر سننا (حسب رأيه)، وأخيراً سحنة الحزن على وجه زوجتي.

كانت ابتسامته عذبة وأسلوب حديثه مطمئناً، لذا أخبرته صراحةً عما كنا نواجهه من صعوبة في البحث عن شقة وسيارة، ويبدو أنه تأثر من قصتنا، فتبرع بأن يتفرغ ابتداءً من لحظتها لمساعدتنا في العثور على شقة وسيارة مناسبتين.

قبلنا عرضه السخي، وبمجرد أن انتهينا من إفطارنا انطلقنا في سيارته في شوارع المدينة، يدور بنا من سمسار إلى آخر ومن كراج لآخر.

دامت رحلة البحث هذه، بمساعدة صاحب النزل مدة يومين تكللت بنجاح نسبي، فقد عثرنا والحمدلله على سيارة مناسبة بقيمة خمسمائة جنيه استرليني، اشتريناها فوراً كما عثرنا على شقة مناسبة جداً في مركز المدينة، لكنها للأسف كانت أغلى بثلاثمئة وخمسة عشر جنيهاً عمّا كنا خططنا له!

لم تكن زيادة الإيجار في حد ذاتها مشكلة، ولكن المشكلة أنه كان يتبقى لنا قرابة مائتين وأربعين جنيهاً فقط للمصروف الشهري، شاملة الأكل والشرب ومصاريف النزهات ووقود السيارة وكل ما قد يخطر على البال! لم نكن نحتاج - ليكفينا هذا المبلغ – إلى مجرد «التدبر في المعيشة»، وإنما إلى معجزة.

لم أكن راغباً في استئجارها، لكنها الشقة الأرخص التي عثرنا عليها في مركز المدينة، وأمام رغبة زوجتي ونظراتها المتوسلة لي بالقبول، لم أجد بداً من الموافقة، بعد أن أكدت زوجتي أنها على أتم استعداد لتحمل شظف العيش، في مقابل أن تسكن في مكان تشعر

فيه بالأمان ويخفف عنها مرارة الغربة.

# # # # #

التدبر في المعيشة يحتاج إلى عنصرين اثنين: الأول التخطيط الواقعي لمصروفاتك، والثاني إرادةً تلتزم بها بما خططت له. لم يكن «التخطيط» مشكلة، أما الالتزام فقد كان مؤلماً حقاً، فقد كان يعني قائمة طويلة من الأشياء الصعبة! فمثلاً، لا شراء من مطاعم أو مقاهٍ أو محلات البقالة مطلقاً، وإنما فقط من الهايبرماركيتات، وفقط تلك السلع المخفضة السعر بشكل استثنائي كتلك التي يتم الترويج لها، أو تلك التي قارب تاريخ انتهاء صلاحيتها.

كنا نأكل وجبتين متواضعتين يومياً: الريوق والعشاء، وأما وجبة الغداء، وأوقات النزهات فقد كنا نتناول الموز فقد كان من أرخص الفواكه المتوفرة وأكثرها إشباعاً.. لقد أحببت الموز من أيام جلاسجو، فلم يكن لنا ملاذ غيره عند اشتداد الجوع وقرقرة البطن لاسيّما في ذلك الجو الشديد البرودة.

ما كان سيجعل الوضع أسوأ بكثير مما هوعليه هو استشعارنا به وبشظف العيش كمشكلة وإحساسنا بالشفقة على ذواتنا، ولذا قررنا بشكل عفوي ألا نقع أسيرين لهذه المشاعر السلبية.

كان علي توزيع وقتي ما بين الاهتمام بزوجتي وابني والدراسة وعمل البيت، لذا ففي أيام الأسبوع العادية بمجرد رجوعي من الجامعة، كنا نخرج من البيت لنتنزه في شوارع المدينة وأسواقها وأماكن نزهتها، ولا نرجع للبيت إلا بعد الساعة السابعة مساءً.

ومن حسن حظنا كان المطبخ مفتوحاً على الصالة، حيث كنا نقضي بقية يومنا في الصالة إلى أن يحين وقت نوم زوجتي وابني قرابة منتصف الليل.

كنا نجلس ونشاهد البرامج والأخبار العربية في التلفزيون، بينما أنا أضع العشاء وأغسل الأطباق والأواني بعد تناول العشاء وألاعب ابني ثم آخذه للفراش إلى أن ينام.

وأخيراً بعد أن تنام زوجتي، كنت أبدأ أنا بالشق الرابع من يومي «المذاكرة». كنت أقضي الليل كله إلى الساعة الرابعة صباحاً في الدراسة والمراجعة وقراءة المقررات

الدراسية.

سـنة كاملـة مرت بطيئة جداً.. كانت متعبـة ومرهقة ومليئة بالحزن والبكاء .. شخصياً لم أشـعر بالغربة بوجود زوجتي وابني معي وانشـغالي بالدراسة، لكن زوجتي كانت كل قطعة منها تئن من ألم الغربة والحنين للبلد، حتى ذبلت عيناها لتكونا نصلاً يطعنني في أعماقي كلما نظرت إليها.

حاولت جاهداً أن أشـغلها وأنسـيها الغربة، ولكني كنت كمن يحاول أن يخفف حرارة النار بالمشبة.

رغم أننا قضينا أوقاتاً كان يبدو فيها على زوجتي السـعادة والفرحة، ورغم أننا عشـنا أوقاتاً كثيرةً مليئة بالمغامرة والإثارة خلال رحلاتنا، لكن داخلها كان ينزف ألماً وحرقةً ومرارةً! لقد أصبح الحزن رفيقها اللدود الذي لم تسـتطع كل مشـاعر الحب التي كانت تحملها زوجتي تجاهي وتجاه ابننا أن تشـغلها عنه وعن مرارة الغربة!

كان يزيد الطين بلة قلقها من المستقبل بسبب رغبة الشـريك بطردي من المؤسسة، وبعد تجربتي الماضية التي فشـلت فيها بامتياز في العثور على وظيفة، رغم كل مؤهلاتي وخبراتي!

سـألتني ذات مرة، ونحن جالسـون على العشـب، على بحيرة «لوك لوموند»، بنبرة تقطر أسىً ويأساً.

- ▪ لماذا؟

- - لماذا، ماذا؟.. أجبتها برقة

- ▪ لماذا كل هذا البلاء؟ لماذا لا نخرج من مصيبة إلا لندخل في أخرى؟ منذ أن تزوجتك وأنا أنتقل من مشـكلة إلى أخرى وكأن بوابة الجحيم قد انفتحت علي! عشـت طوال عمري يتيمة، لكنني كنت مرتاحة في حياتي أعيش في هدوء واستقرار إلى أن تزوجتك فانقلبت حياتي جحيماً! لماذا؟

أدار كلامها شـريط الذكريات في قلبي ودماغي.. تذكرت كل ما واجهته منذ وفاة

والدي، وتذكرت نفسي وأنا أسأل هذه الأسئلة نفسها طوال سنة كاملة إلى أن توصلت للحقيقة.

لكن ماذا عساي أن أجيبها، وهي تعرف أدق تفاصيل ما مررت به وكل تأثيراته في نفسي، فقد حدثتها مراراً عن كل ذلك.

- إنه القدر، وينبغي أن نرضى به ونشكر الله عليه.

▪ لا، إنه ليس القدر. نحن نقول ذلك لنخدع أنفسنا، ولنهرب من مواجهة أخطائنا.

- ماذا تقصدين حبيبتي؟

▪ أنا لست حبيبتك! هذه خدعة أخرى تخادع بها نفسك لتريح ضميرك ونفسك.

- لماذا تقولين ذلك؟ لست أفهمك؟ إنها الحقيقة، أنا أحبك فعلاً!

▪ ما نحن فيه من مشكلة لم يكن بسبب القدر، وإنما بسبب قراراتك الخاطئة التي لم تراعني فيها! كنت تستطيع أن تدرس الـ MBA ونحن مرتاحون في البلد، وننعم بالاستقرار، لكنك أصررت أن تدرس هنا، وبغض النظر عما أتحمله أنا من مصائب!.. أنت أناني ولا تحب إلا نفسك.

ثم لماذا يجب أن تدرس الـMBA؟ أنت تعاني من مشكلة كثرة المؤهلات التي لديك ولا تحتاج للـMBA. لكنك أناني، يهوسك جمع الشهادات والتفاخر بها.

كنت مذهولاً من كلام زوجتي. آلمني حديثها كثيراً، لكن ألمي لها ولما تشعره من يأس وإحباط كان أشد. خفت عليها من هذه الأفكار التي بدأت تتسلل إليها، فقد كنت أنا عمادها الوحيد في الحياة، وإذا استطاعت هذه الأفكار السوداء ووساوس الشيطان أن تجد طريقها إلى قلبها وعقلها وتتحكم بها فإنها ستخسر كل شيء.

اقتربت منها وأخذتها يدها في يدي، لكنها دفعتني بعيداً عنها، وأخذت تبكي بمرارة شديدة.

كنت رابط الجأش، لكنني لم أكن أعرف كيف علي أن أتصرف، فهذه أول مرة أكون فيها في هذا الموقف. كان من الواضح أن زوجتي قد سدت كل الأبواب إلى عقلها،

وأنني مهما حدثتها بالمنطق فإنها لن تستجيب لي، وسترد على حججي بحجج أخرى مخالفة، هذا إذا ردت علي أصلاً!

لم يبق أمامي سوى سلاح واحد، لكنه فعّال جداً وموجه إلى قلب زوجتي، فإذا فتحته واستردته استطعت بعدها أن أخاطب عقلها بالمنطق وأناقشها.

كان علي أن أبكي.. لكن نفسي كانت تأبى أن أزيف مشاعري، لذا كان علي أن أستشعر الحزن والانكسار لتكون دموعي صادقة، وفعلاً بدأت أبكي لكنني سرعان ما اندمجت، ويبدو أن لا شعوري كان يعاني من الكبت، فوجد في بكائي فرصة سانحة ليفرغ ما تراكم فيه من معاناة وعذابات، لذا وجدت نفسي أبكي بكل صدق، وبكل مرارة وأسى، حتى علا صوتي من شدة البكاء.

لم تتحمل زوجتي أن تراني أبكي، فأخذت تهدئني وتعتذر مني لأنها آذتني وجرحتني بكلامها.. حاولت أن أتوقف عن البكاء ولكنني لم أستطع ذلك إلا بعد جهد كبير.

اعتذرت من زوجتي لكل ما سببته لها من آلام وصرت أطمئنها إلى أن الأوضاع ستكون أفضل حالاً، وأذكرها بأن الله معنا وأنه سيكافئنا على صبرنا وأنه سبحانه لن يتخلى عنا.

وأخيراً بدأت زوجتي تشعر بالاطمئنان تدريجيًا، ألا أنني كنت أدرك جيداً أنه شعورٌ مؤقتٌ بالاطمئنان، وأنّها سرعان ما سترجع للحالة نفسها إن لم أجبها على تساؤلاتها.

اعتدلت زوجتي في جلستها، فتقوقعت على نفسها والتصقت بي واضعة رأسها على صدري، وكأنها تبحث عن سند يسندها ويهب لها الأمان الذي لم أكن أستطيع حينها أن أفهم سبب شعورها بفقدانه!

- هل فعلاً تعتقدين أنني سبب المشاكل التي نحن فيها الآن؟ سألتها برقة شديدة.

■ هكذا يوسوس لي الشيطان. لا تزعل مني. أجابتني برقة مشوبة بالاعتذار.

- لا لن أزعل، ومن حقك أن يكون لك رأيك على كل حال. ولكن هل تسمحين لي أن أجيبك على تساؤلاتك؟

- نعم أحتاج ذلك. أنا أحبك، وليس لي أحد غير، ولا أريد أن يفرق الشيطان بيننا.

- حسناً، نحن الآن نواجه ثلاث مشاكل: الغربة، وصعوبة حالتنا المادية، والخوف من الطرد من الوظيفة. أليست هي هذه المشاكل التي تعتقدين أنني السبب فيها؟

- لا. أنا لا أتكلم عن صعوبة حالتنا المادية، فأنا أعلم أنني أنا السبب فيها، لأنني فضلت أن أستأجر في مركز المدينة، كما أنها عموماً ليست بالمشكلة الكبيرة.

- حسناً، إذاً لنتكلم عن الغربة.. تذكري أننا كلينا كنا نرغب في السفر لتغيير الجو وللراحة بعد الصعوبات التي واجهناها في الفترة قبل الماضية، بسبب حملك والمشاكل التي كنت أتعرض لها في الوظيفة. أليس كذلك؟

كنت أحدثها بنعومة شديدة، وحرص من خلو كلامي من أي نبرة هجومية أو لوم، لكي لا أثير حفيظتها.

- لكنني لم أكن أعلم أنني سأستوحش بهذه الطريقة، كما أن وضعنا كان آمناً، وليس مهدداً كما هو الآن.

- سأوضح لك بعد قليل كيف أن وضعنا ليس مهدداً بالمرة، وأن هذه مجرد هواجس...

- هل تسمي رغبة الشريك بطردك بأي ثمن مجرد هاجس!؟ قاطعتني زوجتي.

- سأجيبك على هذا السؤال بعدما ننتهي من مشكلة الغربة. عوداً على مشكلة الغربة، أنا أيضاً مثلك لم أكن أعلم أنك ستستوحشين بهذه الطريقة، بل كنت أعتقد أن السفر سيريحك، وأقسم بالله، إنني لو كنت أعلم أنه سيؤذيك لما سافرت، ولقمت بدراسة الـ MBA في البلد.

- حقاً؟

- بالطبع، أنا مستعد لأن أضحي بحياتي لأجل ابتسامة واحدة من فمك الجميل. قلت لها ذلك وأنا أضم يدها بكلتا يدي، وأفركها بنعومة ورقة.

- أنا سعيدة بسماعي لهذا الكلام.

قالتها وابتسامة عريضة بريئة تعلو وجهها الجميل، ثم استأنفت:

▪ ولكن لماذا يجب أن تدرس الـ MBA ؟ أنت لا تحتاج لمزيد من المؤهلات.

- بل أحتاج. لا تنسي أن نوعية الوظائف المناسبة لي الآن مع ما أملكه من خبرة هي الوظائف الإدارية في المجال المالي، ولكنني لست مؤهلاً في الإدارة، وهذا سيكون معوقاً حقيقيّاً أمام توظيفي!

من ناحية أخرى، فالبرغم من إمكانية الدراسة في البلد (من بعد)، لكن استفادتي من الدراسة ستكون أقل بكثير عن استفادتي منها وأنا أحضر المحاضرات وأناقش فيها الدكاترة والطلبة.

تنهدت تنهدًا طويلاً، ثم قالت ودموعها تنحدر على خديها:

▪ حسناً، ربما تكون على حق...لكن الغربة مؤلمة جدا وقاسية. لقد تعبت واشتقت للبلد.

- مسحت دموعها بأناملي، وأنا أقول لها: أرجوك لا تبكي.

سكت هنيهة ثم أعقبت:

- إن لم تسكتي سأبكي أنا أيضا، فانا لا أتحمل أن أراك تبكين.

▪ حسنًا انا آسفة. سأكف عن البكاء... قل لي كيف تقول أن وضعنا ليس مهدداً؟

- وفق قانون العمل العماني، لا تستطيع الشركة طردي، لأنه سيكون طردًا تعسفيًا، وهذا سيجر الشركة إلى مشاكل هي في غنىً عنها.

▪ هل أنت متأكدٌ من ذلك؟ سألتني باهتمامٍ بالغ.

- طبعاً، وأنت بنفسك رأيت كيف أنه لم يستطع طردي للآن، وكيف أنه اضطر لقبول سفري للدراسة مع منحي إجازة براتب كامل.

▪ لكنه لن يقبل ببقائك في المؤسسة، وسيدبر لك المكائد ليطردك.

- لا لن يحصل ذلك بعون الله. عندما نرجع للبلد سأتفاهم معه ليعينني بعلاقاته للحصول على وظيفة بديلة مناسبة بدلاً من الصراع بيننا، وهو كما رأيت لا يحب

المشاكل.

- أتمنى ذلك من كل قلبي، فأنا لا قدرة لي على المشاكل والصراعات. قالتها بحزن.

كان علي أن أخرج زوجتي من هذا الجو الكئيب التي كانت ترزح تحته، ولم أجد طريقةً أفضل من أن أنعش لديها الأمل في الغد.

- أفترض أن راتبي في الوظيفة الجديدة سيكون أكثر بكثير من راتبي الحالي، وأول شيء سنفعله هو أن نشتري قطعة أرض، لنقوم ببناء بيتنا عليها إن شاء الله.

لاحت على وجه زوجتي ابتسامة رضًا وسعادة، وكأن الأمل أنعش قلبها بعد أن كان مثقلاً تحت وطأة اليأس والخوف.

- حقا؟ هل سنبني بيتنا فور انتقالك للوظيفة الجديدة؟ قالتها بنبرة مليئة بالأمل، ولكن منكسرة.

- بالتأكيد.. بل سنبني إن شاء الله فلتين، وسنؤجر واحدة منها.

سكتت زوجتي للحظات، ثم رفعت رأسها من على صدري، ونظرت إلي وقالت وكأنها تستجدي مني الأمان:

- كلامك مريح، لكنني خائفة.

- لا تخافي، وتوكلي على الله.

- أنا مؤمنة بالله، ومتوكلة عليه، وأعرف أنه لن يخذلنا، ولكنني لا أفهم لماذا لا يساعدنا الله ويفرج عنا؟!

- ألا تعلمين «إن الله إذا أحب عبداً ابتلاه»!

رفعت مرة أخرى رأسها نحوي وهي مستغربة، فأكملت كلامي:

- ألا يقول الله سبحانه وتعالى : ﴿أَحَسِبَ النَّاسُ أَنْ يُتْرَكُوا أَنْ يَقُولُوا آمَنَّا وَهُمْ لَا يُفْتَنُونَ﴾؟

- ولكن لماذا؟

- لأن ابتلاء الله لنا بالمحن والتحديات هو واحد من أبرز مصاديق لطفه ورحمته الإلهية بنا ليقربنا منه!

- كيف؟ هل نحن من دعاة تعذيب الذات للوصول لله؟!

- لا أبدًا، بل على العكس من ذلك إذ أن علينا أن نسعى وأن نجاهد لنتخلص من الآلام وأن نستمتع بملذات الدنيا في حدودها المعقولة.

- لا أقدر أن أجمع بين كلامك. أشعر أنه متناقض مع نفسه.

- إن مستوى الآلام واللذائذ التي نشعر بها، وتفاعلنا الإيجابي معها في معترك الحياة اليومية من خلال محاولتنا التخلص من الآلام، والحصول على اللذائذ، هو ما يرسخ ويعمق المشاعر والمعاني الإنسانية الجميلة في نفوسنا، ويكسبنا المعرفة ويدفعنا نحو العمل والإصلاح والإبداع، فيشحذ هممنا وعزائمنا ويرفع من قدراتنا.

كما أن هذه الآلام واللذائذ هي ما تدفعنا للجوء إلى الله لطلب المساعدة والعون في قضاء حوائجنا أو الشكر له على مننه وإحسانه علينا فيرسخ لدينا إحساسنا بعبوديتنا لله.

- اذًا، شعوري الآن بالألم مما أعانيه ليس خطأً؟! كيف؟ أليس ذلك خلاف الرضا بقضاء الله وقدره الذي هو أحد أركان الإيمان؟

- مهلاً، لقد خلطت الأمور في بعضها البعض.

سكت للحظات ثم أعقبت:

- نعم علينا أن نرضى بالبلاء، وأن نرضى بالقضاء والقدر، ولكنه رضًا إيجابي، وليس سلبياً.

- لم أفهم!

- يعني أن علينا ألا نجزع أو نيأس، بل على العكس من ذلك، فنحن نرضى بالبلاء ونسعد به لمعرفتنا أنه يقربنا من الله تعالى ويطورنا ما دمنا نسعى بشكل إيجابي للتخلص منه ولمعالجته، وبذلك يزيد من حجم استمتاعاتنا بلذائذ الجنة، لكن هذا

لا يغير من حقيقة كون البلاء مؤلماً وأن هذا الألم نفسه (مثله مثل اللذة) هي الحرارة التي تمكنك من صقل نفسك وروحك.

كل ما هو مطلوب ألا ندع الآلام والمتع تسيطر علينا وعلى المعاني والملكات الجميلة التي نملكها ولو قليلاً.

- حسنًا بدأت المسألة تتضح، لكنني أحتاج إلى مزيد من الوقت لهضم الفكرة.

سرت في جسد زوجتي قشعريرة من برودة الجو، فخلعت معطفي ودثرت به زوجتي التي انكمشت شدة البرودة.

- دعينا نجلس في السيارة، ستشعرين بالدفء هناك.

- لا أرجوك دعنا هنا، المكان رائع ولا أريد أن أغادره.

- حسنا كما ترغبين.

صمتنا لدقائق نتأمل المنظر الرائع. كان جماله يسري في أعماقي فيشعرني بالنشوة، لا سيما أنني كنت أدرك أن كل هذا الجمال لا يقارن مطلقا بالجمال الذي أعده الله لنا في العوالم الأخرى.

شعرت بالاطمئنان وبالامتنان لله، فقد كنت أعلم أن الله معي، كما أنه مع كل إنسان على هذه الأرض، بل ومع كل مخلوقٍ في هذا الكون، يرعاه ويعتني به.. سبحان ربي.. كم أحبه.

- إن الرضا بالقدر والتسليم له لا يتعارض مع إحساسنا بالآلام، لأن العلاقة بينهما هي على نحو طولي، وليس على نحو عرضي.

- يعني؟

- يعني أن الأمر ليس كشعورك بحموضة وحلاوة عصير الليمون في آن واحد عند شربك له، وإنما مثل إحساسك بالإجهاد والتعب والألم وأنت تلعبين كرة القدم مع أصدقائك أو تمارسين السباحة وما شابه من الأمور التي تستمتع بها، ولكنها تسبب لك الإجهاد والألم.

■ معنى جميل جدا.. لكن كيف أستطيع عمليا أن أواجه البلاء بهذه الإيجابية؟

- إن كل ما تواجهينه من ابتلاءات أو تكسبينه من نعم إنما تنتهي عندما تصل إليك ولا يكون لها قيمة إلا بكيفية تفاعلك معها! قد ترين البحر فتشعرين بالسعادة، وقد ترينه فتشعرين بالخوف والذعر... هذا يعتمد على مسبقاتك وطريقة تفكيرك.

فعودي ذهنك ونفسيتك أن تتعامل مع البلاء بشكل إيجابي، حتى لو تصنعاً وتمثيلاً في البداية، لأنه بمرور الوقت سيتحول إلى ممارسةٍ تلقائيةٍ وأسلوبٍ طبعيٍ لديك لمواجهة البلاء.

■ هه.. ممكن!

- فكري أنه مهما طال أمد هذه الابتلاءات والنعم، فإنها لا تطول أكثر من لحظة في عمر وجودك الخالد، لكن كيفية تفاعلك معها هو ما يبقى ويشكّل مقدار سعادتك أو شقائك إلى الأبد... فالنعمة والمصيبة الحقيقية هي ما يصدر منك، وليس ما يقع عليك. أليس كذلك؟

#####

٦ إبريل، ٢٠٠٦

بالرغم من أنني كنت أحمل شيكاً بمبلغٍ كبيرٍ في جيبي (قرابة ١٨ ألف ريال) وهو راتبي للاثني عشر شهراً القادمة، إلا أنني كنت أشعر بالحزن يسري في عروقي ويثقل فؤادي.

أغلقت باب الشركة ورائي بكل هدوء، وأنا ساهٍ أفكر في أمري متعجبا.. نزلت الدرج ببطء وأنا أحدث نفسي: «والآن ما هي الخطوة القادمة؟»

وقفت على الدرجة الأخيرة هنيهة، ثم جلست مكاني وأنا أستعيد شريط الذكريات..

بعد انتهائي من دراسة ال MBA كان الشريك في غاية الخشية من أن آخذ مكانه في المكتب، لذا كان همّه الأوحد أن يطردني بأي ثمن كان، وبذلك بدأت المواجهة العلنية بيننا.

كدت أصيبه عدة مرات في مقتل مني، إلا أنه كان ينجو بأعجوبة في كل مرة، ولكن ذلك كان كافياً لأن تجعل فرائصه ترتعد خوفاً مني..

ابتسمت ابتسامةً خفيفةً، فلقد تذكرت كيف أنه كان مرعوباً مني في الاجتماع قبل الأخير الذي تم بيننا، والذي استدعى فيه الشريك الأقليمي لمنطقة الشرط الأوسط ليتفاوض معي.

أخبرتهم أن هذا طردٌ تعسفيٌ، وأنني أعول أسرة، لذا لا أستطيع تقديم استقالتي من دون وظيفة أخرى بيدي، إلا إذا عوضوني برواتب سنة كاملة.. رفضوا ذلك بشدة في البداية، لكنهم أذعنوا في النهاية، خوفا من أن أجعلها سنتين.. وهكذا كان آخر يوم عمل لي في الشركة هو ٦ أبريل ٢٠٠٦..

ومرة أخرى رجعت للمربع الأول «البحث عن وظيفة».

الفصل السابع

المؤامرة

المؤامرة

يونيو ٢٠٠٦ م

بدأت رحلة البحث عن وظيفة حتى قبل رجوعي من بريطانيا في نوفمبر ٢٠٠٥، وها نحن الآن في شهر يونيو وما من نتيجة! لقد حاولت بشكل مستميت ولم أترك بابا إلا وطرقته، وقدمت مئات الطلبات ولكن من دون جدوى، وكأنني أغرف الماء بالمشخل.

كانت زوجتي تعاني معي لحظة بلحظة مسيرة البحث عن وظيفة، ولذا سرعان ما بدأ اليأس يستولي على قلبها، لاسيما أنها ليست المرة الأولى التي أعجز فيها عن الحصول على وظيفة.

كان الخوف من المستقبل ينهش قلبها، والإحساس بمرارة الحاجة والخوف من الفضيحة في المجتمع يخنقان لديها أي إحساس بالسعادة.. لقد كانت ترزح تحت وطأة الحزن والقلق.

لم يكن هناك من مبررٍ واضحٍ لعدم توفقي لوظيفة، إذ إن هناك طلباً عالياً على الكوادر الوطنية لندرتها، وهذا ما كان يعزز لدى زوجتي الفكرة التي كانت قد تسربت إلى عقلها الباطن حينما كنا في جلاسجو، وهي أن المشكلة تكمن فيّ وفي شخصيتي، وربما أيضا في سوء أدائي...

قلت لها ذات مرة وأنا مستلقٍ فوق السرير في غرفة النوم، بينما هي ترتب خزانة الملابس بهدوء ورتابة:

- ثقي بالله.. سيحلها إن شاء الله.

لم ترد علي، وظلت مشغولة فيما كانت تقوم به فنهضت إليها ومسكت يدها، وسألتها بحنان:

- مستاءة؟

■ لقد وعدتني بالأمان والستر، وجعلتني مراراً أحلم ببيت جميل صغير نبنيه لنا! فأين هي وعودك.

قالتها بانكسار ودموعها تجري بصمت، لكن بحرقة على خدودها.

عبثاً حاولت إقناعها أنه القدر، ولكن باءت كل محاولاتي بالفشل.. وكيف لا تفشل وأنا نفسي لم أكن موقناً بذلك، فكيف لمشيئة الله أن تقدر لي الفشل تلو الفشل إذا كنت مستحقاً للنجاح!!

ولكن لماذا أعده فشلاً وليس نجاحاً أمام بلاءٍ إلهيٍ يختبر فيه عزيمتي وإصراري وثقتي به؟! أليس الله يقول في كتابه ﴿وَلَنَبْلُوَنَّكُمْ بِشَيْءٍ مِنَ الْخَوْفِ وَالْجُوعِ وَنَقْصٍ مِنَ الْأَمْوَالِ وَالْأَنْفُسِ وَالثَّمَرَاتِ وَبَشِّرِ الصَّابِرِينَ﴾؟!

يقال أن الأمور لا تمشي إلا باستخدام الواسطة في بلداننا، ولكن حتى هذه لم تنفع معي، فقد استعنت بجميع من تسنى لي أن أستعين به ومنهم مجموعة من أصحاب المناصب العليا والنفوذ، ولكن من دون جدوى.

استنفذت كل الطرق ولم يبق بدٌ من البحث في الدول المجاورة.. لم تنس زوجتي مرارة الغربة ولا نسيتها أنا، ولكن الخوف من ذل الحاجة لم يترك لنا سبيلاً آخر.. أنا كنت صامداً، وكنت لا بد من أن أكون كذلك لأحمي أسرتي، لكن زوجتي كانت شبه منهارةٍ ومستسلمةٍ للقدر.

بدأت البحث عن وظيفة في دولة الإمارات بكل جديةٍ وعزيمةٍ، مع حرصي أن يكون بحثي بعيداً عن أسماع زوجتي لأجنبها الألم، غير أن الأمر لم يكن سهلاً بالمرّة، فحتى بعد مضي شهرين من سعيي الحثيث للحصول على وظيفة وتقديمي لمئات الطلبات لم يصلني حتى اتصالٍ هاتفيٍ واحد من أيٍّ كان....

لم يكن الجو مناسباً للذهاب إلى الشاطئ لا سيما وقت الصباح، فقد كنا في شهر يونيو أشدّ أشهر السنة حرارةً، لكن صوت البحر ومنظره كان بمثابة مرهمٍ سحريٍ يخفف آلامي وينعشني كلما شعرت بالتعب.

جلست قبالة البحر على مقهى (كاندل) أستمع لصوت البحر العذب وأطرب على ترنيمته الخالدة، وسرحت في ذكرياتي في الماضي العميق حينما كان أبي لا يزال حيًا، فشعرت بالسعادة والراحة.

مرّ على خاطري كيف أنني مرّةً ذهبت إلى رحلة مبيتٍ مع أبي لمزرعة أحد أصدقائه في مدينة «العقدة» في منطقة الباطنة، وقد كانت المزرعة تقع في مكانٍ شبه معزولٍ وسط كثبانٍ رمليةٍ تفصلها عن الشارع مسافةً تمتد قرابة كيلومترين.

وبينما كان الجميع يسبح في الحوض وقت العصر، خرجت من المزرعة (من دون أن أخبر أحداً)، متجهاً لمحل البقالة الكائن على الشارع العام لشراء مرطبات.

مشيت كثيراً في الكثبان الرملية في طريقٍ ظننت أنه سيوصلني للشارع، لكن وبعد مضي أكثر من نصف ساعة، عرفت أنني أضعت الطريق، فقررت العودة للمزرعة فسلكت طريق الرجعة.

ومرةً أخرى، وبعد مضي أكثر من ساعة وأنا أمشي عائداً اكتشفت أنني أضعت الطريق كليًا، لدرجة أنني لم اعد أعرف اتجاه الشارع من اتجاه المزرعة!

حاولت ربما لساعةٍ أخرى أن أجد طريقي بين تلك الكثبان الرملية، ولكن من دون جدوى إلى أن بدأت الشمس تميل نحو الغروب فشعرت باليأس والخوف..

حينها وقفت مكاني، وخاطبت الله خطاب مستسلمٍ له أن يا ربِّ، قد بذلت ما في وسعي فلم أجد طريقي، وأنا الان متوكلٌ عليك، فأرشدني للمزرعة بأقصر طريق.

أغمضت عيني ومشيت حيثما قادتني قدماي، وأنا أذْكر الله وأبتهل إليه وأسبحه ولا أخالني استغرقت أكثر من بضع دقائق لأجد نفسي أمام باب المزرعة. سجدت لله شكراً، ودخلت المزرعة راكضاً، فرأيت أبي وأصدقاءه يهمُّون بالخروج من الحوض لإقامة الصلاة من دون أن يشعروا بفقدي.

دمعت عيناي من شدّة التأثر وأنا أتذكر هذه القصة، وشعرت بنفسي ألجأ إلى الله التجاء من يئس من الدنيا واستسلم لربه، فخاطبته خطاب موقن بالإجابة: يا رب، إنني تائه مرة أخرى وقد بذلت كل ما في وسعي فأرشدني لما تريده مني، فقد توكلت عليك فأنت

ثقتي في كل كرب. يا رب، أقسم عليك بحق محمد وآل محمد صلواتك عليهم أن لا ينقضي يومي هذا إلا وقد استجبت لي.

بقيت في المقهى قرابة ساعة، وبينما كنت أهم بالخروج لمحت عامرًا يتجه صوب البحر.. قفزت من مكاني، وركضت باتجاهه وناديته.. التفت إلي، فانفرجت أساريره لمّا شاهدني وأقبل علي، وأخذنا بعضنا بالأحضان، فقد مضت سنواتٌ طويلةٌ على لقائنا الأخير.

تذكرت كيف أنه اختفى فجأة بعد المناظرة التي جرت بيننا في السنة الأولى من دراستنا في الكلية..

تلك المناظرة التي كانت السبب المباشر في هدايته، فقد عرفت مؤخراً أن عامرًا منذ تلك المناظرة قد تغيّر كثيراً، فلم يعد ذلك الفتى اللاهي غير المسؤول، وإنما رجع لسابق عهده من التدين بل وأشد تديناً!

لقد كان حانقًا على القدر فيما مضى، بسبب ما عاناه منه، فكانت ردة فعله أنه انغمس في المعصية، وكأنه يقصد أن يلفت انتباه الله إليه عله يتداركه برحمته!

غير أن وجدانه ولا شعوره الذي تربّى على حب الله، وحب الطهارة كان يئنّ في داخله من شدة الوجع بسبب انغماسه في اللهو والمعصية.. كان حائراً متقلب المزاج كمن يبحث عن خلاص من التيه الذي كان يرزح فيه. وعندما رآني في المصلى أبكي استفز بكائي لاشعوره، فتحرّش بي أملاً أن يجد لديّ الخلاص بعد أن يئس من نفسه، وهذا ما حصل فعلاً بتقديرٍ من الله جل وعلا.

وبعد فترة ليست بالطويلة توفيت والدة عامر بالسرطان، ورفضت زوجة أبيه أن تستقبله في بيتها، ولذا أضطر للانتقال لبيت خالته في دولة الإمارات، فأولته عنايةً شديدةً وقد كانت تحبه كثيراً كما كانت تحب أمه. لقد كانت خالته امرأةً متدينةً، وكذلك كان زوجها وابنهما صهيب الذي عدّ عامرًا أخاً له، وبذلك وجد عامر نفسه في بيئةٍ مستقرةً يواصل فيها مسيرة حياته بهدوءٍ، ومن حينها انقطع التواصل بيننا.

جلسنا طويلاً على المقهى نتبادل الأخبار ونقهقه عالياً عندما نستذكر بعض

الأحداث الطريفة التي مررنا بها، لاسيّما تلك المناظرة بتفاصيلها المضحكة.

أخبرته بما جرى علي، فتأثر كثيراً ووعدني أنه سيبذل قصارى جهده لمساعدتي في الحصول على وظيفة تليق بي، فقد كان – إضافةً إلى وظيفته في شركة شل - يساعد زوج خالته في إدارة شركة الاستثمارات الخاصة به، مما ساعده على تكوين شبكة علاقات متينة ومتشعبة مع العديد من متخذي القرارات في الإمارات..

شكرته على اهتمامه، غير أنني نفسيّا لم أكن أعول عليه، فقد فقدت الأمل بالناس.

لم يكن قد مضى أسبوعان على إرسالي سيرتي الذاتية لعامر، استلمت اتصالاً من رئيس الموارد البشرية بإحدى المؤسسات المرموقة في دولة الإمارت لحضور مقابلة مع لجنة يرأسها الرئيس التنفيذي للمؤسسة لوظيفة «مدير شؤون التطوير»، براتب إجمالي يبلغ ٣ آلاف ريالٍ عماني تقريباً.

لم أخبر زوجتي عن المقابلة والوظيفة المحتملة، لأنني لم أكن أريد إيذاءها، فقد كانت تعاني من الاكتئاب، وخاصة أن الأمر لم يحسم بعد.

أقنعت زوجتي أن نذهب للإمارات لمدة يومين على سبيل تغيير الجو والتسلية.. وعندما كنا في الإمارات تعذرت وقت المقابلة بأن عامرًا عزمني على الغداء... لقد كانت تلك المرة الأولى التي أضطر فيها لإخفاء الحقيقة عن زوجتي.

كانت المقابلة أكثر من رائعة، وشعرت أنني استطعت إبهارهم لأقصى درجة، وكان شعوري في محله، فلقد فوجئت بعد عدة أيام باتصالٍ هاتفيٍ من الرئيس التنفيذي يعبّر لي فيه عن سعادته باختياري للوظيفة، ويؤكد ثقته العالية بي ويخبرني أن مجلس إدارة المؤسسة وافق على تعييني بوظيفة «نائب الرئيس التنفيذي لشؤون التطوير»، براتب يزيد عن ٦ آلاف ريالٍ عماني بقليل!!!

أقفلت خط الهاتف وأنا مذهول وتتملكني مشاعر مختلفة.. كنت سعيداً جداً بالعرض وسعيداً أكثر لأنه تم تقديري، لكنني كنت في الوقت نفسه متهيباً، فأنا لا خبرة لي في هذه الحرفة، ولم يسبق لي أن وضعت خططاً استراتيجية من قبل، والأهم من ذلك

كله كنت قلقاً بخصوص كيفية إخبار زوجتي وخائفاً عليها.

ياالسخرية القدر! أسعى وأبذل كل جهدي للالتحاق بوظيفةٍ توفر لي الأمان والستر، فلا أجد، بالرغم من كثرة المعروض منها، وكأنني مصاب بالجرب، حتى بدأت أشك في نفسي، وفي أن الكون يسير وفق سنن طبيعية، وفجأة وبتقدير عجيب ألتقي بصديق قديم فيهيئ الله لي بسببه في زمن قياسي وظيفةً لم أكن أتجرأ أن أحلم بها!!

لماذا إذن السعي والكدح، فلأنتظر في بيتي مرتاحاً ومتوكلاً على الله إلى أن يشاء القدر، أو ما نسميه بالحظ، أن يطرق بابي، وهو متى ما آن آوانه لن يعدم وسيلة ليصل الي!

ولكن لماذا أغالط نفسي؟ أليس سعيي وإصراري هو ما جعل صديقي يتأثر لقصتي ويبذل جهده من أجلي؟

ثم أليس سعيي المتواصل الدائم، هو ما جعلني أكتسب العمق والقدرات التي أمتلكها والتي جعلت الرئيس التفيذي واللجنة يعجبون بي لهذه الدرجة؟ فلو كنت جلست في بيتي، هل كنت اكتسبت هذه القدرات؟

والأهم من هذا كله، أليس هذا الكدح والسعي الحثيث بما يكسبني من قدرة وعمق هو طريق العروج والسير نحو الله؟ أليس الله يقول: ﴿يَا أَيُّهَا الْإِنْسَانُ إِنَّكَ كَادِحٌ إِلَىٰ رَبِّكَ كَدْحًا فَمُلَاقِيهِ﴾؟ أوليس هذا سبباً كافياً ليدفعني للسعي والكدح!

- ماذا بك؟ ما الذي تفكر فيه؟

سألتني زوجتي بينما كنت جالسًا في شرفة منزلنا أنظر للأفق البعيد وأنا هائم كلياً في أفكاري وخيالاتي

- ماذا؟ قلتها بارتباكٍ واضح.

- ماذا بك؟ لماذا ارتبكت هكذا؟

قالت ذلك وابتسامةٌ ساحرةٌ تعلو وجهها، وهي تجلس بجانبي في الشرفة.

فأجبتها بسرعة وكأنني ألقي همّاً ثقيلاً عن قلبي:

- لقد حصلت على وظيفةٍ براتبٍ عالٍ جداً، في دولة الإمارات.

آلمها الخبر بشدة، فتغيرت تقاسيم وجهها وارتسمت بالحزن العميق وقالت لي متوسلةً بانكسارٍ اهتز له كل كياني:

- أنا لا أطيق الغربة..

- وأنا لا أطيق ألمك، ولكن ماذا أفعل؟ كيف سنعيش ونصرف على نبيل؟ هل ترضين أن نعيش عالةً على الناس وعلى صدقاتهم؟

أطرقت برأسها إلى الأرض ودموعها تنهمر بغزارة. حاولت أن أقودها إلى الغرفة لئلا يرانا أحدٌ في الشرفة، لكنها سحبت يدها من يدي بعنف، ورفعت رأسها نحوي بنظرات مليئة باللوم والعتب، وهي تقول :«أنت السبب»، ثم انطلقت إلى الغرفة وهي تجهش بالبكاء.

لم أكن قادراً على اللحاق بها فوراً، فجلست في الشرفة قليلاً أستجمع قواي وهدوئي، ودعوت الله أن يعينني، فقد كنت مقبلاً على مهمة صعبة ستستفز الكثير من مشاعري وانفعالاتي، ثم نهضت للغرفة لمواساة زوجتي وتهدئتها.

لم تكن زوجتي تقوى على الغربة مرة أخرى، ولذا آثرت ألم فراقي والبقاء في البلد، على أن أرجع البلد كل يوم أربعاء بعد الدوام مباشرةً وأرجع للإمارات فجر يوم السبت.

كانت هذه أول مرة أعمل فيها بمؤسسة بهذا الحجم، فلقد كان فيها مئات الموظفين، وكانت تشغر بناية كبيرة مكونة من العديد من الطوابق، كما أنني لأول مرة أيضا أعمل بوظيفة إدارية، حيث أن جميع خبراتي السابقة هي في وظائف احترافية في مؤسسات لا تتجاوز أعداد الموظفين فيها العشرات!

كنت أخشى أن أكون غير مناسب لهذا المنصب.. لقد شعرت بالرهبة في اليوم الأول لدوامي، بسبب فخامة المبنى وكثرة الموظفين واحترامهم المبالغ لي والذي لم آلفه سابقاً، وبسبب خشيتي من أن لا أكون على قدر توقعات الرئيس التنفيذي مني!

لقد كان رئيسي التنفيذي متقد الذكاء يتصف بالحكمة والجرأة وحب التغيير. لقد كان إدارياً ناجحا، لكنه لم يكن محترفاً في التخطيط الاستراتيجي وقيادة عمليات التغير وإدارة المخاطر، ولذا قرر الاستعانة بي لمساعدته على هذا الأمر! وهذا ما أذهلني لأنني أنا أيضاً غير محترفٍ في هذه القضايا، بل ولم يسبق لي ممارستها قبلاً. فما الذي وجده في ليوظفني بمنصب نائب الرئيس؟ لست أفهم!

لكنني بالرغم من افتقادي للخبرة اللازمة، كنت واثقاً لأقصى درجة في قدرتي على الأداء وكنت عازماً على أن أحقق الكثير بوقت قصير ولكن بقدرٍ عالٍ من الجودة... وهذا ما كان فعلاً، ففي عدة أشهر بدأت نتائج أدائي تظهر وبدأت التكلفة تتقلص وجودة الخدمات تتحسن بشكل ملحوظ كمّاً وكيفاً...

الكل (بما فيهم الرئيس التنفيذي) فوجئ بهذه النتائج الباهرة فيما عداي، فقد كنت أعرف ما أقوم به منذ البداية بوضوح شديد، وقمت بأداء مهمتي على أكمل وجه بكل جرأة ومن دون أدنى شك أو تردد، وكأنني أمشي في دهاليز سور اللواتيا التي خبرتها منذ طفولتي، وكأنني محترف عتيد!!

ذلك غير منطقي، أعرف ذلك، وبنفسي فوجئت بقدراتي في القيادة والتخطيط الاستراتيجي وقيادة عمليات التغيير، وذهلت بما أملكه من معرفة في العديد من المجالات الإدارية التي لم يسبق لي أن عملت فيها أو حتى قرأت عنها!!

هل هو العقل الباطن وقدرته على الإبداع، عندما تقترب منه ويقترب منك فتفهمان وتحبان بعضكما البعض وتتحركان معا كشخص واحد بانسجام وثقة؟ أم أنه الإلهام والمدد الإلهي الذي يمن الله به على عباده الذين يلجؤون إليه بإخلاص، التجاء من يعرف أن لا رب له غيره فيعشق مدده لأنه منه سبحانه؟ أم هو كلاهما؟ أم لعلهما شيء واحد كوجهين لعملة واحدة؟

لكن ما كان يصعّب مهمتي هو محدودية المعرفة والقدرة الإدارية لدى مجموعة من قيادات الإدارة العليا بالمؤسسة، ولذا كنت أضطر لأن أخوض معهم نقاشات حول بعض المفاهيم الإدارية الأساسية مثل ضرورة وجود رؤية ورسالة استراتيجية واضحة للمؤسسة تحدد حركتها.

كنت أوضح لهم كيف أن أي كيانٍ طالما أنه عاقلٌ، ولديه إرادة يجب أن تكون له أهدافٌ واضحةٌ يتجه نحوها، وكيف أن هذه الأهداف منبثقةٌ من رؤيته الاستراتيجية ورسالته في الحياة، وإلا فإن وجوده سيكون عبثياً ولا معنى له!

وبسبب أوقات الفراغ الطويلة التي كانت متاحة لدي، فإن أصداء هذه النقاشات كانت تنعكس في داخلي وفي نظرتي للكون والحياة..

وفي ظهيرة أحد الأيام، بينما كنت كعادتي مستلقياً باسترخاء على أريكة مكتبي، بعد انتهاء الدوام الرسمي قبل أن أعود إلى العمل مرة أخرى، تساءلت في نفسي ماذا لو سألني أحدهم السؤال نفسه عن الأمة الإسلامية فبماذا سأجيبه؟

ما هي رؤية الأمة الإسلامية وما هي رسالتها للحياة؟

لوهلة اعتقدت أن هذه الفكرة غريبة وجديدة، ولكن سرعان ما اقشعر جسمي عندما خطر في ذهني قوله تعالى: ﴿أَفَحَسِبْتُمْ أَنَّمَا خَلَقْنَاكُمْ عَبَثاً وَأَنَّكُمْ إِلَيْنَا لا تُرْجَعُونَ﴾.

إن الله بنفسه يهدينا لهذا التفكير، ويعلمنا أن انعدام الهدف هو ضرب من العبث، حتى لو كان صادراً من الله، ولهذا نفى الله عن نفسه العبثية، وذلك بتأكيد وجود الهدف من الخلق وأنه الرجوع إلى الله... سبحانك ربي، ما أعظمك!

إذًا فالرؤية الإسلامية تتمحور في أن «الكون وجميع المخلوقات وأولهم وأعظمهم الإنسان (كونه خليفة الله) في حركة مستمرة وأبدية للرجوع نحو الله، أو بعبارة أخرى نحو التكامل والقرب من الله، والذي يؤدي تلقائياً إلى تحقيق أقصى قدر ممكن من السعادة والقوة»

إذا كانت هذه هي رؤية الإسلام، فما هي إذن رسالته للحياة؟

لست أدري كم مضى علي وأنا أفكر في هذا الأمر، لكن مرت على ذاكرتي عشرات الآيات القرآنية والأحاديث الشريفة..

تذكرت قوله: ﴿اللَّهُ وَلِيُّ الَّذِينَ آمَنُوا يُخْرِجُهُمْ مِنَ الظُّلُمَاتِ إِلَى النُّورِ وَالَّذِينَ كَفَرُوا أَوْلِيَاؤُهُمُ الطَّاغُوتُ يُخْرِجُونَهُمْ مِنَ النُّورِ إِلَى الظُّلُمَاتِ﴾ وقوله تعالى: ﴿هُوَ الَّذِي يُنَزِّلُ عَلَى

عَبْدِهِ آيَاتٍ بَيِّنَاتٍ لِيُخْرِجَكُمْ مِنَ الظُّلُمَاتِ إِلَى النُّورِ ۚ وَإِنَّ اللَّهَ بِكُمْ لَرَءُوفٌ رَحِيمٌ﴾، كما تذكرت الآيات التي تأمر الأمة الإسلامية لدعوة الناس إلى الخير ﴿وَلْتَكُن مِّنكُمْ أُمَّةٌ يَدْعُونَ إِلَى الْخَيْرِ وَيَأْمُرُونَ بِالْمَعْرُوفِ وَيَنْهَوْنَ عَنِ الْمُنكَرِ وَأُولَٰئِكَ هُمُ الْمُفْلِحُونَ﴾، واستحضرت قول الإمام الحسين (ع) لأعدائه يوم عاشوراء: «إن لم يكن لكم دين وكنتم لاتخافون المعاد، فكونوا أحراراً في دنياكم»

تأملت فيها وفي الرؤية الإسلامية للحياة، فأدركت أننا نملك أعظم رسالة يمكننا أن نقدمها للبشر عنواناً لحضارتنا الإسلامية الرائعة..

إن رسالتنا الإسلامية هي ببساطة عبادة الله تعالى من خلال عمارة الكون والكدح فيه سعياً للرزق والأمان والسعادة والحرية وفق المنهج الإسلامي وجعل العالم بيئة آمنة وصحية وبنّاءة، حيث يمكن لجميع الكائنات فيه أن ترتقي وتتكامل وتقترب منه سبحانه وتعالى.

إن رسالتنا تتمحور حول مساعدة الإنسان بما هو إنسان حتى وإن كان غير موحدٍ بالله، على التطور والتكامل وتحريره من كل أنواع الظلم والفساد، جهلاً كان أم فقراً أم مرضاً نفسياً أم جسدياً أم عبودية للبشر أو الكائنات الأخرى»... ياه ما أروعها من رسالة!

شعرت بحماسة تنتابني، فنهضت واقفاً وأخذت هاتفي وقمت بالتسجيل الصوتي لأفكاري - خشية أن تضيع - وأنا أذرع الغرفة ذهاباً وإياباً.

انتهيت من تسجيل أفكاري، فشعرت أنني بحاجة لمناقشة عامر في هذه الأفكار، فاتصلت به:

- ألو عامر، مشغول؟

▪ في الدوام. خيراً إن شاء الله!

- موضوع فكري أحببت مناقشته معك بشكل ملح.

▪ موضوع فكري، وملح؟ قالها مازحاً باستهجان.

- أعدك أنني لن أطيل عليك.

- ■ حسناً. أين أنت الآن؟
- في أبوظبي. ساعة ونصف وسأكون عندك. ما رأيك؟
- ■ سأنتظرك في «ابن بطوطة مول»، لكن لا تتأخر فأنا لم آكل شيئاً منذ الصباح.
- أنا أيضا جائع ولم أتغد بعد. في أقل من ساعةٍ وربع سأكون عندك.

أنهيت المكالمة وركبت سيارتي وانطلقت إلى ابن بطوطة مول في دبي وأنا غارقٌ حتى النخاع في أفكاري.

######

لقد أعجب عامر بالفكرة كثيراً، وطفق يعيدها مرة أخرى بهدوء متأملاً وهو يذيب السكر بالملعقة في كوب الشاي أمامه، ثم قال لي بعد فترة صمت:

- ■ الفكرة جميلةٌ فعلاً، والرسالة رائعة وتحمل السلام والخير للعالم كله، لكنها للأسف لن تتحقق إلا في زمن الإمام المهدي (عج)!
- هي رسالة كل الأديان السماوية منذ بدء الخليقة، ولذا ذكرها الله في الكتب السماوية وفي الزبور[٣]، أما الإمام المهدي فهو خاتم الأوصياء الذي تتحقق على يديه رسالة الإسلام، ولكن العمل على تحقيقها والتمهيد من أجلها هو جهد تراكمي أسهم فيه جميع الأنبياء والرسل وأئمة أهل البيت والمصلحون عبر مرّ التاريخ.
- ■ صحيح.. وهذا معنى ما نقرأه في دعاء الندبة «أَيْنَ مُؤَلِّفُ شَمْلِ الصَّلاحِ وَالرِّضا، أَيْنَ الطّالِبُ بِذُحُولِ الأنْبِياءِ وَأبْناءِ الأنْبِياءِ، أَيْنَ الطّالِبُ بِدَمِ الْمَقْتُولِ بِكَرْبَلاءَ،...»!
- أتعرف.. كثيراً ما افكر في هذا الموضوع، وأشعر بالتقصير في حق الإمام المهدي (عج)، فأنا لا أسهم مطلقاً في تعجيل فرجه ونصرته (ع)!
- ■ وكيف لك أن تعجل فرج الإمام (ع)؟ سألني عامر باستغراب.
- بأن ننشر الخير والصلاح في العالم كله، ليكون جاهزاً لاحتضان ثورة الإمام المهدي

---

٣ في إشارة لقوله تعالى: ﴿**وَلَقَدْ كَتَبْنَا فِي الزَّبُورِ مِنْ بَعْدِ الذِّكْرِ أَنَّ الْأَرْضَ يَرِثُهَا عِبَادِيَ الصَّالِحُونَ**﴾.

(عج) حينما يظهر، وهذا ما نسميه بـ«ثقافة انتظار المهدي (عج)».

سكت عامر متأملاً، ثم هز رأسه بإعجاب، وقال:

■ رائع أن تكون هذه هي رؤيتنا في الحياة.. ما من رؤية أعظم وأجمل من أن ترى نفسك جزءاً من البشرية كلها، وتسعى نحو رقيها وكمالها!

ثم سكت مرةً أخرى للحظات، وهو مغمض عينيه، وكأنه يستجمع أفكاره، وسألني:

■ قل لي: كيف نعلم أن الإمام المهدي (ع) مولود فعلاً وأنه موجود في هذا العصر؟

- قول رسول الله (ص) «إني تارك فيكم، ما إن تمسكتم به، لن تضلوا بعدي، أحدهما أعظم من الآخر، كتاب الله حبل ممدود من السماء إلى الأرض، وعترتي أهل بيتي، ولن يتفرقا حتى يردا علي الحوض، فانظروا كيف تخلفوني فيهما» [٤]

فوفق هذا الحديث لا بد أن يكون هناك إمام من أهل بيت النبوة في هذا العصر وفي كل عصر، وقد أمرنا الرسول (ص) بالتمسك به. فمن يكون إمام هذا العصر إذا لم يكن الإمام المهدي (عج)؟

■ ولكن لماذا نفترض أنه الإمام الثاني عشر من عترة أهل بيت النبوة، وأنه ما زال على قيد الحياة من ذلك الزمن البعيد؟! لماذا لا يكون الأئمة مستمرون، ويكون الإمام المهدي هو الإمام الثاني عشر بعد المئة مثلاً؟

- لأن التاريخ بإجماع المسلمين لا يحدثنا عن أكثر من اثني عشر إماماً، فضلاً عن وجود ١١٢ إماماً على قولك!

وقلتها وأنا أضحك، ثم اكملت حديثي:

- ولأنه ورد في صحيح مسلم والبخاري وغيره من الصحاح، واللفظ لصحيح مسلم، عن جابر بن سمرة قال: دخلت مع أبي على النبي (ص)، فسمعته يقول: «إنّ هذا الأمر لا ينقضي حتى يمضي فيهم اثنا عشر خليفة، قال : ثم تكلّم بكلام خفي علي، قال : فقلت لأبي ما قال؟ قال: كلهم من قريش».

---

٤ ورد في صحيح مسلم، والترمذي وفي مسند الإمام أحمد، وفي مستدرك الحاكم، وسنن أبي داود وفي عشرات الكتب، وبأسانيد صحيحة بشرط الشيخين.

هذا طبعاً إضافةً إلى مئات الروايات التي وردت عن أئمة أهل البيت (ع) أنفسهم، وأكدت أنهم اثنا عشر إماماً، وحددت أسماءهم وتفاصيلهم.

- ■ أفحمتني...،

- كالعادة.

قلتها مبتسماً وانا أغمز له بعيني، فبادلني الابتسامة، وهو يسألني:

- ■ حسناً، أخبرني أين الإمام المهدي من حركة إصلاح العالم؟ هل يعقل أنه - بالرغم من أنه يرى أن العالم يموج من حولنا - جالسٌ لا يحرك ساكناً في انتظار قيام الناس بتمهيد العالم من أجل نهضته المباركة؟ إذاً ما الفائدة من وجوده (ع) الآن؟

- سـؤالٌ جميلٌ، لكنه جوابٌ أكثر من كونه سؤالاً..

قلت ذلك وأنا أنزع كمتي[٥] من فوق رأسي، وأضعها على الطاولة بجانبي. هز عامر رأسه علامة للاستفسار، فأكملت حديثي:

- لاحظ أن هدف الرقي بالبشر وبثقافتهم ليكونوا جاهزين لاحتضان الرسالة الاسلامية هو هدف في غاية الصعوبة والعمق والشمولية.

كما أن المخاطر والتحديات الاستراتيجية التي تواجه تحقيق هذا الهدف هي أيضا في غاية الخطورة والتعقيد. وأحدها ما ذكرته أنت قبل قليل من أن العالم يموج من حولنا، وكثرة الصراعات والفتن وسعي جميع أصحاب المصالح والمستكبرين في العالم باختلاف أطيافهم، عبر التاريخ كله، للسيطرة على العالم وتحقيق مصالحهم الشخصية، حتى وإن أدى ذلك إلى دمار العالم وفساده.

- ■ فعلاً.. أتفق معك في ذلك.

- حسنا، قل لي إذاً، ألا يكون من العبث ومخالفة أبسط المبادئ الإدارية أن يريد الله تحقيق هذا الهدف وفق السنن الطبيعية، مع جميع هذه المخاطر الهائلة المحيطة، من دون أن يعين قيادة معصومة من الخطأ ويسددها بالحكمة وببعض القدرات

---

٥ قبعة رأس عمانية تقليدية،

الخاصة التي تمكنها من أداء مهمتها؟!

- فعلاً.

قالها وهو ساهمٌ متأملٌ في حديثي، فأكملت كلامي:

- وهذا يثبت بأن القيادة ليست موجودة فحسب، وإنما أيضاً هي متحركة ونشطة جداً نحو تمهيد العالم كله لتحقيق رسالة السماء، وإلا لكانت الأرض قد عاثت فساداً ودماراً من سوء ما يقوم به المستكبرون.

لاذ عامر بالصمت يفكر في كلامي ويقلبه وهو يلعب بكأس الشاي بيده، فآثرت السكوت أيضاً لكي أمنحه مساحةً للتفكير. وبعد لحظاتٍ شعرت أنها طويلة ارتشف عامر رشفة من كوب الشاي ورد علي:

- أتفق معك، لكنها تبقى استنتاجات عقلية. هل هناك نصوص شرعية تبرهن على هذا الأمر؟

- بالطبع، خذ مثلاً ما يذكره الإمام المهدي: «وأما وجه الانتفاع بي في غيبتي فكالانتفاع بالشمس إذا غيّبتها عن الأبصار السحاب، واني لأمان لأهل الأرض، كما أن النجوم أمان لأهل السماء..»

كما يقول أيضاً (ع): «... إنا نحيط علماً بأنبائكم، ولا يعزُب عنّا شيء من أخباركم، ومعرفتنا بالذل الذي أصابكم مذ جنح كثير منكم إلى ما كان السلف الصالح عنه شاسعاً، ونبذوا العهد المأخوذ وراء ظهورهم كأنهم لا يعلمون. إنا غير مهملين لمراعاتكم، ولا ناسين لذكركم، ولولا ذلك لنزل بكم اللأواء واصطلمكم الأعداء، فاتقوا الله (جلّ جلاله) وظاهرونا على انتياشكم من فتنة قد أنافت عليكم ...»

- فلماذا إذا لا نشاهد الإمام المهدي (ع)؟

- إن الإمام المهدي (عج) مثله مثل أي قائد، يتحدد مدى احتكاكه بتابعيه وجمهوره، واتصالهم المباشر به على نموذج الإدارة المستخدم، لا سيما فيما يتعلق بمركزية القرارات والأنشطة، وفق الأهداف الاستراتيجية المطلوب تحقيقها وطبيعة المخاطر

المحيطة والموارد المتاحة.

- تقصد أن الإمام (ع) يتبع أسلوب الإدارة اللامركزية؟

- بالطبع، فالإمام (ع) يقوم بمسؤولية الإدارة الاستراتيجية للرسالة الإسلامية. أما فيما يتعلق بالإدارة التشغيلية لأمور الحياة اليومية مثل الإفتاء والقضاء وإدارة الشؤون المالية وغيرها فقد أناط مسؤولية إدارتها لعلماء الدين، فهو لا يتدخل فيها بشكل مباشر إلا استثناءً عندما تكون تأثيراتها الاستراتيجية عظيمة الأهمية.

- وما هو دليلك على هذا الادعاء؟

- هناك عدد من النصوص الشرعية التي تدل على ذلك، مثل ما روي عن الإمام الصادق (ع): «انظروا إلى من كان منكم قد روى حديثنا، ونظر في حلالنا وحرامنا وعرف أحكامنا، فارضوا به حكما، فإني قد جعلته عليكم حاكماً».

والحديث الآخر المروي عن الإمام المهدي (عج): «وأما الحوادث الواقعة فارجعوا فيها إلى رواة حديثنا، فإنهم حجتي عليكم، وأنا حجة الله عليهم».

عارضني عامر بهدوء:

- كلامك صحيح من الناحية الواقعية، فإن الإمام المهدي (ع) بسبب تعقد وشدة خطورة القضايا المرتبطة بتحركه، وبسبب امتداد نطاق هدفه وشموليته للعالم كله، فإن تحركه (ع) لا بد أن يكون في غاية السرية.

- صحيح، ولذا فإن الإمام (ع) يلتقي جميع من تتطلب مهامه اللقاء المباشر بهم، لكن هذا الأمر يكون في غاية السرية بشكل عام، إلا اذا كان هناك ما يستدعي نشر هذا اللقاء بين الناس لأسباب استراتيجية، ربما يرتبط معظمها برفع الروح المعنوية للمؤمنين.

- حسناً، وماهي نتائج ومنجزات حركة الإمام (ع)؟

- إن هذه النوعية من المنجزات ذات الطابع الاجتماعي والاقتصادي والسياسي لا تكون

نتيجة عاملٍ واحدٍ يتيمٍ، وإنما نتيجة تظافر مجموعةٍ من عوامل النجاح الحرجة[٦].

وعليه، فليس من منجزٍ محددٍ يمكن أن ننسبه بشكلٍ حصريٍ لقيادة الإمام (ع)، وإنما لمجموعة من العوامل التي تظافرت معاً، ومن أهمها القيادة الكفؤة المتمثلة في الإمام المهدي (عج).

- هكذا هو الحال في جميع المؤسسات والبرامج، فالمنجزات منوطةٌ بتظافر الموارد ومجموعة عوامل النجاح الحرجة، حسب طبيعة كل منجز، وليس بقدرة الرئيس التنفيذي فحسب.

- أحسنت. ومع أخذ هذا الأمر بعين الاعتبار، يمكنني أن أقول بأن نجاح قوى محور المقاومة في التصدي لقوى الاستعمار الغربي الصهيوني لمنطقة الشرق الأوسط، بكل جبروتهم، وإلحاقهم الهزائم بهم، بالرغم من ضآلة قوتهم، ومحدودية مواردهم وتكالب العالم كله عليهم، لهو واحد من أوضح نتاجات حركة الإمام المهدي (عج).

- لقد جعلت جسمي يقشعر. رد علي عامر بتأثر،

سكت للحظات وهو مغمض العينين، ثم أكمل حديثه بتأثر:

- أن تدرك أن إمام زمانك معك على هذه الأرض، مثله مثلك، وأنه هو من يقود حركة الإصلاح العالمية، فإن هذا أمر يشعرك بقوة كبيرة وثقة، ورغبة في التفاني من أجله لأقصى درجة.

- وهذا ما نؤمن نحن به. قلت ذلك وأنا أشعر بالزهو والفخر.

- إنه إيمانٌ رائعٌ وجميلٌ.. يكفي ما فيه من آثارٍ رائعةٍ على الإنسان وعلى نظرته للحياة، وانعكاس ذلك عليه وعلى مجتمعه. أنت فعلاً تجعلني أتحسر على ما فات من عمري من دون أن أسهم فيه بشي من أجل نصرة الإمام المهدي (ع)؟

- لم يفت الأوان بعد، والمسألة بسيطة.. افعل كل ما بوسعك لجعل العالم مكاناً أفضل.

---

٦ تعرف في الإدارة بـ (CSF) Critical Success Factors

أسهم بما تستطيع، وأقنع الآخرين من حولك أيضاً أن يسهموا في نشر السعادة، والمعرفة والعلم والصحة والحرية والأمان والوعي، وكل المعاني الإنسانية الرائعة في العالم كله، بكل أطيافه وألوانه، وبذلك ستكون من أكبر الناصرين للإمام المهدي وقضيته وستعجل من ظهوره العلني.

وفجأة نظر عامر لساعته لمعرفة الوقت، وكأنه تذكر فجأة موعداً كان قد نسيه:

- الحمد لله ما زالت السادسة والنصف.. اسمعني، يجب أن أذهب الآن، لأني وعدت خالتي آن آخذها للتسوق بعد الصلاة مباشرة.

الموضوع شيق، وأعجبني جداً، لكننا سنواصل الحديث فيه لاحقاً، فهناك الكثير مما لا أعرفه عن ثورة الإمام المهدي (ع).

قال ذلك وهو يقف، ماداً يده لمصافحتي.

ذهب عامر مسرعاً تاركاً إياي في مكاني شبه مذهول، لكنني سرعان ما غصت في أفكاري، وقمت باستعادة شريط النقاش الذي دار بيني وبين عامر بتأمل، إلى أن جاء وقت الصلاة، فاتجهت للمصلى، وبعدها انطلقت عائداً إلى البيت.

######

يناير، ٢٠٠٨

مرت الأيام هادئةً ومريحةً نسبيّاً، وها نحن في شهر يناير سنة ٢٠٠٨، وقد مضى على وجودي بالمؤسسة قرابة سنة ونصف، استطاعت خلالها أحاسيس الأمان والاستقرار أن تجد طريقها لأعماق زوجتي، فبدأت تهدأ ويخف قلقها وإحساسها بالحزن والاكتئاب، ولم يكن يكدرها سوى آلام الفراق الأسبوعي، لكنها كانت أهون الشرور.

استطعنا خلال الفترة الماضية توفير مبالغ كبيرة من رواتبي، فاشترينا بها قطعة أرضٍ في منطقة الإعلام بمسقط العاصمة، حيث يسكن معظم أهلنا لنبني عليها بيتنا في المستقبل القريب إن شاء الله.

كنا قد سمحنا منذ فترة غير قصيرة لأحلامنا وآمالنا بالانتعاش مرة أخرى، فكانت

أحلام زوجتي تتمحور حول رجوعي للبلد في وظيفةٍ محترمةٍ أستقر فيها، وبيت صغير متواضع يؤوينا.

أما أنا فإن أحلامي كلها كانت تتمحور حول شراء عقار سكني تجاري صغير، يعود علينا بدخل شهري يكفينا للمعيشة، لأتفرغ لطلب الدراسة الدينية، وخدمة رسالة الإسلام.

لست أفهم، أي من أحلامنا هذه لم يكن القدر يستسيغها، ويأبى أن ينعم بها علينا! فقد بدأت أشعر مؤخراً أن الرئيس التنفيذي قد تغير معي، فأصبح جافاً، ولا يتجاوب مع المشاريع الإصلاحية التي أقوم بها على غير عادته.

أدركت أن خطأً ما قد حصل، وإن كنت عاجزا عن معرفته، كما أدركت أن نهايتي بالمؤسسة باتت وشيكةً.

ضربت أخماساً في أسداسٍ لمحاولة معرفة ما يحصل ولكن من دون جدوى، فآثرت الصبر والترقب، وأنا أتلوى قلقاً وكدراً من داخلي لخشيتي مما قد يصيب زوجتي إن أنا طردت مرة أخرى من وظيفتي.

حاولت إخفاء مشاعر القلق وأن أبدو طبيعياً كعادتي، لكي لا أؤذي زوجتي، غير أنها كانت قادرةً على سبر أغواري، ومعرفة ما يضطرم داخلي من مشاعر حتى من دون أن أنبس بشيء، وهذا ما كان يجعلها قلقة متوترة ومترقبة (مثلي) مجهولًا لا تعرفه، كمن ينتظر الحكم بالإعدام.

صادف يوم ٢٣ من يناير الأربعاء، ولذا ذهبت إلى الدوام مبكراً، لأخرج قبل انتهاء وقت الدوام لأرجع للبلد في عطلة نهاية الأسبوع. كان الجو على غير عادته ماطراً فاستبشرت به خيراً.

كنت في اجتماع مهم في مكتبي، عندما استدعاني الرئيس التنفيذي بصفة عاجلة! دق قلبي بشدة، فقد كنت أعلم أنه آن أوان الطرد، وهنا لا يوجد ما يشفع لي أو يحميني، فما أنا إلا وافد ويمكن التخلص مني فوراً بجرة قلم مع إعطائي راتب شهر واحد فقط..

طرقت باب غرفة الاجتماعات، قبل أن أفتحه.. كان الرئيس التنفيذي جالسا

يتحدث مع مستشاره القانوني «سالم» بهدوء، وسرعان ما رفع رأسه نحوي عندما دخلت الغرفة، ووجهه ينضح ألماً وحزناً، وأشار لي بيده من بعيد أن أجلس من دون أن يصافحني أو يرد على تحيتي أو حتى يبتسم في وجهي!!

كنت مضطرباً فدعوت الله من داخلي أن يلطف بي، وجلست صامتاً مستسلماً لحكم القدر علي من دون أن أعرف السبب!

غير أن حيرتي لم تطل كثيراً، فقد أومأ الرئيس لمستشاره برأسه، الذي فهم الإيماءة، وضغط على زر التشغيل في المسجلة السوداء التي كانت بجانبه.

إنساب صوتي من المسجلة، لم يكن واضحا جدا، لكنه كان من الوضوح ما يكفي لأن أعرف أنه صوتي.. لم أفهم كثيراً ما كنت أقوله في المسجلة، بسبب عدم وضوح التسجيل، وبسبب شدة اضطرابي، غير أنني فهمت أنني أتلفظ بكلمات فاحشة أسب بها الرئيس وإدارة مجلس المؤسسة، وأقر على نفسي أمام أحد أصدقائي بالمؤسسة أنني أخطط للاختلاس من المؤسسة، مستفيدا من التغييرات التي أقوم بها!!

غار وجهي إلى الداخل، وأنا أسمع كل هذه الترهات..

- أليس هذا صوتك؟

سألني الرئيس بحزن، وهو يتمنى أن أجيب بالنفي.

- هو صوتي، لكنني لم أقل أو حتى يمكنني أن أقول هذا الكلام، أو أن افكر فيه.

- لقد قلت لي مثل هذا الكلام شخصياً. رد علي المستشار.

فغرت فاهي من شدة الذهول فقد كان المستشار القانوني من أقرب الناس لي، وكنت أثق فيه كثيراً، غير أن الرئيس لم يتح لي فرصة الرد، فرفع رأسه نحوي وقال لي بعصبية ظاهرة:

- شهد عليك كثيرون من كبار الموظفين بالمؤسسة، وشهدوا على تصرفاتك المشبوهة.

- لكنك تعرف أن مصلحتهم أن يتخلصوا مني بسبب التغييرات التي أجريها.

- هه، والآن أصبحت تحاول أن تشككني في أفضل موظفي.. كفاك خبثاً. غادر المؤسسة

ولا أريد أن أراك فيها أبداً.

- لكن...

■ اصمت.

قالها بصرخة في وجهي، ثم أعقب بعصبية وشدة:

■ لقد وثقت بك كما لم أثق بأحد، وراهنت عليك، فما الذي فعلته أنت؟! طعنتني في ظهري جزاء ثقتي بك.

- أقسم بالله، إن ذلك لم يحصل ...

■ أنت فعلاً مقزز.

قالها وهو يقوم من مقعده بقوة، ويتجه مغادراً نحو الباب.

■ سالم تأكد من أن يغادر المؤسسة فوراً، وأن لا يرجع إليها مرة أخرى، واستلم منه جميع المفاتيح، قبل أن يغادر.

وفتح باب الغرفة يهم بالخروج.. وفجأة انقدحت في رأسي فكرة، فقلت مسرعاً وأنا أتوجه للرئيس.

- أعرض التسجيل للتحقيق لدى الشرطة لنفهم الحقيقة.

لكن صوتي ضاع هباءً، فلقد تجاهل الرئيس ما قلت، وسد الباب من ورائه. لقد حكم في بحكمه ونفّذه، حتى من دون أن يمنحني فرصة الدفاع عن نفسي!!

كان الرئيس يريد أن يهينني ويحط من قدري. ويبدو أنني كنت آخر من يعلم بهذه المؤامرة التي حيكت ضدي، لذا كانت أعين الشماتة والانتقام تتابعني وأنا أخرج من مكتب الرئيس.

غير أني بقدر مرارة الظلم التي شعرت بها آنذاك، شعرت بالسعادة تسري في أعماقي، فلقد وجدت فيما حصل لي اختباراً نوعياً مميزاً لم أعهده من قبل، يقربني من الله فحمدته وشكرته من أعماق قلبي.

وبينما أنا أمشي مغادراً المبنى، حصل معي شيءٌ لم أعرفه أو حتى أسمع به من قبل.. شيءٌ بدا لي وكأنه من خارج نسق هذا الكون!

لقد وجدتني قد غاب عن ناظري كل ما كان يحيط بي من هذا العالم، ورأيتني أهيم في فضاء غريب عجيب، لا أهتدي لوصفه، ولكنه جميل ورائع بكل ما للكلمة من معنى وليس فيه غيري، أتجه فيه نحو الله وأنا محض سعادة وجمال وقوة.. كانت مشاعر غريبة لم أعرفها من قبل ودفق قوة وحرارة لم أشعر بهما من قبل..

دام الأمر للحظات معدودة استمرت من خروجي من مكتب الرئيس وحتى وصولي للباب الخارجي للمبنى، لكن مشاعر السعادة وزخم القوة والاطمئنان الذي أحسست به ظل يتأجج في داخلي ويحتويني لأشهر طويلة بعدها.

الفصل الثامن

الصعود إلى الهاوية

الصعود إلى الهاوية

يناير ٢٠٠٨

ها أنا ذا أرجع مرة أخرى لخانة البداية، وكأنني ألعب لعبة المونوبولي!

اتفقنا أنا وزوجتي كعادتنا أن نكتم الأمر حتى عن عوائلنا تجنباً لإيذائهم، ولكي لا ينتشر الخبر في المجتمع، فيلوكوننا بألسنتهم بين قيل وقال.

كنت أدرك أنني سأحارَب في أي وظيفة، ما دمت متمسكاً بمبادئي وقيمي.. هذا إذا وُفِّقت في الحصول على وظيفة أخرى!

كنا في حاجة لأن نبرر رجوعي إلى البلد بعد أن علم الجميع أنني أعمل في دولة الإمارات، ولهذا قررنا أن أفتح مكتبي الخاص في مجال الاستشارات الإدارية والتدريب، بالتعاون والشراكة الاستراتيجية، مع واحد من المكاتب العالمية الصغيرة المتميزة التي استطعت التواصل معها على عجل.

كان القرار صعباً، لا سيّما أنني لم أكن أملك رأس مال، فقد اشتريت بما استطعت توفيره من وظيفتي الأخيرة قطعة أرض، ولم نكن نرغب في بيعها خوفا من عدم قدرتنا على شرا واحدة أخرى في المستقبل، لأن أسعار الأراضي كانت آخذة في الارتفاع.

لم نكن نملك حتى مصروف البيت، فضلاً عن مصروفات المكتب! غير أنني قبل عدة أيام من طردي من المؤسسة كنت قد تقدمت بطلب تسهيل بنكي لأسحب على المكشوف مبلغ ١٥ ألف ريال، بغرض شراء سيارة جديدة لزوجتي.

ولذا قررنا أن نسحب كامل المبلغ لندبر حالنا منه، ولكن باقتصاد، إلى أن يفتح الله لنا أبواب رزقه.

لم يكن أمامنا من أفق واضح، إذ لم أكن آمل أن ينجح مكتبي، لكنني كنت

مطمئناً وهادئاً من تأثير ما شهدته يوم طردي من المؤسسة، ولأنني كنت مدركاً أن كل ذلك بعين الله، وأنه اختبار كسابقاته، وأن الله لا يعجزه أن يفتح لي أبواب رزقه متى ما شاء وكيفما شاء.

غير أن زوجتي كانت خائفة بشدة من أن تضطرنا الحياة للجوء إلى الأهل أو ينفضح أمرنا وما نعانيه من شدة...

وبينما كانت جالسة القرفصاء في زاوية من زوايا غرفة النوم، متقوقعة على نفسها وتبكي بحرقة وبصمت، انقدحت في رأسها فكرة فنهضت مسرعة وأقبلت نحوي وهي تجفف دموعها بطرف كمها.

نادتني فالتفت نحوها وأنا كلي شفقة عليها.. اقترحتْ عليّ أن نذهب لزيارة الإمام الحسين (ع) في كربلاء، للتوسل به لدى الله لقضاء حاجتنا وفكاك أزمتنا، فوافقت بكل سرور.

أخذت جهاز الهاتف واتصلت بأمي وسألتها إن كانت راغبة في مرافقتنا هي وأختاي، فطاش لبها من شدة الفرحة، لا سيما وأن زيارة الأربعين المخصوصة الاستحباب كان قد حان أوانها.

في اليوم نفسه أخبرت أمي أخوالي وخالاتي عن عزمنا على زيارة الأربعين، فاتصل بي خالي عيسى وعرض علي أن نسافر معاً للزيارة، فرحبت فوراً وأنا أطفح بالسعادة فقد كنت أحبه كثيراً.

أقلعت بنا الطائرة لمطار بغداد في صباح يوم الإثنين بتاريخ ٢٤ فبراير، وكان قد بقي على زيارة الأربعين المخصوصة ٤ أيام.

جلست في الطائرة بين زوجتي التي جلست بجانب النافذة تراقب الطائرة وهي تقلع والفرحة تعلو وجهها الذي اتسم ببراءة الأطفال، وبين ابني نبيل الذي أصر أن يجلس بجانب الممر ليشاكس أختيَّ في الصف الذي بجانبنا، وابن خالي تامر في الصف الأمامي.

كنت في أمس الحاجة لرحلة كهذه، فهي أول مرة منذ عدة سنوات يسنح لي فيها أن أقترب هكذا من عائلتي الكبيرة! لقد مرت السنوات علي بشكل سريع، وانشغلت فيها

بمشاكلي وهمومي ومواجهاتي عنها.

توجهت برأسي صوب زوجتي فوجدتها نائمة، فرجعت برأسي إلى الوراء، ماسكا بيدها وسرحت مرة أخرى في خيالاتي.

تذكرت عندما سألني موظف الحجوزات في مكتب السفريات من باب الفضول عن سبب سفرنا للعراق، بالرغم من شدة خطورة السفر إليها، فأجبته بتلقائية: «لزيارة الإمام الحسين (ع)»، وأنا أفترض انه يعرف من هو الإمام الحسين (ع)، وما هي قصة زيارتنا له لكنني فوجئت بأنه لا يعرف شيئاً!

ياه! بالرغم من أن عاشوراء هي حقاً ملحمة وجدانية خالدة تجسد أروع مفاهيم العطاء والنبل والتضحية وطلب الإصلاح والدعوة للحرية على مستوى التاريخ البشري كله، ومع ذلك كله نحن مقصرون في تعريف العالم بها، وكأنها ملك وحق ثقافي لطائفتنا الشيعية فحسب.

سألني موظف الحجوزات وهو مستغرب:

- من هو الإمام الحسين؟

- فأجبته باستغراب أشد من استغرابه: ألم تسمع به أو بيوم عاشوراء من قبل؟!

هز رأسه بالنفي، فآلمني ذلك، شعرت بالذنب وبالتقصير الشديد في حق الإمام الحسين (ع)، وبدأت أخبره بملحمة الإمام الحسين (ع):

- في سنة ٦١ للهجرة، في القرن السابع الميلادي، كان يحكم العالم الإسلامي «معاوية بن أبي سفيان» الذي عمل جاهداً على تغيير نظام الحكم الإسلامي إلى حكم وراثي يتداوله هو وأولاده من بعده.

وهكذا كان، فعند وفاته ولي ابنه يزيد حكم العالم الإسلامي ظلماً، فرفض الإمام الحسين (ع)، الذي هو حفيد نبينا محمد (ص) البيعة له قائلاً: «يزيد رجل فاسق، شارب الخمر، قاتل النفس المحرّمة، معلن بالفسق، ومثلي لا يبايع لمثله».

قاطعني موظف الحجوزات، وهو يناولني التذاكر:

- هاك تذاكرك. اسمع لقد شوقتني لسماع هذه الملحمة.. ما رأيك أن أعزمك على كوب شاي في المطبخ، وتحكيها لي.. لكن لدي ربع ساعة فقط لاستراحة الشاي. ماذا قلت؟!

كنت مستعجلاً، لكنني لم أكن أملك غير أن أجيبه بالموافقة، واتجهنا معاً إلى المطبخ، حيث أكملت الحكاية، بينما هو يعد الشاي لنا، وهو منصت لي:

- عندما رفض الإمام الحسين (ع) المبايعة ليزيد أمر يزيد بقتل الإمام (ع)، لكن رد الإمام (ع) كان قاطعاً لا زالت الشيعة تردده عبر مر الزمن شعاراً للعزة والإباء: «ألا وإنّ الدعيّ ابن الدعيّ قد ركز بين اثنتين بين السلّة والذلّة، وهيهات منّا الذلّة!».

إن تردي أوضاع الأمة الإسلامية وحكم الطغاة وتعود الناس على العبودية، دفع بالإمام لقيادة عملية الإصلاح، بهدف هز ضمائر الناس عبر التاريخ، منادياً:«إنْ لَمْ يَكُنْ لَكُمْ دِينٌ وَ كُنْتُمْ لا تَخَافُونَ الْمَعَادَ فَكُونُوا أَحْرَاراً فِي دُنْيَاكُمْ».

- قاطعني الموظف: عفوا على المقاطعة، لكن كم ملعقة سكر؟

- اثنتان.

- أقوال الإمام الحسين رائعة، لكن للأسف الشديد فإن الشعوب غالباً ما لا تتحرك بمجرد مواعظ، وإن نطق بها أعظم الخلق. قال الموظف وهو يناولني كوب الشاي.

- الإمام كان يعلم هذا الأمر جيداً، ويعلم أن إيقاظ الأمة يحتاج لملحمة عظيمة تتجسد فيها كل معاني الكرامة والبطولة، ولذا خرج معلناً: «انما خرجت لطلب الإصلاح في أمة جدّي رسول الله (ص) أريد أن آمر بالمعروف وأنهى عن المنكر».

كان يعلم أنه ليستنهض ضمير الإنسانية يجب أن يقضي شهيداً ومن معه، وأن تسبى أسرته، فقدم نفسه قرباناً لله وللإنسانية، وأعلن عن عزمه لكي لا يتبعه إلا من وطّن نفسه للشهادة، فقال: «من كان باذلاً فِينَا مهجتَه، وموطِّناً على لِقَاء الله نفسه، فلْيَرْحَل مَعَنا».

- ياه ما أعظمه.. لقد أقدم على حركته، وهو يعلم أنه سيستشهد؟!! قاطعني الموظف مدهوشاً.

- نعم كان يعلم ذلك جيداً، لكنه كان يدرك أيضاً أن يوم شهادته هو يوم النصر، بل وهو يوم الفتح العظيم، فقال: «من لحق بنا استشهد، ومن تخلّف عنّا لم يبلغ الفتح».

■ بقي لدينا أقل من خمس دقائق، أرجوك أخبرني بسرعة ماذا حصل، وكيف جرت هذه المأساة؟ سألني وهو في شوق لمعرفة ما حصل.

- قام جيش يزيد الذي كان يبلغ تعداده ٣٠ ألف محارب بمحاصرة الإمام الحسين ومن معه من أهله وأصحابه في أرض تسمى كربلاء، لمدة ٣ أيام، منعوهم فيها من الماء، وفي يوم العاشر من شهر محرم قاموا بقتل أهل بيت رسول الله (ص): الإمام الحسين حفيد الرسول (ص)، و ٧٢ فرداً من أهل بيته وأطفاله وأصحابه وهم عطشى بأبشع صورة وأكثرها إرهاباً، فقطعوا رؤوسهم، وعلقوها فوق الرماح، ورضّوا أجسادهم الكريمة بالخيول، تركض عليها، لتهشم أجسامهم وعظامهم قطعة قطعة.

■ ياه... ما أفظع ذلك!

- لم تنته الملحمة هنا، وإنما استمرت بقود نساء وأطفال أهل بيت الرسول الأعظم (ص)، سبايا مقيدين على الجمال بكل مظاهر الإذلال والهوان رافعين بجانبهم رؤوس الإمام وأصحابه على رماح طويلة.. طافوا بهم من الكوفة والعراق إلى دمش، مروراً على كبريات المدن الواقعة بين الكوفة والشام على طريق الساحل.

تأثر موظف الحجوزات بشدة، فقد كان وجهه يعكس بوضوح مظاهر الألم مصحوبة بالدهشة والاستغراب، وقال بحرقة:

■ هؤلاء حيوانات.. إنهم متوحشون!

■ بابا، أحتاج للذهاب للحمام. قال لي ابني وهو يهزني من كتفي.

فتحت عيني، وابتسمت في وجهه، ثم قبلته على وجنته وأخذته إلى الحمام.

في الممر، طلب منا المضيف أن نعود بأسرع ما يمكن لمقاعدنا، وربط أحزمتنا، لأن الطائرة كانت على وشك الهبوط، فوعدته بذلك.

كنت متأثرا جدا لنزولنا إلى أرض الأطهار، وكانت مشاعر متناقضة تتجاذبني، فقد كنت أشعر بالشوق العارم للقاء الأئمة الأطهار (ع)، لاسيما الإمام علي والإمام الحسين عليهما السلام، لكنني في الوقت ذاته كنت أشعر بالذنب الشديد لتقصيري في نصرتهم ونصرة الإمام المهدي (عج).

كنت أدرك أن رسالة الإمام الحسين (ع) كانت النهوض بالعالم، ومن أجل ذلك قدم نفسه وأهله قرابين لله، بل كان ينتظر هذا اليوم بفارغ الصبر، فهو اليوم الذي وُعِدَ به وأُخْبِرَ بتفاصيله منذ أن كان طفلاً صغيراً.

تذكرت خطبة الإمام الحسين (ع) حينما أراد الخروج من مكة إلى الكوفة: «خط الموت على ولد آدم مخط القلادة على جيد الفتاة ، وما أولهني إلى أسلافي اشتياق يعقوب إلى يوسف ، وخير لي مصرع أنا لاقيه، كأني بأوصالي تقطعها عسلان الفلوات بين النواويس وكربلاء ، فيملأن مني أكراشاً جوفاً وأجربةً سغباً».

اقشعر جسمي، وانحدرت على وجنتي دموع ساخنة من حرقتي لمصاب الإمام الحسين (ع)، ولتقصيري في حق حامل رسالته في هذا العصر الإمام المهدي (عج).

تساءلت في نفسي هل كنت لأنصر الإمام الحسين (ع) في يوم عاشوراء وهو يطلب النصرة، أم كنت سأكتفي بالبكاء عليه والتأسف له، متعذراً بمسؤولياتي تجاه أسرتي كما هو حالي فعلاً مع الإمام المهدي (عج)؟!

عاهدت الله بكل إخلاص أنه إن رزقني ما أدفع به تكليفي الشرعي تجاه أسرتي ووالدتي وأختيَّ، لأتفرغن لخدمته ونصرة الإمام المهدي (ع)، وأنه إن زاد في رزقه لي عن ذلك لأتبرع بجميع الزائد عن حاجتي في سبيله وفي خدمة البشرية.

عاهدته بكل صدق وحرقة، ورجوته متوسلاً أن لا يجعلني من أولئك الفاسقين الذين أشار إليهم في قوله سبحانه: ﴿قُلْ إِن كَانَ آبَاؤُكُمْ وَأَبْنَآؤُكُمْ وَإِخْوَانُكُمْ وَأَزْوَاجُكُمْ وَعَشِيرَتُكُمْ وَأَمْوَالٌ اقْتَرَفْتُمُوهَا وَتِجَارَةٌ تَخْشَوْنَ كَسَادَهَا وَمَسَاكِنُ تَرْضَوْنَهَا أَحَبَّ إِلَيْكُم مِّنَ اللّهِ وَرَسُولِهِ وَجِهَادٍ فِي سَبِيلِهِ فَتَرَبَّصُواْ حَتَّى يَأْتِيَ اللّهُ بِأَمْرِهِ وَاللّهُ لاَ يَهْدِي الْقَوْمَ الْفَاسِقِينَ﴾.

حطت الطائرة على الأرض. فتحت عيني فوجدت زوجتي مستيقظة تنظر لي

بسـعادة، فلقد كانت هي أيضا تشـعر بالسـعادة والشـوق لزيارة الأئمة عليهم والمكوث في الأراضي المقدسة.

#######

كان مطار النجف غاصاً عن بكرة أبيه بالزوار من كل أنحاء العالم، لدرجة أنه خُيِّل لي أننا سنبقى في المطار إلى اليوم التالي، لا سـيّما أن عدداً كبيراً من الزوار قدموا من دون الحصـول على تأشـيرة الدخول للعراق.

أذهلني أننا لم نسـتغرق أكثر من سـاعة ونصف لتخليص إجراءات الخروج من المطار بالرغم من الفوضى العارمة التي كانت بادية في المطار بسبب الأعداد الهائلة للزوار.

كانت الحافلة في انتظارنا في مواقف السـيارات، حيث كان خالي عيسى (كابتن الرحلة) قد نسق مع الفندق الذي قام بالحجز لنا فيه في النجف لاستقبالنا من المطار.

كان الطريق للفندق مزدحما جداً بسبب الأفواج المليونية القادمة لزيارة أمير المؤمنين (ع) في طريقها لزيارة الإمام الحسـين (ع) بكربلاء.

رأيت زوجتي تذرف الدموع بخشـوع، فعرفت أنها تعيش مشاعر الحزن لمصاب أبي عبدالله الحسين (ع). سألتني بهدوء:

- لا أفهم لماذا لم يترك الإمام الحسين (ع) نساءه في مكة، وأخذهن معه إلى كربلاء، مع أنه (ع) كان يعرف أن مصيرهن سيكون السـبي؟

- وكيف تعلمين أنه سلام الله عليه كان يعرف أنهن سيسبين؟

- هو بنفسـه قال ذلك عندما طلب منه أخوه محمد الحنفية عدم الخروج للكوفة، فرد عليه الإمام الحسـين (ع): «لقد جاءني رسول الله بعد ما فارقتك، وقال لي : لقد شـاء الله أن يراك قتيلاً» فاسـترجع ابن الحنفية وقال : إذا كان الأمر كما تقول ، فما معنى حملك للنساء وأنت تخرج لهذه الغاية ، فقال (ع) له : «لقد شاء الله أن يراهن سبايا".

- فعلا، كلامك صحيح، والسبب في أخذهن معه هو أن ثورته (ع) لم تكن لتنجح لولا

الدور الذي قامت به السبايا والعقيلة زينب (ع) في نشر فكر وأهداف ثورة الإمام الحسين(ع)، وما جرى فيها من مآسٍ وبطولات للمسلمين أجمع، إذ إنّ الإعلام الأموي قد عمل على تعتيم الأمر وأفهم الناس بأنّ الإمام الحسين وأصحابه إنما هم خوارج عن الدين.

- أنا أشعر بقشعريرة كلما قرأت أو سمعت مواقف السيدة زينب يوم عاشوراء وفي رحلة السبي.

- لقد كانت زينب (ع) متقمصة لكل القيم الإنسانية العظيمة التي اختزلتها ثورة الحسين (ع)، فكانت تبثها بقوة وتلقائية وحرارة وصدق في كل حركة من حركاتها ومواقفها وزفراتها، لتدخل إلى قلوب الناس في العالم كله، فتهزهم وتوقظ ضمائرهم، فيثوروا على ذواتهم، لينعكس ذلك في ثورات وثورات ضد الظلم والفساد عبر مر التاريخ.

- يهزني من أعماقي موقفها في يوم عاشوراء، عندما رفعت جسد أخيها الحسين وهو مقطوع الرأس وممزق إرباً إرباً، وهي تلقي بطرفها إلى السماء مخاطبة الله تعالى: «اللهم تقبل منا هذا القربان».

- وأنا أيضا، ويذهلني أيضا يقينها وثباتها وهي واقفة أمام الطاغوت الأعظم يزيد في مجلسه، وهي أسيرة لديه، مزلزلة كيانه بخطبتها المدويّة: «... ولئن جرت علي الدواهي مخاطبتك، إني لأستصغر قدرك وأستعظم تقريعك، واستكثر توبيخك... فكد كيدك، واسع سعيك، وناصب جهدك، فوالله لا تمحو ذكرنا، ولا تميت وحينا، ولا تدرك أمدنا، ولا يرحض عنك عارها، وهل رأيك إلا فند وأيامك إلا عدد، وجمعك إلا بدد، يوم ينادي المنادي ألا لعنة الله على الظالمين...»

لم أكد انتهي من كلامي حتى وصلنا إلى الفندق. لقد كان بسيطاً ومتواضعاً جداً، كمعظم الفنادق الموجودة في النجف، غير أنه كان قريباً جداً من العتبة العلوية ومطلاً عليه من طرف باب الشيخ الطوسي (قد).

قررت النساء الجلوس في الفندق مع الأطفال لأخذ قسط من الراحة، بينما

توجهنا أنا وخالي عيسى وابنه نادر إلى حرم الإمام علي (ع) لزيارته.

كان الحرم غاصاً بالزوار لدرجة أننا التحمنا في بعضنا كجسد واحد، وأصبحنا نتحرك يمنة ويسرة معاً متجهين لضريحه سلام الله عليه..

أسلمت نفسي للجموع تحركني معها، وخشعت وأنا أستحضر عظمة هذا المسجى أمامنا.. رجل تعادل ضربة واحدة من ضرباته أعمال الثقلين (الجن والإنس) إلى يوم القيامة[٧] !! فكيف إذاً بسائر أعماله؟!

أي عملاقٍ هو؟ وأي يقين وإخلاص يضمه صدر هذا الرجل وأضلعه.. إنه يحير العقول بعظمته حتى تخشع في فناء جلاله وقدسيته..

قضينا تلك الليلة في النجف في زيارة أمير المؤمنين (ع)، وبعد صلاة الفجر ركب الجميع الحافلة، وانطلقوا نحو كربلاء، فيما عداي، حيث قررت ان أمضي مع المشاية نحو كربلاء.

#######

في كل عام يتقاطر ملايين الزوار (ويسمون بالمشاية) من مختلف دول العالم ومن مختلف مدن العراق، لينطلقوا لزيارة الإمام الحسين (ع) في كربلاء مشياً على الأقدام في مسيرات مليونية عالمية سلمية، لإعلان المواساة والتضامن مع سيد الشهداء الإمام الحسين (ع)، ولإعلان الولاء والنصرة لخط الرسالة المتمثل في الإمام المهدي (عج).

ربما تكون هذه المسيرات هي الأطول مسافة ومدة في تاريخ البشرية، إذ إن مسافة أصغر مسار (المسار من النجف الى كربلاء) تمتد لأكثر من ٨٢ كيلو متراً، ويستغرق في العادة قرابة ٣ أيام، بينما تمتد بعض المسارات لمسافات تصل لأكثر من ٤٥٠ كيلو متراً، وتستغرق في العادة أكثر من أسبوعين، بل ويأتي بعضهم مشياً من خارج العراق.

كما أنها الأضخم أيضاً، فلا أعتقد أن العالم عرف تجمعاً بشرياً مماثلاً، حيث تصل أعداد المشاية ما يفوق العشرين مليوناً، ولذا يتحول المسار من النجف إلى كربلاء

٧ إشارة إلى قوله (ص) : «**لمبارزة على بن أبى طالب عليه السلام لعمرو بن عبد ود يوم الخندق أفضل من أعمال أمتى إلى يوم القيامة**»- مستدرك الصحيحين، الخطيب البغدادي، والفخر الرازي في تفسيره الكبير

إلى نهر بشري متدفق، ويستمر كذلك لعدة أيام، حيث يقوم معظم الواصلين إلى كربلاء بالخروج منها في تدفق معاكس، في نفس يوم الوصول أو اليوم الذي يليه.

غير أن ما يميز هذه المسيرات حقاً، ويجعلها من أروع المسيرات وأكثرها جمالاً ونبلاً وعظمةً هو سمو المشاعر والأحاسيس التي تكتنف هذه المسيرات، فهي تتأجج حباً وخيراً وروحانيةً، لا يعرف العالم مثيلاً لها.

لكنها في الوقت ذاته هي أكثر المسيرات في العالم تقديماً للتضحيات والشهداء، حيث يترصدهم التكفيريون الإرهابيون من السلفية ليفجروهم بالمفخخات والقنابل، فما يزيدهم ذلك إلا إصراراً وعشقاً للإمام الحسين (ع)!

بدأت أحث الخطى وأسرع في المشي لأصل إلى الطريق العام المؤدي إلى كربلاء.. كان الطريق مزدحماً بالمشاة، وذلك بسبب توافد الملايين من داخل العراق وخارجه للنجف لزيارة أمير المؤمنين (ع) في طريقهم لزيارة الإمام الحسين (ع).

بعد سويعاتٍ قليلةٍ وصلت إلى الطريق العام. واصلت المشي، لكن هذه المرة بسرعة أبطأ لكي لا يقعدني التعب عن مواصلة الطريق فقد كان يمتد قرابة ٨٠ كيلو متراً.

أذهلني ما رأيته فقد كان الطريق بالرغم من سعته مزدحماً بالمشاية، لدرجة أنني كنت أضطر أحيانا لتبطئة سرعتي.

كانت الملايين تزحف في همةٍ عاليةٍ، وبمعنوياتٍ قلَّ نظيرها، فقد كانت مشاعر الحزن ممزوجةً بمشاعر الشوق والحب واللهفة تدفعهم دفعا نحو الإمام الحسين (ع).

كانت أعينهم صافيةً تشع بوميض العشق والولاء، وإذا نظرت في وجه أحدهم تراه يبتسم في وجهك ابتسامةً ملائكيةٍ تسلب لبك وتأسر قلبك، فتشعر أنك في عالمٍ آخر غير الدنيا، وكأنهم ملائكةٌ يمشون على الأرض.

وبخلاف ما كنت أعتقد قبلاً، هم لم يكونوا يتحدون الموت على أيدي الإرهابيين، أو برودة الجو الذي كان يرجف جسمي رجفاً، أو طول الطريق ووعورته، بل إنهم لم يكونوا يحفلون أو يبالون بكل ذلك، فقد شغفهم حب الحسين (ع)، فهان في نفوسهم جميع ما دونه فتجد أرواحهم تطير بأبدانهم نحو سيدهم ومولاهم،

كانوا يمشون مشي العاشقين على طريق مليء بالحصى وكأنهم يمشون على حرير! بل إن بعضهم لم يكن يرضيه هذا المستوى من المواساة، ويدفعه عشقه للحسين لأن يتميز على غيره من المواسين، فكان يمشي حافياً وهو يحمل عدته الثقيلة على ظهره.

كانت المسيرة شاقةً وتتطلب قدرةً وإرادةً عاليتين لتحمل مشاق الطريق والطقس، ولذا هزني من أعماقي أن أرى المشاية من كل الأعمار من الطفولة حتى الكهولة، وفيهم النساء، والمرضى والعجزة، بل وبعضهم يمشي حافياً!

ويحي! أي عشق وتفان هذا الذي يحمله هؤلاء في نفوسهم وبين ضلوعهم!! يا إلهي، كم أنا صغيرٌ أمام هذه العظمة والشموخ! غير أن ما جعلني أبكي من شدة التأثر هو ما شهدته من خدام زوار الحسين (ع).

لقد كان الطريق بطوله الممتد ٨٠ كيلو متراً راصاً على جانبي الطريق بخدم زوار الحسين (كما يحبون أن يسموا) وهم يفرشون بضاعتهم التي عملوا على التجهيز لها واقتنائها من مدخراتهم وقوتهم اليومي لطوال سنة كاملة.

وأما من لم تسعفه فاقته وبؤس حاله على اقتناء شيء يعرضه، لم تعيه الحيلة لخدمة زوار الحسين (ع) فتجده يعرض بضاعته هو أيضاً من تدليك للمشاية وما شابه من خدمات.

قدم «خدم زوار الحسين» هؤلاء من أنحاء العراق ومدنه كافة ليتشرفوا بخدمة زوار الحسين (ع)، فتجدهم يتنافسون بشدة لعرض بضاعتهم للزوار، حتى أن بعضهم يقف وسط طريق المشاية متوسلاً إياهم لتناول الأكل عنده أو الاستراحة لديه.

ولأنهم يهتمون بشدة براحة عملائهم من الزوار، فإنهم يدركون حاجاتهم أثناء المشي، ولذا يندر أن تجد خدمة أو حاجة مما يحتاجها المشاية غير متوفرة، حتى غسل الملابس وكيها الفوري.

كما تجد التنانير موزعة على قارعة الطريق بطوله لتوفر خبز تنورٍ طازجٍ وساخنٍ للمشاية، ناهيك بالطبع عن الأكشاك التي تقدم مختلف أنواع الطعام للزوار. وأما أكشاك الشاي الساخن فهي منتشرة بكثافة شديدة حتى يخيل إليك أنك في ساحة مقاهٍ.

وخلف خدام «زوار الإمام الحسين» يتراص ما يقارب ٣ ملايين مضيف واستراحة على طول الطريق، يلجأ اليها الزوار للنوم أو للاستراحة أو الصلاة أو لتناول الطعام.

كل هذا طبعيٌ ومتوقعٌ في بلدٍ يشهد موسماً سياحياً كهذا، غير أن الغريب في الأمر هو أن ما تعلمناه من القوانين الاقتصادية لا تعمل هنا!

فالخدام لا يتقاضون أجورا إزاء الخدمات التي يقدمونها للزوار! بل ولا يتقاضون حتى تكاليف ما يصرفونه عليهم من مأكلٍ ومشربٍ ومسكنٍ، وإنما يقدمون كل ذلك مجاناً للزوار، وهم في غاية السعادة والغبطة والامتنان للزوار بقبول خدماتهم.

يصرفون مليارات الدولارات على زوار الحسين (ع) في هذه الأيام القليلة من جيوبهم الخاصة، مواساةً له وحباً فيه ورغبةً في نصرته ونشر رسالته.

والأغرب من ذلك أنهم يجمعون هذه المليارات من قوتهم وخبزهم اليومي على مدى عامٍ كاملٍ، وهم الشعب الفقير المدقع الفقر! بل ويعيدون الكرة كل عام، وكأنهم لا همَّ ولا حاجةَ لهم في هذه الدنيا سوى خدمة زوار الحسين (ع) والتفاني في عشق الإمام الحسين (ع)!!

أنهكني التعب وكان وقت الصلاة على وشك الدخول، فانعطفت يميناً لأقرب استراحة، وقد كانت خيمة متوسطة الحجم.

كان الجو شبه معتدل في الخيمة، فنزعت الكنزة الصوفية التي كنت أرتديها، ووضعتها فوق شنطتي التي وضعتها في طرف من الخيمة، واستلقيت بجانبها مدثراً ببرنس سميك من الصوف، وغصت في نوم عميق أفاقني منه صوت المؤذن لصلاة الظهر.

ذهبت للتوضؤ. كان الماء شديد البرودة، ولم يكن لدي ما أجفف به وجهي وذراعيَّ، فرجعت للخيمة مسرعاً حيث كان أحد علماء الدين قد بدأ صلاة الجماعة فكبرت ولحقت به.

وبمجرد أن انتهينا من الصلاة، بدأ الخدام بوضع سفرة الغداء، وتوزيع أطباق الرز مع السمك.

كان نصيبي من السمك جافاً بعض الشي، ويبدو أن الشاب الصغير الذي كان يجلس أمامي لاحظ معاناتي معه، فما كان منه إلا أن أخذ حصته، وقد كانت قطعةً مليئةً بالسمك ومطبوخةً بشكلٍ جيدٍ، ووضعها في صحني من دون أن يمس منها شيئاً.

شكرته على لطفه، وحاولت إرجاعها إليه، لكنه رفض رفضاً باتاً وبإصرار، فخشيت أن أكسر خاطره إن أنا أرجعتها إليه، فاستسلمت وبدأت آكل منها، فوجدته يبتسم ابتسامة بريئةً رائعةً وينظر لي بنظرات شكرٍ وامتنان.

تأثرت بالموقف، وذكرني بما حصل معي السنة الماضية عندما ذهبنا أنا وزوجتي لزيارة الإمام الحسين (ع) لمدة أربعة أيام في غير مواسم الزيارة المعروفة، وبمجرد وصولنا لكربلاء ذهبنا لحرم الإمام الحسين (ع) لزيارته، وقد كانت الساعة الحادية عشرة ليلاً.

كنا قد عقدنا العزم على أن نقضي الليل بطوله في الحرم للعبادة والصلاة، لكن بعد قرابة ٣ ساعات بدأت زوجتي تشعر بالإعياء وبآلام في ظهرها، فقررنا الرجوع للفندق للاستراحة من عناء السفر.

كنّا في حيرةٍ من أمرنا ونحن نغادر الحرم، فزوجتي لم تكن في وضعٍ يسمح لها بالمشي طويلاً، والفندق يبعد أكثر من ربع ساعة مشيا.. دعونا الله أن يجعل لنا من أمرنا فرجاً بالرغم من أننا لم نكن نستطيع حتى أن نتخيل ما عسى قد يكون هذا الفرج!!

وقفنا على عتبة الحرم من الخارج.. كانت الدكاكين مغلقة والشارع شبه خالٍ من المارّة، فقد كانت الساعة الثانية والربع بعد منتصف الليل.

وبينما نحن ننظر يمنةً ويسرة في حيرةٍ من أمرنا، اقترب منّا طفلٌ في الحادية عشرة من عمره تقريباً ويدفع بيديه كرسياً متحركاً، وسألنا إن كان يستطيع أن يقل احدنا لمكان سكنانا.

يا الله ما أكرمك وأرحمك! أمرٌ ولا في الخيال.. جلست زوجتي على الكرسي واتجهنا نحو الفندق.

كان الموقف مؤثراً جداً، فقد كانت استجابة الله سريعةً لدعائنا، وشعرت أنه عز وجل يقول لي: يا عبدي أنا معك، وأنت في عيني، والأمر بيدي، حتى وإن أعجزتك الحيلة،

وفقدت الأمل.. ثق بي وأنا لن أتخلى عنك في مصلحتك.

ولكن الأشدُّ تأثيراً فيَّ كان هذا الطفل نفسه، فأي إرادةٍ وهمةٍ هذه التي تدفعه للبحث عن رزقه في منتصف الليل، حيث يندر المحتاجون لخدماته! يا ترى كم من الوقت أمضى وهو يبحث عن زبون إلى أن وجدنا؟

ثم أي بؤسٍ وفقرٍ هذا الذي يضطره للبحث عن لقمة عيشه حتى في منتصف الليل، والناس نيام في فرشهم، بينما هو يجول هنا وهناك وحيداً في هذا الجو البارد يبحث عن رزقه!!

تذكرت قصة بائعة الكبريت، فدمعت عيناي، ودعوت الله له، وقررت أن أمنحه مبلغاً كبيراً من المال عندما نصل الى الفندق.

تأملت تقاسيم وجهه على ضوء أعمدة الإنارة، فوجدته بريئاً وفي غاية اللطف والعذوبة، غير أن مظهره لا يدل على البؤس.

وصلنا إلى الفندق، فسبقتني زوجتي للداخل، بينما أخرجت أنا مبلغاً من المال وأعطيته ذلك الطفل، فرفض أن يأخذه!

ظننت أنه يريد مبلغاً أكبر فساءني منه ذلك، لكنني أخرجت مبلغاً أكبر ومددت يدي نحوه به، فرفض أخذه وقال لي برقة وبراءة:

- أريد أجري من أبي عبد الله الحسين (ع) يوم القيامة.

خنقتني العبرة، لكنني تماسكت، وقلت له برقة:

- الله يتقبل منك حبيبي، نيتك صافيةٌ ومخلصةٌ ولا شك أن الإمام الحسين سيثيبك يوم القيامة، ولكن هذا رزقٌ ساقه الله اليك في الدنيا، إضافةً إلى ثواب الآخرة.

لكنه نظر إلي بتوسلٍ وانكسارٍ وطلب مني أن أعفيه من أخذ المبلغ!

مسكت بيده، وفتحت أصابعه برقة بالغة ووضعت فيه المبلغ، وأنا أقول له مبتسماً ومشجعاً:

- هي عطية من الإمام الحسين (ع) لك، فهل تردها؟

فما كان منه إلا أن توسل إلي، والدموع تنحدر على وجنتيه:

- إنني اقوم بهذا العمل مواساةً للإمام الحسين (ع) ورغبةً في ثوابه، فلا تحرق عملي... أرجوك.

لم أستطع أن أتمالك نفسي أكثر من ذلك فسالت دموعي، وأرجعت المبلغ إلى جيبي وقلت له برقة وأنا أقبل رأسه:

- لا.. لا تخف، لن أحرق عملك.

فمضى عني سعيداً وهو يشكرني!!!

يا إلهي هل هم ملائكةٌ أرسلتهم لنا في شكل بشرٍ ليعلمونا كيف تكون العظمة والشموخ والنبل!

والأدهى أنهم يفعلون كل ذلك وهم يشعرون بالتقصير، وتشعر أن الواحد منهم يود أن يقطع قطعا قطعاً فداء لزوار الحسين (ع)!

أوقدت هذه الذكرى الهمة في قلبي وفي عروقي، فقمت أجتهد الخطى نحو كربلاء، والعشق يملؤني.

كان الطريق يحكي قصة معاناة وبؤس يعيشها هذا الشعب الأبي، فكأنك في دولة فقيرة من أفقر دول العالم وأكثرها تخلفاً!

تساءلت في نفسي متعجبا : كيف يكون الشعب العراقي في غاية الفقر والبؤس وهم من بين الدول العشرة الأكثر امتلاكاً للموارد الطبيعية في العالم، والتي تبلغ تريليونات الدولارات، هذا فيما عدا السياحة الدينية والعديد من الموارد الأخرى؟!

لكن كيف لا يكون كذلك والصهيونية العالمية متمثلة في الولايات المتحدة الامريكية قد جندت مواردها، وشبكتها من الدول المجاورة للعراق، وشبكتها من التابعين لها في الداخل، لتدمير العراق من الداخل وتدمير بنيته التحتية، حتى لا تقوم له قائمة.

وكيف لا يفعلون ذلك وهم يعرفون حق المعرفة ما يشكله العراق القوي القادر المستقل من تهديدٍ وخطورةٍ على الصهيونية العالمية بسبب انتماء العراقيين المستميت

لأئمة أهل البيت (ع)، والذين يعني بأبسط صوره الرفض للخضوع لغير الله، سيراً على نداء الإمام الحسين (ع): «كونوا أحرارا في دنياكم»، حتى وإن أهريق في سبيل ذلك دمهم وسبيت نساؤهم، كما فعل مع الإمام الحسين (ع)، بل إنهم يرون أن في ذلك مواساةً حقيقيةً للإمام الحسين (ع)، ولأمه فاطمة الزهراء (ع)، بنت الرسول الأعظم (ص)، فيسعون له سعياً، ليفخروا بذلك أمام رسول الله (ص) يوم القيامة، وليقدموه عربون عشقهم وولائهم لأهل بيته (ص).

لقد تجرعت الصهيونية العالمية الأمرّين من هذه العقيدة والثقافة في صراعها مع إيران وحزب الله اللذين وقفا سداً منيعاً أمام نفوذها ونزعتها الاستعمارية في الشرق الأوسط، وأشد ما تخشاه هو أن ينضم العراق القوي والقادر والمستقل إلى نادي المقاومة ضد الصهيونية، لا سيما أن العراق ذو امتدادٍ حضاريٍ عربيٍ عريقٍ، بكل ما يعنيه ذلك من امتدادٍ استراتيجيّ ناعمٍ في العالم العربي.

كان لا بد من تدمير العراق، وتحطيم إرادة العراقيين على الصمود والتحدي، وهذا ما عملوا عليه منذ استيلاء صدامٍ اللعين على الحكم قبل عشرات السنين، ثم واصلوا ذلك مباشرةً لدى احتلالهم للعراق سنة ٢٠٠٣م.

فقام الاحتلال الصهيوني الأمريكي للعراق بتكريس نظام المحاصصة الطائفية في حكم العراق لكي يخنق كل فرصةٍ للعراق للنهوض بأمره.

كما قام بمنهجة الفساد الإداري في الدولة، وتثبيت أركانه بشكل مدروس، من خلال شبكته من العملاء والمسؤولين، ضماناً لإبقاء الشعب العراقي جائعاً وتعيساً وبائساً ومتخلفاً.

ولتفويت الفرص أمام الشرفاء من مسؤولي العراق لمعالجة هذه الأوضاع المأساوية و تطوير العراق، عمل بكل ما أوتي من دهاءٍ وإمكانات وعملاء على إفقاد ثقة الشعب ببعضه البعض، وعلى إشعال وتأجيج الصراع الطائفي في بلدٍ لم يعرف الطائفية يوماً، وذلك حتى ينشغل الشعب العراقي بذبح نفسه بدلاً من أن يعمل على مقاومة الصهيونية.

وليته اكتفى بكل ذلك، لكنه عمل بكل بشاعة وحقارة من خلال شبكته من

الدول المجاورة للعراق، بضخ عشرات الألوف من الإرهابيين التكفيريين والمرتزقة الذين لا هم لهم سوى جزر وتفجير العراقيين الأبرياء، والاستمرار في القيام بعمليات التخريب، خاصةً تخريب خطوط أنابيب النفط وتخريب خطوط نقل الطاقة الكهربائية ومحطات توليد الكهرباء.

عملوا على كل ذلك لكي يحطموا قدرة وإرادة الشعب العراقي إلى الأبد، ولكي يجعلوا من العراقي إنساناً عاجزاً خائفاً بائساً عديم القيم والإرادة والوعي، وكل همه هو البحث عن الأمان ولقمة العيش.

ولكي يضمنوا النتائج قاموا بتكبيل إرادة الشرفاء العراقيين عن تغيير الواقع من خلال وضع العراق تحت الفصل السابع، بكل ما يشكّله ذلك من قيدٍ ثقيلٍ على السيادة العراقية، وقدرتها على الحراك السياسي والاقتصادي لحل مشاكلها ودعم التنمية في العراق.

الأمر أشبه ما يكون بتقييدك أحدهم بقيود من حديد على كرسي خشبي (لكي لا يستطيع الهرب)، ثم قيامك بسقيه سماً زعافاً وإطلاق الرصاص عليه، بعد إشعال النار في الكرسي الذي تم تقييده فيه، ثم إلقاء المتفجرات عليه.. كل ذلك لتتأكد من قتلك إياه!

ولكن هل يمكن ذلك حقاً؟ هل يمكن القضاء على الشعب العراقي، بعد أن سرت روح الحسين في روحه وامتزجتا معاً؟

أخذتني الذاكرة لذكرى الأربعين الأولى بعد سقوط نظام صدام بتاريخ ٩ أبريل ٢٠٠٣، وكان صدام قد منع بالقوة مسيرة المشاية لما يقرب من ثلاثين عاماً، فما كان من الشعب العراقي في أول ذكرى أربعين بعد سقوط نظام صدام اللعين، وقد كان بعد أيام قليلة فقط من سقوطه، إلا أن زحف في جموع غفيرة من الزائرين (قدرت بخمسة مليون زائرٍ) مشياً إلى مرقد الإمام الحسين (ع).

زحفت هذه الملايين الخمسة غير مباليةٍ بالأخطار المحدقة وغير مباليةٍ بالتوقف الكامل لخدمات الدولة!

زحفت من دون قيادة أو توجيه ومع ذلك انتظمت صفوفها، بفعل العشق والنبل

الحسيني، فأكملت زيارتها للحسين (ع)، ورجعت أدراجها من دون أن تحدث أي إرباك أو فوضى أو إزعاج !!

إنه عشق من نوع آخر لم يعرف العالم شدته وروعته وجماله من قبل.. عشق لم نسمع بمثل عنفوانه حتى في قصص العاشقين.. عشق يتغلغل في الذات، ويستولي عليها، ليسمو بها، حتى لا ترى غير المعشوق، ولا يصبح لك مطلب سواه.

حب وألم وأمل وتفان ووفاء وإخلاص وكرامة ونبل وعظمة وجنون واتزان ووعي لا يعرف الحدود، ولا تستطيع إدراكه وقياسه أو حتى فهمه بالثقافة البشرية السائدة... لو فهموه لأدركوا سر هزيمتهم في حرب تموز، بالرغم من تفوقهم المهول في القوة!

بل وأنا الذي هو ابن بيئتهم، أرى نفسي هائماً فيهم وفي ولائهم، فأترك لروحي وجميع حواسي العنان لتنهل من معين عشقهم وإنسانيتهم..

هؤلاء لا يمكن سحقهم... ومسيرات المشاية هذه لهي دليل على ذلك، وأنا كلي يقين من أنهم لن يطول بهم الزمن حتى يخرجوا الجنود الأمريكيين من العراق، وينقذوا أنفسهم من براثن الفصل السابع، ويصدّوا هؤلاء التكفيريين الإرهابيين، ويستنقذوا أنفسهم من الفقر والجوع والتخلف، ثم يسهموا في التمهيد لدولة الإمام المهدي (عج) ودحر الصهيونية العالمية.

أتراه هذا العشق والتفان هو الذي من أجله نقل الإمام علي (ع) عاصمة دولته إلى الكوفة؟ أتراه هو السبب في اختيار النجف المقدسة ليكون مدفناً له (ع)؟ أتراه هو السبب ليختار الله كربلاء لتكون مسرحاً ليومٍ من أعظم أيام البشرية «عاشوراء»؟

وهل يا ترى هو نفسه السبب الذي يجعل الإمام المهدي ينتقل من مكة إلى العراق، ليجعلها عاصمة دولته ومنطلق جيشه الجرار الذي سيدحر الصهيونية العالمية، ويحرر العالم من كل الطواغيت وأنواع الظلمة والاستعباد؟

كان الجو ملهماً، تعبق منه شذى العزة والكرامة والنبل والصفاء. اقشعر بدني، وسالت دموعي، ورأيت نفسي أنحب عشقاً للإمام الحسين (ع) وعشقاً للإمام المهدي (عج)، وترقبًا له.

وظل يرن في وجداني قول زينب (ع) ليزيد (عليه لعائن الله) وهي أسيرة في مجلسه: «... فكد كيدك، واسع سعيك، وناصب جهدك، فوالله لا تمحو ذكرنا، ولا تميت وحينا، ولا تدرك أمدنا...».

مرت ثلاثة أيام منذ أن بدأت المشي. وأخيراً وصلت إلى كربلاء في الساعة السابعة والنصف مساء ليلة «الأربعين»، فتوجهت للفندق الذي سبقتني إليه أسرتي.

لقد عشت رحلة من أعظم الرحلات تأثيراً على وجداني.. كانت أياماً قليلة، لكنها كانت كلها لله، وفي نصرة الإمام الحسين (ع) والإمام المهدي (عج)، أحسست خلالها بمشاعر الحب والولاء ونصرة الإمام المهدي تستشري في اعماقي وفي كل ذرة في كياني.

كانت أنفاسي في كل خطوة أخطوها وكل موقف أقفه تتحد مع ملايين الأنفاس من حولي في نفس واحد تعاهده (عج) وتبايعه على النصرة، والمضي بدربه مهما بلغت التضحيات واشتدت التحديات.

#######

كنت مرهقاً جداً ليلة وصولي إلى الفندق، ولذا بقيت في الفندق لأنال قسطاً من الراحة لأستطيع إحياء يوم الأربعين بالعزاء والزيارة.

وفي يوم الأربعين كانت المدينة مزدحمة جداً، وغاصة بالزوار، ولذا كانت الحركة بطيئة فيها، ولذا استغرقت ما يقرب من ساعة للوصول إلى الحرم، رغم أن الفندق كان قريباً من الحرم.

قضيت ساعات طويلة في الحرم ما بين الزيارة والدعاء والبكاء، وسماع المراثي واللطميات، ثم خرجت أمشي في الممشى ما بين الحرمين، حرم الإمام الحسين (ع) وحرم أخيه أبي الفضل العباس متأملاً.

وأخذت الأفكار والعبر تجول في خاطري.. سبحانك ربي ما أعظمك! فلقد مضى الحسين (ع) وحيداً وغريباً في كربلاء، وبذل إعلام الحكم الأموي اللعين قصارى جهده لعشرات السنين لطمس وإخفاء حقيقة ما حصل وتشويه اسم الامام الحسين واسم أبيه أمير المؤمنين. فماذا كانت النتيجة؟!

ها هي الملايين تزحف من كل أنحاء العالم لزيارة الإمام الحسين (ع)، لتعاهده على نصرته ونصرة الحق أينما وجد.. لقد مضى قرابة ١٤ قرناً على ملحمة عاشوراء، إلا أنها ما زالت خالدةً تتدفق بحرارةٍ وقوةٍ في ضمير العالم وكأنها لم تحدث سوى بالأمس!

منذ ذلك الحين والحسين يهز ضمير البشرية ويلهمه الحرية ورفض الخنوع للعبودية والظلم، فتتوالى الثورات تلو الثورات في العالم الإسلامي ضد الطغاة، لتتحول إلى حالة ثقافية عامة راسخة في وجدان الأمة الإسلامية، بل ويمتد صداها إلى غير المسلمين فتهزهم وتنير لهم دروب الحرية.. ألا يقول غاندي محرر الهند من الاستعمار البريطاني: «علمني الحسين كيف أكون مظلوماً، فأنتصر».

وفي هذا العصر غزا الاستكبار العالمي كل العالم، واستعمر قارات ودولاً، فاستولى على أمريكا من سكانها الأصليين «الهنود الحمر»، واستولى على كندا من «الإنويت» و«الميتي»، واستولى على أستراليا من «الأبورجنيز» ولم يكتفِ بذلك، بل أذل السكان الأصليين، ومارس معهم أبشع ممارسات التفرقة العنصرية والاضطهاد.

لكنه عندما أتى إلى العالم الإسلامي اصطدم بسد منيع من العزة والإباء، أسسه الإمام الحسين (ع) في يوم الحق العالمي «عاشوراء» فلم يستطع إكمال احتلال دولة صغيرة الحجم مثل فلسطين، فضلا عن الاستيلاء على كل العالم الإسلامي من النيل إلى الفرات، كما كان يخطط له!

ثم أتى أبناء الحسين (ع) يحملون رايته وراية إمام الزمان «المهدي»، فحرروا إيران من براثن الطغيان والاستكبار العالمي، وتوجهوا للبنان فحرروها، ثم مضوا يمتدون في العالم لمواجهة الاستكبار العالمي بكل جبروته وقوته وخبثه وسيطرته على العالم على جميع الصعد، ويقارعونه بما يملكونه من عزة وإباء وإيمان بالرغم من قلتهم وضعفهم وهوانهم على الناس، فلم يثنهم ذلك كله، بل زادهم إيماناً فرفعوا شعار «كل أرض كربلاء، وكل يوم عاشوراء»، فإذا بهم يحققون الانتصارات تلو الانتصارات، ﴿وما النصر إلا من عند الله﴾.

نعم، يقوم ما يزيد عن ٣٠٠ مليون من المسلمين الشيعة وغيرهم، في كل سنة بإقامة مراسم العزاء بمناسبة عاشوراء، بكل وجدانهم منذ ما يقرب من ١٤٠٠ عام، في

كل مكان وُجِدوا فيه في العالم.

تمتد مراسم العزاء لشهري محرم وصفر سنوياً، فيقيمون المآتم ليلياً، ويستحضرون ذكرى يوم عاشوراء بكل ما تحتويه من مصائب وبطولات ودروس، ويبكون على ما أصاب الإمام الحسين (ع) وأهل بيته وأصحابه وانتهاك الحق في أجلى صوره ويعاهدونه على المضي قدما في طريقه.

ولا تقتصر فترة استذكار عاشوراء على شهرين في السنة، وإنما تمتد طوال السنة من خلال زيارة الحسين (ع)، وإقامة المآتم الحسينية في مختلف المناسبات الدينية والاجتماعية.

شعرت بالعظمة والسكينة تسري في أعماقي، فاقشعر جسمي وجلست على الأرض في ركنٍ ملتوياً على نفسي وأنا مأخوذٌ بالجموع الغفيرة المعزية من حولي.

تذكرت عندما سألني عامر ذات يوم، عندما كنا نتناقش في موضوع المهدي (عج):

- لماذا أراد أئمة أهل البيت (ع) أن نقيم عاشوراء في كل بلد وفي كل جيل، حتى أصبحت الأساس في حركتنا الإسلامية في خط أهل البيت (ع)، بحيث لو ذهبت إلى شرق الأرض وغربها لرأيت ذكرى عاشوراء تقام بشكل أو بآخر؟

- فأجبته: لقد أرادوا لنا ذلك لأنَّ هذا الخط هو خط الرفض للوثنية والعبودية بكل قيمها منذ عهد أبينا آدم (ع).. ولأن هذا الخط هو خط الموالاة لكل أولياء الله، وللحرية بكل قيمها.

- حقاً.. كيف ذلك؟ سألني باستغراب.

- ألا نردد عند زيارتنا للحسين (ع) في كل مناسبة: «السلام عليك يا وارث آدم صفوة الله، والسلام عليك يا وارث نوح نبي الله، السلام عليك يا وارث إبراهيم خليل الله، السلام عيلك يا وارث موسى كليم الله، السلام عليك يا وارث عيسى روح الله، السلام عليكم يا وارث محمد حبيب الله».. إن هذا يغرس في أعماقنا أن خط الله والهدف الرسالي هو نفسه عبر مر التاريخ، وهو السمو بالإنسان وإيصاله لله تعالى.

- تعجبني هذه الأصالة والإيجابية في رؤية الحياة.

- إن ثورة الأنبياء كانت ثورة على الانحراف عن خط الله، والخضوع للعبودية بأشكالها المتنوعة، وهكذا كانت ثورة الإمام الحسين لتوقظ العالم عبر مر التاريخ، ولتخلق في قلوب البشر حرارة وتدفقًا يهز وجدانهم، ويدفعهم للأمام نحو الإصلاح، مهما بلغت التضحيات، وبلغ إنكار الذات، ولتجعل من هذه المشاعر المتدفقة عهداً نعاهد به الإمام الحسين (ع)، ونحن نزوره : «أنا سلم لمن سالمكم، وحرب لمن حاربكم».

#######

١٠ مارس ٢٠٠٨

كانا أسبوعين من أجمل ما قضيتهما في حياتي لكنهما سرعان ما انقضيا، وآن أوان الرجوع للبلد.

لم أكن أعرف كيف ستؤول الأمور عند رجوعي، لكنني كنت متحمساً لأن أبدأ في تشغيل مكتبي، الذي لم يكن سوى جهاز كمبيوتر محمول وتسجيل رسمي في وزارة التجارة والصناعة.

وصلنا إلى مطار دبي قادمين من النجف في الليل، عندها وصلني اتصال من شريكي الأجنبي بأننا على وشك الحصول على مشروع استشاري كبير جداً، وأن المقابلة النهائية مع اللجنة (المشكلة من أربعة وكلاء حكومة، وخمسة مديرين عامين من مختلف الجهات الحكومية) هي غداً الساعة التاسعة صباحاً.

كان وجودي ضرورياً في المقابلة، لكوني الشريك العماني، لكن موعد إقلاعنا من دبي إلى مسقط كان في اليوم التالي، الساعة الثامنة صباحاً، ولم يكن بذلك وصولي إلى موعد المقابلة ممكنًا.

ناقشت زوجتي، وقررت أن أرجع في السيارة في الليلة نفسها لأصل الى الموعد، فأصرّت زوجتي على مرافقتي. كان الطريق يستغرق ٤ ساعات، فتوجهنا من فورنا لشركة استئجار السيارات واستأجرنا سيارة على أن نرجعها في مسقط.

كنا متعبين جداً، ولذا سرعان ما نامت زوجتي بعد أن تجاوزنا الحدود، وبعد قليل شعرت أنا أيضاً بالنعاس يطبق على جفوني، ولذا آثرت أن أقف بالسيارة في محطة البترول لأنام أنا أيضا لقرابة ساعة، قمت بعدها وأنا أنشط قليلاً، فغسلت وجهي بماء بارد ومارست بعض الحركات الرياضية، واشتريت كوب شاي، وواصلت المسير.

وصلت للمقابلة في الوقت المحدد، لكن آثار التعب والإعياء كانت بادية على وجهي، كما أنني لم تسنح لي الفرصة لترتيب لحيتي، أو حتى لبس المصر العماني.

كانت الشركة المنافسة هي واحدة من كبريات الشركات العالمية، بينما شركتنا نحن كانت صغيرة جداً وغير معروفة! أضف إلى ذلك أنه في الوقت الذي كان فيه عرضنا عاديّاً، وكنّا نقدمه أنا وشريكي في مبنى بلدية مسقط، فإن الشركة المنافسة أتت بسبعة عشر من خبرائهم ومديريهم لتقديم العرض، وحجزوا من أجل ذلك قاعة فخمة مع وجبة عشاء في إحدى أفخم الفنادق في البلد!!

شخصياً لم يكن لدي أدنى أمل أن نكسب المشروع، لكنني فوجئت في الاجتماع أنهم يخبروننا أنهم قرروا منحنا فرصة أخرى لتقديم عرضنا معدّلاً، ومتضمّناً النقاط التي أثاروها في الاجتماع مع فريق عمل أفضل بشرط وجودهم أثناء تقديم العرض المعدل، وأنه في حال استيفاء العرض لمتطلباتهم فإنهم سيرسون المناقصة علينا، وذلك لأني مواطن، وعلى درجة كبيرة من الاحتراف المهني.

كان الأمر مفاجئاً لي... لأول مرة أشعر بميزة كوني مواطنًا. شكرت اللجنة بحرارة، وانطلقنا أنا وشريكي الاستراتيجي نرتب العرض المعدل ونُعِدّ للموعد القادم معهم.

مرت الأيام، وجاء الموعد المرتقب ومر بأحسن ما يكون، وأخيراً وصلنا خطاب رسمي من بلدية مسقط بإرساء المناقصة علينا.

كان ذلك فاتحة الخير، فقد كان مكسبنا من المشروع كبيراً جداً بحيث فاق كل توقعاتي، ومن بعدها توالت المشاريع وكأنها سلسلة، كل حلقة فيها تجر أخرى.

استأجرت مكتباً واسعاً في إحدى المباني الراقية في منطقة الخوير، وعينت عدداً كبيراً من الموظفين بلغ عددهم ١٨ موظفاً، وبدأت أصرف ببذخ على التسويق ووسائله،

ولا سيما أدوات التسويق الإلكتروني.

سددت مديونيتي تجاه البنك، وتقدمت بطلب قرض إسكاني من بنك مسقط، لبناء منزل جميل وواسع ومريح على الأرض التي كنا اشتريناها.

كانت أرباحي لتللك السنة والسنة التالية تكفيني لبناء المنزل، لكنني طلبت القرض تجنباً لأي مشكلة محتملة في توافر السيولة اللازمة أثناء البناء.

أشهر مضت وكأنها خيال، نسينا فيها كل ما مر علينا من شدة، حتى ظننت أن القدر قد شطب العذابات والآلام من سجلنا إلى الأبد، وأن الأيام السوداء قد ولت من دون رجعة.

في البداية لم أكن أفتأ أذكر الله كثيراً، وأشكره على نعمه وعلى رزقه الوفير في كل حين، ولكن بمرور الوقت ومع توالي المشاريع وازدياد الأرباح بدأت أشعر تدريجياً بالنشوة والانتصار والعجب بنفسي، وأحسست أن ما أوتيته إنما أوتيته بسبب قدراتي وذكائي وعزيمتي الفائقة.

أنستني هذه النشوة ما كنت قد عاهدت الله عليه مراراً من التفرغ لخدمته سبحانه وتعالى، فقررت أن أتوسع في منطقة الخليج، ولاحقاً في منطقة الشرق الأوسط وفي العالم كله.

وعندما كنت أتذكر ما عاهدت الله عليه كنت أهرب من ذاتي، وأقنع نفسي أن توسعي في العالم هو من خدمة الله، لأنني سأقدم خدمات عالية الجودة وتحتاج لها الإنسانية، ولا شك أن المؤمن القوي خير وأبقى من المؤمن الضعيف!

طبعاً لم أكن لأنسى الله وأعمال الخير وأنا في غمرة نجاحاتي ونشوتي فعزمت -وأنا معجب بنفسي وبإيماني وبعطائي- أن أهب نصف ما أربحه للفقراء وأعمال الخير، بينما أصرف النصف الآخر على نفسي وعلى توسعة ممتلكاتي، متغافلاً عما أقسمت لله عليه من أن أصرف جميع ما يزيد عن حاجتي في سبيله.

ولكي أحقق المزيد من النجاح بدأت أهتم بالمظاهر كثيراً، سواءً من حيث اللباس أو السيارة التي أقودها أو القلم والمحفظة التي أحملهما.. وهلم جراً.

وهكذا أخذت حالة الترف تتسلل تدريجياً إلى كل مفاصل حياتي. كان يؤلمني ضميري بشدة بين الفينة والأخرى، لكنني كنت أغض الطرف عنه وأنشغل عنه بنجاحاتي وأخدع نفسي بشكر الله بلساني وبالسجود له كلما حققت انتصاراً.. كنت أخدع نفسي بإعجابي بقراري بالتبرع بنصف ما أحققه من أرباح في سبيل الله، الأمر الذي لا يقدر عليه غير المؤمنين الصادقين أمثالي.

بدأ الشعور بالقوة ونشوة النجاح يسلبني ذاتي تدريجيّاً، فبدأت أفقد لذة مناجاة الله والتحدث معه، وكأنني أُسْلبُها، وكأن الله جفاني!

كنت مدركاً لما يحدث معي، لكنني كنت قد مكنت شهوتي من السيطرة على إرادتي، ولذا لم أكن قادراً على منع نفسي عن المزيد من الانحدار... وبمرور الوقت بدأت أفقد إحساسي بخطورة المنزلق الذي كنت أنزلق فيه.

صارحتني زوجتي مراراً بأنني تغيرت، وأنني بدأت أفقد براءتي وصفاء روحي اللذين كنت أتسم بهما، وأكد لي بعض أصدقائي ذلك أيضاً، لكنني كنت أعلم أنهم يبالغون، فأنا لا زلت كما كنت!

إن ما يرونه من اهتمامي بالمظاهر وأسلوب حياتي الجديد هو ليس إلاّ لضرورة السعي وراء الرزق، وهذا ما يأمرنا الله به. ثم ألست قد عزمت أن أهب نصف ما أكسبه للفقراء! مَنْ مِنَ الناس العاديين يفعل ذلك هذه الأيام؟!

كانت زوجتي تردد على مسامعي قوله تعالى: ﴿قُلْ هَلْ نُنَبِّئُكُمْ بِالأَخْسَرِينَ أَعْمَالا (١٠٣) الَّذِينَ ضَلَّ سَعْيُهُمْ فِي الْحَيَاةِ الدُّنْيَا وَهُمْ يَحْسَبُونَ أَنَّهُمْ يُحْسِنُونَ صُنْعًا﴾، لكنني بدأت أعتقد أن زوجتي بطبيعتها نكدية ولا تملُّ من الشعور بالحزن والمشاعر السلبية!

ألم تتمنى السفر لأقوم بدراسة ال MBA، فماذا فعلت عندما استجاب الله دعاءنا وسافرنا للمملكة المتحدة، ألم تقضِ طوال فترة السفر في البكاء والحزن والنكد!

كنت بدأت أشعر أنها بطبيعتها، والعياذ بالله، ساخطة، ولا ترضى مطلقاً بما قدر الله، حتى لو أنعم عليها وفتح لنا أبواب الرزق الواسعة!

مضى عليَّ أكثر من سنة ونصف منذ أن باشرت العمل في مكتبي وأنا ازداد سوءًا

وانحداراً كما أزداد إعجاباً بنفسي، إلى أن بدأت ريحتي النتنة تطفح من داخلي وتملأ أنفاسي، لكنني كنت عاجزاً عن منع نفسي من المزيد من الانحدار وكأنني بعت نفسي للشيطان!

في ليلة القدر في شهر سبتمبر سنة ٢٠٠٩ كنت وصلت إلى غاية التقزز من نفسي، وكان الشوق العارم للرجوع لله يتأجج في داخلي، لكنني كنت عاجزاً فقد كبلتني الشهوات والعجب بأغلالها حتى صرت أسيرها!

غير أني كنت أرى بصيص النور من بعيد.. بصيص أمل أن يتداركني ربي بالرغم مني، ومن حقارتي.

دعوت الله تلك الليلة، والحسرة تعتصر فؤادي، وعيناي لا تتوقفان عن البكاء: «إلهي مالِي كُلَّما قُلْتُ قَدْ صَلُحَتْ سَرِيرَتِي وَقَرُبَ مِنْ مَجالِسِ التَّوّابِينَ مَجْلِسِي عَرَضَتْ لِي بَلِيَّةٌ أَزالَتْ قَدْمِي وَحالَتْ بَيْنِي وَبَيْنَ خِدْمَتِكَ، سَيِّدِي.

لَعَلَّكَ عَنْ بابِكَ طَرَدْتَنِي وَعَنْ خِدْمَتِكَ نَحَّيْتَنِي، أَوْ لَعَلَّكَ رَأَيْتَنِي مُسْتَخِفا بِحَقِّكَ فَأَقْصَيْتَنِي، أَوْ لَعَلَّكَ رَأَيْتَنِي مُعْرِضا عَنْكَ فَقَلَيْتَنِي، أَوْ لَعَلَّكَ وَجَدْتَنِي فِي مَقامِ الكاذِبِينَ فَرَفَضْتَنِي، أَوْ لَعَلَّكَ رَأَيْتَنِي غَيْرَ شاكِرٍ لِنَعْمائِكَ فَحَرَمْتَنِي، أَوْ لَعَلَّكَ فَقَدْتَنِي مِنْ مَجالِسِ العُلَماءِ فَخَذَلْتَنِي، أَوْ لَعَلَّكَ رَأَيْتَنِي فِي الغافِلِينَ فَمِنْ رَحْمَتِكَ آيَسْتَنِي، أَوْ لَعَلَّكَ رَأَيْتَنِي آلِفُ مَجالِسَ البَطَّالِينَ فَبَيْنِي وَبَيْنَهُمْ خَلَّيْتَنِي، أَوْ لَعَلَّكَ لَمْ تُحِبَّ أَنْ تَسْمَعَ دُعائِي فَباعَدْتَنِي، أَوْ لَعَلَّكَ بِجُرْمِي وَجَرِيرَتِي كافَيْتَنِي، أَوْ لَعَلَّكَ بِقِلَّةِ حَيائِي مِنْكَ جازَيْتَنِي؟»

بكيت كثيراً، وأقسمت عليه بحق منّه القديم علي وإحسانه العظيم وما عودني عليه من لطفه أن لا يتركني لنفسي.

انقطعت عن الدنيا كما لم أفعل قبلاً وقضيت تلك الليلة ساجداً لله، وأنا أرجوه سبحانه من أعماقي وبكل ذرة في كياني بانكسار وألم وحرقة أن يطهرني وأن يرجعني إليه، وإلا فليأخذني من الدنيا حتى وإن ألقى بي في الجحيم فأنا لم أعد قادراً أن أستمر في الدنيا على عصيانه، وأفضل الموت بل والجحيم من خزي معصيته.. إنه ربي!

كنت أعلم أنه ليس هناك من طريق لتطهيري وتغيير نفسي بالرغم مني سوى

البلاء العظيم، وهو ما كنت أعلم أنني أطلبه من الله إن كان سيرضى عني، بل إن كان سيوقفني عن عصيانه.

أما إذا لم أتوقف عن معصيته، ولم أرجع إليه سبحانه وتعالى فأنا استحق كل عذاب ولعنة، وأستحق حتى أن أقطع بالمناشير قطعة قطعة.

الفصل التاسع

وتمضي الحياة...

وتمضي الحياة...

سبتمبر، ٢٠٠٩

كان السـر في قدرتي على مواجهة التحديات التي مررت بها في حياتي هو أنني كنت دائماً أشـعر بأن الله معي، وعندما كنت ألجأ إليه وأقرأ القرآن كنت أشـعر أنه يعنيني ويحدثني.

لقد وهبني الله نفسية متفائلة إيجابية تشـعر بطبيعتها بالسعادة والاطمئنان دومـاً مهما واجهت من ظروف صعبة ومن تحديات ومصائب.

كنت أدرك أن جميـع ما نمر به من ابتلاءات ومصائب إنما هي طريق رقينا نحو الله، وأنها تطهرنا وتقوي من وجوداتنا، وتقربنا بذلك إلى الله عـز وجل.

لذا كنت إيجابياً مع جميع من كنت أتعامل معهم، لاسـيّما أسـرتي الصغيرة وزوجتي وأطفالي. كنت معطاءً من دون حدود أو شـروط أو انتظار للمقابل، فقد كان يسـعدني أن أوفق للعطاء والتضحية في سبيلهم.

كل هذا انقلب رأساً على عقب!

بدأ ذلك عندما أصبت في اليوم التالي لليلة القدر تلك بزكامٍ كان يحمل في طياته الإصابة بالاكتئاب. شـعرت به وهو يعتصر فـؤادي.. ألم شـديد في صـدري لـم أعهده من قبل، وحزن عميق يدك كياني ويجعل نظرتي للحياة ولكل ما حولي سوداوية قاتمة ويخنقني.

اتصلت بأحد الأطباء من أصدقائي، فأخبرني أن هذا أمرٌ نادر الحصول لكنه يحدث ويستمر لأيام وربما لأشهر وربما لسـنوات، وأن علي الصبر إلا إذا أحببت أن أتناول حبوب البروزاك، فآثرت عدم تناولها بسبب آثارها الجانبية وفضلت الصبر.

أثر الاكتئاب في أدائي في المؤسسة وكثرت أخطائي، كما بدأت أتسبب بالمشاكل مع أسرتي وأرفع صوتي وتثور ثائرتي لأتفه الأسباب. عانت زوجتي مني، لكنها تحملت المرارة وسترت عليّ، وكل أملها ودعائها أن يشفيني الله.

لجأت إلى الله كعادتي، ولكني شعرت أن الله لا يستجيب لي وأنه جفاني! كنت تعودت أن أفتح القرآن في الأزمات فيحدثني ويشير علي، لكن هذه المرة لم أكن أجد أي إشارة.

كنت أدعو فلا يستجاب لي! كنت أناجيه وأحدثه فلا يسمع قلبي جواباً، وكأن الله قطعني!

كنت خائفاً مذعورا، لا أعلم ماذا علي أن أفعل وإلى من ألتجئ وأنا لا رب لي غيره.

وبينما أنا كذلك، بدأت نتائج الأزمة المالية العالمية التي حدثت العام المنصرم، تلقي بظلالها المرعبة على المؤسسة، فقامت المؤسسات المتعاقدة معي بفسخ عقود السنوات القادمة، ولم يبق في يدي سوى العقود الجارية والتي أوشك معظمها على الانتهاء.

لم يكن واضحاً كم ستستمر الأزمة المالية، ربما سنتان، وربما ثلاث، وربما أكثر بكثير من ذلك.

كان علي أن أخفض مصروفاتي إلى الحد الأدنى الممكن، فاستغنيت عن العديد من الموظفين ولا سيما أصحاب الرواتب العالية، كما قمت باستبدال مكتبي بآخر صغير.

ومع ذلك لم تكن الإيرادات تكفي سوى لسداد جزءٍ من المصروفات، وبذلك تراكمت علي المستحقات المالية كرواتب الموظفين وأقساط القرض التجاري ومستحقات الموردين ومزودي الخدمات وإيجار المكتب، غير أنني كنت حريصاً على سداد أقساط القرض الإسكاني خشية أن يتوقف البنك عن تمويله لبناء البيت.

بدأت اتصالات الدائنين وأصحاب الحقوق تترى علي في كل حين للمطالبة بمستحقاتهم، وإذا ذهبت للمكتب عنَت الرقاب نحوي وشايعتني نظرات الموظفين كلما دخلت غرفتي أو خرجت منها متوسلةً لي أن أدفع رواتبهم المتأخرة، أو حتى جزءٍ منها، فإذا

ذهبت للبيت طالبتني زوجتي بمصروف البيت.

ولم يكن المطالبون مؤدبين في معظم الحالات، ولذا بدأت أسمع بشكل مستمر للكثير من الإهانات والكلام الجارح الذي لم أسمعه من قبل في حياتي. ومع ذلك لم أكن أملك غير الصبر ومحاولة تهدئتهم فهم أصحاب حقوق عليّ.

مع نفسيتي المكتئبة أصلاً، وإحساسي بالوحدة والغربة، كنت أشعر بكل اتصال يصلني أو كلمة جارحة أسمعها وكأنها خنجرٌ يغرس في أحشائي.. كنت أشعر بنظرات موظفيّ المتوسلة لي، وكأنها سهام نارٍ تنفذ إلى أعماقي وتلهبني مرارةً وأسى، فإذا وصلت إلى البيت شعرت أني أدخل إلى أتون من النار بسبب عدم قدرتي على الاستجابة لمصروفاته.

لجأت إلى خالي للاستدانة منه، لكنني وجدته في وضع أسوأ من وضعي بسبب الأزمة المالية.

في إحدى المرات كاد العمل يتوقف في المكتب بسبب نقص النقدية، مما كان سيضعني في موقف حرج جداً مع العملاء الذين وثقوا في بصفة شخصية، كما كان سيجعلني في موقف مالي أسوأ وسيعجزني عن الوفاء بالتزاماتي المالية!

ولذا وجدت نفسي ولأول مرة في حياتي مضطراً للجوء إلى أصدقائي المقربين من أصحاب الثروات، ممن لم تمسهم (حمداً لله) الأزمة المالية الراهنة بسوء، لأستدين مبلغاً بسيطاً مقابل شيك آجل الدفع من أحد العملاء.

كان ذلك أصعب شيء أقوم به في حياتي، ولكنني كنت مضطراً للقيام به بسبب التزامات المكتب.

طرقت بابهم واحداً بعد آخر، فلم أجد منهم سوى الخيبة لأسباب مختلفة لا طعم لها ولا لون!

تخلى الجميع عني، وقد كنت أعدهم سنداً وذخراً لي عند الشدائد.

كان الوضع حرجاً جداً، وكاد عقلي أن يشت من كثرة التفكير في مخرج، وأخيراً انقدحت في ذهني فكرة، فقمت من فوري بالاتصال بأحد أصدقائي الذين رفضوا

مساعدتي قبلاً، وعرضت عليه أن يقرضني مبلغ ٥ آلاف ريال عماني لمدة ٣ أشهر، مقابل شيك آجل الدفع، ولكن بفائدة تبلغ ١٥٪، بشرط أن نجري العقد وفق الطريقة الإسلامية فوافق فوراً، وخرجت بذلك من تلك الأزمة.

اشتد دعائي لله، وازاد الحاجي عليه سبحانه وتعالى بأن يفرج عني وييسر لي رزقًا واسعًا أدفع به هذه الكربات، ولكن ما من استجابة أو إشارة.

أخذت تصرفاتي وسلوكياتي في البيت تتسم بالعنف، وبدأت أختلق المشاكل مع زوجتي لأتفه الأسباب وأؤنب ابني كلما ارتكب خطأً، وأحياناً حتى من دون أن يخطئ!

حاولت زوجتي أن تستوعبني وتقف بجانبي وتنبهني بالحسنى واللين، وكنت في البداية أستجيب لها، ولكن مع تكرر الأمر وازدياد زخم الألم في صدري واستغراقي في مشاعر الاكتئاب والضيق والشفقة على الذات، بدأ لينها معي يزيدني حنقاً عليها، لاسيما أنها كانت لا تفتأ تطالبني بمصروفات البيت، وهي تعلم أنني لا أملك شيئاً.

كثرة مشاكلي في البيت جعلت زوجتي تبتعد عني، وتتجنبني كلما استطاعت، وهذا ما كان يزيدني تعباً وكآبة لأنني كنت أحبها كثيراً، ولا أستطيع الاستغناء عنها.

سبتمبر، ٢٠١٠

مضت علي قرابة سنة وأحوالي تنحدر من سيء إلى أسوأ. حاولت أن أقاوم في البداية، لكنني رأيت نفسي تنساق إلى الهاوية انسياقاً. ففقدت ثقتي بكل شيء وبكل أحد حتى الله! فتوقفت عن الدعاء واستسلمت للقدر يقذفني كيفما يشاء.

ازدادت حدة الاكتئاب عندي وشعرت بأن كل قطعة داخلي تنهار، وأن كل ما بنيته من قوة وقدرة زال وانمحى، كأنه لم يكن يوماً.

رفع علي المؤجر دعوى لسداد الإيجارات المتأخرة، ورفع علي البنك دعوى لسداد أقساط القرض التجاري المتأخرة، وأصبحت المطالبات المالية علي أسرع وتيرةً وأشدّ كثافةً وأغلظ مطالبةً حتى فقدت جرأتي للذهاب إلى المكتب، لكنني في الوقت نفسه لم أكن قادراً على القعود في البيت بسبب كبريائي وهرباً من المشاكل مع زوجتي، ولذا كنت أقضي معظم أوقاتي وحيداً على شاطئ البحر بعيداً عن أعين الناس.

لم أكن قادراً على إغلاق المكتب وإشهار إفلاسي لوجود بعض المهام غير المنجزة التي يفترض أن تنجز بنهاية السنة (٢٠١٠)، فقد ائتمنني أصحابها عليها ولم أكن قادراً على خذلانهم، كما كانت تدر علي بعض المال الذي كنت أدفعه لرواتب الموظفين الذين يقومون بهذه المهام، وأسدد بها فواتير الكهرباء والهاتف والإنترنت، كما أسدد منها بعض المستحقات والمطالبات السابقة.

جاهدت بما بقي لدي من قوة على أن أحافظ على لقمة العيش على الأقل، وأخيراً عندما وجدتني عاجزاً حتى عن ذلك، بعت سيارتي وأعطيت ثمنها لزوجتي لتنفقه على مصروف البيت، ولكن بحذر، وبذلك أصبحت أنتقل من مكان إلى آخر إما بالتاكسي وإما مشياً على الأقدام.

٩ فبراير، ٢٠١١

أشهر أخرى مرت علي وأنا في هذه الحالة، مستسلمٌ فيها للإحساس بالانكسار والاكتئاب والغربة واليأس والخذلان والوحدة وكل معاني الهزيمة والتقهقر، حتى أظن أنه لم يبق في بنائي النفسي قطعة واحدة صالحة.. كنت ركام بشر، كنت مجرد قطعة من لحم ودم وعظم ليس إلاّ!

لكنني مع كل ذلك، وبالرغم من أنني توقفت عن الدعاء وعن مناجاة الله، كنت أعلم أن الأمر بيده سبحانه وتعالى، وكنت أعلم أنه يوماً ما ستتداركني رحمته، لكن متى وكيف؟! فهذا ما لا أعرفه.

كان الوقت صباحاً، وكنت مستلقياً على شاطئ القرم على ظهري، واضعاً كمتي فوق عينيَّ لحمايتهما من الشمس.. لم أكن أشعر بشيء، فقد فقدت كل الأحاسيس: «وصلت إلى القاع، وصلت إلى الأسوأ، ولا شيء لدي الآن لأخسره، خسرت نفسي وخسرت ربي وخسرت احترام زوجتي وخسرت مكتبي.. خسرت كل شيء، وإذا واصلت الانحدار فسأخسر ابني أيضاً، وسأضيع أسرتي إلى الأبد!»

علي أن أصمد، بل علي أن أبدأ من الصفر، لكن كيف؟ لم تكن لدي القدرة على التفكير، لكن حتى لو اهتديت إلى الحل ليست لدي الإرادة والعزيمة لأحرك ساكناً!

شعرت بالاضطراب يرجف قلبي بشدة، وكأنني ورقة مبللة في مهب الريح. كنت أحتاج لأن أشعر بالدفء والعاطفة، فلم أكن قادراً على تحمل المزيد.

نهضت بصعوبة بالغة وكأنني أرفع جبلاً، واتجهت إلى البيت مشياً ودموعي تتساقط بغزارةٍ وحرقةٍ عل قلبي يهدأ اضطرابه. مشيت طويلاً إلى أن وصلت الى البيت وأنا في حالة يرثى لها.

فتحت الباب فرأتني زوجتي فهالها ما رأته من حالتي، وركضت نحوي واحتضنتني، وهذا ما كنت أحتاجه. فأجهشت بالبكاء بكل مرارةٍ وأسى، وبقيت أبكي إلى أن غلبني النعاس، فغصت في نومٍ عميق.

أفقت من النوم فوجدت زوجتي بجانبي تبكي بصمت وهي تمسح بيدها على رأسي.. آلمني بكاؤها بشدة، فمسكت بيدها الحانية بحرارة وتوسلت إليها أن تكف عن بكائها، فلم أعد في قدرة على تحمل المزيد.

كفت عن البكاء، ثم سألتني بانكسار وحب:

- هل حقا تهتم لأمري؟

- طبعاً. أنتِ كل ما أملك في هذه الدنيا؟

- فهل ستتخلى عني، وتتركني وحيدة في هذه الدنيا؟

- لم اتخل عنك قط! لكن ماذا يمكنني أن أفعل؟ كيف يمكنني أن أحارب القدر؟ قلت لها بانكسار وضعف.

- إنه ليس القدر! هل نسيت كلامك لي؟ إنها إرادة الله. أليس كذلك؟

- نعم إنها إرادة الله. لست أفهم لماذا يفعل الله ذلك معي؟

- الله لا يفعل بنا إلا خيراً. أليس هذا كلامك لي؟

- أعرف جيداً ما كنت أقوله لك، فأرجوك لا ترددیه علي. قلت لها بحدّة.

- حسناً. قل لي ماذا يعني لك ابنك نبيل؟ هل فكرت فيه؟ منذ متى وأنت لم تلعب

معه؟ بل منذ متى وهو لم يرك باسماً؟ هل تريده عندما يكبر أن يصبح مجرماً، قاسي القلب؟

صعقني كلام زوجتي، فسألتها باهتمام بالغ:

- كيف هو؟ هل أثر فيه وضعي؟

▪ بالطبع، لقد أصبح عصبياً جداً ومتوتراً.

- سألتها متألماً: ماذا علي أن أفعل؟

▪ إنس كل ما حصل لك خلال السنتين الماضيتين. اقلب صفحتهما، وابدأ من جديد، ولديك الكثير لتفعله، وتوكل على الله وثق أنه لن يخيبك.

- لكنني توكلت عليه سابقاً، فتخلى عني!

▪ بالعكس، أنت الذي تخليت عنه. أما هو سبحانه تعالى فقد تمسك بك بقوة، ولم يدعك تتخلى عنه لأنه يحبك ويريدك.

- لا أفهم! قلتها باستغراب.

▪ أنت تخليت عن الله، وعن عهودك له وعن سعيك في دربه، عندما رزقك وفتحت لك الدنيا ذراعيها فمضيت لها مهرولاً، متبختراً بنجاحاتك معجباً بنفسك، ولو لم يتداركك الله لربما أصبحت من الغافلين، ولهذا استرجعك إليه بقوة، ودافع عن روحك وطهارتك كما تدافع الأم عن وليدها.

- لكنني الآن ممزق، وروحي نتنة! قلتها بألم وحسرة.

▪ أنت ممزق، هذا صحيح، ولكنك لست نتناً.. أنت في الهاوية، لكن الله عالجك من النتانة التي كنت متجهاً إليها، ولقنك درساً كان ضرورياً لك، وهو أن لا تعجب بنفسك، وهذا ما سيحميك مستقبلاً من الانبهار بالدنيا ونجاحاتك فيها..

اسمعني، دع أمر الله له فهو بعباده خبير بصير، ولكن افعل أنت ما عليك أن تفعله بقدر ما تستطيع، ولكن بالرفق، حتى تسترجع ذاتك وهدوءك.

- أحقاً هذا رأيك؟

- بكل تأكيد. كنت تخبرني الكثير عن هذه الأمور سابقاً. لكنني لم أكن أستطيع أن أستوعبها جيداً آنذاك. لكن ما حصل معنا خلال هذه السنتين جعلني أفهم كثيراً مما كنت تخبرني به.

- سأفعل ذلك، لكنني متعب جداً ولا أفهم ما الذي حدث معي!

- حسناً، طوال السنتين الماضيتين وأنا افكر فيما حصل ويحصل. وعندي تصور مبدئي...

سكتت زوجتي. وكأنها تريدني أن أطلب منها أن تواصل، لكنني كنت متعباً ولا أملك الرغبة في سماع أي شيء، لاسيما أنني كنت موقناً من أنه لا يوجد هناك حديث يمكنه أن يواسيني أو يخفف عني.

عندما رأتني زوجتي ساكتاً واصلت حديثها، فاضطررت أن أسمعها، لأنني لم أكن قادراً أن أطلب منها السكوت.

- هل تذكر كيف أنك كنت مزهواً بنفسك وبنجاحتك، قبل أن تصاب بالنكسة؟

أومأت رأسي بالإيجاب وأنا أشعر بالحرج، فواصلت كلامها:

- يخيل لي أن حالة الزهو والإعجاب بنجاحاتك وبذاتك هي ما دفعتك للاستماتة في النجاح، حتى على حساب التساهل في بعض الأحكام الشرعية، والانجرار لحياة المترفين.

- ربما.. لا أعرف!

قلتها متململاً، فقد بدأت أشعر بالضيق من كلامها.

- هل تذكر عندما حكيت لي كيف أنك أصبت بالعجب قبل عدة سنوات بعيد تخرجك في الجامعة، بعد أن حققت بعض النجاحات المعنوية؟

أثارني سؤالها الأخير، فأجبتها باهتمام:

- نعم، أذكر ذلك جيداً. ما الذي تلمحين إليه؟

■ يبدو لي أنك تعاني من مشكلة العجب والاغترار بذاتك في أعماقك، وكان بإمكانك التخلص منها بهدوء لو أنك التزمت بما عاهدت الله عليه أثناء زيارة الإمام الحسين (ع) وتفرغت لخدمة الدين ونشر رسالته، متجاهلاً ذاتك ورغباتها في السعي وراء النجاح، لكنك بدلاً من ذلك انغمست في شعورك بالزهو والعجب، وقمت بتأصيله في ذاتك من خلال سعيك المفرط وراء النجاح، حتى على حساب بعض أهم قيمك ومبادئك.

قاطعتها بألم:

- هل كنت كذلك حقا؟!

■ قل لي أنت: ألا تتفق معي في ذلك؟

فأطرقت رأسي إلى الأرض خجلاً من نفسي، وعيناي تدمعان حسرةً.

■ لقد أتاح الله لك المجال، لتتدارك نفسك وترجع إليه، لكنك بدلاً من ذلك قمت تتقهقر كلما طال بك الأمد، إلى أن أصبحت حالتك مستعصية واستبدت بك حالة العجب والترف، ولذا كان من الضروري التدخل الالهي المباشر لينقذك مما كنت فيه.

أجبتها بحزن شديد:

- نعم أذكر ذلك، وأذكر أنني في لحظة إفاقة في ليلة القدر طلبت من الله أن يرجعني إليه مهما كان الثمن.

■ كان هو سبحانه وتعالى من ألهمك لحظة الإفاقة هذه.

لم أستطع هنا أن أتمالك نفسي، فاشتد بكائي، حتى علا صوتي بالبكاء. فأجهشت زوجتي أيضاً بالبكاء.

بكينا قليلاً، ثم تماسكت وطلبت من زوجتي أن تواصل كلامها، فقد كنت في أمسّ الحاجة لأن أفهم ما حدث.

توقفت زوجتي عن البكاء، وأخذت تمسح دموعها بمحارم ورقية كانت بجانبها، ثم استأنفت:

- لا تنس أن الاغترار بالذات والعجب هو من أسوأ ما قد يصيب الإنسان، ويهوي به الى الدرك الأسفل.. تذكر أنه هو ما أوصل الشيطان إلى ما وصل إليه من الحضيض، وجرّه على التمرد على الله، بالرغم من أنه كان من أعبد الخلق لله.

- ياه..

أحسست بالحسرة تعتصر صدري، فانطلقت من صدري آهة شعرت أنها ستحرقني من حرارتها. أغمضت عيني وسألتها بألم وانكسار:

- لكن لماذا هذا الأسلوب القاسي؟ ألم تكن هناك طريقة ألطف لمعالجتي؟

- هل ستبدأ مرة أخرى بالشك في حكمة الله ولطفه بنا؟ قالت لي معاتبة.

- لا أقصد ذلك.. لكنني تعبت كثيراً.

قلت ذلك وأجهشت بالبكاء.

- مرّت علي فترة طويلة قاسية ومؤلمة جعلتني أستذكر جميع ما مرّ بنا وبك منذ أن عرفتك، وأفكر فيه وفي اضطرارك للانتقال من وظيفة الى اخرى ومشاكسة الحياة لك باستمرار لتعيقك عن تحقيق النجاح الذي تستحقه، هل تعرف ما هي النتيجة التي توصلت إليها؟

رفعت رأسي نحوها مستفهماً، فأجابتني:

- يبدو لي أن السبب المنطقي لذلك هو حمايتك من الوقوع في براثن العجب!!

- لا أفهم!

- لاحظ أنك في كل مرةٍ كنت تستلم فيها وظيفةً جديدةً كنت تنجح فيها بشكلٍ باهرٍ، ويبدو أن لطف الله سبحانه وتعالى بك كان يسبقك في كل مرّةٍ قبل أن تشعر بالعجب وتزهو بنفسك، فتضطر أن تستقيل من الوظيفة لسببٍ أو آخر، لتبدأ البحث عن وظيفة أخرى...

كل نجاحٍ كنت تحققه، كان يتبعه فشلٌ! وربما كان ذلك لكي يحميك من العجب، وكان يمكن أن يستمر الأمر كذلك ما دمت في الدنيا، لكن هذا يعني أن هذه العلة الخطيرة «العجب»، وما يقودك إليها من الخصال الذميمة في نفسك كانت ستظل قابعةً في أعماقك، كامنةً فيك تنتظر الفرصة لتظهر، وتستولي عليك كما حدث فعلاً.

هذا طبعاً ناهيك عما كانت ستسببه لك من الأذية والألم بعد مماتك! وربما لهذا اقتضت حكمته أن يجتثّ منك هذه العلة نهائياً.

قلت باستغراب:

- هل يعقل ذلك؟

▪ مع كل الثقة بالذات والقوة التي تتسم بهما، لم تترك لنفسك مجالًا لمعالجة آفة العجب لديك، والتخلص منها غير أن يتم اجتثاثها من أعماقك اجتثاثاً، وهذا كان يتطلب عمليةً جراحيةً نوعيةً، ولكن في غاية القسوة والألم، وهو ما حصل معك.

قلت بحسرة وندم وأنا أهز رأسي يمنة ويسرة، ودموعي تتقاطر على وجنتي:

- يا الله.. كم أسأت الظن به سبحانه وتعالى!

فردت علي زوجتي بألم وعصبية، وهي توبخني:

▪ لا أريد أن أؤلمك، لكنك فعلاً أخطأت في حق الله كثيراً، عندما أسأت به الظن، سبحانه. لقد أراك الله من لطفه الكثير ولم يخذلك يوماً، ومع ذلك ما أسرعك لإساءة الظن به!

هل تذكر عناية الله عز وجل بك ورعايته لك يوما بعد يوم منذ طفولتك، أم تريدني أن أذكرك؟ ومع ذلك بمجرد أنك شعرت أنه مسّك في كبريائك وفي رزقك ثرت لنفسك، وأخذتك العزة بذاتك فتركت الدعاء وتوقفت عن اللجوء إليه، بدلًا من أن تثق فيه وتشكره...

بربك أليست هذه حقارةً منك؟! ألا تعلم أن الله لا تضرّه معصيتنا ولا تنفعه طاعتنا،

وأن كل ما يفعله بنا هو لأجلنا؟!

أليس هذا ما فتئت تشرحه لي وتفهمني إياه؟! فلماذا إذاً ظننت به السوء من أول صدمة حقيقيةٍ واجهتها، وكأنه عزّ وجل يفعل ما يفعله لغرض شخصي، وليس لأجلك!!

أستطيع أن أفهم ما جرى لك، وما بدر منك، وأعذرك على أخطائك، لكنني لا أستطيع ان أقبل منك أن تسيء الظن بالله بعد كل ما فعله لأجلك وبعد معرفتك به.

كنت أبكي بمرارة وصمت وأنا أسمع زوجتي تنبهني لما غفلت عنه مع يقيني به، لكنها لم تتوقف عن توبيخها.

#######

بقدر ما جعلني كلام زوجتي أحتقر نفسي، فإنه أنعش فؤادي وجدد الأمل لدي، ولذا قررت أن أحارب بكل ما بقي في نفسي من قوة لأجل أسرتي ولأجل ربي.

كان الأمر في غاية الصعوبة، فقد كنت فقدت معظم ما وهبني الله من ملكات وقدرات، فلم أعد أملك قوة الإيحاء الذاتي ولا الإرادة والقوة والثبات والنضج والحكمة الذي كنت أتسم بها قبلاً.. لقد أصبحت أشبه بخيال مآته عن كوني إنسانًا!

لمعت في ذهني فكرة تمسكت بها كما يتمسك الغريق اليائس بالخشبة، وجعلتها نبراساً لي في هذه الفترة الحرجة.

كانت الفكرة أن مدة عمر الإنسان في عالم الدنيا، حتى وإن عاش مئات السنين، مقارنةً بمدة عمره الحقيقي - الذي يمتد إلى ما لا نهاية له - تساوي صفراً! فرياضياً كل رقمٍ مهما بلغ يساوي صفراً بالمقارنة مع اللانهاية.

وهكذا فإن حجم أي لذة أو سعادة مهما عظمت في هذه الدنيا مقارنةً بلذة وسعادة الجنة التي لا يكاد يكون لها حدٌّ، والتي تفوق لذة وسعادة الدنيا بتريليونات المرات، تقارب الصفر!

وفي المقابل فإن حجم أي عذابٍ وشقاءٍ مهما عظم في هذه الدنيا مقارنةً بعذاب

الجحيم، الذي لا يكاد يكون له حدٌ يقارب الصفر أيضاً!

إذا كان كذلك، فإن من الحماقة بمكان أن يكتسب الإنسان - لما لا نهاية له من العمر - جحيماً لا حد ولا أمد لعذابه، ويضيع بذلك من يديه سعادةً لا حد ولا أمد لروعتها بسبب لذةٍ آنيّةٍ تساوي صفراً، أو تجنّباً من ألم آنيّ يساوي صفراً لمدة من عمره تساوي صفراً في عالم الدنيا!

قمت في منتصف تلك الليلة بعد أن نامت زوجتي، وافترشت السجادة وصليت الليل واستغفرت الله ربي على ما أخطأت في حقه وتبت إليه توبة نصوحاً، وشكرته على لطفه بي وطلبت منه العون والسداد لما فيه رضاه.

ثم سجدت لله وأخذت أفكر في وضعي وأحاول أن أخطط للآتي من حياتي لكي أنجو بنفسي وأسرتي من براثن الضياع.

كانت قدرتي على الأداء والمناورة قد تضاءلت بشدة، فقد كان الضعف والخور يشلاّني عن الحركة، كما كانت مشاعر الاكتئاب والانكسار تأسر كل خلية في جسمي وعقلي وروحي.

ولذا كان علي وقف مصادر النزيف والألم، واتخاذ أقل عدد من الإجراءات الممكنة، ولكن الأكثر فاعلية لإدخال الاستقرار والهدوء لقلبي ولأسرتي، وهذا ما خططت له وبدأت في اليوم التالي تنفيذه متوكلاً على الله.

صحوت مبكراً في اليوم التالي ووصلت المكتب قبل بقية الموظفين. دخلت غرفتي وأقفلت على نفسي الباب في انتظار وصول جميع الموظفين.

كان صدري ثقيلاً وكنت أشعر بتوتر وخوف وأنا أرى الموظفين يدخلون علي الغرفة واحداً بعد آخر، بعد أن طلبتهم في اجتماع طارئ.

كان الترقب يعلو وجوههم، فثلاثة منهم لم يستلموا رواتبهم من منذ ٣ أشهر، أما الآخرون فمنذ أربعة أشهر.. أخبرتهم بصراحة أنني قد قررت تصفية المكتب فوراً، فقد كانت جميع المهام العالقة قد أنجزت في شهر يناير.

لم يفاجئهم الخبر، فهم كانوا يعلمون أن ذلك سيحصل عاجلاً أم آجلاً، وفي الواقع فهم جميعهم كانوا يبحثون عن عمل آخر، غير أنهم كانوا يترقبون رواتبهم المتأخرة..

أخبروني أنهم متنازلون عن مستحقاتهم الخاصة بنهاية الخدمة وبشهر الإنذار، ولكنهم يريدون رواتبهم للأشهر الماضية، وهكذا اتفقت معهم أن أقوم بتحويل رواتبهم المتأخرة على حساباتهم البنكية في اليوم التالي من مبلغ كنت أنتظر تحصيله ذلك اليوم من أحد العملاء.

بعد أن أنهيت اجتماعي مع الموظفين بنجاح شعرت بالثقة قليلاً تسري في عروقي، فاتصلت بإحدى مكاتب المحاسبة وطلبت منها البدء الفوري بإجراءات تصفية المكتب، وقد كان مسجلاً كشركة محدودة المسؤولية، وأعطيتها قائمة بالمستحقات المطلوبة لي والمطلوبة علي.

كانت تردني اتصالات تجارية كثيرة من الدائنين ومن العملاء ومن غيرهم، وجميعها كانت تسبب لي حرجاً وتوتراً شديداً، ولكنني لم أكن قادراً على أن تجاهلها. لذا اتفقت مع سكرتير المكتب أن أدفع له نصف راتبه لمدة الشهرين القادمين، مقابل أن يجيب على الاتصالات التي تردني، ولا يحول علي منها إلا الاتصالات المهمة والتي يعجز هو عن معالجتها.

طلبت من السكرتير أن يقوم من اليوم التالي بإخلاء المكتب وبيع جميع الأثاث الموجود فيه، كما سلمته هاتفي النقال وأخبرته رقمي الجديد، وأوصيته أن يحتفظ به سراً حتى عن بقية الموظفين، وطلبت منه ألاّ يتصل بي إلا للضرورة.

وقبل أن أغادر المكتب للأبد وقعت رسالة تحويل رواتب الموظفين حسبما اتفقنا عليه، وحولت باقي المبلغ المحصل إلى حسابي الشخصي، وقد كان يمثل جزءاً معقولاً من رواتبي المتأخرة للفترة الماضية، وطلبت من السكرتير تقديمها للبنك.

وأنا أنزل الدرج اتصلت بالمقاول واتفقت معه على مقابلته بعد نصف ساعة، وركبت التاكسي وتوجهت له.

لقد جهز البيت أخيراً قبل عدة أيام، وانتهت جميع أعمال التشطيبات النهائية

فيه، ما عدا توصيل الكهرباء.

كان يفترض أن يكون جاهزاً منذ شهر يونيو الفائت حسب عقد البناء، لكن المقاول لم يستطع الوفاء بالتزامه، مما جعلني في وضع حرج، لأنني كنت أستطيع أن أسدد قسط البنك وتدبير مصروف البيت من إيجار البيت.

فكرت أن أطالب المقاول بغرامات التأخير المتفق عليها، وهو مبلغٌ كبيرٌ سيساعدني كثيراً في الأزمة التي أمرّ بها، ولهذا السبب طلبت مقابلته.

لكنني انتبهت وأنا في طريقي للمقاول أن تأخيره لم يكن إلا بسبب بعض التغييرات في القوانين المحلية الخاصة بتنظيم العمالة الوافدة، التي اضطرته للتخلص من معظم عماله، لأنهم لم يكونوا على كفالته.

صحيح أن الخطأ خطؤه لكنني فكرت أن المقاول أيضاً، ربما يعاني من نفس ما أعانيه فرقّ قلبي لحاله، وقررت ان أسامحه.

أخبرت صاحب التاكسي أن يغير اتجاهه ويأخذني للبيت، وأرسلت رسالة نصية للمقاول أعتذر منه من عدم المجيء بسبب ظرف طارئ.

كنت قد دونت صباح اليوم أرقام مجموعة من مكاتب تأجير العقارات المعروفة عندنا، ولذا قمت بالاتصال بها للبحث عن مستأجر لبيتي، والاتفاق معها على موعد لزيارة البيت خلال اليومين القادمين.

كانت زوجتي تتابعني لحظة بلحظة عبر الهاتف.. تشجعني وتشعرني بسعادتها عن الخطوات التي أقوم بها، وهذا كان يدعمني كثيراً ويحمسني.

وصلت البيت، وبدأت أبحث في الانترنت عن وظيفة ملائمة وأقدم طلباتي هنا وهناك.

استمرت الفترة التالية لهذه الخطوات قبل حصولي على وظيفة قرابة أربعة أشهر... كانت بطيئة جداً ومليئة بالترقب والانتظار.

عاهدت الله أن أعامل زوجتي وابني بلطف، وأن أمنحهما العناية التي يستحقانها،

وفعلاً استطعت أن ألتزم بذلك وأن أرجع لهما من داخلي كما كنت دائماً فيما مضى.

كنت أشعر بالخجل من الله لإساءتي الظن به عز وجل، ولذا كنت أبحث عن شيء أقدمه لله بين يدي توبتي لطلب عفوه وحسن تجاوزه وصفحه عني، ولأثبت لنفسي أنني صادق في حبي لربي.

من جهة أخرى، كنت عاهدت الله أن أسترجع ذاتي وأن أعيد بناء نفسي المنهارة، لكنني كنت في حالةٍ نفسية لا تنفع معها الأساليب التقليدية التي كنت أتبعها فيما مضى للتحكم في نفسي وتطوير ذاتي.

كنت قد رجعت لثلث ساعة الخلوة التي كنت أقضيها مع نفسي كل ليلة فيما مضى، لأفكر في أمري وأقترب من نفسي، وكانت هذه الأفكار تدور في رأسي أثناء إحدى هذه الخلوات.

وجدتني في أمسّ الحاجة لأن استمد القوة والهدوء من المعين الذي لا ينضب، ولا يتوقف عن العطاء، فقررت أن أجعل كل ليلة ثلث ساعة الخلوة هذه للخلوة مع ربي وتفكّراً في ذاتي وأنا ساجد لله، فهي الحالة التي يكون الإنسان فيها أقرب ما يكون لله.

وفعلاً قمت من كرسي، وسجدت لله، وأنا أفكر في أمري.. استحضرت قوله تعالى : ﴿لَنْ تَنَالُوا الْبِرَّ حَتَّى تُنْفِقُوا مِمَّا تُحِبُّونَ﴾، وقوله سبحانه لرسوله (ص) : ﴿قُمِ اللَّيْلَ إِلَّا قَلِيلًا. نِصْفَهُ أَوِ انقُصْ مِنْهُ قَلِيلًا. أَوْ زِدْ عَلَيْهِ وَرَتِّلِ الْقُرْآنَ تَرْتِيلًا. إِنَّا سَنُلْقِي عَلَيْكَ قَوْلًا ثَقِيلًا. إِنَّ نَاشِئَةَ اللَّيْلِ هِيَ أَشَدُّ وَطْئاً وَأَقْوَمُ قِيلًا﴾، فعزمت على أن أداوم على صلاة الليل، وأن أقوم لها في وقت السحر من الثلث الأخير من الليل.

بدأت أشعر بالهدوء يتسلل رويداً رويداً إلى قلبي، وبمرور الوقت أصبحت ألتذُّ بقيام الليل.

أضفت برنامج محاسبة النفس لسجدة الثلث ساعة، فكان تأثيرها مدهشاً على نفسيتي من حيث منحي السعادة، وتفريغ الطاقة السلبية من أعماقي أولاً بأول..

كنت أحكي لله الأشياء الجميلة التي أقوم بها في يومي وأنا ساجد له، فأشعر بالغبطة والسرور وأشعر أن ذلك غاية مقصدي من الثواب على ما قمت به، مثل الطفل

الذي يحكي لأبيه جذلاً ما يفخر بفعله.

ثم أحكي له سبحانه وتعالى كل ما ساءني القيام به أو تركه في يومي، حتى لو لم يكن خطأً في حد ذاته، وأتأسف وأعتذر منه سبحانه وأعاهده أنني سأكون أكثر حرصاً في المرة القادمة.. كان ذلك يريحني جداً، ويحميني من تراكم الطاقة السلبية في أعماقي.

وبعد انقضاء عدة أشهر على مداومتي على صلاة الليل، وسجود الثلث ساعة، بدأت لذتي بقيام الليل تأخذ طابعاً آخر وبدأت تمنحني سعادةً وقوةً تكاد تكون كتلك التي شعرت بها قبل عدة سنوات، وأنا أخرج مطروداً من مكتب الرئيس التنفيذي.

لم أعد في حاجة لأن أسجد لفترة طويلة لأشعر بالراحة والطمأنينة، فكان يكفيني سجود بضع ثوانٍ لله، لأشعر بالفرحة والسعادة تغمرني، لكوني عبداً لله، ولكونه جلّتْ عظمته ربي.. وماذا يمكنني أن أبتغي أكثر من هذا؟!

في يونيو ٢٠١١ تم تعييني مستشاراً مالياً وإدارياً للرئيس التنفيذي لإحدى الشركات الحكومية الكبيرة بالسلطنة، براتب مرتفع جداً.

كان كل شيء رائعاً، فيما عدا أنني كان يؤذيني ويقض مضجعي أن حياتي كلها كانت متمحورة حول ذاتي، وأنني لم أتشرف بعد أن أكون من المجاهدين في سبيله عز وجل، وقد ﴿فَضَّلَ اللَّهُ الْمُجَاهِدِينَ عَلَى الْقَاعِدِينَ أَجْرًا عَظِيمًا﴾!

نعم أنا أحب الإمام المهدي كثيراً وأعرف انه يحبني، لكنني لم أتشرف أن أكون من أنصاره وجنوده، وعندما سنحشر يوم القيامة سيكون جنوده وأنصاره المخلصون هم المقربون منه وحواريوه، ولست أنا وأمثالي من عامة محبيه!!

ربما كان خطأي دائماً هو أنني كنت أنتظر أن أتفرغ لأقوم بالجهاد في سبيله.. ولكن إن لم يحصل ذلك فأنا الذي سأكون الخاسر الأكبر!

قررت أن لا أضيع لحظة واحدة من عمري، ودعوت الله أن يمدّ في عمري إن كان قد حان أجلي، حتى أنجز ما يمكنني أن أقدمه بين يدي الله ليعدني الله من المجاهدين في سبيله ومن جنود الإمام المهدي (عج) والممهدين لدولته.

ولكن ما عساي أن أفعل؟ ضربت أخماساً في أسداس، وفي النهاية وجدت أن أفضل ما يمكنني البدء به هو أن أخبر الناس عن تجربتي علها تكون ذات فائدة لهم، وهذا ما عقدت العزم على أن أفعله ابتداء من تلك الليلة، وهكذا بدأت أكتب رواية «رحلة كادح».

#######

٢٥ يناير، ٢٠١٤

كنت جالساً في شرفة منزلي المطلة على المدينة بأكملها، حيث أرى البحر وأرى الحياة من تحتي تموج وتتحرك، وأنا متدثرٌ بشالٍ كشميري من شدة برودة الجو.

أخذت أفكر في جميع هؤلاء الناس الذين يتحركون يمنة ويسرة.. كل واحد فيهم مشغول ومستغرق في كدحه وكفاحه مع الحياة، مشكّلاً بذلك قصة وجوده وقصة قربه من الله، ولكن، كم شخصاً منّا يشعر أو حتى يعلم بذلك؟!

ثم انتقل ذهني بعيداً إلى ما يحدث على المسرح السياسي العالمي في السنوات الأخيرة، فقد دفعت شعوبنا العربية والمسلمة الكثير من الأثمان والتضحيات للتحرر من هيمنة الاستكبار العالمي، وفي المقابل بذل الاستكبار العالمي ولا يزال يبذل جميع ما في جعبته، حتى تلك التي كان ادخرها لوقت الشدة لإبقاء سيطرته على المنطقة، لكنه فشل فشلاً ذريعاً!

فها هي مصر تسترجع كرامتها وإرادتها المسلوبة، وها هو العراق يخرج جميع الجنود الأمريكان من أراضيها، كما ينجح أخيراً في الخروج من الفصل السابع، وها هي سوريا «ضلع المقاومة الباسلة ضد الاستكبار العالمي» تبقى صامدةً، وتنتصر برغم تكاثف قوى الشرّ والظلام عليها، وها هي إيران بدأت العقوبات الدولية ترفع عنها، ودول العالم تتراكض نحوها لطلب ودها والشراكة معها في الأعمال.

شخصياً لم أشك لحظة واحدة في حياتي أن ذلك ما سيحصل، عاجلاً أم آجلاً، ليس بسبب التحليلات السياسية ولا لأني أعلم الغيب، ولكن لأنني موقن بالقرآن وبما جاء فيه وفيه قوله تعالى: ﴿يَا أَيُّهَا الَّذِينَ آمَنُوا إِنْ تَنْصُرُوا اللَّهَ يَنْصُرْكُمْ وَيُثَبِّتْ أَقْدَامَكُم﴾.

وأما على صعيدي الشخصي، فقد مضى أكثر من سنتين ونصف وأنا مستقرٌ في حياتي، أرتقي من وظيفةٍ لأعلى، من دون ابتلاءاتٍ تُذكر! هل يا ترى هو اليسر الذي يأتي مع العسر، أم أنه الهدوء الذي يسبق العاصفة؟!

استطعت أن أظهر براعةً فائقةً في عملي كمستشار، ولهذا تمت ترقيتي في يناير ٢٠١٢، رئيساً لقطاع الشؤون الاستراتيجية للشركة، وفي مارس ٢٠١٣ عرضت علي وظيفة رئيس تنفيذي لإحدى المؤسسات الحكومية براتب خيالي، فقبلتها فوراً.

رجعت بذهني إلى الوراء عندما كنت موظفاً في شركة التدقيق العالمية، وتساءلت ماذا كان سيحصل لو أنني أضفت تلك الفقرة التي طلب مني الشريك أن أضيفها في تقريري؟ ألم تكن حياتي لتكون أكثر استقراراً، وراحةً بدلاً من المعاناة التي عشناها أنا وزوجتي؟

ولكن ماذا لو كنت وافقت، هل كان الأمر سيتوقف، أم أنني كنت سأُطالَب بذلك، وربّما أكثر من ذلك مراراً وتكراراً إلى أن أعتاد الأمر، ويتوقف ضميري عن الشعور بالذنب وأفقد ذاتي؟!

يحلو للكثيرين أن يسمي ذلك بـ«واقعية الحياة»، وبهذا العنوان نرتكب الكثير من الأخطاء، ونتجاوز عن الكثير من قيمنا ومبادئنا بقلبٍ بارد.

تذكرت كلام أحد الأخوة المتدينين من أصحاب المناصب الكبيرة والنضج والمعرفة، عندما استشرته في وضعي قبل سنوات عديدة، فقال لي بأنني بالأسلوب الذي أتبعه في الحياة علي أن آخذ زاوية في المسجد وأتفرغ للعبادة، وأن أعمل نائباً لإمام المسجد، لأن الحياة الواقعية لا تنسجم مع أسلوبي في الحياة!!

فتحت زوجتي باب الشرفة، وأقبلت علي بوجهها البشوش، ومعها ابنتي «فاطمة» ذات السبعة أشهر.

سألتها وهي تجلس بجانبي، وأنا أتناول منها ابنتي:

- ما رأيك.. هل أنا إنسان ناجح؟

التفتت زوجتي نحوي باستغراب وهي تبتسم، فأكملت حديثي:

- سألني أحد الأصدقاء من الخريجين الجدد أمس بعد صلاة الجمعة: «كيف أصير ناجحاً مثلك؟»

■ وبماذا أجبته؟ سألتني زوجتي بفضول.

- سألته: «وكيف تعرف أنني ناجح؟»، فأجابني: «أنت متعلم، ولديك منصب وظيفي كبير، ومرتاح مادياً».

■ كل هذا صحيح. ولكن هذا ليس هو النجاح.

- وهذا ما قلته له.. لقد طلبت منه أن نتقابل عند المسجد بعد صلاة الجمعة المقبلة لنناقش في الموضوع، وذلك بعد أن يكون تأمل وفكر بجدية عن معنى النجاح بالنسبة له.

■ هل تعرف لو رجعنا للوراء عدة سنوات فقط، وعرف صاحبك هذا ما كنا نعانيه من المحن في حياتنا، ومن الطرد المستمر من الوظائف، لكان اعتبرك فاشلاً! قالتها وهي تضحك.

- كلامك صحيح، ولكن لو كنت رضخت للشريك في بداية حياتي، وكذبت في تقريري، لكنت اختصرت المسافات نحو المناصب العليا والسلطة والمال والشهرة، ولكنت أصبحت أنموذجاً «للنجاح» في أعين الناس!!

■ النجاح لا يكمن في الحصول على المناصب العليا والسلطة والمال والشهرة وما شابه؟ وإلا لكان معظم أنبياء الله والمصلحون فاشلين، وكان المفسدون من أمثال «قارون» ناجحين!

- حسناً، فما هو النجاح في رأيك إذاً؟

■ حسب كتب تطوير الذات التي أقرؤها، هو يكمن في الهدوء والقناعة والسعادة الداخلية! لكن لي وجهة نظر أخرى.

- واو.. عظيم، وما وجهة نظرك؟ قلتها بإعجاب شديد.

▪ لـو كان الأمـر كمـا يقولـون، لـكان الخامـلـون الكسالى، المحـدودو الأفـق ممـن أغناهـم الله من رزقـه وفضلـه هـم من أكثر الناس نجاحـاً، بينما أصحـاب الطموحـات العليـا فاشلـون، لأنهـم لا يهـدؤون أو يقنعـون بمـا يحـققـونـه مـن نجاحـات نسبيـة.. مـا رأيـك أنـت؟

- أتفق معك، فكيف يمكن عدّ أيٍّ مما نحققه في عالم الدنيا نجاحاً، والدنيا بأسرها لا تعدو أن تكون صفراً في عمر الإنسان؟!

سكت للحظات لأصب الشاي لي ولزوجتي، ثم استأنفت:

- النجاح ليس مرتبطاً بما نحققه من مناصب عليا وسلطة ومال وشهرة، ولا هو مرتبط بإحساسنا بالسعادة والألم والمشاعر الداخلية، وإنما هو مرتبط بشكل حصري برضا الله عنا وبقربنا منه، وأما المعايير الأخرى فهي دلالة على النجاح والفشل بقدر ما تعكس قربنا من الله.

فمثلاً حالة عدم الاستقرار والألم الداخلي الذي تعاني منهما ليسا علامة نجاحٍ أو فشلٍ في حد ذاتهما، فهما إن كانا ناشئين بسبب الوسوسة والخوف من المستقبل مثلاً فهما علامة فشل،

ولكن إن كانا بسبب تفاعلك مع أحوال البشر وتألمك لهم، أو بسبب حزنك على الإمام المهدي وولهك لنصرته، أو بسبب شوقك لله ورغبتك في لقائه، أو بسبب انزعاجك من ضعفك وسلبيتك فهما علامة نجاح، طالما أنهما يدفعانك نحو التطور.

▪ أتفق معك حبيبي، ولذا ورد في القرآن ﴿وَإِنَّمَا تُوَفَّوْنَ أُجُورَكُمْ يَوْمَ الْقِيَامَةِ فَمَنْ زُحْزِحَ عَنِ النَّارِ وَأُدْخِلَ الْجَنَّةَ فَقَدْ فَازَ وَمَا الْحَيَاةُ الدُّنْيَا إِلَّا مَتَاعُ الْغُرُورِ﴾، ولذا ايضاً صرخ الإمام علي بانتصار وفرحة عندما تلقى ضربة السيف على أم رأسه وهو ساجد لله: «فزت ورب الكعبة».. ولكن...

سكتت لحظات، وكأنها تفكر فيما تريد قوله، ثم أعقبت:

▪ يقلقني أن هدف رضا الله والقرب منه سبحانه وإن كان واضحاً، لكن يصعب قياسه، ولذا يصعب قياس الإنسان لمدى تحقيقه للنجاح!

- غير صحيح، ألا يقول سبحانه وتعالى: ﴿بَلِ الْإِنْسَانُ عَلَى نَفْسِهِ بَصِيرَةٌ﴾.

▪ حقاً! كيف؟

- هناك أسلوبان يمكن للإنسان بواسطتهما مراقبة نفسه، ليتمكن من قياس مدى نجاحه، ومن الأفضل دائما استخدامهما معا بشكل دوري:

الأسلوب الأول وهو الأسلوب المعروف، ويتمثل في مراقبة الأعمال التي نقوم بها، سواءً الإيجابية منها كالعبادة وطلب العلم والإصلاح وما شابه، أو السلبية كالذنوب واتباع الشهوات أو ترك ما ينبغي القيام به،

أما الأسلوب الثاني، فهو مراقبة النعم! إن هناك نوعين رئيسين من نعم الله علينا: الأول هو نعم الوجود كالإحساس بالعبودية لله، وكالعلم والحزم والقدرة والحكمة والحب وجمال الروح واليقين والاطمئنان والهدوء الداخلي وغيرها، والنوع الثاني هو نعم الدنيا الزائلة كالمال والجاه والمنصب والشهرة وأشباهها.

فإذا راقبت نعم الله عليك فوجدتها من النوع الأول، فاعلم أنك بخير وأنك تقترب من الله عز وجل، حتى وإن حرمت من النوع الثاني من النعم، وظللت تنتقل من مصيبة دنيوية إلى أخرى..

أما إذا لاحظت أن نعم الله عليك من النوع الأول، بدأت تضعف وتقل فاحذر، فهذا يعني أنك تبتعد عنه سبحانه وتعالى لا سيما إذا كانت النعم من النوع الثاني متزايدة، لأن هذا ربما يعني أنك في خطرٍ عظيمٍ جداً وأنك أوصلت لنفسك من السوء ما جعل الله يتركك لنفسك وللدنيا.

قاطعتني زوجتي وهي تسألني:

▪ كما كانت حالتك عندما بدأت نجاحاتك تتوالى في مكتبك، قبل أن يتداركك الله بالابتلاء؟

وقبل ان أجيبها، رن هاتفها.. كانت أمي تطلب منها الحضور مبكراً برفقة الأطفال لمساعدتها، فقد كانت التجمع العائلي الشهري في بيت أمي هذه المرة.

دخلت زوجتي البيت آخذةً معها ابنتي، لتتجهز للذهاب لبيت أمي، بينما بقيت أنا

جالساً في البلكونة أتأمل الحياة من حولي، ثم فتحت كمبيوتري، وبدأت أضع اللمسات الأخيرة على روايتي «رحلة كادح».

يتبع

الجزء الثاني

www.ingramcontent.com/pod-product-compliance
Lightning Source LLC
Chambersburg PA
CBHW052027020726
47501CB00004B/1287